たんときれいに召《め》し上《あ》がれ

美食文学精選

津原泰水《つはらやすみ》 編

芸術新聞社

金子國義

絵日記

平成十二年
焼雲丹
指月の夕食だ
雲丹
鯛のかぶと煮
三度豆

ガラス器
うすい豆
おひたし
デザートは
サクランボ
おこぜ

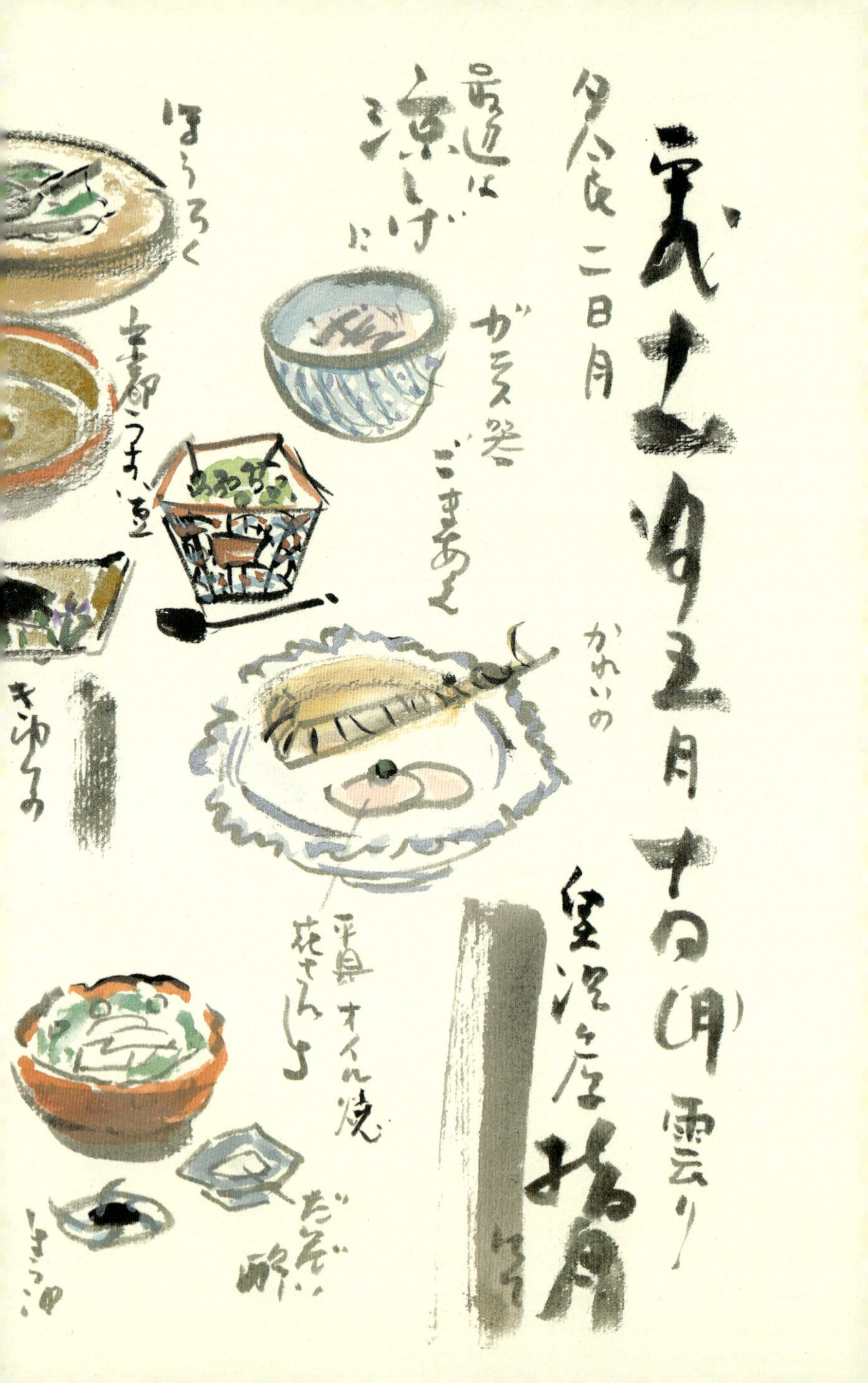
五月十四日 雨曇り
夕食 二日月
最近は涼しげに
ガラス器
ごまあえ
かれいの
平貝オイル焼
花さんしょ
だいだい酢
しょう油
ほうろく

大皿
からすみ
雲丹
焼もの
鱧
ガラス器
八ッ橋見立
たき合せ
おこぜ
鱧
ごはん
すっぽん仕立

四月八日のつづき
国立劇場から タクシーで やぶそばへ
上野 黒松 で どらやきを買う
MATSUZAKAYA
松坂屋
うさぎや と どちらがおいしいか
どらやき
買うたびに 考えてしまう ほど どちらも
私
仁
シモン
うさぎや
ビルになってしまった うさぎや 残念!
DORAYAKI
池の端
から上野広小路へ出て シモンと仁と三人で食べもの ショッピング

たっぷりさんしょ 木の芽
やりいか の煮物
ごはん
まぐろのすけ
あさつきをすずけ にわさびとしょう油 で二時間つけこんで
あじのたたき
しょうゆ
のり
デザート
ミルフィユ ホテル・モンドレ大森 お洋菓子の店で
朝(夕方) 長寿庵 もりそば
四月 日 (水)
自転車でひとまわり

09年5月4日
カドヤ食堂にて
修さんは二階の書場にいます
晋ま
きミが食べたいものなら……
私
ハモにしようか
最近入った若いの
鱧いかがですか
いつもの魚屋場の もうすこし愛想が良いとね……
バックヤードのカツオ
タコ
さば
鱧

八月五日（金）
うなぎ すゞ川
うなぎを食べる
武
仁
私
姉
仁は今日は気元がいいからにこにこして食べてますよ
特上を食べたらもうそれ下は食べられなくねえ と姉さま
きも吸
うまーッ
近所のうなぎ屋なんかもうこりごりよ
太森では野田岩とすゞ川とどちらがおいしいのかねえ

十一月九日
やまもとで
鳥の市は ますます
ふぐも 食べてから
アルマーニで買ったんだッけど会社に着て行けないね、と北島さん
ジーパンにシャツ 今日も
私の息子も三十才よ
レイさん
ベルさん
ふぐの絵がかわいい
だから こんなしゃれた 絵が描けるのかなぁ
クーラー
JIMさん 20才(外人)
私

四月一日(土)
夜6時より
辻留にて
辻義一さん
ベルさん
赤坂のママ
私
ゴメンナサイ おそくなって
芸者よりゴルフのおあいてが多くて
忙しくて……
おい…
お花さんの人を もう七年ぐらい 待ってるんですよ
えびのしんじょ

津原泰水 編

たんときれいに召し上がれ

美食文学精選

カバー装画

「The Table」1925, Pierre Bonnard (1867–1947). France.
©Tate, London 2014.
協力：ユニフォトプレス

『仰臥漫録』正岡子規・著　明治34年9月25日の日記より
「コレハ前日池内氏ヨリ贈ラレタルカン詰ノ外皮ノ紙製ノ袋ノ側面ナリ
（雞肉ヲ敲キテ味噌ノ如クシタルモノナリ CHICKEN LOAF）」
（財）虚子記念文学館蔵

目次

尾崎翠

新秋名菓――季節のリズム

ふるさとは
映画もなく
友もあらず
秋はさびしきところ。
母ありて
ざるにひとやま
はだ青きありのみのむれ
われにむけよとすゝめたまふ
「二十世紀」
ふるさとの秋ゆたかなり。
むけば秋
澄みて聖きふるさと。　はつあきのかぜ
わが胸を吹き
わが母も
ありのみの吹きおくりたる
さやかなる秋かぜの中。

果物ナイフを取りに立つのも面倒臭いし、炊事用の笊《ざる》の中にはいい具合に台所用の薄刃も用意してある。此処《ここ》は果物ナイフなどという薄っぺらな器具の要はない人生。母のいる古里の風景、すべては母の嗜好と習性のままに、地球はのろのろと素朴に廻転している。そこで、なまなか都会生活に馴らされたテンポ逸《い》い頭のはたらきも急にのんびりとして、笊の中を低迷する。笊の中の風景は――いくらか場処錯誤の風景であった。古ぼけた笊といい薄刃といいみな人間の家庭の台所用具である。その中に肌の薄い瀟洒な風丰《ふうぼう》をした果物が累々と盛上っている。何となく勿体ない景色であった。この高貴な果物は、母にとってそれ程高貴な品ではないらしい。――三四年前晩夏に帰省した折はじめて「二十世紀」とちかづきになった時のことである。

果物のたべ方に蛮食というのがある。発音してバンショクという。野蛮なたべ方の意であろう。野蛮な上にたいへん懐古的なたべ方なので、近代人がたまには失礼にあたるかも知れないけれど、ここに挿話として書きたいと思う。

蛮食の発祥地はアメリカのお百姓ということであったが、教えてくれた人が詩人のA氏で、氏は日本文学の詩に独逸《ドイツ》語用のウムラウトをつけたり、楽譜用の五線紙に詩を書いたりする。A氏はどうも詩作なんかより思索にすぐれた人で、その思索というのは、ねんじゅう、現実と空想の境のはっきりしないような漫想のたぐいで――いちいち書いてると乏しい紙面がなくなってしまうから、ともかくそんな人種の一人であった。それ故、蛮食の元祖がアメリカのお百姓であったかどうかは未だはっきりしないのである。

A氏はまずバンショクというのを知ってるかと私たちに言った。氏の口ぶりでは、よほどおいしい食べものに違いない。話が前後したけれど、場所は都会の隅っこに点在する私の借部屋で人物は右のA氏と、B女史、C嬢、そしてこの借部屋の女あるじの四人であった。みんな体の方はいっこう有閑で、頭の中のみ忙しい人種たちであった。そして性情から言っても、右に挙げたA氏と大差はないのである。

女あるじの仕事机の上には、ぼんぼりと呼ばれる林檎が一皿、北国の真紅の種類である。幾年か前、季節は晩秋であった。

この数顆の林檎は、先頃発表した女あるじの拙い一篇の戯曲に因んで、若いC嬢がおみやげに買って来たものであった。ところどころに林檎の出て来るファースである。

C嬢は女あるじの押入れの秩序までも知っている。彼女が押入れの戸棚から果物ナイフを出して来てリンゴの皮を剝こうとした時。A氏は言った。

「バンショクというのを知っていますかC嬢」

「知らないわそんなヤバンなもの」

「困るなそんな野蛮人は。とてもうまいものなんだ。B女史は」

「私も知らないけれど、やはりアマショクの一種でしょう」

「みんな連想が野蛮だな。C嬢林檎の皮をむくことはお止しなさい、僕の話は林檎の皮にとても深い関係があるんですから。ところでこの部屋の女あるじは知ってるんですかバンショクを」

「バンショクとは夕飯の一種で、バンサンよりは遙《はるか》に御馳走のすくない夕餉のことであります」

「みんな喰い意地が張ってるな、そこで吾々はこのりんごを食べる必要がある」とA氏は歎《なげ》いた。

しかしA氏はなおもC嬢にリンゴの皮を剝くことを許さなかった。そして卓上の番茶をのみ煙草を吹かしているので室内のことがらは少しも進行しなかったのである。

A氏の煙草が一本済むあいだ私たちは神妙に待たなければならなかった。一本煙になったところでA氏は漸く次のような事柄を私たちに教えた。――アメリカの林檎地帯では林檎作りの百姓たちが大変スマートな風体をしている。右の腰に果物ナイフ（此処の女あるじの持ってるような、こんな華奢な安物じゃない。祖先から伝わる家宝みたいな果物ナイフで、鉄製のどっしりした品なんだ）左の腰に牛乳わかしを少し大きくした位な壺。この二品を必ずぶらさげている。この二品は林檎地帯の百姓姿をたいへんスマートに見せる一方、林檎作りたちのバンショクの必要品として欠くべからざるものだ。牛乳わかしに似た壺の中には、濃い食塩水が入れてある。実にしょっ辛い塩水で、量は林檎一個がたっぷりつかるほど。そこで林檎の木の下で働いている百姓たちが、ときどき林檎を食べたくなるのは当然のことで、べつに稀有な心理作用ではない。身近にたとえれば、現在吾々がC嬢のおみやげの林檎を食べたいのと同じ心境である。そこで――

A氏はこのあたり迄説明して来て、私の机上にあるリンゴを一つ取上げた。しかし食べないで皿に還した。私たちは何時になったらりんごを食べてよろしいのであろう。

――そこで。りんご作りの頭の上は、いちめんのリンゴの果実、梢の遠い奥に、空も晴れているであろう。晴れた大空というものは不思議に人間の食欲をそそるものだ。りんご作りは手頃の一個を取って、すぐには食べない。重厚な鉄のナイフでりんごの軸と花つきとを上下から円く除く。すこし背の低くなったりんごを左の腰にぶらさげた壺中に投ずる。しょっ辛い塩水はりんごの肌の清洗用となり、上下のくりぬきにしみてりんごの調味料ともなるわけだ。斯《か》くしてアメリカのりんご作りはバンショクの支度を終った。あとに残っているのは、林檎の根っこに腰かけてバンショクをすることだけである。バンショクとは果実を皮つきのまま丸かじりにすることだ。アメリカの林檎作りの蚕食は、空が高ければ高いだけ旨いだろうと思う。

A氏の話はほぼ以上のようなものであった。そこで四人のものは早速林檎の蚕食をして非常に美味しかった。事実皮をむいて小片にした食べかたよりも遙《はるか》に美味しかったのである。

私は思わぬ寄り道をしていて郷里の梨の話がアメリカの林檎にまで飛んでしまったけれど此処で話を挿話の前にかえさなければならない。所詮私は「二十世紀」と初対面をした三四年前の夏に蚕食を応用した食べかたで以《も》って「二十世紀」三四個を食べてしまいました事柄を告白したかったのである。蚕食をそのまま皮ごと食べようとしたら母が皮だけは取れという、笊の中に横たわった薄刃でサクサクと皮をむく。わが二十世紀氏は淡色の夏外套を羽織った瀟洒な伊達男、その故に、サクサクと皮をむく音は、フランス出の伊達男アルドフ・マンジュウがトーキイの画面のなかで外套を脱ぐ音にもひとしい。

こんなわけで、私は「二十世紀」を半蚕食の方法で立続けに三、四個食べてしまったのである。果実の表には薄刃の移り香が仄に滲みていて、一人古里らしい味であった、台所の薄刃とは幾星霜のあいだ母親の味の滲みついたものだ。

郷里に社交的修辞はいらない。そこで、私は太い低音で言おう——ふるさとの二十世紀は初秋の味、名果こんこんとして尽きぬ果汁のいずみ、底に一脈爽かな酸味、他の梨に求めて得られない酸味であろう。この故に人若《も》し「二十世紀」の性別を問わば言下に答えよう——二十世紀氏は男性です。とはいえ果汁のいずみが胸の細管を下って胃に落ちついた時、胃の中に一枚の静かな静物画が出来あがる。世に若し物好きな人があってこの画面の性別を問うならば私は答えるであろう。——この絵は女性です。画面には咲きたての紫苑花の色の風が吹いているだけ、人生を斯《か》くまで生きたいばかり清楚な画面である。

開高健

中年男のシックな自炊生活とは

一

ハンバーグのことだが。

これはもともとが、ざっかけな料理である。わが国のオデンやヤキトリが屋台料理であるような、そのようなモノである。オデンやヤキトリも材料に凝りだせばとめどがなくなって、ふと気がつくととんでもない高級料理になりすませるが、ハンバーグやホット・ドッグもおなじことで、原材料の肉をアアダ、コウダといいだしたら、たいへんなことになるだろうと思う。事実、高級ホテルやレストランのメニュにも、ときどきこれは進出して名をつらねているが、チェスナットの木目の豪華に沈潜した壁板にかこまれた部屋では、ちょっと註文する気になれない。

赤や黄や青の原色が看板やパネルに氾濫しているバーガー・ショップのハンバーガーは、灰褐色のパルプを噛むようなものなのだが、やっぱり〝時代の唄〟みたいなサムシングがどこかにあるらしくて、食べ慣れると、それなりの味なり、懐しさなりが舌にきざまれてくるから、不思議である。パリやローマのような食都でも、こいつらの進出と氾濫を食いとめられないのだから、バカにしながらも、根は深いらしいナと認めざるを得ない。ヤングもオールドも、ガソリン・スタンドで油をカーに注入してもらうようなぐあいに、店へ入っていって、スカシたポーズで立食いにふける。

一九六八年頃のサイゴンは、明けても暮れてもアメリカのどこかの州都と化した観があって、チュドー通りを野戦服姿のアメリカ兵の肘やM－16銃の台尻と接触しないで散歩するのが困難なくらいだった。バーガー・ショップが何軒もでき、いついってもドアがハチきれるくらいの満員だったが、そのうちの一軒、やや静穏な店に、よく私は夕方になると、かよったものだった。

そこでいきずりのチャーリー（アメリカ兵）に教えられたところでは、うまいハンバーグを食うにはコツがあるということだった。

①肉がジューシー（おつゆたっぷり）でなくっちゃいけない。
②メリケン粉が入りすぎるとナンバ・テンだぞ。
③あまり火で焼いてはいかん。
④生焼けのバーガーを片手にし、もひとつの手にタマネギをにぎって、交互にかぶって食うんだ。

店のおっさんはヴェトナム人だが、いちいちすばしこい眼と口で、焼きかたは、とたずねる。そこでこちらはその眼と口につられて〝ミディアム・レア〟と、鉄火の速さで答える。ややあってでてくるのは、ほとんど生肉そのものといいたいようなヤツで、ためしにナイフで切ってみると、白い皿へ生の肉汁がとろりと流れ、赤インキを流したようである。肉の刺身といいたいところである。タルタル・ステーキだ。それをしゃくって口へ入れつつ、玉のままのタマネギをもらってアングリと嚙みつくと、野蛮だが鮮烈なチカチカの汁が口いっぱいに走る。モグモグと嚙んでいると、なにやら壮烈な素朴をおぼえるのである。一種、勇壮の気をおぼえ、ガッデムとつぶやいてあたりを睨《ね》めまわしたくなってくる、というぐあいであった。

わが国のハンバーグは、立食いでやっても高級レストランでやっても、いちいちビフテキなみに焼きかたをたずねてくれない。そもそもそんな質問を客にするということ自体が、テンから忘却されておる。たいていでてくるのはコンガリと焦がして焼いたヤツで、その歯ざわりは、平たくノシた肉団子といいたいところである。つなぎのメリケン粉がたっぷりと入っていて、肉そのもののジュースを吸ってしまい、噛んでみると、モクモクとしていて、あじきない。

切っても白い皿に赤い血がたらりと流れるなどということは起こらない。魚の刺身にあれだけ血相変えて新鮮を争う日本人が、肉となるとまるで幼稚園の給食なみなんだから、不思議である。きまってそこへ正調ブラウン仕立てのソースがねっとりドロリとかかるから、いよいよ生肉の妙味が失せてしまう。

一九六九年であったか。

西ドイツをあちらこちらと、一夏、リュックサック一つで流れ歩いたことがあったが、澄明な懈怠の日日のなかで、某日、昼寝のさめぎわに新聞で、〝ハンバーグ裁判〟という記事を読んだ。新聞は、たしか、《フランクフルター・アルゲマイネ・ツァイトゥング》ではなかったかと思う。小生のドイツ語の読解力は、赤錆びも赤錆び、正体が消えるまでに腐朽してしまっているが、たどりたどりゆっくり読むと、コラムぐらいはなんとか呑みこめる。そこで、シュタインヘーガー（ドイツ焼酎）の宿酔の頭をしぼりしぼり一語、一語、たどってみると、こうだった。

ハンバーガーはドイツではもっぱら〝ドイッチェ・ステーキ〟と呼びならされているが、そのファンの一人が、ある料理店をその筋へ訴えてでたというのだ。その店の名物のドイッチェ・ステーキが、どうやら、メリケン粉をまぜすぎていて、肉の味をそこなうまでのところへきている。肉の味がしなくて、粉の味がする。これはゴマカシだというのである。そこで、看板に偽りありといって、堂々、裁判所へ訴えてでたというのだ。いっぽう、訴えられたほうのレストランのおっさんは、まッ赤になって怒り、冗談もほどほどにしてくれ、私は伝統主義者なのだ、真のドイツ人なんだ、その私がドイッチェ・ステーキをメリケン粉でごまかすなんて、いいがかりもいいところだ、判事さんも検事さんもぜひ一度、御来店のうえためしてみていただきたいと、これまた堂々、反論する。

この裁判の成否を知らないままに、私はアフリカの戦場へいってしまったのだが、どうやら、〝ハンバーグ〟といおうが〝ドイッチェ・ステーキ〟といおうが、このモノにはメリケン粉をあまりまぜてはいけないらしいナということ、うっかりするとそれは裁判沙汰になるぐらいのものであるらしいナということが、アタマに入った。サイゴンのバーガー・ショップの味も生血、生肉、生タマネギの純粋無雑のそれだったと銘記しているものだから、いよいよ、ナルホドと思いこむにいたった。ハンバーグは団子にしてはいけないのだ。ツナギのメリケン粉は極微量にしなければいけない。こいつは、いわば、肉のニギリメシだ。そのもの自体を味わわなければならない。そういうものであるらしいのだ。

これがアタマに入った。

そこでキッチンに立った。

二

諸兄姉《みなさん》は少年前半期、後半期、青年前半期、後半期と、それぞれの段階をたっぷり味わって、秋の果実と、おなりになる。青年前半期と後半期においては、アパートなり下宿なりにおいて自炊やら外食やらし、〝独立〟なるものの愉しさと侘びしさをすみからすみまで体につけてからつぎの段階へとエスカレート、またはデスカレートなさる。

自炊の面倒な人は毎日毎日、駅前食堂にかよって蒼白い蛍光灯の下でアジ定食、トンカツ定食を食べ、冬になれば、垢光りのしたフトンに顎を埋めて、マンガを読みつつお眠りになる。シャツはともかくとして、パンツの汚れたのはひとかためにして紙袋につっこんで、ゴミ箱に捨てる。それも目立たぬようにするなら大きな駅へいって、人でザワザワするなかでゴミ箱へさりげなく捨てるのがいいという知恵を、体につけていらっしゃる。

もっとシンプル・ライフを望む人は、はじめから紙パンツを買っておいでになる。さらにシンプラー・ライフをめざす人は、ノーパンにジーパンとくる。

しかし、小生は初春のツボミからいきなり秋の果実となったのである。物心がようやくつきはじめた年頃で、フト気がついてみると、駈落ち・結婚・世帯持ち・出産というぐあいであった。それも貧乏のどん底であったから、楽ではなかった。アジ定もトン定も知らなくてすませられたが、そのかわり、ブタのしっぽなどを一本一〇エンで買ってきて、親子三人で食べたものだった。これは、しかし、なかなか味なもんだということを申し上げておきたい。

そういう次第だから、パンツを駅のゴミ箱に捨てる知恵と経験には出会えなかったし、台所でフライパン相手に悪戦苦闘をかさねるということもしたことがなかった。いつぞやオツユを作ってみようと思いたって、アアダコウダとやっているうち、とうとう大鍋いっぱいに得体の知れない醬油汁をでっちあげてしまったことがあり、以後はオツユであれ目玉焼であれ、実技についてはヒタと沈黙することとなった。およそ二十五年か二十六年、そうでありつづけたものだから、昨年、念願の仕事場をつくってその台所にたったときは、いささか昂揚したネ。

ハンバーグからまずいこうときめ、豚と牛の挽肉をウンと買ってきて、いそいそとフライパンをとりだした。これが恐しいヤツで、パリのマドレーヌ寺院のそばにある主婦の店で買ったのだ。ノルウェー製とくる。オムレツをどんなに下手にやっても焦げつかない、もし焦げたらタダでとりかえますというふれこみなのである。何がどうなってそうなってるのかは聞き洩らしたが、その店のオバサンは自信満々であった。分厚くて、重くて、丈夫一式、頑強無比である。

これをドンとガス七輪にのせ、シャツの袖をめくりあげて、挽肉を豚半分、牛半分ずつまぜ、タマネギの乱切りを入れて、ウンウンいいつつこねた。小生のアタマにはサイゴンのバーガー・ショップの生肉同然のものや、フランクフルトのハンバーグ裁判のことがシカと入ってるから、××先生のテキスト・ブックにはパンを牛乳に入れてトロンとさせたのをまぜなさいとあったが、頭から無視した。ハンバーグにマゼモノはいかんのだ。裁判所へ訴えられるのだ。タルタル・ステーキの要領でいこう。卵の黄身ぐらいはよろし。要はこねてこねてこねまくるこッた。すると、肉からねばりがでてきて、ちょうどいいのだ。豚半分、牛半分。ドイツ・ソーセージならボックヴルストというところ。〝合挽き〟を〝逢びき〟とかけたが、どうダ。

卵の黄身を一個分ほりこんで、ボールでウンウンいってこねているうち、そのあいだ可視または不可視の、容姿ととのったのや半ちぎれのや、さまざまの思惟、格言、イマージュが明滅出没して、気散じとしては、はなはだ愉しかった。どんどんこねまくっていると、そうだ、アイルランドにはコネマラという奇妙な名の町があるが、その近くではすばらしいマスが釣れるとのことだなどとも閃めいたりしたが、何やら逢びきはねっとり、トロンとしてきた。

そこへ粗挽きのコショウをパラパラふりこみ、もう二、三度こねまわし、ペタペタとたたいて、平べったい団子にした。ガスに火をつけ、丈夫一式のマドレーヌをあたため、サラダ油をまんべんなくひき、テラッと光ってブツブツいいだしたところへソッと団子を入れ、蓋をしてから、ウィスキーをちびちび。待つあいだ、そこはかとなくよしなしごとに思いふけった。ホドはよしと見て蓋をとってみると、団子先生は油のはじけたつ泡のなかにすわりこんでそろそろ熱くなり、表皮が生肉からキツネ色に変わりかかっている。オレの好みはミディアム・レアであったナと思いだし、なにげなくひっくりかえしにかかると、はしっこからポロポロとくずれる。オヤと思ってつっこむと、またくずれる。これはいけない。ソロソロやってたのではみなくずれてしまう。ここは一発、エイヤと一挙動でいくべし。

そこでエイヤッとつっこんでポンとひっくりかえしたら、そのとたんに先生は全面崩壊をひきおこし、一挙に団子から鍋いっぱいのソボロと化してしまった。一瞬こだわってオ、ラ、ラとフランス語でつぶやいたが、セ・トロ・タール（おそすぎる）。半焼けの奇妙なタマネギまじりのソボロができてしまった。クソッと、今度は直下《じきげ》に日本語でつぶやき、思惟の体系を一瞬にくずして二の陣を張り、腹に入ったら、団子もソボロもおなじことだわサと、思いきめた。

火を消して、ウイスキーをやめてビールにかえ、スプーンで鍋からじかにソボロをしゃくって食べてみたが、これは食べるというよりは呑み下すといったほうがよかった。肉そのものが古いのだろうか、生焼けのくせに赤い肉汁がいっこうにタラリとこぼれてこないのだ。ただ口のなかでモカモカにたにたとするだけで、鮮烈でとろりしたところのある野蛮の妙味がまるでない。

そこでパンの耳を切ってからマスタードをこってりとぬり、サンドイッチにしてやってみたら、どうにかこうにか舌に乗る。それだって、どことなく、いや、いたるところ、肉でできたパルプの粉といった舌ざわり、歯ざわりである。

おまけにマドレーヌの底には焦げつかないというふれこみのはずなのに、ガジガジとこびりついているものがある。ずいぶんたってから、彼女の尻は丈夫一式の分厚なんだから、火のまわりかたにムラがあり、よくよくこってりと全身に熱がまわってから作業にかからねばならないのではないかと察しがついたが、大女総身に火がまわりかね、ということか。

独身とは。

むつかしいもんなんだナ。

三

大阪から東京へ引っ越してきた舌がさびしがるものはたくさんあるが、その一つがクジラである。罐詰めのクジラの大和煮とオバケ（さらしクジラ）とベーコンはたやすく手に入れられるけれど、それ以外の物は料理屋もないし、材料の入手も困難である。東京のクジラ料理屋でおぼえているのは渋谷の道玄坂にあるのが一軒きりで、ほかにもあるとは風聞に聞いたことがないし、うまいもの案内にもでていないようである。

クジラの肉とコロ（脂肪層の煎り殻）は、昔から関西の細民の冬の人気料理だった。水菜（京菜ともいう）の霜をうけた頃のといっしょにして、鉄の浅鍋でグツグツ煮るのである。醬油や味醂で味をととのえるコツはスキヤキそのまま。秘事、秘伝など何もない家庭料理である。クジラもトドも海獣独特の匂いを肉に持っているので、子供のときから食べ慣れるのでなければ、東京の人にはちょっと敬遠されるだろうと思う。

知床半島の羅臼の町には《日本でたった一軒のトド専門料理店》と看板にうたいあげた店があって、トドの肉を鉄板焼で食べさせてくれるが、やっぱりクジラとおなじ匂いがする。この匂いは罐詰の大和煮にするとケロリと落ちるが、不思議である。

クジラの料理法をよく知っているのは、関西圏から以西であろうか。下関の人もなかなかよく知っていて、ちょいとした料理店では〝ひゃくひろ（百尋）〟といって、腸の湯引きの冷めたくしたのを辛子酢味噌で食べさせてくれる。それからトンと離れて東北の釜石あたりでも、やっぱりおなじものを〝ひゃくひろ〟といって、おなじ料理法で食べさせてくれる。〝ひゃくひろ〟は腸一般の古い俗称だが、こんな古語をいまだに使っているあたり、ちょっとうたれる。おそらく、下関も釜石も昔からクジラがよく陸揚げされたので、こんな異味の開発ができたのであろう。これは大阪や京都でもあまり聞いたことのない料理である。

クジラの肉で最高なのは、何といっても〝尾ノ身〟だが、さすがにこれを知っている人は東京にもちょいちょいいらっしゃる。捕鯨船の母船の食堂で食うのが一番だと、よく故きだ・みのる氏に吹きこまれたものだが、これは南極まで出張しなければならないので、当分がまんすることにする。いい熟《う》れかげんのこの肉を刺身にして、ショウガ醬油でやると、淡白なのでおどろくほど食べられる。

馬の最高の肉の刺身にそっくりのところがあって、なるほど、陸にいるか海にいるかはべつとして、御先祖様は同族だったんだなと、にわかに思いだしたりする。だったら馬肉をミンチにしてタルタル・ステーキにするぐらいだから、クジラもさぞやと、想像が走る。うまいぜ、これは。キット。

さらしクジラは東京で買うと白いだけだが、大阪や京都で買うと、ふちに細い、黒い皮をきっとつけるようにしていて、見た目にとてもシックである。これも辛子酢味噌でやると、涼しくて、ヒリついて、夏のビールがいくらでも飲める。

　関西の人はこれを一片か二片、赤味噌の味噌汁に入れるが、べろべろトロトロしていて面白い。この部分をさらして、脂ぬきしないで生《なま》のかたまりを塩漬けにしたのがベーコンだろうかと思う。戦後の焼跡時代には、脂肪分が何もないものだから、争って食べたものだった。唇のまわりについた脂を舐めると、舌も体も枯れに枯れ、渇きに渇いていたものだから、とろんとしたねっとり味が無限の滋味と感じられたものだった。

　久しくこれから遠ざかっているが、あるとき網走でバーになにげなく入ったらオツマミにでてきたので、思わず胸をつかれたことだった。疼痛のような飢えに苦しめられて部屋をころげまわった、あの頃の叫びと囁やきがむらむらとよみがえってきて、茫然となってしまった。

　大阪でももともと〝オデン〟と呼ぶのは田楽のことで、東京でふつうにオデンと呼ぶものは〝カントダキ（関東煮）〟と呼ぶのが、私などの少年時代の習慣だった。なぜこれを、いつ頃から〝カントウダキ〟と呼ぶようになったのか、いずれ冬になったら道頓堀の『たこ梅』へでもいってたずねてみようと思う。

　このカントダキにコロを入れて煮ると、ダシにぐっと深さと厚さがでて、コクが濃くなる。オデンにコロを入れるのが、大阪の正調のカントダキの妙諦かと思う。コロというのはクジラの厚い脂肪層から熱で脂をぬいたあとのダシ殻なのだが、脂はまだこっくりとのこっている。これを干して板のようになったのを水、または米のとぎ汁に一夜ほど浸して柔らかくし、短冊に切って、カントダキに入れるわけだ。買うときのコツはなるだけ白いの、白いのと選ぶこと。黄いろかったり、茶っぽかったり、黒いゴマ粒をふったようになっているのは下物である。

　カントダキ屋も洒落た店になると、このコロの最上品だけをたっぷりの汁でとろとろコトコトと煮たのを、だしてくれる。コツはダシそのものにあるが、ちょっとクジラの脂とは思えないくらい上品に、ふっくらと仕上っていて、感じ入らせられる。あるとき京都の名だたる小料理屋が、お手前のオカズとして食べているのを、一片か二片もらって驚嘆したことがあった。そこでコツをたずねてみると、コロを火であぶり、ちょっとキツネ色に焦げがついたところで、火からおろして短冊に切る。あとは深鍋にダシをたっぷり入れ、トロ火でコトコトやること、それだけのコトどすと、教えられた。

これならやれそうだと思ったので、数寄屋橋の関西系のデパートの地下食品売場へいき、なるだけ白いの、白いのと、選んで買って帰った。そして、いわれたままに火であぶり、ちょっと焦げ目がついたところで短冊に切り、深鍋にダシを張ってコトコト。三〇分か一時間おきにダシをつぎたし、つぎたして、その日はまるまる一日をコロのために消費したのだったが、夕方頃にできあがったのを召し上ってみると、テンでだめだった。おそらくダシそのものに、プロとアマのどうしようもない、大差があったのだろうと思う。

こんなモノは料理のうちにも入らないのだけれど、書も画もプロのいたずら描きとアマのいたずら描きとでは手のつけられない差がレキレキとでる。それに似たことだったのだろうと、肝に銘じたことだった。単純ほどむつかしい技はないのである。技を技としない妙技というのは、つくづくむつかしいことである。

グリモの午餐会

澁澤龍彦

美食学《ガストロノミー》とは、必要を快楽に変えるための技術である、といいえばいえるかもしれない。食わなければ死んでしまうから、人間だれしも食うことは食うが、ただ胃袋の必要を満たすために、動物のようにがつがつ食うだけでは、美食とはなんの関係もない。その点では、エロティシズムも似たようなもので、ただ性的欲望を満たすために男女が結びつくだけでは、動物とまったく変らないのである。エロティシズムが成立するためには、私たちの想像力が関与しなければならないし、反省的機能がはたらかなければならない。美食においても同様であろう。

文明が爛熟してくると、エロティシズムがしばしば極端をめざすように、美食の道も奇に走るようになる。倒錯的な欲望や反自然の傾向が目ざめる。いや、私はべつに難解な美食哲学を語るつもりはないので、話をもっと具体的にしたほうがよいだろう。たとえば、世の美食家の珍重するフォワグラという珍味を考えてみるがよい。これは一種の肝臓病で、鵞鳥の肝臓を異常に肥大させるために、人工的に無理やり餌を食べさせた結果、生じたところのものである。残酷といったところで、どっちみち最後には食ってしまうのだから仕方がないが、よくまあ、こんなばかげた飼育法を考え出したものだと私たちはつくづく感心させられる。

ここに私が採りあげたいのは、ひたすら奇をめざした美食家である。一種のミスティフィカトゥール（韜晦趣味のひと）といってもよいほど、他人を驚かせたり煙に巻いたりすることを好んだ、風変りで辛辣な美味の探求者である。その名をグリモ・ド・ラ・レニエールという。一般に、美食家は寛大な気持にあふれ、ゆたかな人生哲学をもつ陽気な人物とされているようだが、グリモはこうした通念に反していた。順を追って述べよう。

バルタザール・グリモ・ド・ラ・レニエールは一七五八年、パリに生まれた。生まれた時から両手の指が癒着していて、指のあいだに家鴨の水かきのような膜があり、爪は獣の爪のように鋭かったという。そのため、いつも人造の指を装着していて、それをかくすために手袋をはめていた。しかし幼年時代からの訓練によって、驚くほど巧みに字を書いたり絵を描いたりすることができた。この不幸な生い立ちが、グリモの性格をゆがんだものにしたという説がある。

父は旧制度下に羽ぶりをきかせた徴税請負人で、莫大な財産をもっていたから、身分の低い平民の出であったにもかかわらず、オルレアンの司教の姪にあたる生粋の貴族の娘と結婚することができた。この母は貴族の家柄を鼻にかけた、尊大な冷たい性格の女で、息子に対する愛情もなく、食べることにしか興味のない、成り上り者の父をてんから軽蔑していた。グリモは、こうして物質的な富には恵まれながらも、愛情のない両親のもとで育つことになった。後年、彼が狷介なミスティフィカトゥールになったのも、こんな家庭環境の影響があったのではないか、というひとがいる。ただ一つ、美食に対する趣味だけを彼は父から譲り受けた。こんな冷たい家庭でも、舌の教育だけは最高だったわけだ。父はフォワグラの不消化が原因で死んだといわれているほどだから、まず当時としては、きわめつきの美食家だったと考えて差支えないだろう。

父の邸で、上品に着飾った貴族や貴婦人があつまって、豪華な晩餐会が催されたりすると、少年グリモはわざと仕立てのわるい粗末な服を着て、のこのこサロンにはいってゆくのだった。父の成金趣味や母の貴族趣味を嘲弄するために、わざと阿呆みたいな振舞いにおよんで、彼らを困らせてやろうという寸法である。グリモと握手したひとこそ災難で、彼はその生まれつきの鋭い爪で、血が出るまで相手の掌を握り返すのだった。食卓では、きまって無遠慮な大声で料理の品定めをやった。会食者たちは眉をひそめたが、彼は平然たるものだった。事実、ごく若いうちから料理にかけては一廉の見識をもっていて、父からあたえられた立派な幌つき四輪馬車で毎日のようにパリの中央市場へ通っては、自分で食糧品を見つくろってくるのが彼の趣味だったのである。

グリモが一躍有名になったのは、この父の邸で、みずから主宰して定期的に午餐会というものを催すようになってからである。それまでは、晩餐会というのは行われていたけれども、まだ午餐会という習慣はなく、それぞれ自宅で軽い食事をしているにすぎなかった。それを大がかりなものにしたのは、だからグリモの発明といってもよかった。グリモの主宰する午餐会は正午からはじまって、四時間におよんだという。

評判が高くなるにつれて、上流階級人士が争ってグリモの午餐会に列席したがったが、ひねくれ者のグリモは、彼らを意地わるく拒否するのだった。みずから「民衆の擁護者」と称していたように、グリモの貴族ぎらいは徹底していて、彼は自分の午餐会に貧乏な弁護士だとか、文学者だとか、俳優だとかいったひとたち、つまり平民階級のインテリしか呼ばなかった。いや、それどころか、時には召使や乞食も列席したというから、大革命前のパリの風俗としては、なんとしても破格な事件ではある。いい忘れたが、グリモ自身も表向きは弁護士の勉強をしていたのだった。

この午餐会は「哲学的午餐会」と呼ばれて、一週間に二回行われた。メニューもまことに変っていて、或る日のごときは白葡萄酒しか出なかった。また別の日には赤葡萄酒しか出なかった。そうかと思うと、魚ばかりの料理しか出ない日があったり、最初から最後まで牛肉の皿だけという日があったりした。さぞや列席者はうんざりしたことであろうが、なにしろ哲学的な午餐会なのだから文句をいっても仕方があるまい。またコーヒーを十七杯以上飲まなければならぬという規則があって、十七杯に達しないひとは追い出された。三十五杯まで飲んだひとがあったというから驚きである。江戸時代の随筆などを読んでいても、変なものをやたらに食ったひとの記録が出てくるが、どこの世界でも同じようなことを考えるひとがいるものだ。

しかしグリモ・ド・ラ・レニエールの企画した食卓の饗宴のなかでも、いちばん奇想天外で、ひとびとを唖然たらしめたのは、一七八三年二月一日のそれであったろう。フランス革命勃発の六年前で、そろそろ物情騒然としてきた時代のことである。「好色本は フランス大革命を 準備した」というボードレールの言葉を思い出すならば、このグリモの食卓の饗宴も、あるいは同じような観点から眺めることができるかもしれない。とにかく、それは料理史上に残る事件となったのである。

或る日、パリに住む二十二人の人間が、死亡通知状にそっくりな、次のような奇妙な招待状を受けとった。

「来たる二月一日にバルタザール・グリモ・ド・ラ・レニエール氏によって行われる饗宴の野辺送りにぜひ御参列をお願いしたく存じます。夕刻の九時に御参集くだされば晩餐は十時より催します。当方にて召使は十分に揃えてお待ちいたしますゆえ下僕をお連れにならぬよう願いあげます。豚肉も油も不足なきよう取りはからいます。本状持参の方でないかぎり御入場は固くお断りします。」

場所は例によってグリモの父の邸だったので、少なくとも饗宴の行われる二月一日の朝から夜中まで、両親をどこか別の場所に追っぱらっておく必要があった。グリモは一計を案じた。父が大の雷ぎらいなのを知っていたので、今日は晩餐会の余興に雷そっくりな花火を打ちあげると告げたのである。父は驚いて邸から逃げ出してしまった。母に対しては、今日は中央市場の魚売り女を招待してあるので、きっと彼女たちが母上に挨拶にくるでしょうと告げた。魚くさい女たちの接吻を受けてはたまらない、というわけで、母も父と同様、あわてて馬車に乗って郊外の別荘へ避難してしまった。これで広い邸のなかにはだれもいなくなり、グリモは心置きなく自分勝手なことができるようになったわけである。両親がいなくなると、さっそく彼は三百人の室内装飾業者や大工や壁紙職人を呼んで、邸の内部をすっかり模様替えしてしまった。

定刻の九時になると、招待客がぽつぽつ参集してきた。すると制服を着た守衛が、彼らに次のような質問をするのだった。

「あなたは民衆の圧迫者ですか、それとも民衆の擁護者ですか。」

もちろん、後者の答えでなければ、邸内には入れてもらえないのである。まず最初に通されるのは武具室で、壁に剣だの短刀だのピストルだのが物々しく飾ってある。十五世紀の甲冑を着た伝令官が十人、手にトランペットをもって並んでいる。

次に通されるのは、赤い壁紙を張った薄暗い部屋で、二匹の青銅製の怪獣の口から吹き出す焔によって、部屋ぜんたいがぼんやり照らされている。手に剣をもった戦士がひとり立っていて、試練を受ける勇気があるかと質問する。

勇気があると答えると、招待客はさらに次の部屋に通される。そこは裁判官の部屋に見立ててあって、テーブルの上に書類だの帳簿だのが山積みされており、テーブルの向うから法服を着た裁判官が、いかめしく職業や身分を述べることを要求する。これにいちいち答えなければいけないのである。

こうしてようやく最後の大広間に通される。しかし普段ならばシャンデリアが明るく輝いているはずなのに、広い部屋は無気味な髑髏の上に立てられた、たった四本の蠟燭によって照らされているばかりである。二人のマンドリン奏者が、気の滅入るような悲しい音楽を奏でている。部屋の中央では、グリモが親しげに客を迎えている。グリモの隣りには、美しいオペラ座の踊子シュザンヌ嬢がいる。彼女はグリモの公然の愛人で、この日、グリモは彼女のために、この奇妙奇天烈な宴会をひらいたのだった。

やがて食卓のととのったことを知らせる鐘が鳴ったが、その鐘は教会で葬式の時に打ち鳴らす鐘だった。悪趣味もここにきわまれり、というべきだろう。グリモは愛人に腕を貸すと、行列の先頭に立って、暗い廊下をしずしずと歩き出した。そのあいだ、絶えまなく鐘が鳴りつづけていた。食堂にくると、幕がぱっと上がって、すっかり用意のできたテーブルがあらわれた。食堂の壁紙は黒づくめで、ここも明りといえば数本の蠟燭しかなく、まるでお通夜の席にそっくりだった。しかもテーブルは柩をのせるための霊柩台であり、テーブルの上のコップは骨壺なのである。それでも食事はたいそう豪華版で、次から次へと珍味が出た。五回目のサービスの時に豚肉が出ると、グリモは大声で招待客に告げた。

「この豚肉は、モンマルトル街にある私の父の実家のグリモ豚肉店で調達したものであります。」

客たちはどっと笑った。ちょっと説明しておくと、徴税請負人として成り上がったグリモの父は、じつは豚肉屋の息子だったのである。グリモは父の身分をことさら客の前で披露して、父を笑いものにしているのである。もちろん、グリモは豚肉屋という商売を蔑視しているのではなく、豚肉屋の出身のくせに貴族ぶっている父を笑っただけにすぎなかろう。

おもしろいのは、みんなが食事をしている食堂の中二階の張り出しに、とくに立見席を設けていたということであろう。ただ他人の食っている食事を見るだけのために、三百人の観客が特別の許可を受けて、押し合いへし合いしながらここに詰めかけたのである。なるほど、たしかに前代未聞の珍しいスペクタクルにはちがいないから、彼らは一見の価値ありと考えたのかもしれない。それにしても、他人の飲み食いを芝居のように見物するとは、やはりどうも私にはおかしなことのような気がしてならない。

食事のサービスをしていたのは、肌もあらわなニンフの扮装をした少女たちだった。ところがデザートになると、給仕人は葬儀人夫に変った。それから急に、蠟燭の火がぱっと消えて、食堂はまっくら闇になってしまった。花火がぽんぽん破裂して、壁の上にお化けのような幻影がちらちら映し出された。陰気な鎖の音や呻吟の声が聞えはじめた。

会食者たちはぞっとして、もうこんなお芝居はたくさんだ、と思いはじめた。するとふたたび明りがついた。驚いたことに、いままでの葬式のような暗い雰囲気が一変して、あたりは華やかな景色につつまれていた。すなわち壁紙には、明るい色で珍奇な花々や植物が描かれていたし、テーブルの上の鳥籠のなかでは、小鳥がさえずっていたからである。会食者たちにアイスクリームをサービスして歩く給仕人も、羊飼いの扮装をした若い男女に変っていた。みごとな演出で、暗から明へと雰囲気を一挙に逆転させたわけである。グリモの助手として、この日の会場の演出を受け持っていたのは、コメディ・フランセーズの俳優デュガゾンであった。

こうして翌日の午前四時に、この人騒がせな大饗宴はめでたく幕を閉じたのである。朝になって邸に帰ってきた両親は、やがて世間の噂によって、この日の大饗宴の一部始終を聞かされて、肝をつぶしたことであろう。

この一七八三年二月の大饗宴のほかにも、グリモは永く世間の語りぐさになるような、いくつかの風変りな晩餐会や午餐会を催している。たとえば「経済学者たちの午餐会」というのがあったらしい。農業や商業の専門家ばかりを呼んで催した午餐会で、最初のうち、料理は各種のパンとビールしか出なかった。仕方がないから、招待客たちはそれらを腹いっぱい食べた。じつは別席に豪華な御馳走がちゃんと用意されていたのである。これ以上はとても食えない経済学者たちの見ている前で、グリモはひとりでその御馳走をぱくついたという。また一七八四年二月には「古代風の宴会」というのを行ったらしい。ローマの饗宴を思わせるような宴会で、会食者たちは油で汚れた手をナプキンのかわりに、はだかの美少女の香水をつけた髪の毛で拭ったという。

前にも述べたように、グリモは貴族ぎらいの急進主義者として定評のあった人物であるが、ひとたび大革命が成立するや、その革命的情熱は急速に冷めてしまったとおぼしい。よくあることである。むろん、彼は革命家のなかにも友達を多く持っていたから、父が徴税請負人であったにもかかわらず、恐怖政治の嵐のなかを無事に乗り切ることができた。しかし革命にはつくづく嫌気がさしたようで、のちになって次のように述懐している。「不幸な大革命の時代、中央市場にはたった一匹の立派なひらめも姿を見せたことがなかった」と。いかにも稀代の美食家らしい述懐ではないだろうか。

革命が一段落すると、グリモの莫大な財産はほとんど何一つ残っていなかった。それでも彼の美食に対する欲求は相変らず熾烈であった。さて、どうしたらよいか。このとき彼が考え出したのは、最低の費用で最高の贅沢な食事をする方法であった。「食通年鑑」という定期刊行物を出すことを彼は思いついたのである。この本は、いわば料理屋と食糧品屋の案内書みたいなもので、そのなかでは良心的な店は賞讃され、非良心的な店は手きびしく非難されていた。新しいブルジョワ階級が勢力をえてきたパリで、この「食通年鑑」は大いに歓迎されたらしい。グリモの意見が売行きに影響するということが分ると、商人たちもこれを無視することができなくなった。

「食通年鑑」の発刊とともに、グリモは十二人の委員によって構成された「味の審査会」なるものを組織して、みずからその終身書記となった。「味の審査会」とはいかなるものかというと、パリおよび地方で売られている食糧品の品質について、毎週、委員が集まって論評することを目的としたものだった。論評の結果は「食通年鑑」に発表される。さあ、こうなるとグリモの家には、フランス各地の珍味佳肴が引きもきらず、どんどん集まってくることになった。フランス中のうまいもの屋が「うちの品をぜひ試食していただきたい」といって、グリモの家に珍味佳肴を届けてくるからである。カオールから、ペリグーから、トゥールーズから、カンカールから、ランスから、トリュッフ入りフォワグラだの家鴨のパテだの、牡蠣だの葡萄酒だのがどんどん届けられた。最低の費用で最高の料理を味わおうという、グリモの計画は図にあたったわけである。

こうしてグリモはほぼ十年間、フランスに君臨する美食の帝王として、わが世の春を謳歌していた。しかるに一八一二年の或る日、ひょんなことから彼は一挙に名声を失墜するのである。

或る料理人が「食通年鑑」できびしく批判されたのに腹を立て、弁明するために「味の審査会」を訪れた。入口で門番に阻止されたが、無理にずんずん通って、いきなり審査室に押し入ってしまったのである。料理人はなにを見たろうか。審査室は食堂も兼ねているらしく、グリモがひとりで食卓に向っていた。グリモ以外にはだれもいなかった。十二人分のナイフとフォークが揃えてはあったが、食べているのはグリモひとりだったのである。料理人は呆気にとられた。

たぶん十年前の発足当時は十二人のメンバーが揃っていたのであろう。しかし、いつのころからか、審査会は完全に有名無実のものとなっていたらしい。それでもグリモは、この事実をひた隠しにして、あたかもそれが存続しているかのごとく、依然として定期刊行物を出しつづけていたのだった。審査会は一週間に一回、メンバーが集まって試食したり論評したりすることになっていたのだが、グリモはなんと一日に四回、自分ひとりだけの審査会をひらいて、全国から届けられた山海の珍味をむしゃむしゃ食っていたらしいのである。驚くべき執念といおうか、ミスティフィカシオンといおうか、ともかく一筋縄ではいかない人物であることは認めざるをえまい。

囂々たるスキャンダルになり、商人たちはグリモを裁判所に訴えた。グリモはすっかり信用を失って、パリを去らねばならなくなった。晩年はヴィレール・シュル・オルジュの城館で、ひっそり閉じこもって暮らしたという。死んだのは八十歳、死ぬまで食欲は旺盛だったが、食ったあとではがっくり疲れたそうである。

いかにも彼らしい逸話が残っている。すなわち、グリモが晩年を過ごした城館には、一匹の巨大な豚が飼われていたというのである。彼はこの豚を愛し、いつも一緒に食事をしていた。もう彼には、一緒に食卓をかこむ相手は豚しかいなかったのだ。豚は上席にすわり、首のまわりにナプキンをかけ、黄金の皿から食っていた。「私はこの獣を愛している」とグリモはいっていた、「なにしろ百科全書的な動物だからな」と。若いころに反抗した豚肉屋出身の父と、すでに彼は和解していたのかもしれない。

古川緑波

神戸

久しぶりで、神戸の町を歩いた。

此の六月半から七月にかけて、宝塚映画に出演したので、二十日以上も、宝塚の宿に滞在した。撮影の無い日は、神戸へ、何回か行った。三の宮から、元町をブラつくのが、大好きな僕は、新に開けたセンター街を抜けることによって、又、たのしみが殖えた。

センター街は然し、元町に比べれば、ジャカジャカし過ぎる。いささか、さびれた元町であるが、僕は元町へ出ると、何だか、ホッとする。戦争前の、よき元町の、よきプロムナードを思い出す。

戦争前の神戸。よかったなあ。

何から話していいか、困った。

で、先ず、阪急三の宮駅を下りて、弘養館に休んで、ゆっくり始めよう。

三の宮二丁目の、弘養館。それは一体、何年の昔に、ここのビフテキを、はじめて食べたことであったろうか。子供の頃のことには違いないのだが。

弘養館という店は、神戸が本店で、横浜にも、大阪にも、古くから同名の店があった。

神戸の弘養館は、昔は、三の宮一丁目にあったのだが、今は二丁目。

今回、何年ぶりかで、弘養館へ入って、先ず、その店の構えが、今どきでなく、三四人宛の別室になっているのが、珍しかった。

昔のまんまの「演出」らしいのだ。と言っても、その昔は、もう僕の記憶にない程、遠いことなので、ハッキリは言えない。でも、いきなり、こんなことで商売になるのかな？　と思う程、全く戦前的演出であった。

四人位のための一室に、連れの二人と僕の三人が席を取って、さて、「メニュウを」と言ったら、ボーイが、「うちは、メニュウは、ございません」

と、思い出した。此《こ》の店は、ビフテキと、ロブスターの二種しか料理は無かったんだ。昔のまんまだ。やっぱり。弘養館へ来て、メニュウをと言うのは野暮だった。

「ビフテキを貰おう」

スープも附くというから、それも。

先ず、スープが運ばれた。深い容器に入っている、ポタージュだ。ポタージュ・サンジェルマンと言うか、青豆のスープ。それが、まことに薄い。

ひどく薄いな。そして、無造作に、鶏肉のちぎって投げ込んだようなのが、浮身（此の際、浮かないが）だ。

ポタージュの、たんのうする味には、縁の遠い、ほんの、おまけという感じだ。つまりは、此の店、これは、ビフテキの前奏曲として扱っているんだろう。

然し、何んだか昔の味がしたようだ。

ビフテキは、先ず、運ばれた皿が嬉しかった。藍《あい》染附の、大きな皿は、ルイ王朝時代のものを模した奴で、これは、戦後の作品《もの》ではない。疎開して置いたものに違いない。この皿は、昔のまんまだ、少くとも、これだけは。

ビフテキは、如何焼きましょうと言われて、任せると言ったので、中くらいに焼けている。ここにも昔の味があった。近頃のビフテキには無いんだ、この味。悪く言えば、何んだかちいっと、おかったるいという味。然し、ビフテキってもの、正に昔は、こうだった。

子供の昔に返ったような気持で、ビフテキを食い、色々綺麗に並んでいる添野菜を食う。温・冷さまざまの料理が、一々念入りに出来ていたのが嬉しい。此の藍色の皿で、野菜を食っていて、ふいッと思い出した。

そうだ、僕が、生れてはじめて、アテチョック(アルティショー――食用薊《あざみ》)ってものを食ったのは、神戸の弘養館だった。

中学生か、もっと幼かりし日かの僕。アテチョックを出されて、食い方が分らなくて、弱ったんだっけ。そして、僕を連れて行って呉《く》れた伯父に教わって、こわごわ食った。その時、伯父は、これはアテチョコというものだと、それも教えて呉れた。

昔のことを思い出しながら、食い終って、僕は、此の店の主人に会いたいと申し入れた。昔のはなしが、ききたかったから。

ボーイが、「はい、大将いてはります」と言う。大将と呼ぶことの、又何と、今どきでないことよ。大将に会って、きいてみたら、何と、此の店は、現在の大将の祖父の代から、やっているのだそうで、七八十年の歴史があると言うのだ。

「へえ、祖父の代には、パンが一銭、ビフテキが五銭でしてん」

そんなら僕が、幼少の頃に来た時は、二代目の時世だったのだろう。そんな昔からの、そのままの流儀で、押し通して来た、弘養館なのである。

味も、建物も、すべてが、昔風。こんなことで商売になるのかと心配したが、時分時《じぶんどき》でもない、午後三時頃に、僕の部屋以外にも、客の声がしていた。

七八十年の歴史。売り込んだものである。

さて、弘養館を出ると、又、僕は思い出すのである。

三の宮バーは、無くなったのかな？

此《こ》の近くにあった、小さな店。バーとは言っても、二階がレストオランになっていて、うまくて安い洋食を食わせた。

安洋食に違いないが、外人客が多いから、味はいいし、第一、全く安かった。スープが、二十銭だったと思う。ちゃんとした、うまいコンソメだった。神戸の夜を遊ぼうというには、先ず、此処《ここ》を振り出しにした。ここで、アメリカのウイスキー、コロネーションとか、マウンテンデュウなどという、これが又安いんだ、それをガブガブ飲み、安い洋食を、ふんだんに食ってしまう。

こうして、酔っぱらって置けば、女人のいるバーへ行ってから、あんまり飲まずに済むからというんで、下地を作ったわけだ。

戦争になる前のことだ。

戦争になってからは、やっぱり、すぐ此の辺にあった、シルヴァーダラーへ、よく通った。

酒も食物も乏しくなった時に、シルヴァーダラーのおやじは、そっと、うまい酒を飲ませて呉《く》れ、ツルネード・ステーキなどを慥《こしら》えて呉れた。他の客のは、鯨肉なのに、僕のだけは、立派なビーフだった。涙が出る程、嬉しかった。

大阪の芝居が終ると、阪急電車で駈けつけた、あんまりよく通ったので、おやじが、勲章の代りに、シルヴァー・ダラーの名に因《ちな》んで、大きな、外国の銀貨を呉れたものだった。

三の宮から元町の方へ歩いて行くと、僕の眼は、十五銀行の方を見ないわけには行かない。もうそこには、今は無いのだが、ヴェルネクラブが、あったからである。

十五銀行の地下に、仏人ヴェルネさんの経営する、ヴェルネクラブがあった。

僕が、そこを覚えたのは、もう二十年近くも以前のことだろう。それから戦争で閉鎖となり、又終戦後一度復活したのだが、又閉店して、今は同じ名前だが、キャバレーになってしまった。

ヴェルネクラブの、安くてうまい洋食は、先ずそのランチに始まった。むかしランチは確か一円だったと思う。それでスープと軽いものと、重いものと二皿だった。

それは、此の辺に勤めている外国人、日本人の喜ぶところで、毎日の昼食の繁盛は、大変なものだった。

ランチも美味かったが、ヴェルネさんに特別に頼んで、別室で食わして貰ったフランス料理の定食は、今も思い出す。何処までも、フランス流の料理ばかり。そして、デザートには、パンケーキ・スゼット。

それが、戦争になって、材料が欠乏して来ると、ヴェルネさんは嘆いていた。

「ロッパさん、(それが、フランス式発音なので、オッパさんというように聞えた)むずかしい。沢山、むずかしい」

そう言って、両手を拡げて、処置なしという表情。材料が無くなり、ヤミが、やかましくなって、彼の商売は、沢山むずかしくなって来た。

やがて閉鎖した。

此の間、何年か相立ち申し候。

昭和二十五年の夏だった。

再開したと聞いて、僕は、ヴェルネへ駆けつけた。

「オッパさん！」と、ヴェルネさんが、歓迎して呉《く》れて、昔の僕の写真の貼ってあるアルバムを出して来たりした。

テーブルクロースも昔のままの、赤と白の格子柄。メニュウを見ると、昔一円なりしランチが、二百五十円と五百円の二種。五百円のを取ると、オルドヴルから、ポタージュ。大きなビフテキ。冷コーヒーに、ケーキ。

ビフテキも上等だったが、それにも増して嬉しかったのは、フランスパンの登場だった。終戦後は、アメリカ風の、真ッ白いパンばっかり食わされていたのが、久しぶりで（数年ぶり）フランスパンが出たので、嬉しかった。

その時の神戸滞在中、七八度続けて通った。そして、グリル・チキン、スパゲティ、ピカタ、アントレコット等、行く度に色々食ったものであった。

それが、それから数年経って行ってみたら、キャバレーになっていた。

でも、僕は、その辺を通る度に、ちらっと、在りし日のヴェルネクラブの方を見るのである。

今日も、ちらりと、その方を見ながら、元町へ入る。此《こ》の町は、昔から、日本中で一番好きな散歩道なのだが、ここには別段食いものの思い出は無い。

食うとなると、僕は、南京町の方へ入って、中華第一楼などで、支那料理を食ったので、元町の散歩道では、昔の三ツ輪のすき焼を思い出す位なものだ。

こっちから入ると、左側の三ツ輪は、今は、すき焼は、やっていない。牛肉と牛肉の味噌漬、佃煮を売る店になったが、昔は此の二階で、すき焼を食わせた。

もう少し行くと、左側の露路に、伊藤グリルがある。戦争前からの古い店で、戦争中に、よく無理を言っては、うまい肉を食わして貰った。

だから伊藤グリルを忘れてはならなかった。

戦後も行って、お得意の海老コロッケなどを食った。ここは気取らない、大衆的なグリルである。

そうだ、此の露路に、有名な豚肉饅頭の店がある。

森田たまさんの近著『ふるさとの味』にそこのことが出て来るので、一寸抄《す》く。

……神戸元町のちょっと横へはいった、——あすこはもう南京町というのかしら、狭い露地の中に汚ならしい支那饅頭屋があって、そこの肉饅頭の味は天下一品と思ったが、それも一つには、十銭に五つという値段のやすさが影響しているに違いない。この肉饅頭は谷崎先生のおたくでも愛用されたという話を、近頃うかがって愉快である。……

全く此の肉饅頭は、うまいのである。そして、森田さん、十銭に五つと書いて居られるが、僕の知っている頃（昭和初期か）は、一個が二銭五厘。すなわち、十銭に四つであった。

そのような安さにも関わらず、実に、うまい。他の、もっと高い店のよりも、ずっと、うまいんだから驚く。中身の肉も決して不味くはないが、皮がうまい。何か秘訣があるのだろう。

その肉饅頭も、無論戦争苛烈となるに連れて姿を消したが、終戦後再開した。

そして又、ベラボーな安価で売っている。今度は、二十円で三個である。

ところが、それでいて、又何処のより美味い。これは、声を大にして叫びたい位だ。

昔もそうだったが、そんな風だから、今でも大変な繁盛で、夕方行ったら売切れている方が多い。

この肉饅頭の店、そんなら何という名なのか、と言うと、これは恐らく誰も知らないだろう。饅頭は有名だが、店の名というものが、知られていない。

知られていないのが当然。店に名が無いのである。

今回も、気になるから、わざわざあの露路へ入って、確かめてみた。

「元祖　豚まんじゅう」という看板が出ているだけだ。店の名は、何処を探しても出ていない。（包紙なども無地だ）

標札に、「曹秋英」と書いてあった。

兎《と》に角《かく》、この豚饅頭を知らずして、元町を、神戸を、語る資格は無い、と言いたい。

露路を出て、元町ブラをする。

これは戦後いち早く出来た、アルドスというアイスクリームの店。大きな店構えで、アイスクリーム専門だった。暫くうまいアイスクリームなんか口に出来なかった戦後のことだから、ここのアイスクリームは、びっくりする程うまかった。

ヴァニラと、チョコレートとあって、各々バタを、ふんだんに使ったビスケット附き。それも美味かった。

それが、今度行ってみたら、アルドスという店は無くなっていた。アイスクリームは、全国的に、ソフトに食われてしまったのか。

戦後に、やはり此《こ》の辺に、神戸ハムグリルという大衆的な、安い洋食を食わせる店があって愛用したものだが、それも、見つからなかった。

もっと行くとこれも左側にコーヒー屋の藤屋がある。戦争中は、ここのコーヒーが、素晴しかった。今は代が変ったのか、大分趣が変ってしまった。

元町から、三の宮の方へ戻ろう。

ヴェルネクラブのあった、十五銀行の方を又振り返り、そしてその向うの、海の方も気にしながら――というのは、此処《ここ》の海には、フランス船の御馳走の思い出があるからだ。M・Mの船の、クイン・ドウメルや、アラミスなどというので食べた、本場のフランス料理、此のことは既に書いたから、略す。三の宮へ引返すのに、センター街を通って行く。昔は元町と三の宮の間には、繁華街は無くて、生田筋から、トアロードを廻ったりしたものだが、今はセンター街がある。

センター街の賑わいは、ともすると、元町の客を奪って、昔の元町のような勢を示している。

ここにも、うまいものの店は、あるのだろうが、僕は、此処については、まだ詳しくない。

知っているのは、センター街の角にある、ドンクというベーカリー。そこのパンを僕は絶賛するものである。ドンク（英字ではＤＯＮＱ）のフランスパンは、日本中で一番うまいものではあるまいか。僕は、此処のパンを、取り寄せて食べている。

センター街から、三の宮附近へ戻る。

生田神社の西隣りに、ユーハイムがある。歴史も古き、ユーハイムである。無論、元は場所が違った。もっと海に近い方にあったのだが、戦後、此方へ店を出した。

神戸といえば、洋菓子といえば、ユーハイム、と言った位、古く売り込んだ店である。今回行って、コーヒーを飲み、その味、実によし、と思った。

モカ系のコーヒーで、丁寧に淹《い》れてあって、これは中々東京には無い味だった。

関西では兎角《とかく》、ジャワ、ブラジル系のコーヒーが多いのに、此の店のは、モカの香り。そして、洋菓子も、流石に老舗を誇るだけに、良心的で、いいものばかりだった。ミートパイがあったので試みた。

これも、今の時代では最高と言えるもので、しっとりとした、いい味であった。

ユーハイムを出て少し行くと、ハイウェイがある。これは戦前からのレストオランで、もとの場所とは、一寸違うが、すぐ近くで開店。又最近、北長狭通《きたながさどおり》へ移った。きちんとした、正道の西洋料理店。戦時は、大東グリルという名に改めた。大東亜の大東かと思ったら、主人の名が大東だった。それも、昔のハイウェイを名乗って再開。やっぱり、折目正しい、サーヴィスで、柾目《まさめ》の通ったものを食わせる。最近行って、ビフテキを食ったが、結構なものだった。

その直ぐ傍に、平和楼がある。中華料理で、かなり庶民的。僕は、神戸へ行く度に必ず此処《ここ》へ行く。平和楼と言えば、戦前神戸には有名な平和楼があった。支那料理ではあるがかなり欧風化した、そして日本人の口に合うような料理を食わせる店だったが、その平和楼とは、場所も経営者も違う。但し、全然縁が無いことはないので、此《こ》の店の経営者は、昔の平和楼の一番コックだった人である。が、今度は、欧風又は日本風の料理ではなく、純支那風のものを食わせる。これでなくちゃあ、ありがたくない。で、僕が此処で、必ず第一番に註文するのは、紅焼魚翅《ほんしやおゆいちー》だ。ふかのひれのスープ。これが何よりの好物で、三四人前、ペロペロと食ってしまう。

東京の支那料理屋では、何《ど》うして、こういう風に行かないだろう。魚翅も随分方々で食ってみるが、こういう、ドロドロッとした、濃厚なスープには、ぶつからない。

東京で食うのは、魚翅もカタマリのまんまのや、それの澄汁のような、コンソメのようなの、又は、ポタージュに近くても、濃度も足りないし、色々な、オマケの如きものが混入していて、つまらない。

こればっかりは、神戸の、本場の中国人が作ったものには敵わないのではないか。

平和楼以前に、僕は、戦後二三年経って、神戸のトアロードの、かなり下の方にあった、福神楼というので、紅焼魚翅を食った。それが此の、ドロドロの、僕の最も好むところのものであった。此の福神楼は、今はもう無い。

平和楼の、ドロドロの、ふかのひれ。これを思うと、僕は、わざわざ東京からそれだけのためにでも、神戸へ行きたくなるのである。

その他の料理も皆、純中国流に作られていて、近頃の東京のように、洋食に近いような味でないのが、嬉しい。

此の店、階下を、流行のギョウザの店に改装し、これも中々流行《はや》っている。

支那料理の話になったら、神戸は本場だ、もう少し語らなくてはなるまい。

戦前から、戦中にかけて、僕が最も愛用したのは、元町駅に近い、神仙閣である。これは、谷崎潤一郎先生に教わって行った。そして、その美味いこと、安いことは、実に何とも言いようのないものであった。

現今流行の、ギョウザなどというものも、此の店では、十何年前から食わしていた。

さて、戦後（一九五四年）、戦災で焼けてから、建ち直った神仙閣へ行った。

入口のドアを開けると、中国人が大きな声で、「やアッ、ヤーアッ！」というような、掛け声の如き、叫びを叫んだ。

「いらっしゃい」と言う、歓迎の辞であろう。途端に、ああ昔も、此の通りだったな、と思い出した。

そして、久しぶりで此処の料理を食ったのであるが、昔に変らず美味かった。但し、いささか味が欧風化されたのではないかという疑問が残ったが。

そして、ここいらで、忘れないうちに書いて置かなくてはならないことは、これらの支那料理は、全部、神戸は安い、ということだ。

東京では、こうは行かない、という値段なのだ。つまり、神戸の支那料理は、何処へ行ったって、東京よりは、うまくって、安い。これだけは、書いておかなくっちゃ。

さて、その神仙閣は、一昨年だったか、火事になって焼失し、今度は又、三の宮近くに、三階建のビルディングを新築して開店。大いに流行っているそうだが、まだ今回は、試みる暇がなかった。

次の機会には、行ってみよう。又もや入口を入ると、「やアッ、ヤヤヤッ！」というような歓迎を受けることであろう。それが、先ず、たのしみだ。

倉橋由美子

花の雪散る里

大雪の日の夕方、慧君《けい》は古い煉瓦《れんが》造りの建物の中にあるクラブに出かけた。正面玄関にまわれば「入江記念財団」となっているが、この別の入口から入ると、中は別の世界で、祖父の入江さんが前世紀の、多分まだ昭和だった頃に始めたクラブが今も残っている。麗々しく「＊＊倶楽部」などと書いてあるわけではない。そもそもそういう名前もないらしく、慧君は誰からも名前を聞いたことがなかった。入江さんの呼び方によればそれは「クラブ」で、最近になって入江さんは、「よかったらあのクラブは慧にあげるよ」と言い出したのである。

慧君にはそんなクラブの所有権が自分に移るということが何を意味するのかよくわからなかったし、自分の財産が増えることにも関心がなかった。ただ、自分のものになったとすれば、自由に出入りすることはできるだろうというわけで、ある時一人で行ってみると、扉が中から開けられ、執事風の人が迎えてくれた。そして図書室でも談話室でも、好きなように歩きまわって好きなように時間をつぶすことができた。

この日は雪の中を歩いてきたので、まずは温かい飲み物でも、と思ったが、偶然バーを覗いて気が変わった。一つにはそのバーの主のような人物が最上の微笑で慧君を迎えたからでもある。

バーテンダーの九鬼さんは、半世紀以上という年齢はわかるけれども、老人と呼ぶのははばかられるような強靭さを残している。瞳の色が妙に薄いのも得体の知れない感じを与える。

窓の外では一段と密度を増した雪が降り続き、それを眺めていると建物全体が果てしなく上昇しつづけているような錯覚にとらえられた。そのうちに、ここは大きな客船の中のバーで、今その船は粉雪の舞う闇の海を進んでいるという風にも思えてきた。

「こんな雪の日にはどこかへ行ってみたいですね」と慧君が言うと、九鬼さんはちょっと首を傾けて、

「どんなところへ」と尋ねるしぐさを見せてから、

「たとえば酔郷《すいきょう》ですか」と応じた。

「なるほど。晩雨、ではなくて晩雪人ヲ留メテ酔郷ニ入ラシム、ですか」と慧君はたちまち蘇軾《そしょく》の詩を思い浮かべた。

「しかしぼくはこの年で、まだ本格的に酔っぱらったことがないんですよ。遺伝的にも酒は強いらしくて、これまで本当に酩酊したといえるほどの経験がないんです」

「それでは特製のカクテルでもお作りしましょう」

「一〇〇度に近いウォッカでも使うんですか」

「そんな強い酒は使いません。ほかの方にはお出しできない特別のものを入れまして……」

と言いながら、九鬼さんは奥に入ってカクテルを作ってきた。客の前でシェーカーを振ったりしないのが九鬼さんの流儀らしい。

「フローズン・ダイキリみたいですね」

「まあその類のものです」

「でもこれは本物の雪みたいだ」

外の雪がそのままグラスに盛られているようで、ミントの葉やレモンの飾りもない。そしてどんな酒の味もせず、とにかく正真正銘の雪の味がした。清浄そのもので、仙人が飲む酒のようである。その感

想を洩らすと、九鬼さんはわが意を得たりという風にうなずいて、次には鮮やかな血の色のカクテルを出してきた。

「カンパリの色ですか」と訊いたが、九鬼さんはただ笑っている。

「一見ネグローニに似ていますが、これは特別のレシピのもので、名前はまだありません。先ほどのと合わせて桜色のカクテルになります。それからがお楽しみで……」

口をつけてみると、これまた不思議な味がした。血の塩気を抜いて甘くしたような……。

「酩酊した魂は湿っている」とヘラクレイトスが言ったとか言わないとか、面倒な話をしかけられて答えたりしているうちに、二種類のカクテルの不思議な相乗効果があらわれてきたらしい。慧君は、意識は明晰なままで、つまり麻痺とも眠気とも無縁の状態で陶酔を覚えはじめたのである。これから酔郷へ出かけるのだとわかった。そしてその時はもう間違いなく雪の中に出ていた。酔いのせいか、雪の冷たさを感じない。やはりこの世の雪ではないようだ、と思いながら慧君は進んでいった。

顔に当たる雪がいつのまにか花に変わったように思われた。天上から舞い落ちてくる桜の花びらである。誰かの歌が頭に浮かんだ。

「面影に花の姿を先だてて幾重越え来ぬ嶺の白雲」という気持で、慧君は吉野あたりの山の花の雲とも見えるものを目当てに、いくつかの峰を越えて道を急いだ。

山の向こうに花の里が開けていた。いたるところで花見の宴のにぎやかな気配が感じられるのに、人の姿も犬や鶏の姿も見えない。それでもここは桃源郷のようなところだろうと慧君は判断した。

ようやくお寺の山門や鐘楼の先の方丈風の家に着くと、花びらを重ねたような衣裳に身を包んだ姫君らしい女性が慧君を待っていた。相手が口に出してそう言ったわけではないが、たしかにその様子だったのである。慧君は当然のことのようにその女性を抱き、唇を合わせた。すると今までにない哀しみが全身に伝わってきた。

夢の中でもものを考えることがあるのと同じで、酔郷に遊ぶ意識にも分析的な働きは残っているのかと、慧君は自分でも不思議だったが、その哀しみの色は水色でも墨の色でもなくて、明らかに優艶な桜の花の色である。

名前を訊いたが言葉では答えがないので、慧君は「あなたは式子内親王《しょくしないしんのう》」と、自分の好きな歌の多い女性の名前を口にした。すると、「夢のうちも移ろふ花に風吹けばしづ心なき春のうたたね」と、女の睫《まつげ》と唇とが動いたかとも見えぬ間にこの歌が慧君の頭に届いた。相手が慧君の気持に合わせて式子内親王になってくれたのかもしれない。

花の衣にくるまれて、哀しみが肉となり女の姿になったかのような相手と抱き合ったまま、慧君は何日ともわからない時を過ごした。いや、そういうのは正確ではない。ここでは時間というものはなかったし、だから時の経つのを忘れて、というのも正確ではなかった。

外では春雨が降りつづいているようだった。「花は散りその色となくながむればむなしき空に春雨ぞ降る」という歌が慧君の頭に直接届いた。なるほど、あの人にちがいない、と慧君は思ったが、しかし「玉の緒よ絶えなば絶えね……」というあの歌は聞きたくない。

気がつくと、花のような（と最初は思った）顔はむしろ玉にも似て白々と冴えて、黒々と泳ぐ大きな瞳だけが妖しく燃えている。慧君はさすがに恐ろしくなった。案の定、生きた顔の下に続く体はすでに骨になっていた。抱き寄せた手の下で骨はかさかさとはかなく崩れた。慧君は冷静にも、どこかの細い骨を一本抜き取って持って帰ることにした。

急に頭がはっきりしたかと思うと、慧君はもとの止まり木にいて、目の前にはずっと自分の仕事を続けていた様子の九鬼さんがいる。慧君の方から「ただいま」と言うと、相手は軽くうなずいて「お帰りなさい」と言った。

「これはお土産です。ただしぼく用のね」

そう言ってハンカチに包んだ細い骨を出してみせた。それははかないつららのようなものに変わっていた。九鬼さんは、手を出してそれを受け取ると、

「悪戯はいけませんね」と言って、その細い骨を、無造作に口に入れた。慧君はあっと思ったが間に合わない。本物のつららを嚙《か》み砕くような軽い音をたてて、酔郷からの土産は九鬼さんの咽《のど》の奥に消えてしまった。

隆慶一郎

握り飯

母方の祖父が長野市に住んでいたので、小学校のころから春、夏の休みというと、一人で汽車に乗って出かけた。滞在中五、六回は、飯綱高原から戸隠山に登った。まるで自分の庭のような気やすさで、朴歯《ほおば》ばきで行く。おかげで高げたが山登りに極めてあっていることを発見した。上りも下りも、歯を支点にして、げたの前後どちらかを地べたにつけると、足は水平のままで楽に歩ける。山伏や行者が一本歯の高げたをはいて、山行したという理由がよく分かった。

そのうち、道を歩いてばかりいるのがつまらなくなって、でたらめに林の中へ入って行くようになった。初めのうちは、それでも小道をたどることで満足していたのが、そのうち大胆になって、道もないところへ踏みこんで行くようになり、当然のことだが自分の居場所も方角も分からなくなる時が来た。迷ったのである。

あいにく雨が降り出してびしょ濡れになり、恐ろしく寒かった。僕がまず考えたのはくいもののことだったのだから傑作である。ポケットに、くい残しの握り飯が一個だけ入っていた。それをまず三分の一だけくおうと決心した。もちろん、一口にくうわけにはゆかない。下手をすれば何日か食物が手に入らないかもしれないのである。大木の下に座りこんで、かめるだけかんだ。僕はごはんというものが、ひどく甘いものであることに初めて気づいた。砂糖などよりはるかに、まろやかな品のいい甘みである。どろどろになるまでかんでかんで、惜しみながら飲みこんだ。それから方角について考え始め、決断して沢を下りた。なんとか知っている道に出て、長野へ帰ったのは夜も遅くなってからだった。祖父たちは僕の不良化について議論していた。僕はばかばかしくなって、残しておいた三分の二の握り飯をくって寝た。今でも、うまい米とうまいみそ汁があれば何もいらない。それにうまい酒を少量。これはこの時の迷子の後遺症にちがいない。

筒井康隆

薬菜飯店

料理の旨《うま》かった店が、有名になるとすぐまずくなり、そのまま名前だけでいつまでも続いている東京、誰も来なくなってすぐにぶっ潰《つぶ》れる大阪などと異り、神戸は比較的うまい店が比較的有名にもならず、まずくもならず、いつまでも続いている。

　それでもたまには、相当に旨くて相当に有名な店でさえ、もとの場所から引越すことがあり、こっちはそんな店なら当然いつまでももとの場所にあるものと信じているのでまごついたりする。

　このあいだも、二宮町にあった筈《はず》の海鮮料理「海皇《ハイファン》」へ行くと、あるべき筈のビルがない。あれえっ。引っ越したのかなあ。東京の赤坂に支店を出しているほどの店だ。まさかぶっ潰れたりはするまいがなどと思いながら電話帳で調べると、なんとポートアイランド・ビルへ移っていた。

「前の場所へ行っちまったよ」新しい店へたどりつき、出てきた店長におれはそういった。

「さてはあなた、何も知らなかったか。あの場所から温泉湧《わ》いたね。いやもう大変な騒ぎよ」

　いったんは風呂《ふろ》屋になったものの、客が入らず、すぐ潰れたという。それにしても都会のど真ん中から温泉が出るという、神戸というのはまことに不思議なところだ。

　さて、右のことからもおわかりの通り、おれは中国料理が好きであり、それは子供の頃、親につれていってもらった支那《しな》料理の時代からずっと続いている。支那料理→中華料理→中国料理と次第にまずそうになっていく名称の変化はあっても味は変わらない。そしてこの中国料理好きが、即《すなわ》ち以下の体験をおれに齎《もたら》したのであった。

「中華街」というものが神戸にはあり、これは元町通りの南側に十数軒かたまっているのであるが、神戸の中国料理店はもちろんここだけにあるのではない。「別館牡丹《ぼたん》園」「東天閣」「群愛飯店」「第一楼」など、大きな店が市内全域に散らばっていて、一方では細い路地の中に小さな店があったりもし、そしてこれが中国人の経営するなかなか旨い店であったりもするから油断できない。

　ある日おれは散髪に行った帰途、下山手通りから国鉄三ノ宮駅に出る路地を抜けようとした。「薬菜飯店」を見つけたのは、近道をしようとして南北に通じる路地へ入った時である。間口わずか一間、数階建てのビルの裏に密着して、その小さな中国料理店はひっそりとうずくまっていた。戸の片側のわずかな壁を利用してショウ・ウィンドウがあり、その中には手書きのメニューが一枚貼《は》られているだけである。

薬菜各種献立

鼻突抜爆冬蛤（肥厚性鼻炎治癒《ちゆ》）
味酒珍嘲浅蜊（肺臓清掃）
冷酔漁海驢掌（肝機能賦活《ふかつ》）
煽首炸奇鴨卵（咽喉《いんこう》疾患治癒）
睹揚辣切鮑肝（視力回復）
焦鮮顎薊辛湯（鼻中隔彎曲《わんきょく》症治癒）

他健康薬菜百種

ぐび、と、おれののどが鳴った。

今流行の、いわゆる漢方料理とか薬膳とかいったもののようだが、長ったらしい料理の名前がまことに刺戟《しげき》的であった上、その効能が現在のおれのからだの具合が悪いところすべてに関係していたからでもある。からだに必要なものは食欲となって自然に摂取されるというが、文明人たるおれは文字そのものから摂取欲を起したわけだろう。午後四時であり、ちょうど空腹になりかけてもいた。

「食べていこう」と、おれはつぶやき、各色の色ガラスを嵌込《はめこ》んだ賑やかなガラス戸を開けた。「食べよう、食べよう」

「いらっしゃあい」黄色い声があがり、隅《すみ》のテーブルでマンガ週刊誌を読んでいた赤い中国服の娘が立ちあがった。

店内はほんの数坪、テーブルも壁ぎわに六つあるだけだ。客はひとりもいず、ほのかに薬草の香りがする。おれは中ほどのテーブルに向かって腰をおろし、さっそく大きな二つ折りのメニューを拡《ひろ》げた。

菜単

メニューには料理の上に番号が書かれていて、それはなるほど、一からきっかり百まであった。

1 姜苦葱酸鹿胆（血圧低下）
2 饌禁焼精香飯（脳動脈硬化治癒）
3 蠔油劇骨肉翅（貧血症治癒）
4 波羅蜜辛鮮蝦（脳細胞賦活）
5 忌海蘑菇激醤（偏頭痛治癒）
……


ごく、と、おれののどが鳴った。

異様なまでに食欲が湧き起ってきたのである。メニューを見ただけではどのような料理なのかよくわからず、やはり解説して貰《もら》わねばならないのであろうが、単に字面《じづら》を見ただけでその旨さを想像させるものがあり、味覚を刺戟した。

「あのう」おれは顔をあげて中国服の娘に言った。「料理の説明をしてほしいんだけどね」

娘はにっこり笑ってうなずき、奥へ向かって叫んだ。「爺爺《イエイエ》。お客さんよ」

調理場の戸をあけてあらわれた主人というのは血色のいい、よく肥《ふと》った初老の人物で、満面に笑みを浮かべ、お定まりの泥鰌髭《どじょうひげ》を生やしていた。「あなたよく来たな」

「どれもみな、旨そうなものばかりだね」

「どれもみな旨いよ」そう言ってから主人は娘を振り返った。「青娘《チンニャン》。お前、鹿葉茶《ルーイエチア》をもてくる」

「はい」

「料理の名前旨そうに見える。それあなたのからだ、これらの薬菜欲《ほ》してるからよ」と、主人は言った。

「あなたどこ悪いか」

「悪いところが多過ぎてね」

「このメニュー、番号順に、頭からからだの下の方へ行くようになているよ。最後、足で終るね。あなた頭悪いか」

「頭は悪いけど病気ではない。まず、視力が低下してきていて、それから鼻が悪いんだよね」

「眼《め》と鼻。この辺だね」主人がメニューを指した。


……
8　焢槍虹腐菌肉（紅緑色盲治癒）
9　睹揚辣切鮑肝（視力回復）
10　煙歯幻揚狗熊（蓄膿《ちくのう》治癒）
11　鼻突抜爆冬蛤（肥厚性鼻炎治癒）
12　焦鮮顎薊辛湯（鼻中隔彎曲症治癒）
13　昂唐味蝸牛殻（聴力回復）
……

「9に11、それに12だ」おれはそう叫んでから、満月の如《ごと》き店主の顔をふり仰いだ。「しかしねえ、このメニュー、やたらに治癒だの回復だのと書いているけど、いいのかい。誇大宣伝で薬事法の違反になるんじゃないか。これ、あくまで料理だろ」

「料理でもあるが、薬でもあるから心配ないね。ここに書いた通りの効能あるよ」彼は壁に掲げられた額縁入りの許可証を手で示した。「わたし薬の製造、輸入、販売の許可、厚生大臣から貰ってるし、薬局の開設許可、県知事から貰ってるよ。食品衛生法の検査にも合格してるよ」

「ではあなたは、そんなに偉いひとだったのですか」おれは口調を改めた。「では、これはただの漢方料理とか薬膳とかいったものではないのですね」

「お前よく知《し》ているな」主人の口調は急に生徒に対するようなぞんざいさを見せはじめた。「漢方料理、薬膳、これ中国三千年の知恵ね。この店の料理ももとはそれから来ている。わたしの家系、先祖代代食医だたからね」

「食医って、なんですか」

「中国に、周という時代あったな」主人は講義調で喋《しゃべ》りはじめた。「そのころ医者には、食医、疾医、瘍医、獣医の四種類があった。疾医は内科で、瘍医は外科。だけどその中で食医がいちばん偉かたね。これは皇帝の食事を管理した。つまりのこと、この食医が皇帝の体調にあわせて滋補薬膳というもの作った。それ以来わたしの家、滋補薬膳の漢方医家として今まで続いてきた。しかしのこと、わたしそれに飽き足りなかたのだよ。中国での本格的な薬膳、生薬の味と匂《にお》いが強過ぎて、料理というよりもむしろ薬そのものね。苦くて不味《まず》くて、多くはのどに通らないよ。日本では日本人が食べやすいような薬膳料理作っているけど、これまったく逆のこと、あれまったく薬効なし。そこでわたしは世界中歩きまわって薬効のある珍味美味探し求めて、これに十八年かかったな」

娘が茶托《ちゃたく》に湯気の立つ茶碗《ちゃわん》をのせて出てきた。「爷爷《イエイエ》。お勉強ながく続くとお客さんが退屈するわよ。お料理作ってくれなきゃ」

「嗳呀《アイヤ》。これはしまたことしたな。わたしいつもの悪い癖出たよ」主人は笑いながら、注文を確認した。「9に11、それに12だったね」

主人は調理場へ戻り、娘はおれの前に茶托を置いた。赤い茶からは丁子《クローブ》に似た香りが立ちのぼっている。

「あの人の名、イエイエっていうのかい」

「爷爷《イエイエ》は中国語で、お爺《じい》ちゃんっていう意味よ」

孫娘らしい。

「このお茶も、何かの薬なの」

「食欲増進のお薬なんだって。胃腸の働きがよくなるのよ。中国山西省の呂梁《ろりよう》山脈に九十年も長生きする密天鹿《みてんろく》という鹿《しか》がいて、そのあたりにはこの鹿葉という草しか生えていないから、その鹿はこの草の葉ばかり食べているんだって。胃腸は万病のもと。長寿の源。爷爷《イエイエ》がそう言ってたわ。だからこれ、鹿葉茶」

「もっと欲しいな」ひと息に呑《の》み乾し、その味のよさに驚いておれはそう言った。「高貴な味だ」

「でも、一度にあまり呑むといけないんだって」

奥で主人が孫娘を呼んだ。「青娘《チンニャン》」

「はあい」娘は茶托を持って奥へ入った。

たちまち腹が鳴りはじめた。「空腹になりかけていた」程度だった筈なのに、おれは一瞬、餓死の恐怖に見舞われた。約二週間、獲物《えもの》にありつけなかった野獣の気持というのがちょうどこういうものではないのかとおれは想像した。しかしその空腹には一種の爽快感《そうかい》が伴っていた。空腹でもないのに、たとえば会食などで無理やり食事しなければならぬ場合があるが、ああした際の不快感とはまったく逆のものだ。

娘が、スープ皿を持って出てきた。「最初はやっぱり、スープがいいだろうって。さっきは自慢話ばかりして、肝心のお料理の説明をしなかったといって、爺爺《イエイエ》があやまってたわ。これ、アゴアザミのスープです」

「12番だね。アゴアザミってなんだい」

「ほら、花屋さんでよく売っている、ドイツアザミっていう外来種の薊《あざみ》があるでしょ。あれに近い種類で、山地にしか生えないの。ドイツの山岳地帯のひとが若葉と根を食用にしてるわ」

「君も詳しいんだね」

「と、爺爺《イエイエ》が言っておりましたあ」けらけら笑い、娘は奥へ入った。

熱くて辛いスープをふうふう吹きながら飲むうち、最初のあいだは味がよくわからなかったが、旨味が口いっぱいに拡がりはじめた。一種の焦《こ》げ臭さがなんともいえぬ香ばしいコクになりはじめ、スプーンを動かす手がとまらなくなってきた。葉や根を焼いてから煮つめ、漉《こ》したものらしく、スープは透明であり、ふちがぎざぎざの薊の若葉が一枚浮かべてあるだけだが、これはむしろ飾りなのであろう。

飲み続けるうち、やたらに洟《はな》が出はじめた。ティッシュ・ペーパーで拭きながら飲み続けたが、次つぎと出てくるのでとうとうティッシュ・ペーパーがなくなってしまった。テーブルの上には紙ナプキンもない。おれはしかたなく、ハンカチを出して洟を拭《ぬぐ》い続けた。

「はあい。9番です」娘が皿を持って出てきた。「鮑《あわび》の肝《きも》よ」

「鮑の肝が眼にいいってことはよく聞くけど」ハンカチで鼻を押さえたまま、おれは訊《たず》ねた。「これもきっと、何か特殊な鮑なんだろうね」

「わたしは知らない。あとで爺爺《イェイェ》に訊くといいわ」彼女は奥へ戻る。

唐辛子《とうがらし》のような赤い粉で包んだ鮑の肝をひと口食べて、その辛さに驚いたものの、これは肝の苦みを消すためのものであるのだろう。片方でスープをすすりながら食べるうち、赤い粉は唐辛子でないらしいことがわかってきた。これはむしろ、何やらニンニク類に近いものである。おれはニンニク大好き人間であり、そのあまりの旨さには思わずのどが鳴った。こいつは是が非でもこの調味料の名を訊かなければと思いながら食べるうち、どろりと大量の洟が出てしまった。もうハンカチでは追いつかない。

おれは奥に向かって叫んだ。「ニャンニャン」

「青娘《チンニャン》です」そう言い返しながら娘が出てきた。「どうかしたの。ははあ。洟か」

「なぜか知らんがやたらに洟が出る。ティッシュ・ペーパーをくれ」

「はい」

「ひと箱くれ」

「はあい」彼女はティッシュ・ペーパーの箱を隅の戸棚《とだな》から出してきた。「今、爺爺《イェイェ》が11番のお料理を持って出てくるわ」

主人がでかい丼鉢《どんぶりばち》を持って出てきた。「この料理、ちょとばかり、きついぞ。おや。あなたどうかしたか」

「この赤いものは、調味料かい。薬かい」次つぎとティッシュ・ペーパーを出して鼻の下を拭いながら、おれは訊ねた。「ただの調味料ではなさそうだね」

「あなたよいこと聞いてくれたな」丼鉢を置き、店主は破顔した。「フランスの薬科大学にいる時、わたしが栽培した新種のナス科の植物の種子で、わたしが辣切《ラーチェ》と名づけたものよ。このカロチノイドがクロアワビの一種の地中海産のホノヤマダカという鮑の、ふつう肝と呼ばれている内臓の塩化カルシウムに作用すると猛烈な効果を発揮して、それは視覚領域全般に及ぶね。お前もうすぐ涙ぽろぽろよ」

「本当だ。眼が痛くなってきた」

「ははあ。あなた洟が出るか。スープの方も、これまたなかなかほんとにほんとによく効いたな」主人は丼鉢の中を指した。「これ食べる。もっと効くね」

「そうですか」中には蛤《はまぐり》の油いためが入っていた。「薬科大学を出ておられるとは存じませんでした。この蛤もきっと、ただの蛤ではないのでしょうね」

「それ、ただの蛤よ」と、彼は言った。「しかし油に利《き》きめがあるね。そもそも肥厚性鼻炎は公害病の一種で、鼻中隔彎曲症のひとはたいていこれになるし、そもそも鼻中隔が彎曲していないの人など、あまりいないよ。あなた、鼻づまり、鼻声などに困《こま》ているのだね」

「そうです。ちょっと酒を呑んだだけで息苦しくなる」

「この油は鼻子《ビイツ》撞抜《ツウアンバア》というトカゲの皮下脂肪からとったキリアン油といって、鼻中隔の手術をしたと同じ効果あるな。その上粘膜肥厚を凝固する」

「いただきます」説明を聞いているうちに矢も楯《たて》もたまらなくなり、おれは蛤をむさぼり食った。いったんさっと油で揚げた蛤を酢に漬《つ》けてあり、美味とも珍味とも言いようのない旨さである。

「ところで料理の方はもう、それでよいか」涙をぽろぽろ流しながら食べているおれに、主人が訊ねた。

「とんでもない」おれは片手でメニューを開いた。「食う前より空腹になったぐらいですよ。もっといただきます」

「あなた他に、どこぞ悪いところあるか」

「あるどころの騒ぎじゃありませんよ。悪いところだらけです。ええと、肩凝り、それから、煙草《たばこ》の吸い過ぎによるのどの痛み。この辺ですな」おれはメニューを指した。


……

18　黒焙夏家雀舌（肩重軽癒）
19　煽首炸奇鴨卵（咽喉疾患治癒）
20　漿酷烤痛魚滑（気管支喘息《ぜんそく》治癒）
21　戯草塩燻黄餅（肋膜《ろくまく》炎治癒）
22　味酒珍嘲浅蜊（肺臓清掃）

……

「18に19、それに22もください。煙草の脂《やに》でまっ黒けになってる筈《はず》だから」

主人は大きく頷《うなず》いた。「あなたの症状、いずれも病気いうほどのものではないのことな。そもそもあなた健康体。たからもちろん、よく効くよ。ほんとの病人、きつい薬でもあまり効かないけどね。そして呼吸器系なおす19と22、一緒に食べること、あなたこれ確実の正解よ」

出されたものはほとんど食べ終っていたのだが、この時突然、流れ続けていた洟に赤いものが混りはじめ、どっと皿の上に噴出した。

「わっ。鼻血だ」おれは叫んだ。「どうしましょう」

「心配するな。それ鼻血ではなくて血膿《ちうみ》だ。お前健康たから料理よく効いてるのだよ。この空《から》の丼で受けていなさい。わたし料理作ってくるから」主人は平然として奥へ入っていった。

丼はたちまち血膿でいっぱいになってしまった。娘の介抱を受けながらさらにスープ皿を血膿であふれさせた時、おれはぎゃっと叫んだ。「眼が見えなくなった。あいてててててて。眼が痛い。痛いよう」

奥から顔を出したらしい店主の大声がした。「もと泣け。もと泣け。涙を出す、よいのだ」

眼の痛みは鼻の奥へと抜け、おれはさらに何やらどろどろしたものを鼻から流し続けた。娘がけんめいの働きで、何度も丼や皿を、中の汚物を捨ててきてはとり換えてくれているらしい。

「お客さん。がんばれ」

「はいな。わたしがんばるよ」ふざけて見せながらもおれは身もだえ続け、さらに丼やスープ皿三、四杯分の汚物を排出した。

急に気分がよくなり、おれは眼を見ひらいでかぶりを振った。もう洟も涙も出ず、鼻の奥の僅《わず》かな痛みを除けば顔の中心部は爽快感に満ち、頭が冴《さ》えている。娘はおれの正面にすわり、気遣わしげにおれを見つめていた。まん丸の黒い瞳《ひとみ》におれが映っている。

「君がこんな美人だとは知らなかった」と、おれは彼女に言った。

「そんなに眼が悪かったの」と、彼女は言った。「あんなたくさんの悪いものが、眼の奥、眼の下、鼻の奥、鼻の横、きっといっぱい詰まってたのよね今まで」

そうに違いないと思い、おれは大きく頷いた。「それが全部出た」

「お客さんって、いい声してたのね」娘が言う。「今まで鼻声だったけど」

「顔が小さくなって、鼻が細く尖《とが》った感じだよ」

「よかった」晴れやかに、娘が笑う。

「青娘《チンニャン》」と、奥で主人が呼んだ。

「次のお料理、できたみたいね」娘は立ちあがり、奥へ行く。

「わたし、このお料理作るとこ、見たことあるわよ」雀《すずめ》の舌だという一辺がほんの数ミリしかない無数の三角形の肉を小皿に盛った料理をおれの前に置き、娘は言った。「雀を生きたまま焼いて、まだ生きて苦しんでるその舌をちょん切るの。その時に分泌《ぶんぴつ》してる唾液《だえき》が薬なんだって」

雀の舌にはどろりとした焦茶色のソースがかけてあり、これも何かの薬なのであろう。スプーンでひとすくいして口に入れると、牛のタンも及ばぬ旨さ、柔らかさであり、ソースの香料は肉桂《シナモン》であった。

何百羽分の舌であったのかはわからないが、食べるのには一分とかからない。物足りなく思っていると、すぐに娘が次の料理を持って出てきた。

「卵です」皿の上の鴨《かも》の卵はたった一個であり、半分に割ったものをフライにしてあった。

「この鴨は珍らしい鴨なんですって」

「そうだろうね」皮蛋《ピータン》と同じ作り方をしているらしく、卵黄の部分がまっ黒である。旨いことはうまいのだが、やたらにのどにつっかえて、胃に落ちそうもない。「水か、茶が欲しいな」

「のどの薬だから、のどにつっかえていた方がいいんですって」

なるほどなあと思い、おれはたちまち食べてしまったその卵を、落ちつきの悪いままにのどもとと胸もとへほっておいた。

「卵、食べたか」主人が皿を持って出てきた。「のどにつっかえているか」

おれが頷くと、主人はひひひひ、と嬉《うれ》しげに笑った。

「もうすぐ、のどの横から顎《あご》の下へさして、うええええと、黒い悪いどろどろのもの、こみあげてくるよ」彼は娘に命じた。「青娘《チンニャン》。バケツ用意した方がよいな」

「はい」

「も、よかろ」店主は浅蜊《あさり》の皿を指していった。「これ、食べなさい」

貝殻《かいがら》つきの浅蜊は野菜といっしょに酒蒸しにしてあった。汁気が多いので、たちまちのどと胸のつかえがおりていく。

「さきの鴨の卵は、海にいるビロウドキンクロガモの変種で、黒海にしかいない鴨の卵だ。わたしこの鴨を奇鴨《チーヤー》と名づけたね。その卵、特殊の色素顆粒《かりゅう》含んでいて、これ、のどに効くよ。またこの浅蜊はインドの海岸でしか採れないアカオゴリアサリというもので、この肉に含まれている擢燼《リヤオチン》という成分は、肺臓内の脂《やに》、タール、ニコチン、その他の悪いものたちまち分解排除するの効能持《も》ているよ。してまたこの野菜は、ユリ科の薬草を食べやすいように改良した貝母改変というものよ」

その貝は強い苦味を持っていた。ふつうなら苦くて食えないところなのだろうが、甘味や渋味ではなく、酸味に近い苦味だし、青野菜の味との中和で、不思議に旨《うま》く食べることができる。からだが欲しているから当然のことなのであろう。

「ところで、炎症菌というものは悪いやつで、からだのあちこち、悪いとこめがけて行《い》たり来たりするな」主人はお喋りを続けている。「お前の鼻炎、肩凝り、みな炎症菌の仕業《しわざ》よ。炎症出るひとたいていからだのあちこち、歯痛や肩凝りはじめとして炎症だらけのことな。あなたもしかしたら胃炎でないか」

「あたり。慢性胃炎です。それに膝《ひざ》の関節炎だ」おれは大声でそういった。「そのことも言おうと思っていた。よく効く料理がありますか」

店主はメニューを開き、指さした。「胃炎ならこれがそうだよ。しかしお客さん、お前まだ食えるか」

「食えば食うほど空腹になる。これはどういうことでしょうね」おれはメニューの料理をもうふたつばかり指さした。


……
32　鉄板俵疾猪鼻（胃炎治癒）
33　砂鍋忌貧杏仁（胃《い》潰瘍《かいよう》治癒）
34　媾犯饌巴魚翅（胃下垂治癒）
35　九龍面唇賤肉（胃癌《がん》治癒）
36　冷酔漁海驢掌（肝機能賦活）

37　怪味倒転汗麵（肝炎治癒）

……


「32番。それからこの、36番もお願いします」

「ははあ。お前、酒呑むのだな」

「そうなんです。肝機能が衰えてると医者に言われました」

「その医者のいうことおそらく正しいよ。ではわたし、料理作《つく》てくるよ」店主が奥へ入る。

浅蜊を食べ終り、効きめが出はじめるのを今か今かと待ち続けたがなかなかあらわれない。娘が奥から持って出てきた汚いポリバケツはすでにテーブルの下に置いてある。

「汚いバケツでごめんなさいね」と、彼女はあやまった。「おそらく、お客さんが使ったあとはもう、使いものにならないと思うの」

「それはいいんだけどね。効果がまだ、あらわれないよ」

「いくらなんでも、眼や鼻みたいに、すぐ効果が出るものではないと思うわ。だって相手は肺臓でしょう」

「うん。それはまあ、そうだが」

「青娘《チンニャン》」と、奥で主人が叫んだ。「この肉焼くの手伝え」

「はあい」

娘と入れかわりに、店主が小さな茶碗を持って出てきた。「胃炎というもの、なかなか難しい」と、彼は言った。「表層性のもの、萎縮《いしゅく》性のもの、肥厚性のもの、そのそれぞれに過酸性、低酸性、無酸性あって、そのどれも治療法が違うよ。お前のは肥厚性で過酸性だから、まず粘膜表面の肥厚した部分を剝離《はくり》する必要あるね。粘膜の制酸はそれからよ。先にこの汁飲みなさい」

「これはなんですか」

「忌螞蟻湯《チーマーイタン》。インドのタール沙漠《さばく》にしかいないイミアリという蟻《あり》の汁だ」

おれはその黒い汁をひと口飲んだ。「ひどく酸っぱいけど、とろりとしていてうまいですね」

「そうか。うまい思うか。ひひひひひひ」店主は嬉しげに笑った。「わたしの診断正しかたな。肥厚性の胃炎でないひと、それ飲んだら酸っぱくて吐き出す。酸っぱいものは肝臓にも作用するから、それはもう必ず、胃と肝の両方に効いておるのだよ」主人は奥へ戻った。

腹はすぐに鳴りはじめた。と同時に、首の左右の根っこの部分に大きな塊りのようなものがゆっくりとこみあげてきた。それは次第にふくれあがりはじめた。手でさわってみると、顎の下の左右がお多福風邪のように大きく腫《は》れあがり、瘤《こぶ》ができている。さわったり押したりしない方がいいのだろうな。血のめぐりが悪くなって眼がまわりはじめ、吐きたい気分になってきた。や。気管支の方からも何かやってきたぞ。まっ黒けの、何やら機関車の如《ごと》きものだ。臭い蒸気を吐いている。さらに胃の方からも酸性のピンポン玉がいくつか這《は》いあがってきた。頭がぐらぐらする。何やらえらいことになりそうだ。顎下《がくか》腺《せん》から、ちゅるちゅるとチューブから押し出されるように毒の粘液が口の中へあらわれた。続いて舌下腺からも、耳下腺からもだ。気管支の方からやってきた機関車がピーと蒸気を吐き、ごうごうと音を立てて口と鼻から噴出した。だばだばだばだば、だぼだぼだぼと、その黒く重い粘液はバケツの中に音を立てて落ちていった。その直後、おれは胃からきた塊りを口からがっと吐き出した。次いでがっ。

がっ。がっ。がっ。がっ。

おれは恐慌《きょうこう》に襲われた。鼻と口から際限なく粘液が噴き出るため、呼吸ができないのだ。口から空気を吸いこんだものだから胃からの粘液が違う穴へと逆流し、おれはむせ返った。溺死《できし》と窒息死を掛け合わせた苦しさであり、それまではバケツの上に顔を俯《うつむ》けていたのだが、ついに椅子《いす》からおりてバケツをかかえこみ、咳《せ》きこみながらタールの如き粘液を吐き出し続け、次いでのどを掻《か》きむしりながら仰向けにひっくり返り、床の上をのたうちまわっていると、がらり戸が開いて中年女性ばかりの三人づれが入ってきた。彼女たちは眼を丸くして立ちすくみ、しばらくおれの苦しむさまを眺《なが》めていた。

「あのう」と、やがてひとりがおそるおそるおれに訊ねた。「あなた、ここの料理を食べてそんなことになったの」

はじめての客のようだ。口がきけないので、おれはやっとのこと、二、三度頷いた。

顫《ふる》えあがり、三人は出て行った。

「行きましょう」

いかん。このままでは死んでしまう。最後の息が肺から出ようという時、これが声の出しおさめとばかりにおれは絶叫した。「ニャンニャン」

「青娘《チンニャン》です」娘が奥からあらわれた。「わあ大変」

死ぬ前段階のどこいら辺をおれがさまよっているか、ひと眼でわかったらしい。彼女はおれの上半身を起し、背後からおれの背中を握りこぶしで力まかせに叩《たた》くと同時に、膝でおれの腰骨の上をいやというほど蹴《け》りあげた。

「ぐわっ」

　驚くべき大きさの、タールの塊りの如きまっ黒けのものがおれの口から吐き出され、バケツの中でごろりと転がった。それだけで、バケツの中はほとんどいっぱいになってしまった。

　のどもと過ぎれば苦しさは去り、おれはたちまち生気をとり戻した。「悪いものが全部出ちまった」

「そうのようね」娘はバケツを持ちあげ、中をのぞきこんだ。「悪い粘液、壊死《えし》した粘膜、悪い内分泌液、死んだ肺胞、悪い血、ニコチン、タール、悪い未消化のもの、全部出たみたい。このバケツ、このまま捨てるしかないわ。洗剤で洗っても駄目《だめ》みたい」

「バケツ代、払うよ」

「いいのよ。どうせ古いバケツだったの」娘はバケツを持って奥へ入った。

「死ぬほどの目にあったらしいから、あなたもう食うのいやか」両手に皿を持ち、店主が出てきた。

「食う。いや。食べます」と、おれは叫んだ。「食えば食うほどからだがよくなり空腹になる。まるで天国です。死ぬほどの目と言ったところで本当に死ぬわけじゃない。少しぐらいの苦しみがなんですか」

「これはランドレースという品種の豚の鼻で、改良された品種ではなく、デンマークの在来種だ」店主が説明をはじめた。「知っての通り豚の鼻には表面全体に分泌腺が拡がっていていつも湿っているが、分泌液が異常に多く出る豚の病気がある。これはその病気のランドレース豚の鼻を切り落し、俵に詰めて八九、七十二日間、日蔭《ひかげ》の地面に埋めたものを鉄板焼きにした。下丹会、香莫などが含まれていて、胃の粘膜の酸の分泌を押さえる効能あるな。珍味だよ。また、これこそは珍味中の珍味、ついこのあいだ絶滅したといわれていた竹島だけに棲《す》むニホンアシカの前肢。なあに中国では絶滅寸前にこっそり何頭か保護して、繁殖させているよ。アシカは何日絶食しても、石ころ呑んだりして割合平気でいるが、これはわざと絶食させて石ころたくさん呑ませたアシカの掌《て》で、デヒドロコール酸、録馬皮、メチオニンなどいっぱい含んでいるから、胆汁分泌、代謝、解毒などの肝機能正常にするよ。このふたつ、今日のメイン・ディッシュになるのでないかな」

　なるほどどちらの皿にも相当の量の肉が盛られている。しかし、おれは断言した。「いや。もっと食えます」

「そうか。まだ食えるか」店主は大笑いした。「そういえばまだ、膝の関節炎とか言っていたな」

　豚の鼻を夢中でむさぼり食いながら、おれは頷いた。豚の鼻は旨かった。酢と辣油《ラーユ》を混ぜたものにたっぷり浸して食うと、肉の奥の方からとろりとした脂肪の美味がにじみ出てきてゆっくり口の中に拡がっていく。

「膝関節炎だと、これになるよ」店主はメニューの、最後に近い部分を指した。

……

91　干焼潮州脾肉（痔瘻《じろう》治癒）
92　非面骨罪根（横根等淋巴《りんぱ》腺《せん》炎治癒）
93　金華片蜜龍蝦（大腿《だいたい》部筋肉痛除去）
94　熱辣怪湯鍋巴（膝関節炎治癒）
95　卑泥酔泡斑魚（膝神経痛除去）
96　全焼家屋財巻（アキレス腱《けん》強化）

……


「94番ですね。これはどんな料理ですか」

「鍋巴《クオパ》というのはおこげだ。おこげに熱くて辛いスープ、ぶっかけて食うね」

「ははあ飯ですか。仕上げにはもってこいですな。ただぼくは、そこへ行くまでに、腹の皮下脂肪をとる料理も食べたいんですが」

「いや。あなた腹の皮下脂肪とる非常によくないね」店主ははじめて、おれの注文を拒否した。「あなたの腹、それほど出ていないよ。それ以上皮下脂肪とると寒くなる。あなた、多少みっともないのと、風邪ひきやすいのと、どっちがよいか。最近の男、腹出るのばかり気にして貫禄《かんろく》ないね。中年過ぎてちょとくらい腹出ていないと短命よ。それにあなた、すでにだいぶ腹へこんできたし、ますますへこむよ」

「本当だ」自分の腹を見ておれは喜んだ。へこんでいることは、ベルトがゆるくなっていることからもあきらかだ。

「では94番の料理、わたし作ってくるよ」店主はまた奥へ引っこんだ。

　アシカの前肢の方は骨や爪《つめ》などをとり除いてあり、こまかく刻んだ肉にシェリー酒のような酒で作ったソースをかけて冷やしてあった。なるほど主人の自慢通りの珍味で、肉は固いが嚙《か》みしめているとその彼方《かなた》から別の種類の、薬酒のような香りのする酒が夢のように前景へとにじみ出してくるようだった。メニューの字面から判断するに、空腹のアシカを酔っぱらわせて殺したのではあるまいか。手に持っている象牙《ぞうげ》の箸《はし》の先端がこまかくふるえ出すほどの旨さであった、といえばその旨さ、少しはわかってもらえるだろう。

　ほとんど食べ終り、さすがに胃が満足しはじめたころ、腸がごろごろ鳴りはじめた。からだ中が熱くなり、顔が火照《ほて》ってきた。室温をあげた様子はないから体温が上昇しているに違いない。

　突然、雷鳴の轟《とどろ》きの如きものが胃で鳴り響いた。ごろごろごろと肉塊が下方へ落ちて行った気配があり、あれっと思う間もなく、もはや空腹になっている。ひやあ。一瞬にして胃が空っぽになっちまったぞ。これはどういうことだ。肉をふた皿も食べたというのに、こんなことがあってよいものか。

　あきれていると、娘が丼鉢を持って出てきた。「おこげです」

　香ばしい匂いが立ちのぼっている。鉢をのぞきこむと、鍋《なべ》からひっくり返して入れたものらしく、巨大な饅頭《まんじゆう》の如きおこげが綺麗《きれい》なこんがりとしたうす茶色をして盛りあがっている。スープはすでにかけてあって、饅頭の周囲で湯気を立てていた。真赤であり、いかにも辛そうだ。ぐび、と、おれはのどを鳴らし、すぐさま竹製の大きなスプーンをとりあげた。

　からっぽになった皿ふたつを重ね、娘は奥に戻った。

　おこげの饅頭を端からスプーンでつき崩し、ひと口食べると口の中に懐《なつ》かしさと辛さと歓喜が拡がった。飯はいつ食べてもうまいものだが、そこへさしておこげと辛いスープときたのではまさに至福の味だ。ノスタルジアに包まれ、熱くて辛いスープでまっ赤になったおこげの飯をはあはあいいながら平げるうち、発汗がますますひどくなってきた。顔中に汗がつたい、下着はびしょびしょである。

「ほう。汗をかきはじめたか。いひひひ」店主がうす気味悪く笑いながら出てきた。「慢性膝関節炎は炎症の中でも性質《たち》のよい方でな。治療しやすいよ。この米は中国の光籼の変種だが、焦がすと米の成分であるアルギニンが呑氓令というものに変化し、膝関節の実質細胞の、混濁腫脹《しゆちよう》したもの、脂肪変性したもの、死生したもの、壊死したもの、すべてたちまちにして除去してしまうよ。さらにそのスープの辛い赤いものは結砂という薬草の種子の粉末で、そうした老廃物を汗腺やら皮脂腺やら尿道やら直腸やら静脈やら、その他ホルモンと一緒に淋巴《リンパ》管《カン》へ運んだりもして、急速に体外へ排出するよ」

主人の説明を聞いているうち、次第に下腹部が突っぱってきた。尿意、便意、陰茎の勃起《ぼっき》などがいっせいに起り、なんだか主人の話を聞くことによって料理の効果が倍加されているようにも思える。

ついに我慢できなくなり、おれは主人に言った。「あのう、食事の途中で行儀が悪いのですが、はばかりをお借りできるでしょうか」

「ああ。便所か」主人はにやりとした。「ついにお前、我慢できなくなたのだな」

「我慢できなくなりました」おれは身もだえしながら言った。

「もっと我慢した方がよいのだが、着ているもの汚す、非常にまずいからな」主人は店内の隅のドアを指さした。「便所、あそこだ。すぐ行け」

「すぐ行きます」

漏《も》らさぬように中腰で立ちあがり、屁《へ》っぴり腰のままおれは便所に近づき、ドアをあけた。中にあるのは洋式便器ひとつで、そこは小さいが清潔であり、薄いブルーのタイル貼《ば》りだった。おれは今にも発射するのではないかとびくびくしながらおそるおそる、そっとズボンをずりおろし、便器に腰かけた。精神の緊張がゆるんだ途端、猛烈な勢いで小便が射出され、それは便器の外に向かって放出された。あきらかにペニスの怒張のせいであった。続いて大便が爆発音とともに噴出し、その噴射の勢いでおれは前にのめって便器からころげ落ち、ドアの裏側で頭を強打した。眼がくらみ、少しの間意識が遠ざかった。その間にも大小便は便所の床といわずズボンの中といわず、間断なくあたり一面に出続けている。

これはもういかに努力しようと、どうにもとまらないと自分でも見極めをつけ、おれは助けを求めることにした。しかし下半身丸出しの上、性器は屹立《きつりつ》したままであり、本来ならば思春期の娘などに助けを求めてはならぬ筈《はず》だったのだ。とはいうものの、あの偉大なる主人を便所へ呼びつけるなどはいくら何でもおそれ多い。もはや娘の親切に甘えるしかなく、おれは絶叫した。

「ニャンニャン」

「青娘《チンニャン》だというのに。もう」娘がドアを開けた。「わあ。大変」

「お客、どうかしたか」店主までやってきた。「ははあ。貧血を起しとるようだ。まず、便器にすわらせる。青娘《チンニャン》。お前そっちを持て」

ふたりは汚いのも平気でおれを両側から助け起し、便器にすわらせた。頭を下げろ、と主人が言うので、おれは股《また》の間へ頭を下げた。その間にもおれは大便をどすどすどすどすと際限なく排出し続け、時おり娘が水で流すにかかわらず、それはすぐ便器いっぱいに盛りあがり、おれはそのため、しばしば腰を浮かさなければならなかった。

「ズボン、洗わなきゃあ」大量の排泄《はいせつ》と恥かしさで抜け殻のようになってしまい、詫《わ》びることも忘れて茫然《ぼうぜん》自失状態のおれから、強烈な臭気をものともせずに娘はズボンを脱がせた。

「ズボンだけでは駄目だ」と、店主は言った。「どえらいのこと汗を掻《か》いておるよ。全身拭《ふ》かねば風邪をひく。こっちへ来てもらいなさい」

調理場を通り抜け、そのさらに奥にある洗い場へ、店主と娘はおれを案内した。洗濯機《せんたくき》と乾燥機の間にあるコンクリートの洗い槽《おけ》の前でおれは丸裸にされてしまった。

「見なさい。お前のからだ、悪い黒い汗でいっぱいよ」と、主人が言った。「シャツまで黒い。下着全部洗ってあげなさい」

「すみません」蚊の鳴くような声で、おれは詫《わ》びた。

娘がおれの下着類を洗濯機に投げこみ、ズボンの汚れを洗いはじめた。おれは借りたタオルで全身を拭いた。からだ中からいやな臭《にお》いが発散していて、水だけではとてもその臭気を拭《ぬぐ》い去ることができなかった。ついにおれは、石鹼《せっけん》を借りることにした。主人は調理場から、鍋一杯の湯を持ってきてくれた。

からだを洗い続けているおれを興味深げにじっと観察する店主の視線に気づき、おれはまた顔を赤くした。性器が猛《たけ》り立ったままなのだ。

「それ、痛くないか」と、主人はおれの陰茎をまともに指さして訊ねた。

疼痛《とうつう》があり、そのための怒張であったのだ。おれは黙って頷《うなず》いた。

「悪いものがホルモンと一緒に排出されようとしておるのだ」主人はそう言った。「そのままにしておくのはからだのために非常によくないな。出してしまいなさい」

おれは青娘《チンニャン》を気にし、あわててかぶりを振った。「まさか。もう若いとはいえないこの歳《とし》になって、そんなあなた、オナニーなんて馬鹿《ばか》ばかしくて。はは。ははは。は」

「そうか。できないか。そうだろうな」主人は大きく頷いてから、青娘《チンニャン》を指さした。「ではお前、この娘としなさい」

「わ」おれはのけぞった。「そこまで甘えることはできません。だいいちお孫さんが可哀相《かわいそう》です。だってまだ、二十歳《はたち》前でしょうが。このひとの爺爺《イエイエ》ともあろうかたが、なんてことおっしゃるのですか」

「お前のいうこと非科学的よ。それに頭も極めて古いな。人間、男女の性行為十二、三歳から可能よ。日本人の社会的未成熟、未成年者の性行為禁じるからだよ。ライヒ言う偉い心理学者の学説がある。人間十二、三歳から男女の性行為自由にやらせる。これ健康にも精神にもよい。社会も安定するよ。遠慮せず誰とでもやること本当に本当によいのことだよ。青娘《チンニャン》も喜ぶよ。それともお前、この娘嫌《きら》いか」

「とんでもない」おれは青娘《チンニャン》を横眼で見ながら言った。「むしろそのう、青娘《チンニャン》が厭《いや》がるにきまっていますよ」

「なに。この娘ならお前好きだよ」爷爷《イエイエ》は独断的に言った。「好きでなくてこれだけ面倒やら世話、見ることとできないね。とにかくわたしたちにとっていちばん大事なこと、お客の健康だよ」

その気なのかどうか確かめようとして青娘《チンニャン》に向きなおると、彼女は平然としていた。「わたしならいいわよ」

「あの。しかしですね。そうですか」おれだけがうろたえ続けた。「しかしまあ、こんなことになるとはその。ひひ。いや。だけどやっぱりその。あっ。ちょっとやっぱり」ことばとは裏腹に、おれの生殖器官はますます屹立しはじめている。

店主は大笑いした。「さあ。二階行け。二階行け。うわはははははは」

「行きましょう」青娘《チンニャン》が先に、すぐ横にある二階への階段をあがりはじめた。

「そうですか。それではあの。どうも」丸裸のおれが彼女に続く。「いやもう、すまんことです。悪いなあ」

あがってすぐが青娘《チンニャン》の部屋だった。その奥、道路に面している店の階上にあたる部分が店主の部屋らしい。青娘《チンニャン》の部屋は十八、九の娘らしく小綺麗にしてあり、マノン・レスコオのフランス人形を上に飾った本棚には和漢洋の料理の本がぎっしりだった。隅《すみ》のベッドの横で、青娘《チンニャン》はまず下に穿いている黒い褲子《クウツ》を脱ぎ、次いで短かめの上着、赤地に銀糸の縫いとりのある中国服を脱いだ。

絹のまっ白な肌着を見て、ぐび、とのどを鳴らし、おれは言った。「すまないね。変なことさせて」

「変なことなんかじゃないわ」彼女は肌着を脱ぎはじめた。

「おれ、まだ臭いだろ」

「もうちっとも臭くないわよ。石鹼のいい匂《にお》いしてる」

「そうかい」と、言いながらおれは、ますます膨張して天を向いたペニスを握り、おどおどしながら彼女に近づいた。

青娘《チンニャン》はすでにベッドに横たわっている。はてさて、この小柄《こがら》で華奢《きゃしゃ》な少女の中へこのように大がかりなものをぶちこんで大事はないのだろうか。そう思って心配ではあったのだが、今となっては欲情が先に立ってとても中断できなくなっている。おれは彼女の隣りに身を横たえ、まず彼女のうすい陰毛にそっと手をのばした。

あまり長びかせてはいけないという、階下の爺爺《イエイエ》への遠慮もあり、おれはたったの五分で彼女の膣内《ちつない》へ大量の白い毒液を発射したのだったが、それでも意地汚く楽しめるだけは楽しんだようだ。今度は二階にある家族用のバス・ルームを使わせて貰い、丹念に洗滌《せんじょう》を続ける青娘《チンニャン》をあとに残しておれは階下へおりた。アイロン台の上に、乾いたおれの衣類が置いてあった。

服を着て調理場へ行き、おれは店主にくどくどと礼だの詫びだのを並べ立てた。店主がろくにおれのことばを聞いていず、いそがしそうにしているので、新たな客が来たらしいと悟り、おれは店に戻った。客は若いアベックだった。もしこのふたりがおれと同じような体験をするとなればいかなる騒ぎになることかと思い、見て行きたくもあったが、あまりのんびりはしていられない。おれはあくまで客なのだ。テーブルにはまだ食べかけの鍋巴が半分残っていた。空腹があいかわらずなので、冷えてはいたがおれはそれを食べようとした。だが、ひと口食べて思わず吐き出してしまった。とても食えたものではなかったのだ。すでに健康体となってしまったからだが受けつけなくなっているらしい。現金なものである。

青娘《チンニャン》が服を着換えて出てきた。今度は青い中国服だ。眼もとを赤く染めておれに頷きかける彼女の美しさに、おれはうっとりとした。

「お勘定、しますか」と、彼女はおれに訊ねた。

空腹を満たそうとする店ではないのだ。おれは言った。「お願いします」

青娘《チンニャン》の持ってきた勘定書きは次のようなものであった。

御勘定書

9.	睹揚辣切鮑肝	¥1,800
11.	鼻突拔爆冬蛤	¥1,800
12.	焦鮮顎薊辛湯	¥1,800
18.	黒焙夏家雀舌	¥3,500
19.	煽首炸奇鴨卵	¥1,800
22.	味酒珍嘲浅蜊	¥1,800
32.	鉄板俵疾猪鼻	¥1,800
36.	冷酔漁海驢掌	¥3,500
94.	熱辣怪湯鍋巴	¥1,800
	合計	¥19,600

雀の舌とアシカの前肢だけは、さすがに手間がかかったり貴重品であったりするため三千五百円と高価だが、あとはすべて千八百円、普通の中国料理ひと皿の値段である。

「ほんとに、これだけでいいのかい」

うしろの席の客に聞こえぬよう、そっと青娘《チンニャン》にささやくと、彼女はにっこりして頷いた。

「ええ。いいのよ」

洗濯代や特殊サーヴィス料などのことをあまりくどく言うと、また店主から叱《しか》られるにきまっていた。お釣《つ》りはいらない、と言っておれは二万円渡し、まるで今生まれてきたばかりのような爽快《そうかい》な気分で「薬菜飯店」を出た。入る時以上に空腹になって飯店を出たのははじめてだ。さて、これから何を食べに行こうかな、と、おれは考えた。

以後、おれは健康である。どこも悪いところはない。どこかが悪くならない限りあの店へ行ってはならぬという抑制がはたらき、青娘《チンニャン》にひと目逢《あ》いたいのも我慢して、ともすればあの店の方角に足を向けそうになる自分をおれは今でも戒め続けているのである。

山田風太郎

人間臨終図巻——円谷幸吉

昭和三十九年の東京オリンピックのマラソンで、一位エチオピアのアベベ、二位イギリスのヒートリーにつづいて、三位にゴールインした直後、精根つきはてたかのように倒れて、その必死の力走を印象させた朴訥《ぼくとつ》律儀な円谷幸吉は、以来日本のマラソンのホープとなってトレーニングに励んでいたが、メキシコ・オリンピックの開催される昭和四十三年の一月九日、東京練馬の朝霞《あさか》陸上白衛隊体育学校の幹部宿舎二階の個室でカミソリ自殺をとげた。

午前十一時ごろ、隣室のレスリング選手小泉正喜三尉が、円谷が点呼に出ないのを怪しんでノックしたが返事がなく、ドアをこじあけてはいってみると、幸吉はベッドの上で、シャツとズボン姿で仰むけになったままこときれ、ベッドの下は血の海で、その中に折りたたみ式のカミソリが落ちていた。彼は右の頸動脈を切断していた。

机の上に遺書があった、それには父母や兄姉に、「父上様、母上様、三日とろろ美味しゅうございました。干し柿、モチも美味しゅうございました」にはじまり、すし、ブドウ酒、リンゴ、しそめし、南蛮づけ、ブドウ液、養命酒、モンゴいか、等、各人に、妙に食い物の礼ばかり述べてあったが、最後に、「父上様、母上様、幸吉はもうすっかり疲れ切ってしまって走れません」

という文章があった。

川端康成はこの遺書を「千万言もつくせぬ哀切」と評し、三島由紀夫は「壮烈な武人の死」と評し、スポーツ評論家川本信正は「円谷は日本人の愛国心に殺された」と評した。

朝日新聞記者中条一雄によれば、幸吉の自殺は、足と腰の故障のほかに、彼には美しい恋人があったが、体育学校の校長が、オリンピックをひかえて恋愛沙汰はまかりならぬと交際を禁じ、二ヶ月前にその女性がほかの男性のもとに嫁《とつ》いだことによるという。
東京オリンピックで一位のアベベも、この五年後に死ぬ。

父上様母上様　三日とろゝ美味しうございました。干し柿　もちも美味しうございました。
敏雄兄姉上様　おすし美味しうございました。
勝美兄姉上様　ブドウ酒　リンゴ美味しうございました。
巌兄姉上様　しそめし　南ばんづけ美味しうございました。
喜久造兄姉上様　ブドウ液　養命酒美味しうございました。又いつも洗濯ありがとうございました。
幸造兄姉上様　往復車に便乗さして戴き

有難とうございました。モンゴいか美味しうございました。
正男兄姉上様お気を煩わして大変申し訳ありませんでした。
幸雄君、秀雄君、幹雄君、敏子ちゃん、ひで子ちゃん、良介君、敬久君、みよ子ちゃん、ゆき江ちゃん、光江ちゃん、彰君、芳幸君、恵子ちゃん、幸栄君、裕ちゃん、キーちゃん、正嗣君、立派な人になってください。

父上様母上様　幸吉は、もうすっかり疲れ切ってしまって走れません。
　何卒　お許し下さい。
気が休まる事なく御苦労、御心配をお掛け致し申し訳ありません。
幸吉は父母上様の側で暮しとうございました。

——遺書全文——

C・Wニコル

男の最良の友、モーガスに乾杯！

ここ黒姫の我が家には年中訪問客が訪れる。地元の友人たちを別にしても平均して年に千人以上は来るだろう。だがそれ以外のときはたいてい、僕の暮らしはほとんど隠遁者みたいなものだ。マリコは東京に移った。アリシアが東京の学校に行っているからだ。アリシアが学齢期に達するまで家にはナニーがいた。そのあとは家政婦に来てもらっている。ほかにもアシスタント、お手伝い……。時とともに顔ぶれが変わる中で、変わらないのは僕と犬たちだけである。

アリシアが生まれる前、僕ひとりでここに暮らしていた時期があった。マリコが六週間ほどイギリスに勉強しに行ったときもそうだ。あのときは僕とモーガスとふたりきりでこの家に暮らしたのだった。犬と一緒にいることで、どれほど慰められたことだろう。

だいぶ前のことだが、僕の書いた本の一冊が、出版されてから日をおかずにまた再版されたという知らせが入った。そのとき、僕はひとりだったが、それでもなんだかお祝いをしたい気分になった。そこで僕は町まで自転車で出かけ、でっかいTボーンステーキを二枚買ってくると、ワイン片手に歌を歌いながらそのステーキを焼き、つけあわせを料理した。料理がすむと台所のカウンター（テーブルでなく、カウンターで食べたい気分だったのだ）に二枚の皿を置き、そこにレアに焼いたステーキを移し、肉の脇に豆とベークド・ポテト、芽キャベツを添え、最後にグレービー・ソースをかけた。冷やしたシャブリの瓶を取り上げ、クリスタルのグラスと、ウェールズ製の陶器のボールについで準備万端。メガンがやって来る前のことで、家の中には僕とモーガスしかいなかった。

僕はカウンターに腰をかけ、まずばかげたスピーチをやってのけてから、一杯目のグラスを飲みほした。

「さあモーガス、一緒に食おうぜ。ここには僕とお前とふたりだけなんだからさ」僕はいった。「男の最良の友に乾杯！　女なんてクソ食らえだ！」

僕は椅子を叩いた。モーガスがそこによじ登った。ドッグ・フードならぬ豪華なピープル・フードののった皿が目の前だ。ワインを入れたボールを前足で抱えると、彼はそれをピチャピチャなめ始めた。モーガスはワインが大好きなのだ。むろんビールもである。だが、なめながらも彼の目と鼻は目の前のグレービーのかかったステーキに釘づけになっていた。僕はまたグラスにワインを注ぎ、それから食前の祈りを捧げた。

「いただくものすべてに感謝します……」

僕はモーガスを腕でこづいた。

「アーメンといわなきゃ駄目じゃないか」

彼は鼻をひくつかせて、ステーキを見つめ続けていた。僕は手を合わせた。

「いただきます」

そういうと僕はナイフとフォークを取り上げ、厚い、汁気のたっぷりある肉にナイフを入れた。隣に座ったモーガスは、よだれをだらだら垂らしながら、僕の皿から自分の前の皿へと目をさまよわせていた。

「よだれを垂らすなよ。老化のしるしだぜ」僕はそういうと、またシャブリをあおった。

「モーガス、気にしないで聞けよ。でもな、一応おまえはアイリッシュ・セッターだろう？　やっぱりフォークは左足、ナイフは右足に握って持ったほうがヨーロッパ式だと思うよ。これがアメリカ人だと何もかも先に切り分けちまって、あとは右手に持ちかえたフォークだけですくって食べるけどさ。まあ僕もおまえも長いこと東洋で暮らしてきたんだし、箸がいいに決まってるがねえ。だいたい箸で食べる料理ってのは、エネルギー効率だって一番少なくてすむんだぜ。まずコックが最初に包丁で材料に合った切り方をしてくれてるし、それにそんなふうに切ってから料理すれば、でっかいまま料理するより火が通りやすいからね……」僕はまたモーガスをこづいた。今や彼の口からはとめどなくよだれが垂れていた。

「ま、好きなようにやれよ。ただしナイフを使うんなら、肉を切ったあと、絶対にそいつをなめるなよ。舌が切れちゃうからね。このステーキはレアだし、お前も見ての通り、切ると…モグモグ…少々血が出る。でも舌を切るともっともっと血が出るんだぜ。そんなことになったらお客さんがびっくりするだろう？　ま、お客さんがいたとしてだけどさ」

またグラスにワインを注ぐ。モーガスのよだれが増えたようだ。

「いっておくがね、ナイフはパンで拭けよ。お行儀が悪いって？　誰も見てやしないさ。そりゃイングランドではそんなことするのはいいお行儀じゃないことになってるけど、おれたちケルトの人間は構わないんだ……」

僕はこういったくだらないことを長々と話しながら、ステーキと野菜をたいらげ、ワインをすすった。かたわらでモーガスはひたすらそこに座り、よだれを垂らしていた。

僕はワインを入れたボールをモーガスのために支えてやった。ピチャピチャ、ピチャピチャ、モーガスが音をたてて飲む。むろんワインは水で薄めてある。そういえば僕が生まれて初めて飲んだワインもそうだったっけ。十五歳でフランスに交換留学生として行ったときのことだ。ふいにモーガスがもぞもぞと動き、尻の位置を変えた。

「おっと、ゲップにしてくれよ」僕はいった。「ある種の文化では、ゲップしても許されるんだからさ。ただ頼むからオナラだけはしないでくれよな」（ときどきモーガスは「猛ガス」と呼ばれることがある。理由はおわかりだろう）

茶色の大きな目が僕を訴えるように見上げた。僕はもう一切れステーキを切り取って口に入れ、湯気の出ているベイクド・ポテトにナイフを入れながら、ジャガイモのことを歌ったアイルランドの歌を歌い始めた。

すでにモーガスの前のカウンターにはよだれで水溜まりができていた。とうとう僕はからかうのをやめた。モーガスには、テーブルやカウンターの上の食物を取るなと教えていたので、彼の前から皿を持ちあげると、それを台所の床に置いた。

「いいよ」僕はいった。彼はなかば疑わしそうな目で僕を見た。

「オーケー」またいった。三口で、ステーキは消えていた。僕がカウンターに戻っても、彼はまだグレービーとポテトを鼻づらで探っていた。

「せっかく極上のステーキだってのに、じっくり味わいもしないのかい？」

皿はリズムをとってカタカタ音をたてていた。彼は僕の隣に戻ってきて座り、僕に前足を差し出しながら、万一残りものがないかと期待して皿を見つめた。僕が骨を少しやると、モーガスはそれをくわえて台所の床に座り込み、うまそうにしゃぶり始めた。

これから少々犬と飲酒の関係について説明しなくてはなるまい。といってもべつに、犬を酔っ払わせることをすすめているわけではない。ただ世の中には例のC_2H_5OHが大好きな犬というのはいるものなのだ。

モーガスがまだ仔犬で、こたつの下にもぐり込んで眠るのが好きだったころのことだ。ある晩仲間と一緒に飲んでいると、ふいにモーガスがこたつから出てきて、その拍子に畳の上に置いてあったビールのコップを倒したことがあった。（いっておくが、そんなところにコップを置いた粗忽者は僕じゃないよ）それまでサウナさながらの蒸し暑いところにいて、少々脱水状態でもあったのだろう、モーガスはそのビールをあっというまになめてしまい、おおいに気にいった様子だった。まもなく彼はワインにも挑戦した。

一〇歳になった今、彼はアルコールはあまり好きではなくなっている。だがメガンのほうはたいへんな飲んべえだ。低いテーブルにグラスなんか置いておいたら、とたんにメガンの長い舌が突っ込まれてしまう。彼女が好きなのはビール、ワイン、ジントニック、シャンパン、それにウイスキーの水割りである。もっとも飲んべえとはいっても、悪酔いはせず、酔っぱらうとしばらくのあいだやたら甘ったれになって、みんなに抱かれたり可愛がってもらいたがったあと、三〇分ほどして眠くなり、ひたすらこんこんと眠るだけだ。といっても、わざと酔っ払わせようとしてこちらが酒を与えたことは一度もない。我が家にはとにかくたくさんの人が来るし、そんなわけでなんとなく犬もお相伴にあずかってしまうのだ。犬とはいってもケルトの血統であることは変わらないから、おそらく酒好きは血なのだろう。

ウェールズのマンブルズという町に、作家で僕の友人でもある男が住んでいる。彼は以前そこでとても太った、とても人なつこいレトリーバーを飼っていた。その犬があんまり太ってしまったため、かかりつけの獣医はダイエットをさせた。それでも、犬はあいかわらず太り続けた。友人夫妻は毎日犬を散歩させ、運動させせたけれど、犬はどんどん太っていった。首をひねっていたところ、ある晩遅くにその犬がビールの匂いをぷんぷんさせて戻って来たのである。それもタクシーでだ！　まるで年取った酔っ払いみたいに、その犬はタクシーの座席にだらしなく酔いつぶれていたという。要するに、ビール太りというわけだったのだ。

夕食のあと、その犬はいつも外へ出たがった。この犬はモーガスと違ってとくにプレイボーイではなかったし、イギリスではレトリーバーやセッターなどの犬は平気で町をうろついている。たぶん用を足すために外に出たがっているのだと思った友人は、犬を外に出してやった。ところがその犬が外に出たがったのは、用を足すためではなく、パブのはしごをするためだったのである。

外に出た犬はまっすぐに一番近くのパブまで歩いていくと、中に入り、馴染みの顔を探す。知った人を見つけると彼はその前にどさっと身を横たえ、飲んでいるビールをいとおしそうに見つめる。そうなればたいていの人はこの犬にビールを一杯注文してくれるし、それと一緒にポテトチップスも一箱買ってくれるのだった。どうやらビールとひきかえに歌うことまでやらされていたらしい。こうしてその犬は、パブの馴染みのあいだで、大変な人気者になっていたのだった。

最初のパブでビールの供給がとだえると、犬はおもむろに身を起こし、よたよたと出ていって、次の酒場に向かう。そこではまた別の馴染みや友達が待っているというわけだ。マンブルズの町にはパブがたくさんある。だから毎晩犬はこうやってパブのはしごをやってのけたのだが、いつも最後には酔っ払いすぎたうえ、ビールとチップスで腹がふくれすぎて、動けなくなってしまう。そうすると誰か親切な人が犬を家まで連れてきて、庭に入れておいてくれるというわけだった。この状況はかなり長いあいだ続いたのだが、ある晩のこと、たまたまその酔っ払い犬を連れて帰ろうという人がいなかったため、パブのオーナーがタクシーを呼んで、代金着払いで犬を送り届けさせたのだった。ま、犬の飲み代を請求しなかったのは見上げたものだけれど。

それからずっとその犬は、パブの開店時間中はつないでおかれるようになり、体重は予想通り減っていった。ううむ、どこかの年寄りがしたり顔で非難がましくこんなことをいっているのが目に見えるようだ——動物を酔っ払わせるとはなんたることだ、とね。

それにしてもこの犬は、それまで僕が会った犬の中でも最高に陽気で人なつこく、まことに幸せなならずものだった……そしてやっぱりウェールズの犬だからね、歌うのが大好きだったんだな。

谷崎潤一郎

初音の鼓——『吉野葛』より

初音の鼓

上市から宮滝まで、道は相変らず吉野川の流れを右に取って進む。山が次第に深まるに連れて秋はいよいよ闌《たけなわ》になる。われわれはしばしば櫟《くぬぎ》林に這入《はい》って、一面に散り敷く落葉の上をかさかさ音を立てながら行った。この辺《へん》、楓《かえで》が割合いに少く、且《かつ》一と所にかたまっていないけれども、紅葉《こうよう》は今が真っ盛りで、蔦《つた》、櫨《はぜ》、山漆《やまうるし》などが、杉の木の多い峰の此処《ここ》彼処《かしこ》に点々として、最も濃い紅《くれない》から最も薄い黄に至る色とりどりな葉を見せている。一と口に紅葉と云うものの、こうして眺めると、黄の色も、褐《かつ》の色も、紅の色も、その種類が実に複雑である。おなじ黄色い葉のうちにも、何十種と云うさまざまな違った黄色がある。野州《やしゅう》塩原の秋は、塩原じゅうの人の顔が赤くなると云われているが、そう云う一と色に染まる紅葉も美観ではあるけれども、此処のようなのも悪くはない。「繚乱《りょうらん》」と云う言葉や、「千紫万紅」と云う言葉は、春の野の花を形容したものであろうが、此処のは秋のトーンであるところの「黄」を基調にした相違があるだけで、色彩の変化に富むことはおそらく春の野に劣るまい。そうしてその葉が、峰と峰との裂け目から渓合《たにあ》いへ溢《あふ》れ込む光線の中を、ときどき金粉《きんぷん》のようにきらめきつつ水に落ちる。万葉に、「天皇幸于吉野宮《よしののみやにいでます》」とある天武天皇の吉野の離宮、――笠朝臣金村《かさのあそみかなむら》の所謂《いわゆる》「三吉野乃多芸都河内之大宮所《みよしぬのたぎつかふちのおほみやどころ》」、三船山《みふねやま》、人麿《ひとまろ》の歌った秋津の野辺等は、皆この宮滝村の近くであると云う。私たちはやがて村の中途から街道を外《はず》れて対岸へ渡った。この辺で渓《たに》は漸《ようや》く狭《せば》まって、岸が嶮《けわ》しい断崖《だんがい》になり、激した水が川床の巨岩に打《ぶ》つかり、或《あるい》は真っ青な淵《ふち》を湛《たた》えている。うたたねの橋は、木深い象谷《きさだに》の奥から象の小川がちょろちょろと微《かす》かなせせらぎになって、その淵へ流れ込むところに懸《かか》っていた。義経がここでうたたねをした橋だと云うのは、多分後世のこじつけであろう。が、ほんの一とすじの清水の上に渡してある、きゃしゃな、危げなその橋は、ほとんど樹々の繁《しげ》みに隠されていて、上に屋形船のそれのような可愛い屋根が附いているのは、雨よりも落葉を防ぐためではないのか。そうしなかったら、今のような季節には忽《たちま》ち木の葉で埋《うず》まってしまうかと思われる。橋の袂に二軒の農家があって、その屋根の下を半ば我が家の物置きに使っているらしく、人の通れる路を残して薪《たきぎ》の束が積んである。ここは樋口《ひぐち》と云う所で、そこから道は二つに分れ、一方は川の岸を菜摘の里へ、一方はうたたねの橋を渡り、桜木の宮、喜佐谷《きさたに》村を経て、上の千本から苔《こけ》の清水《しみず》、西行庵《さいぎょうあん》の方へ出られる。蓋《けだ》し静《しずか》の歌にある「峰の白雪踏《ふ》み分けて入りにし人」は、この橋を過ぎて吉野の裏山から中院《ちゅういん》の谷へ行ったのであろう。気が付いてみると、いつの間にか私たちの行く手には高い峰が眉《まゆ》近く聳《そび》えていた。空の領分は一層狭くちぢめられて、吉野川の流れも、人家も、道も、ついもうそこで行き止まりそうな渓谷であるが、人里と云うものは狭間《はざま》があれば何処までも伸びて行くものと見えて、その三方を峰のあらしで囲まれた、袋の奥のような凹地《くぼち》の、せせこましい川べりの斜面に段を築き、草屋根を構え、畑を作っている所が菜摘の里であると云う。

成る程、水の流れ、山のたたずまい、さも落人《おちゅうど》の栖《す》みそうな地相である。大谷と云う家を尋ねると、すぐに分った。里の入り口から五六丁行って、川原の方へ曲った桑畑の中にある、一と際《きわ》立派な屋根の家であった。桑が丈高く伸びているので、遠くから望むと、旧家らしい茅葺《かやぶ》きの台棟《だいむね》と瓦葺《かわらぶ》きの庇《ひさし》だけが、桑の葉の上に、海中の島の如く浮いて見えるのがいかにも床《ゆか》しい。しかし実際の家は、屋根の形式の割合いに平凡な百姓家で、畑に面した二た間つづきの出居《でい》の間の、前通りの障子を明け放しにして、その床の間つきの方の部屋に主人らしい四十恰好《かっこう》の人がすわっていた。そして二人の姿を見ると、刺を通ずる迄《まで》もなく挨拶《あいさつ》に出たが、固く引き締まった日に焼けた顔の色と云い、ショボショボした、人の好きそうな眼つきと云い、首の小さい、肩幅の広い体格と云い、どうしても一介の愚直な農夫である。

「国栖の昆布さんからお話がありましたので、先程からお待ちしていました」と、そう云う言葉さえ聞き取りにくい田舎訛《なま》りで、此方《こちら》が物を尋ねてもはかばかしい答えもせずに、ただ律義《りちぎ》らしく時儀をして見せる。思うにこの家は今は微禄《びろく》して、昔の俤《おもかげ》はないのであろうが、それでも私には却《かえ》ってこう云う人柄の方が親しみ易《やす》い。「お忙しいところをお妨げして済みませぬ。お宅様ではお家の宝物《ほうもつ》を大切にしていらしって、めったに人にお見せにならぬそうですが、無躾《ぶしつけ》ながらその品を見せて戴《いただ》きに参ったのです」と云うと、「いいえ、人に見せぬと申す訳ではありませぬが」と当惑そうにオドオドして、実はその品物を取り出す前には、七日の間潔斎《けつさい》せよと云う先祖からの云い伝えがある、しかし当節はそんなやかましいことを云ってもいられないから、希望の方には心安く見せて上げようと思っているけれども、日々耕作に追われる身なので、不意に訪ねて来られては相手になっている時間がない。殊《こと》に昨今は秋蚕《あきご》の仕事が片附かないので家じゅうの畳なども不断は全部揚げてあるような訳だから、突然お客様が見えても、お通し申す座敷もないと云う始末、そんな事情で、前にちょっと知らせて置いて下すったら、必ず何とか繰り合わせてお待ちしている、と、真っ黒な爪《つめ》の伸びた手を膝の上に重ねて、云いにくそうに語るのである。

して見れば、今日は特に私たちのために、この二た間の部屋へわざわざ畳を敷き詰めて待っていてくれたに違いない。襖《ふすま》の隙から納戸《なんど》の方を窺《うかが》うと、そこはいまだに床板のままで、急に其方《そちら》へ押し込めたらしい農具がごたごたに片寄せてある。床の間には既に宝物の数々が飾ってあって、主人はそれらの品を一つ一つ、恭《うやうや》しく私たちの前に並べた。

「菜摘邨来由《なつみむらいゆ》」と題する巻物が一巻、義経公より拝領の太刀脇差《わきざし》数口、及びその目録、鍔《つば》、靭《うつぼ》、陶器の瓶子《へいし》、それから静御前より賜わった初音の鼓等の品々。そのうち菜摘邨来由の巻物は、巻末に「右者《みぎは》五条御代官御役所時之《ときの》御代宮内藤杢《もくざ》左《ゑ》衛門《もん》様当時に被レ遊ニ御出一御申付候《おいであそばされおんまうしつけさうらふ》ニ付大谷源兵衛七十六歳にて伝聞之儘《まま》を書記《かきしる》し我家に残し置者也《なり》」とあって、「安政二歳次乙卯《いつぼう》夏日」と云う日附けがある。その安政二年の歳《とし》に代宮内藤杢左衛門が当村へ来た時、今の主人の何代か前の先祖にあたる大谷源兵衛老人は土下座をして対面したが、この書付けを見せると、今度は代官の方が席を譲って土下座をしたと伝えられている。但《ただ》し、巻物は紙が黒焦《くろこ》げに焦げた如く汚れていて、判読に骨が折れるため、別に写しが添えてある。原文の方はどうか分らぬが、写しの方は誤字誤文が夥《おびただ》しく、振り仮名等にも覚束《おぼつか》ない所が多々あって、到底正式の教養ある者の筆に成ったとは信ぜられない。しかしその文に依ると、この家の祖先は奈良朝以前からこの地に住し、壬申《じんしん》の乱には村国庄司男依《むらくにのしょうじおより》なる者天武帝のお味方を申して大友皇子を討ち奉《たてまつ》った。その頃庄司は当村より上市に至る五十の地を領していたので、菜摘川と云う名はその五十丁の間の吉野川を呼ぶのであると云う。さて義経に関しては、「又源義経公川上白矢《しろや》ガ嶽《たけ》にて五月節句をお祝遊《あそば》され夫《それ》より御下り有之《これあり》村国庄司内にて三四十日被レ遊ニ御逗留一《ごとうりうあそばされ》宮滝柴橋御覧有り其《その》時御詠《よ》みの歌に」として二首の和歌が載っている。私は今日までまだ義経の歌と云うものがあるのを知らないが、そこに記してある和歌は、いかな素人眼《しろうとめ》にも王朝末葉の調子とは思えず、言葉づかいも余りはしたない。次に静御前の方は、「其時義経公の愛妾《あいせふ》静御前村国氏の家に御逗留あり義経公は奥州に落行給《おちゆき》ひしより今は早《はや》頼み少なしとて御命を捨給ひたる井戸あり静井戸と申伝へ候也」とあるから、ここで死んだことになっているのである。尚《なお》その上に、「然《しか》るに静御前義経公に別れ給まひし妄念《まうねん》にや夜な夜な火玉となりて右乃《の》井戸より出《いで》し事凡《およそ》三百年其頃をい飯貝村《いひがひ》に蓮如上人《れんによしやうにん》諸人を化益《けやく》ましましければ村人上人を相頼静乃亡霊《あひたのみ》を済度し給はんやと願ければ上人左右《さう》なく接引し給ひ静御前乃振袖大谷氏に秘蔵いたせしに一首乃歌をなん書記《かきしる》し給ひぬ」としてその歌が挙げてある。

私たちがこの巻物を読む間、主人は一言の説明を加えるでもなく、黙って畏《かしこ》まっているだけであった。が、心中何の疑いもなく、父祖伝来のこの記事の内容を頭から盲信しているらしい顔つきである。「その、上人がお歌を書かれた振袖はどうされましたか」と尋ねると、先祖の時代に、静の菩提《ぼだい》を弔うために村の西生寺《さいしようじ》と云う寺へ寄附したが、今は誰の手に渡ったか、寺にもなくなってしまったとのこと。太刀、脇差、靫等を手に取って見るのに、相当年代の立ったものらしく、殊に靫はぼろぼろにいたんでいるけれども、私たちに鑑定の出来る性質のものではない。問題の初音の鼓は、皮はなくて、ただ胴ばかりが桐の箱に収まっていた。これもよくは分らないが、漆が比較的新しいようで、蒔絵《まきえ》の模様などもなく、見たところ何の奇もない黒無地の胴である。尤《もっと》も木地《きじ》は古いようだから、或《あるい》はいつの代かに塗り替えたものかも知れない。「さあそんなことかも存じませぬ」と、主人は一向無関心な返答をする。

外に、屋根と扉の附いた厳《いか》めしい形の位牌《いはい》が二基ある。一つの扉には葵《あおい》の紋があって、中に「贈正一位大相国公尊儀《だいしようこく》」と刻し、もう一つの方は梅鉢《うめばち》の紋で、中央に「帰真　松誉貞玉信女霊位」と彫り、その右に「元文《げんぶん》二年巳年《みのとし》」、左に「壬《うるう》十一月十日」とある。しかし主人はこの位牌についても、何も知るところはないらしい。ただ昔から、大谷家の主君に当る人のものだと云われ、毎年正月元日にはこの二つの位牌を礼拝するのが例になっている。そして元文の年号のある方を、或は静御前のではないかと思います。と、真顔で云うのである。

その人の好さそうな、小心らしいショボショボした眼を見ると、私たちは何も云うべきことはなかった。今更元文の年号がいつの時代であるかを説き、静御前の生涯について吾妻鑑《あずまかがみ》や平家物語を引き合いに出す迄もあるまい。要するに此処の主人は正直一途《いちず》にそう信じているのである。主人の頭にあるものは、鶴ケ岡の社頭に於いて、頼朝の面前で舞を舞ったあの静とは限らない。それはこの家の遠い先祖が生きていた昔、——なつかしい古代を象徴する、或る高貴の女性である。「静御前」と云う一人の上臈《じょうろう》の幻影の中に、「祖先」に対し、「主君」に対し、「古え《いにし》」に対する崇敬と思慕の情とを寄せているのである。そう云う上臈が実際この家に宿を求め、世を住み佗《わ》びていたかどうかを問う用はない。せっかく主人が信じているなら信じるに任せておいたらよい。強いて主人に同情をすれば、或はそれは静ではなく、南朝の姫宮方であったか、戦国頃の落人であったか、いずれにしてもこの家が富み栄えていた時分に、何か似寄りの事実があって、それへ静の伝説が紛れ込んだものかも知れない。

私たちが辞して帰ろうとすると、

「何もお構い出来ませぬが、ずくしを召し上って下さいませ」

と、主人は茶を入れてくれたりして、盆に持った柿の実に、灰の這入っていない空《から》の火入れを添えて出した。

ずくしは蓋《けだ》し熟柿《じゆくし》であろう。空の火入れは煙草《たばこ》の吸い殻を捨てるためのものではなく、どろどろに熟れた柿の実を、その器に受けて食うのであろう。しきりにすすめられるままに、私は今にも崩れそうなその実の一つを恐々《こわごわ》手のひらの上に載せてみた。円錐形の、尻の尖《とが》った大きな柿であるが、真っ赤に熟し切って半透明になった果実は、恰《あたか》もゴムの袋の如く膨らんでぶくぶくしながら、日に透かすと琅玕《ろうかん》の珠《たま》のように美しい。市中に売っている樽柿《たるがき》などは、どんなに熟れてもこんな見事な色にはならないし、こう柔かくなる前に形がぐずぐずに崩れてしまう。主人が云うのに、ずくしを作るには皮の厚い美濃《みの》柿に限る。それがまだ固く渋い時分に枝から捥《も》いで、成るべく風のあたらない処《ところ》へ、箱か籠《かご》に入れておく。そうして十日程たてば、何の人工も加えないで自然に皮の中が半流動体になり、甘露のような甘みを持つ。外の柿だと、中味が水のように融《と》けてしまって、美濃柿の如くねっとりとしたものにならない。これを食うには半熟の卵を食うようにへたを抜き取って、その穴から匙《さじ》ですくう法もあるが、矢張手はよごれても、器に受けて、皮を剝《は》いでたべる方が美味である。しかし眺めても美しく、たべてもおいしいのは、丁度十日目頃の僅かな期間で、それ以上日が立てばずくしも遂に水になってしまうと云う。

そんな話を聞きながら、私は暫《しばら》く手の上にある一顆《か》の露の玉に見入った。そして自分の手のひらの中に、この山間の霊気と日光とが凝り固まった気がした。昔田舎者が京へ上ると、都の土を一と握り紙に包んで土産にしたと聞いているが、私がもし誰かから、吉野の秋の色を問われたら、この柿の実を大切に持ち帰って示すであろう。

結局大谷氏の家で感心したものは、鼓よりも古文書よりも、ずくしであった。津村も私も、歯ぐきから腸《はらわた》の底へ泌《し》み徹《とお》る冷めたさを喜びつつ甘い粘《ねば》っこい柿の実を貪《むさぼ》るように二つまで食べた。私は自分の口腔《こうこう》に吉野の秋を一杯に頰張った。思うに仏典中にある菴摩《あんも》羅《ら》果《か》もこれ程美味ではなかったかも知れない。

伊藤計劃

セカイ、蛮族、ぼく。

「遅刻遅刻遅刻ぅ〜」

と甲高い声で叫ぶその口で同時に食パンをくわえた器用な女の子が、勢い良く曲り角から飛び出してきてぼくに激しくぶつかって転倒したので犯した。

ひどい話だと思う。ぼくだって好きこのんでこんなことをしたわけじゃない。なんで彼女の制服を引き裂いて無残にも彼女の純潔を奪わねばならなかったかというと、それはぼくが蛮族だからだ。

ぼくにぶつからなければよかったのに。なんで。なんできみは、衝突する相手にぼくを選んだの。ぼくに罪を重ねさせたいからなの。ぼくの蛮族の血を自覚させたいから、自己嫌悪で溺れさせたいからなの。

自己嫌悪なら、たっぷり抱え込んでいる。ぼくはマルコマンニ人だ。マルコマンニ。ぼくはこの響きがほんとうに嫌いだ。フェラガモ、エロマンガ島、スケベニンゲン、一万個、レマン湖、マルコマンニ。ぼくは転校して自己紹介をするたびに嘲笑される。「マルコでマンニかよう、へっへっへ」とかいうふうに。だからぼくはそんな事を言う連中の首筋や頭蓋にアックスを叩きつけなきゃいけなくなる。そんな血の海地獄を繰り返すくらいなら、おおざっぱにゲルマン人と名乗ったほうがどんなにマシだろうか。

でも父さんはそれを許さない。お前はマルコマンニ人だ、堂々とそれを名乗ってから勝鬨《かちどき》をあげろ、と。

「気に障る異民族は犯すか殺すか奪うに限るな」

父さんはそういってガハハと下品な笑い声をあげる。ぼくの気持ちにはおかまいなしだ——マルコマンニに生まれたことを心の底から嫌悪している、このぼくの心には。

学校に出て来て、ぼくは自分の机の前にやってきた。茶色のニス塗りした表面に、誰かがマジックでいたずら書きをしていた——と言えればいいのだけれど、もちろん、それは「いたずら」なんていう生易しいものではない。

人殺し

くっきりはっきりのゴシック体。レタリングが上手だな、とぼくは思った。

憂鬱な眼差しをグラウンドに向ける。当然だけれども、こんなぼくに友だちはいない。一緒にいたら、斧か戦槌《せんつい》がいつ頭蓋のてっぺんに叩き込まれるかもしれないというのに、ぼくと関係を持ちたがる物好きがどこにいるだろうか。ぼくはこの三十人の教室に在って、いつも孤独だった。これまでそうだったように、そしてこれからもそうであるように。

と、先生が入ってきた。みんなが席に着いたことを確認すると、芝居がかった咳払いをひとつする。その爬虫類のように感情のない瞳が、一瞬ぼくのほうに向けられたような気がした。この先生が、何で私のクラスに蛮族の子がいるんですか、と校長先生に涙ながらに抗議した、という話は公然の秘密だ。

「今日、みんなに新しい仲間を紹介するはずでしたが」

と先生が言ったので、ぼくはうんざりした。なんということだろう。なんで世界はぼくにこんな不幸ばかりを押しつけるのだろう。

「残念ながら、彼女は今日ここにこられません。ここに来る途中で、蛮族に陵辱されてしまいました」

ぼくがやった、すべてぼくのせいだ、そう立ち上がってみんなの前で告白してしまいたかった。でも、そんなことをすれば非難と軽蔑の嵐がぼくを包み込み、またぞろかち割れた頭と肩から胸までざっくり裂かれた胴体の山を築き上げることになる。ぼくはそんな血なまぐさい光景はうんざりだ。人殺しの落書きのおかげで、ぼくの野蛮は発動させるべき閾値《いきち》にすでに達しつつあるというのに。

皆の視線を感じる。

お前がやったに決まってる。お前のせいに決まってる。

そう疑う皆のとげとげしい視線をからだじゅうに感じる。もちろんぼくがやったのだし、ぼくのせいだし、こんなぼくは死んだほうがいいこの世で最低に下劣な生き物だ。

でもぼくはそうしない。蛮族は自分の手首を切ったり、首をくくったりしない。蛮族が切るのは他人の手首で、くくるのはローマかフン族の首だ。蛮族は無自覚に自分自身の生を肯定して、異民族を踏みつけにするどころか殺すことも厭《いと》わない。

でも、それじゃいけないんだ。

これほどまでに自省という言葉を欠いてずるずると生きていちゃ、いけないんだ。父さんとか母さんみたいな、醜い生を醜いとも思わずに、所与のものとして享受してはいけないんだ。昼休み、弁当や購買で買った焼きそばロールを頬張るクラスメートから距離を置いて、斧の柄を肩にもたせ掛け、脚を机に投げ出しながら、生肉にかぶりつくぼくはそんなことを考えている。蛮族であるという逃れ難い運命を憎みながら、骨付き肉を頬張る。罪と罰。野蛮と文明。ぼくは矛盾だ。ぼくは蛮族の世界の大いなる矛盾の針先だ。

「げげ、生肉なんかよく口にできるわね」

学級委員長がぼくの机の前にやってきて、芝居がかった嫌悪感を見せる。ぼくは溜息をつき、

「蛮族だからね。ブルータルでクルードなのが、ぼくの天然なんだ。ほっといてくれ」

するとと、委員長はぼくの机の上にハート柄の包みにくるんだ弁当箱をどっかと置いて、

「これ、食べなさいよ。このわたしがわざわざ作ってあげたんだから」

「なんだよそれ」

「そんな生肉を食べてるのを見てたら哀れで見てらんないの。野蛮人に文明の味を教えてあげるっていってるのよ。べ、べつにあなたに好意があって作ってきたとかそういうのじゃ絶対にないんだからねっ。朝お弁当作ったら材料が余っちゃったから、ついでに箱に詰め込んできただけよ。野蛮人にはこんなんだってご馳走でしょ」

やれやれ。ぼくは強姦した。委員長の言葉ときたら、いちいち蛮族のぼくをいらいらさせる。泣き叫ぶ委員長の服を引き裂きながら、ぼくは黙々と自分の種族の血に従う。

ああ、ローマへ行きたい。あの鉛色に沈み込むドナウの流れを越えて、文明と光の街へ飛んでいきたい。でもそれは叶わないんだ、絶対に。

だって、ローマはマルコマンニの敵だから。

ローマの軍隊はドナウをはさんでぼくらと睨み合っているから。

孤独の裂け目を毎日少しずつ広げてゆくだけの学校から、こちらはこちらで余り戻りたくない蛮族の家に帰ると、驚いたことに父さんがすでに帰って来ていて、机の上に出来立ての生首を飾ってガハハ笑いを部屋の壁に染み込ませようとしている。

「その笑い声はやめてよ、父さん」

とぼくはうんざりして言い、

「すごく下品だよ」

「わしらは蛮族だぞ、下品なのは性質だろうが。品が下なんじゃなくてな、そもそも品が存在しないんだ。自明すぎて自省するのも馬鹿らしいくらいに蛮族だ」

そう言って父さんは机の上の頭を自慢げに示し、

「どうだこれ、ローマ軍の使者だぞ。いまとなっちゃ死者だがな」

そしてガハハ笑い。ぼくは溜息をついた。

「胴体はどうしたの」

「馬にくくりつけて、マキシマスとかいう奴らの将軍に送り返す。もうすぐ戦だぞぉ。アウレリウスも来てるらしい。知ってるか？　ローマの頭領だ」

「頭領じゃないよ、皇帝っていうんだ」

ぼくはそう訂正して、頭を横目で見る。額には「ＳＰＱＲ」の文字が小さく刺青してあるのがわかった。携帯電話の「７」のキーにすべて押しこめられているこの四文字。この哀れな頭の持ち主は、ぼくたちマルコマンニに和平の申し出をしにきただろうこの死者は、正真正銘のローマ市民だ。セネトゥス・ポピュラスクェ・ロマヌゥス。元老院およびローマ市民。

ローマ。はるかかなた、どこか遠くの、決して届かない知性と文明の街。

そしてぼくは自分の部屋に閉じこもり、眠りにつく。蛮族のぼくの家にはシャワーも風呂もないから、そのまま寝床に入って胎児のようにうずくまり、ぼくの正気を蝕《むしば》もうとする父さんのガハハ笑いから自分自身を隔離するために、手のひらでしっかりと両の耳を塞ぐ。

そう、明日は戦にいかなきゃならない。黒い森のなかで哲人皇帝の軍勢と向き合って、恐ろしい大きな木の腕で遠くから燃え盛る火の玉を投げつけてくる連中に、虚勢をはらなきゃいけないだろう。知性も慎みもかけらもない、喉から発する、コトバであるべき音の連なりを、獣の咆哮にまで貶《おとし》めた、そんな蛮族の唸りをあげなければならないだろう。

セカイは、ぼくを、ぼくがそうありたいようには決してさせてくれない。

蛮族であることから逃れられるのであれば、ぼくはよろこんで目玉をふたつ捧げよう。

「おやすみ」

ぼくは机に飾ってあるローマ人の頭蓋骨にささやいて、目蓋を閉じる。

その眼窩《がんか》の空洞が、じいっとぼくを見つめているのを、かすかに意識しながら。

夢野久作

キャラメルと飴玉／お菓子の大舞踏会

キャラメルと飴玉

キャラメルと飴玉《あめだま》とがお菓子箱のうちで喧嘩をはじめました。

「ヤイ、飴玉の間抜け野郎。貴様はまん丸くて甘ったるいばかりで何にもならないじゃないか。俺なんぞ見ろ。ちゃんと着物を着て四角いおうちにはいっているんだぞ。貴様なんぞは着物なんか欲しくたって持たないだろう。態《ざま》をみろヤーイ」

飴玉は真赤になって憤《おこ》り出しました。

「失敬なことを言うな。うちにいる時は裸だけど、外に出る時にゃちゃんと三角の紙の着物を着て行くんだ。第一貴様の名前が生意気だ。キャラメルなんて高慢チキな面をしやがって、日本にいるのならもっと日本らしい名前をつけろ」

「こん畜生、横着な事を言う。キャラメルが悪けりゃあカステイラは西班牙《スペイン》の言葉だぞ。シュークリームでもワッフルでも良いが、菓子にはみんな西洋の名前が付いているんだ。あめだのせんべいなぞ言うのはみんな安っぽい美味《うま》くないお菓子ばかりだ」

「嘘を吐《つ》け。羊羹なんて言うのは貴様よりよっぽど上等だぞ。コンペイトウは露西亜《ロシア》語の名前だけれど、俺よりずっと不味《まず》いぞ。ウエファースなんていう奴はいくら喰ったって喰ったような気がしないじゃないか」

「馬鹿を言え。あれでもなかなか身体のためになるんだ。おれなんぞは牛乳が入っているから貴様よりずっと上等だ」

「こん畜生、おれだって肉桂《ニッキ》が入っているんだ。肉桂はお薬になるんだぞ。貴様の中に牛乳が何合入ってりゃあそんなに威張るんだ」

「何を小癪な」

「何を生意気な」

とうとう取っ組み合って、大喧嘩になりました。最前から見物していたキャラメルの仲間のミンツ、ボンボン、チョコレート、ドロップス、飴玉の仲間の元禄、西郷玉、花林糖、有平糖なぞはソレというので馳け寄って、双方入り乱れてゴチャゴチャに押し合い摑み合っているうちに、みんなお互いにくっつき合って動けなくなってしまいました。

そこへ坊ちゃんが来てお菓子箱の蓋《ふた》を取ってみるとビックリして、

「お母さん。大変大変。お菓子が喧嘩をしている」

と叫びました。お母さんもやって来てこの有様を見ると、

「それ御覧なさい。一緒に仕舞って置いてはいけないと言ったではありませんか。私がこわして上げるから、お姉さんやお兄さんと一緒におやつに食べておしまいなさい」

と言って金槌を持って来て、パラパラと打ちこわしておしまいになりました。

お菓子の大舞踏会

五郎君はお菓子が好きでしようがありませんでした。御飯も何もたべずにお菓子ばかりたべているので、お父様やお母様は大層心配をして、どうかしてお菓子を食べさせぬようにしたいと言うので、ある日家中にお菓子を一つもないようにして砂糖までも何処かへ隠して、いくら五郎さんが泣いてもお菓子を遣らない事にしました。

五郎さんは死ぬ程泣いてお菓子を欲しがりましたが、お父様もお母様もただお叱りになるばかり……とうとう五郎さんはすっかり怒って御飯もたべずに寝てしまいました。

翌る日学校はお休みでしたが、五郎さんはやはり怒って朝御飯になっても起きずに寝ておりました。お父様もお母様も懲しめのためにわざと御飯を片づけてしまって、お父様は何処かへ御用足しにお出かけになり、お母さんもちょっと買物にお出かけになりました。

あとにたった一人、五郎さんは、

「ああお腹が空《す》いた。お菓子が欲しいなあ」

と思いながら涙をこぼしてジッと寝ておりました。

すると玄関の方で、

と大きな声がして、何かドタリと投げ出される音がしました。五郎さんは思わず大きな声で、

「ハイ」

と言って飛び起きて駈け出しますと、それは四角い油紙で、何だかお菓子箱のようです。しかもその表には「五郎殿へ」と書いて、裏には兄さん夫婦の名前が書いてありました。

五郎さんは夢中になって硯箱の抽出から印《いん》を出して郵便屋さんに押して貰って、小包を受け取りました。鼻を当てて嗅《か》いでみると中から甘い甘いにおいがしました。

五郎さんはもう夢中になって鋏を持って来て小包を切り開いて見ると、それは思った通りお菓子でしかも西洋のでした。……ドロップ、ミンツ、キャラメル、チョコレート、ウエファース、ワッフル、ドーナツ、スポンジ、ローリング、ボンボンその他いろいろある事ある事ある事……。

それから食べたにも食べたにも一箱ペロリと食べてしまった五郎さんは、空箱と包み紙や紐を裏の掃きだめに棄てに行って、帰りがけに台所で行ってお茶をガブガブ飲むと、そのまま何くわぬ顔で蒲団にもぐり込んでしまいました。

「アラ五郎さんはまだ寝ているよ。何て強情な子でしょう。よしよし、今にきっとお腹が空いておきて来るだろうから」

とお母様は独り言を言って台所の方へお出でになりました。五郎さんは可笑しくて堪らず蒲団の中でクスクス笑いましたが、そのうちにうとうと眠ってしまいました。

するとやがて何だか恐ろしく苦しくなって来ましたので、どうしたのかと眼を開いて見ますと、いつ日が暮れたのかあたりは真暗になっていて何も見えません。そのうちに最前食べたお菓子連中がめいめ

い赤や青や紫や黄色や又は金銀の着物を着て、男や女の役者姿になって大勢並んでいるのがはっきりと見えました。

「こんなに大勢一時にお菓子たちがお腹《なか》の中で揃った事はないわねえ」

とお嬢さん姿のキャラメルが言いました。

「そうだ、そうだ。それに五郎さんの胃袋は大変に大きいから愉快だ」

と道化役者のドロップが言いました。黒ん坊のチョコレートは立ち上って、

「一つお祝いにダンスを遣ろうではないか」

と言うと、ウエファース嬢が、

「それがいい、それがいい」

「万歳万歳、賛成賛成」

と皆が総立ちになって手を挙げました。すると忽《たちま》ち五郎さんのお腹がキリキリと痛くなりましたので、思わず、

「苦しい苦しい」

と叫びました。

「あれ、苦しいと言っててよ」

とドロップ嬢が心配そうに言いますと、兎の姿をしたワッフルが笑って、

「アハハハハ。自分が悪いのだから仕方がない。まあ暫く辛抱して貰うさ。さあさあ、踊ったり踊ったり」

と言ううちにもう踊り始めました。

ボンボンが太鼓をたたく。ローリングがピアノを弾く。ウエファース嬢が歌い出す。それにつれて五色の着物を着た小人のミンツ達を先に立ててキャラメル嬢をまん中にワッフルの鬼、ドロップの道化役者、チョコレートの黒ん坊、ドーナツの大男、そのほかいろいろのお菓子達が行列を立てて行くあとから、スポンジ嬢が手鼓《てつづみ》をたたきながらついて行きます。

こうして沢山のお菓子たちがみんな一緒に輪を作ると、一、二、三と言うかけ声ともろ共に一時に踊り出しました。

プーカプーカ　チョコレート
プーカプーカ　ローリング
ミンツ、ワッフル、キャラメル、ウエファース、ドーナツ、
スポンジ、ボンボンボン

太鼓の響はボンボンボン
ピアノのひびきがローリング
ウエファースと歌い出す
ドロップドロップ踊り出す
ワッフルワッフルはやし立て
キャラメルキャラメル笑い出す
足どりおかしくチョコレート

スポンジスポンジ飛び上る
そこで五郎さんのポンポンが
ミンツミンツ痛み出す

五郎さんはもう死ぬ位苦しくなって、

「苦しい苦しい。堪忍して頂戴。助けて助けて、お父様！　お母様」

と叫びました。

「まあ、どうしたの五郎さん。大層うなされて」

とお母さんにゆり起されて五郎さんはフッと眼を開くと、まだおひる過ぎでうちの中はあかるいのでした。

「お母さん、僕のお腹の中でお菓子が踊っている。ああ苦しい苦しい。堪忍して頂戴。もう決してお菓子を食べませんから。アッイタイ、イタイ。お母さん、助けて助けて」

と五郎さんは汗をビッショリかいてのた打ちまわりました。

お母様は驚いてお医者を呼びにお出でになりましたが、いろいろわけを尋ねてやっとお菓子の食べすぎだと言う事がわかりますと、お医者はこわい顔をして、

「これから決してお菓子を食べてはいけませんよ」

と言って、苦い苦いお薬を置いてお出でになりました。

それから五郎さんは病気が治ってからも決してお菓子を欲しがりませんでした。

芦原すなお

ずずばな

今年の夏の猛暑を口実に怠けていたらすっかり怠け癖がついて、もう彼岸《ひがん》を過ぎたというのにさっぱり仕事の調子が出てこない。いやいや机の前に座っても頭がまるで働いてくれない。それでいつしか机の中の整理を始めた。

今使っている机は学生時代からのもので、幾度も引っ越しをしたのだが、その都度《つど》引出しをガムテープで張りつけて運ぶという方式だから、思いがけないものが残っている。学生時代の図書貸出カード、かちかちに乾いた朱肉、落書きばかりしてある手帳、学費の督促状《とくそく》、親からの現金書留の封筒の束（もちろん中身はお説教の手紙だけで金はない）、ピースの空き箱で作った土瓶敷き、なんぞが出てくる出てくる。そして旧姓の妻に宛てた手紙が出てきた。これはいったい何の手紙だろうかと思って読むうちに顔が火照《ほて》ってきた。さすがに自分で照れくさくなって投函せずに終わったものだろう。

仕事をしなければならないというのに、婚約時代の妻に宛てた手紙を読んで顔を赤らめているのだからまるっきり馬鹿みたいである。ぼくは手紙を引出しの一番底にしまって、取り出したものをまた元のように戻した。整理しようにもこれらの品物をどこに置いたらいいのかわからなかったからで、だから机の中がこんな風なのだと改めて思い知ったのである。これで小一時間が経過した。

こんなことばかりしているわけにはいかないから、またワープロに向かい、「とにかく、なんでもいいから書き出せば、言葉が出てくるのじゃなかろうか」と打ってみたが、そうはいかない。「やれ、困ったわい」とまた打ったところで尻がむずむずしてきた。「今日はだめだから、酒でも飲んで早く寝よう」と打って終了キーを押した。もっとも酒は毎晩飲むが。とにかく、もうしらない。

庭では妻が箒《ほうき》で落ち葉を掃き集めていた。

「今夜のおかずはなんだろな」と歌いながらサンダルを履いてぼくも庭に出る。

「さーて、なーににしようかな」と、妻も歌うように返事する。「もう今日のお仕事は終わったの?」

「今日のところは終わった」

「今度の締切りはいつなの?」

「すんだことは聞かないでくれ」

「え?」

「もう過去のことだ」

「締切りが過ぎちゃったの?」

「ぼくに断りもなく」

「大変じゃない」

「言わないでくれ」

「困ったわね」

「また電話でぺこぺこ頭を下げたら二、三日は延ばしてくれるだろう。お、これは何だい?」ぼくはオリーブの根元あたりの地面からしゅーっと伸びた二本の茎を指さした。てっぺんには幾つか蕾《つぼみ》がついている。

「ずずばな」

「なんだ、それは?」

「彼岸花よ。曼珠沙華《まんじゆしやげ》ともいうわ」

「これがね。なるほど。しかし、『ずずばな』とはね。なんだか、いたずら坊主が洟を垂らしているみたいな名前だな」

「小さいころ、わたしたちはそう呼んでいたの。多分、『数珠《じゆず》花』が訛ったんだと思うけど。ほら、この茎を一センチくらいの間隔で折っていって輪にすると、ちょっと数珠みたいになるでしょ。だから、ずずばな」

（のちに辞書を繰って調べてみたのだが、この花にはいろんな呼び方がある。「ずずばな」というのは載ってなかったが、「死人《しびと》花」とか「捨て子花」とかいう名前もある。「葉見ず花見ず」というへんな名前もある。葉は花の後に出るそうで、両方いっぺんに見ることはない、という意味なのだろうか。また、「狐《きつね》花」という名もある。さらに、「剃刀花、灯籠《とうろう》花、したまがり、天蓋《てんがい》花」などとも言う、とある。大したものだが、「ずずばな」というのがぼくは一番気にいった）

「言われてみれば、聞いたことがあるような気もするね。君がここに植えたのかい？」

「何言ってるの。ここに越してきた年からずっと毎年咲いてるじゃない」

「そう？」

「あなたは考えごとしてると何も目に入らない人だからね」

「『あーかい花なーら、曼珠沙華ー』という歌があったな。だけど、この蕾は白いぜ。今から赤くなるのか？」

「これは白い花なの。珍しいけど、たまにあるのよ」

「ふーん。早く咲かないかな」

「あと、二日ってとこかしらね。今年は遅いのよ。今朝ラジオでも言ってたけど、暑さのせいだか、いつもの年より一週間くらい遅れてるらしいわ。去年はほんとに見事にお彼岸の中日に咲いたのよ」

「それだ」

「なーに？」

「植物でもそうなんだから、ぼくだって遅れるわけだ」

「そうね」妻は笑いながら言った。そして、ふと真顔になってオリーブの枝を見上げた。その枝の向こうの空が淡いオレンジ色に染まっている。日が落ちるのもめっきり早くなった。「鳥も暑さのせいでへんになっちゃったのかしら？」

「なんのことかね？」

「ミミズクがね、この一週間くらい姿を見せないの」

「ほう」

「何かあったのかしら」

「身内に不幸があったのかも」

「ミミズクの？」

「うん」

「いやなこと言わないでよ」

「お、きた」

「どこ、どこ？」

「ミミズクじゃなくて、イノシシがやってきたよ」

生け垣の向こうに高校のころからの友人の河田が立っていて、風呂敷包みを持ち上げてぼくらに挨拶をした。「うまいもの持ってきたよ」

河田は警察官で、立川に住んでいる。

「郷里の友達が送ってくれたんだよ」と言いながら風呂敷を解くと、ビニール袋に入った魚が出てきた。

「お、河田みたいな顔をしてやがる」

「失礼なことを言うな」

「まあ、見事なオコゼね」

「そいつは仕出し屋をやっててね、ときどき送ってくれるんです。クール便という便利な物ができましたからね。春は鰆《さわら》を送ってくれたっけな」

「それをなぜ持ってこなかった」

「家族で食っちゃったよ」

「これは家族で食い切れなかったということか」

「女房が実家に帰っててね」

「逃げられたのか」

「馬鹿言え」

「身内に不幸があったかな」

「あなた」

「高校のときの恩師の米寿の祝いをかねて同窓会をやるんだ。女房は九州でね。二、三日羽を伸ばしてくるんだと。息子どもは魚がきらいで、友達とハンバーガーを食う方がいいって言うから、持ってきたんだよ。一人で食ってもつまんないし」

「つき合ってあげよう」

「へえ、へえ、ありがとうございます。奥さん、大きいのが四匹いるから、お造りと、唐揚げと鍋、ということでどうですか？」

「いいわ。もうきれいにさばいてあるからおやすい御用よ」

「瀬戸内のオコゼは最高ですからね」河田は嬉しそうに足踏みするような動作をつけて言った。


最初はビールが飲みたかったから、妻にまず唐揚げを作ってもらった。これが美味い。肉はほどよく弾力があって噛むほどにうま味がしみだしてくる。皮もいける。さらに、かりかりになったヒレの部分も実によくビールにあう。河田と奪い合いながら食べ終えるときれいに皿に盛りつけた薄造りが出た。ここで日本酒にスイッチする。

これをポン酢と浅葱で食べる。これまた、美味い。姿からは想像もできないほどうまい魚だ。あんまりうまいから、食われてはかなわんとばかりに、あのような姿へと進化したのではあるまいか。ときどき河田の箸とぼくの箸が当たって鍔ぜり合いのようになる。人の家にきて遠慮ということをしない男で困ったものである。

鍋ときたら、もう――などと書いているときりがないからやめる。


鍋になって妻も加わり、しばし四方山話をしていたが、言葉が途切れたのをしおに妻がこう言った。

「河田さん、何か言いたいことがあるんじゃないの？」

　これはぼくも気づいていたことだったが、いずれ本人が言い出すだろうと思って放っておいたのだった。

「そう見えますか」

「ええ」

「いつもいつも相談に乗ってもらって申しわけないんで――」

「オコゼ分くらいは乗ってやってもいいよ」

「お前に意見を聞こうというんじゃないんだけど」

「このアラを持って帰れ」

「何がアラだ。これは身をすすったあとの骨じゃないか」

「ダシくらい出るだろう」

「もう出ないよ。たらふく食っといて薄情なやつだ。でも、その、オコゼで恩に着せようと言うんじゃないですよ。これは純然たる手土産でぼくの好意のしるし――」

「いいから河田さん、何か気になることがあるんなら言ってみて。力になれるかどうかわからないけど」

「じゃあ、せっかくだから――」

「前置きの長いやつだ。眠くなってきたぞ」

「寝てていいよ」

「よーし、鼾をかいて邪魔してやる」

「あなた、黙って聞きましょう。さ、どうぞ」

「実は一昨日のことなんですけど。ぼくの署の担当区域で妙な事件が起こったんです」

「目黒かい？」

「もう碑文谷署じゃないよ、おれは」

「あ、そうか、三鷹署だっけね」

「この九月から赤坂《あかさか》署勤務になったの」

「また飛ばされたのか」

「人聞きの悪いことを言うな。とにかく異動になったんだ。だいたいなあ、おれは――」

「河田さん、続けてちょうだい」

「はいはい。えー、それで南青山の高級マンションでその事件は起こったんです。いや、事件と言っていいのかどうか、それがよくわからないんですよ」

「こんな頼りないやつに税金を――」

「あなた」

「一昨日の夜十時ごろ、人が死んでるとの一一〇番通報があって、それでパトカーで急行しました。現場は五階建てのマンション・ビルの最上階の部屋です。ペントハウスですな。インターホンで管理人を奥から呼び出して、ビルの玄関のドアを開けさせ、五階にいきました。部屋のドアの鍵はかかっていませんでした。

広いマンションでね、そのフロア全体が住まいのようです。襖《ふすま》が開けっ放しになっている座敷では食事をしていた形跡があるのですが、誰もいない。そこで他の部屋を探して、発見しました。この和室と廊下を挟んで向かい側の、二十畳ほどもあろうかという洋室——これがちょっとしたアスレチック・ジムみたいな部屋でね、エアロバイクやダンベルのラックが置いてあるんだが——その部屋の真ん中に、四十五、六の女性が倒れていました。一目で死んでるとわかりました。顔なんか真っ青でね」

妻はちょっと顔をしかめた。

「死因はなんだ？」

「順序立てて説明させてくれよ」

「もどかしくていかん。こら、雑炊《ぞうすい》なんか食ってないで、さっさとしゃべってしまえ」

「あなた」

「今までいろんな仏さまを見てきたけど、この仏さまにはちょっと驚きました。つまりね、全裸でした」

「意外にウブなんだね、お前って」

「そうじゃない。全裸というだけなら、驚きはしない。首から下の全身が泥に覆われていたんだ」

「昔、映画で見たぞ。『007 ゴールドフィンガー』だ。女が金粉を全身に塗られて殺されるんだ。死因はその泥だな」

「皮膚呼吸ができなくなるからね。その可能性はおれも一応考えた」

「ほんとか」

「おれも警察官のはしくれだからな。だけど、死因は別のことだった」

「ほう？」

「これは鑑識の報告を待つまでもなく、おれにはわかった。死因はフグの中毒だよ」

「フグ？」

「座敷のテーブルの上には、卓上コンロがあって、そこには土鍋が置いてあった。フグ鍋だよ」

「おお、フグ鍋か！」

「その隣には、青磁《せいじ》の大皿に二十枚ほど残ったフグの刺し身」

「ああ、フグ刺しが二十枚も！」

「情けない声を出すなよ。鍋は煮詰まっていた。コンロのスイッチはオンになっていたが、火は消えていた。ボンベが空だったから、燃料がなくなるまで火が点いたままだったんだろう」

「とんでもない話だな」

「何が？」

「汁が煮詰まってたなんて。あれで雑炊を作ると、ものすごくうまいんだ」

「このオコゼだってうまいぜ。いや、おれはむしろオコゼの方が好きだね。刺し身にしても、要するに味はタレと薬味の味だろう？　そうフグをありがたがることはない」

「なんということを言うんだろう。フグに失礼じゃないか」

「河田さん、それから？」

「食卓を見ると、二人分の食器がありました。たぶん、夫婦で食事をしてたんだろうと思いましたが、夫の姿が見えない。それでまた、ほかを探したところ、浴室にいました」

「いい機嫌で風呂に入っていたのか」

「風呂に入ってはいたんだが、いい機嫌というのではない」

「勝手に開けるな、と怒ったのか？」

「いや、口はきけなかった。死んでたんだ、夫の方も」

「あれま。やっぱり、フグで？」

「いや、そうじゃなかった。夫の方は溺死したんだ」

「湯船の中で？」

「そう」

「なんでまた、そんな？」

「これは解剖の結果わかったことだけど、血液の中には相当のアルコールがあった。それだけじゃない。睡眠薬も検出された」

「睡眠薬？」

「最近よく耳にする薬だ。アルコールと一緒に飲むと、前後の記憶がなくなったりするらしい」

「ホワイトマジック？」

「そう、普通その通称で呼ばれている睡眠薬だ。よく知っているな」

「作家のはしくれだからね」このアメリカ製の白い錠剤のことは医者の友人から聞いたことがある。他の睡眠薬と同様、医師の処方箋がないと手に入らない薬だが、近頃は闇のルートで巷に出回っているそうだ。

「まあ、このケースでは記憶云々は関係ない。酒と薬の強烈な相乗効果のために眠りこんで溺れたんだよ」

「湯船の中じゃ、眠るには窮屈だろうに」

「お前んちの昔の棺桶みたいな風呂じゃないぞ——あ、ごめんなさい、奥さん」

「いいわよ、別に」

「とにかく立派な洋風の大理石の浴槽でね」

「そういうのは保温能力に問題があるんだ」

「それで、ゆったりこう仰向けになって寝てたわけだ。体は完全に湯の中。小柄で髪が薄くなりかけて、いやに色の白い男でね。だけど、その恰好を見ると、こちらの浴槽も柩みたいだな、西洋の」

「それみろ」

「いばることはないだろう」

「しかし、どういうことなんだ。睡眠薬を飲んでいたというから、こちらは自殺ということになるのかね?」

「それなんだよ、問題は。そうそう、ほかにも奇妙なことがあった。この夫の方はパンツをはいていたんだよ」

「湯船の中で?」

「そうなんだ。絹の上等のトランクスだよ」

「そういう習慣なのかね?」

「まさか」

「温泉の宣伝のグラビアなんかだと、女の子は水着を着てその上にバスタオルを巻いてんだよ」

「よく知ってるな」

「タオルの下から水着がちょこっとのぞいている写真をぼくは見たことがある」

「つまんないことを得意そうに言うなよ。だけどさ、その風呂場は自分ちなんだから、そんな必要はないだろう。おかしいことだらけだ」

「他殺かな?」

「とは断定できない」

「だけどな、どうして女房の方だけフグにあたったんだろう? 二人とも食ったんだって、猛毒なんだろう?」

「鑑識の話だとこういうことらしい。フグの毒はテトロドトキシンといって、ざっくりいうと、フグの種類、季節によっても違うし、また同じ種類でも個体差がある。どうも餌とも関係が深いらしい。たとえば養殖物だと、毒がそうとう弱まるらしい。こら、人の顔の前で大きな欠伸をするな。彼らが食べたのはお馴染みのトラフグで、これは高級天然物だからもちろん恐ろしい毒を持っている」

「でも、うまいんだよな」

「毒はあるが、ちゃんと料理すれば大丈夫だ。というのも、毒はもっぱら内臓——とくに、肝臓と卵巣にある。だから、それを取り除いて、きちんと洗って身を食べればいいんだけど、中には肝をどうしても食いたいという人間がいる」

「だって、肝には毒があるんだろう?」

「そう。ただ、肝の毒の量は季節によって変動する。一番強い時期が産卵する時期——つまり、一月から四月、冬から春にかけてなんだ。それ以外の季節だと、それほどの毒でもないらしいんだな。あくまでも、一般的に、ということで、どのトラフグにも当てはまるわけじゃない」

「ひょっとして——」

「そう。肝を食ったんだね。フグ刺しの大皿の端っこに蒸した肝のかけらがあった。これを小皿のポン酢に溶いて、薬味を入れ、それに刺し身をつけて食ったらしい」

「妙な食い方だな」

「以前、そういう食い方で食ったことが、実はおれもある」と河田はいった。「好きな人間には、味がこってりして、こたえられないかもしれないけどね。おれは好きにはなれなかった。なんか、くどい感じでね。もっとも、びくびくしてたから、そう思ったのかもしれないけど。今の時期ならたぶん大丈夫でしょう、と言われたってな、『たぶん』じゃあ、いやだよ。現に、肝を食った細君は中毒して死んでいるんだ。検査の結果、小皿の中からかなりのテトロドトキシンが検出された」

「旦那の方はどうして？」

「旦那の小皿にも肝を溶かして食った跡があったけど、こちらには大して含まれていなかった。こちらの肝にはあまり毒がなかったということだろう。毒に対する抵抗力も、個人差があるし」

「やっぱり、事故か」

「それにしては妙だよね。通報してきた男のこともある」

「名乗らなかったのか？」

「うん」

「そいつが怪しい」

「たまたま訪ねてきて死体を見つけただけなのかもしれない」

「じゃあ、名乗ればいいじゃないか」

「そうだけど、何か事情があるのかもしれないし」

「煮え切らないやつだなあ。他殺か、自殺か、事故か、一体どれなんだ？」

「だから、そのことで奥さんの知恵を貸してもらえれば、と。どうでしょうかね、奥さん？」

「ふと頭に浮かんだことはあるんだけど、まだ何とも言えないわ。それに、ちょっと信じがたいようなことだし。とにかくもっとよく聞いてみないと」

「はい。なんでも」

「まずお二人のこと。とても裕福そうだけど、どういう御夫婦なのかしら？」

「ああ、すみません。まだそれを話してなかったですね」

「これで警官だと」

「うるさいね。えー、けっこう有名人なんですよ。旦那の方は服飾デザイナー、細君はもとファッションモデルで、デザイナーの旦那と結婚してモデルをやめ、以後は旦那のデザインした商品を販売する会社の社長です。そのブランドというのが、『クレシダ』と言います」

「クレシダ？　そんな服があるのか？」

「お前は知らないだろうけどね、うちの課の女の子たちはみんな知ってたよ」

「『トロイラスとクレシダ』か」

「なんだ、知ってるのか？」

「シェイクスピアの芝居にそういうのがある」

「さすが作家だね」

「あっはっはっ」

「なんでも細君のモデル時代の名前が『呉志田《くれしだ》モエ』で、二人で会社を始めるときにその名前をブランドに選んだらしい。その芸名――というか、モデル名は、するとシェイクスピアからきてるのかもしれないな。後からできたメンズの方のブランド名は『トロイラス』というからね。なるほど、そういうわけか。とにかく、高級指向の女性には相当な人気がある。値段も高い。シャネルほどではないけどね」

「ひょっとして一着三万円くらいするのか？」

「こいつを無視して話しましょう。で、まあ、そうとうに裕福なわけです。子どもは息子が一人いますが、現在アメリカの大学にいってるそうです。初めは夫婦で会社をやっていましたが、順調に業績も伸びてどんどん規模も大きくなる。細君は五年ほど前から総合エステティック・クラブを始めました。これがまたけっこう繁盛して、現在ではこちらの儲けの方が多いらしい——というより、洋服の方はここ数年業績が頭打ちで、デパートの直営店のいくつかを引き上げたそうだから、業務の主流は今やエステの方なんです」

「エステというのは要するに美容院の規模のでかいやつかい？」

「全身美容だね。ダイエット・コースってのもあるし、エアロビもやる。どろんこ美容というのもある。そうそう、細君が全身になすりつけていたのが、そのどろんこなんだ」

「そういうの、一度テレビでみたなあ。効果があるのかね、あんなこと？　バイ菌がはいったり、肌が荒れたりしないかね」

「畑の土を取ってきて体になすりつけるわけじゃない。ちゃんと医学的にも根拠があるそうだ。土は紫外線で完全に滅菌したイタリアの上質の粘土で、そのなかに薬草のエキスやいろんなビタミンを加えてあるから、肌が見違えるほどきれいになる」

「ほんとか？」

「会社でもらったパンフレットにはそう書いてあった」

「じゃあ、お前んとこの奥さんもぜひそこに入れるといいな」

「どういう意味だよ、それは。それでですね、細君は自宅のマンションにも自分用に美容のための道具を設置してあって、どろんこ美容の設備もちゃんとあるんです。本人がやっているんだから、効果はあると信じていたんだろうな」

「見たところ、効果はありそうだったかい？」

「どろんこまみれの仏さんだからね、そんなことはわからない。だけどかつてはそうとうな美人だったんだろうという感じはあったな」

「はかないものだなあ」

「旦那さんの方の話も聞かせてちょうだい」

「若いころは天才的と言われたくらい才能のあるデザイナーだったようですが、今は実際のデザインはやってないようです。感覚が時代についていけなくなったんでしょうか。もう五十ですからね。まあ、服のデザインのことはぼくには全然わかりませんけど、若いデザイナーがどんどん育ってきたから、そっちにまかせているようですね」

「じゃあ、何をやってるんだい？」

「一応、デザイン上のアドバイスとか、総合的な企画とかをやっているということにはなっているけど、実際は何もしてないようだ。多趣味な男でね、悠々と遊び回ってるらしい。しょっちゅう外国旅行をするし、高級車を乗り回すし、おまけに有名な食い道楽だ。雑誌にエッセイも書いたことがあるらしい。自分でも料理をやる。あの夜のフグの晩餐は、旦那みずから包丁をふるったものなんだ」

「ほう」

「あの日はちょうど結婚記念日に当たっていて、『今夜は旦那が腕によりをかけてフグを御馳走してくれるのよ』と、その日の午後細君がエステのスタッフに話している」

「へえ」

「そして、ちょっと気になることも言ってるんだ」

「なんて？」

「『これが最後の晩餐になるかもしれないわ』ってね」

「なんだ、それは？」

「スタッフは冗談だと思ったそうだ。そりゃそうだろうね。だけど、実際にそうなってしまった。これはどう考えればいいんでしょう？」

「どういうフグなのかしら？」

「どういうと言いますと？」

「旦那さんはどこでそれを手に入れたのかな、と思って」

「贔屓《ひいき》にしている料亭が赤坂にありましてね、そこから下関《しものせき》直送の生きた立派なトラフグを二匹、回してもらったそうです」

「自分でさばいたのか。免許は持ってるのか、どうなんだ、ええ？」

「お前の方が警官みたいな口をきいてるな。免許はないよ。だけど、包丁さばきは玄人《くろうと》はだしだし、これまでにも何度か回したことがあるから、まさかこんなことになろうとは、と料亭の親父はおろおろしてたね、当然だろうけど」

「睡眠薬のことなんだけど――」と、妻が言った。先程までの快活さがすっかりその顔からなくなっているのでぼくはちょっと驚いた。ひどく不幸な事件には違いないけど、よその夫婦のことなんだからそんなに感情移入することはないのになとぼくは思った。

「なんでしょう?」河田がちょっぴり残った土鍋の底の雑炊を木のおたまですくって自分の椀に入れながら言った。ぼくは少しむっとした。

「どうやって飲んだのかしら。お風呂に入る前に飲んだわけでしょう。だったら自分から進んで飲むはずはないわよね。一体——」

「自分で飲むことは飲んだらしいんです」

「たしかか?」

「ああ。テーブルの上に、水が少し残ったグラスがあって、その脇にビニールやプラスチックの薬の包装紙というか、カラがいっぱいあった」

「カラとはなんだ?」

「表がプラスチックで、裏がアルミになってるやつがあるだろう。ほら、上から押さえればアルミがやぶけて錠剤が取り出せる式の」

「ああ、へいへい。それがいっぱい?」

「うん。幾種類も、と言った方がいいかな。調べてみたんだが、つまり、旦那は成人病のデパートみたいな男でね。痛風、高血圧、中性脂肪、コレステロール、心臓病などのための薬を毎日飲んでいた。だから、一度に飲む量はかなりのものだ。その中に、例の『ホワイトマジック』が紛れ込んでいたらしいんだよ」

「どうして紛れ込むんだい?」

「薬はドレッサーの上のバスケットの中に全部置いてあった。全然整理しないででたらめに放り込んであるけど、その中にホワイトマジックも確かにあった。ちゃんと目につくところにね。旦那のものか、女房のものかはまだわからない。とにかく、旦那はほかの薬といっしょにそれを飲み、風呂に入り、それからベッドにいこうとしてたんだろう。ただ、眠ったのが湯船の中で、永遠に目覚めることのない眠りだったというわけさ」

「事故か、殺人か？」

「それがわからないから、こうして意見を聞きにきたと言ってるだろう。どう考えたらいいんでしょうね、奥さん？」

「わたしにもはっきりしたことは言えないわ」

「そうですか」河田はちょっと肩を落とした。「やっぱり、通報者の線からたどるしかないですかね」

「そうね。でも、その通報者が誰だか、そのうちわかると思うわ」

「そうですか？　ほんとに？」

「そんな気がするの」

「出てきますか。待っててていいんでしょうか？」

「それでもいいとは思うけど、ちょっと働きかけてみましょうか」

「どうするんです？」

「被害者たちの会社にいって、今回の事件はともに不幸な事故だったと判明した、警察としては事務処理上、いくつか不明な点を明らかにする必要があるので、被害者たちの当日の行動についてどんなことでもいいから知らせてほしい、と通達を出すのよ」

「ははあ、そうやってひっかけるわけですな」

「放っておいても大丈夫だと思うけど、まあ、この方が早いでしょうから」

「うまくだまされてくれますかね？」

「まんざら嘘でもないことですからね」

妻は謎のようなことを言って立ち上がり、台所にいって洗い物を始めた。ときどき手をとめて何か考えているような様子だったが、妻がこのとき何を考えていたのか、もちろんぼくらにはわからなかった。


翌々日の朝、河田から電話がかかってきた。

「ほんとに出てきたよ」

「何が出てきたんだ？　ぼくは今いそがしいんだ」やっと原稿のとっかかりを見つけたところだったので、ぼくはちょっと不機嫌そうに言った。

「通報者が名乗り出たんだ」

「そうか」

「今日の午後出頭してくる。なんなら、いつものように奥さんの名代《みょうだい》としてお前に出ばってもらってもいいかな、と思ったんだが、悪かったね、仕事の邪魔をして」

「仕事なんかどうでもよくってよ」

「なんだ、その言葉は。くるんだな」

「いってやろうじゃないか」

「本人は一時にくるから、お前は十二時半に赤坂署にこい」

「そういう時間だと、ぼくはいつどこで昼飯を食えばいいんだ」

「知らんよ、そんなこと。しかたがねえなあ、じゃあ、十二時にこい。一緒に昼飯を食おう」

「いいだろう」

またワープロの前に戻ったが、せっかくつかんだアイデアは、いつのまにか頭の中から消えてしまっていた。どうしてくれる。

アイデア消失の慰謝料として、河田に天麩羅定食の上をおごらせた。こういうのを食べているとぜひビールが飲みたくなるので、素直にそう言ったら、何をしにきた、不謹慎なやつだ、と言われた。

「それにおれは勤務中だぞ」

「お前に飲めと言ってやしない。ぼくは一般市民だから飲んだっていいじゃないか。素面《しらふ》で食うのはてんぷらさんに失礼だ」

「お前、茶を飲んでるおれの前で平気で飲めるのか？」

「飲めないぼくだと思うのか」

「ひどいやつだ。あとで一緒に飲もうよ」

「しょうがないな」

ぼくらが食事を終えて赤坂署に戻ったのが一時十五分前。河田のいれてくれた薄くてぬるい茶を一口飲んだところで待ち人が現れた。

その男はエステのスタジオのインストラクターだと聞いていたが、あまりにそれ風だったので、それがかえっておかしかった。

茶色に染めるだか色抜きだかした真っすぐな髪を、真ん中で分けて左右に垂らし、耳の下あたりで切りそろえている。手入れがいいのか、つやつやしている。どこかで見たような、と思って考えてみたら、うちの近所の犬が茶色の耳をこんな風に垂らしていた。背は百八十センチくらいか。胸は厚く、腰は小さく、脚が長い。いやなやつだ、と思ったが先入観はいけないと思い直す。歳は二十代の半ばだろう。しゃれた絹みたいな生地のプリントのシャツに、ぺろんぺろんした生地の鮮やかなブルーのズボンをはいて、それがよく似合っている。再びいやなやつだと思った。顔はあまり賢そうでないと思ったが、偏見かもしれない。

河田は丁寧に挨拶し、こちらへどうぞ、と言って奥の陰気臭い部屋に通した。真ん中に机が置いてあって、折り畳み式のパイプ椅子が四つ、壁にたてかけてあった。

河田は一つを机の前に置いてエステ坊やに勧め、もう一つを壁際に置いて、手でぼくに座れと合図し、もう一つを坊やの反対側に置いて自分が座った。ぼくは紹介も何もされてないが、黙って座って見物することにした。民間人だから、紹介などすると河田の立場上かえってまずいのかもしれない。そう言えば、この事情聴取に立ち会ったことは、べらべらしゃべらないでくれよと天麩羅を食いながら言ったっけ。しゃべらないけど、本に書いてやる、と言ったら苦笑していた。

「よくきていただきました」と、河田はまた丁寧に挨拶した。思ったより民主的である。「まあ、事務処理上、必要なのでいろいろお聞きしますが、どうぞ気楽にお答えください」

言葉は丁寧だが河田は顔が怖いから、エステ君は相変わらず緊張しておどおどしている。

「おい」と、河田は斜め後方のぼくに向かって言った。「さっきから何をきょろきょろしてるんだ。落ちつかなくていかん」

「ああ、電気スタンドはどこにあるのかな、と思って」

「今は昼間だぞ。そんなもんをどうしようと言うんだ？」

「尋問しながら、ときどき顔を照らしたりするじゃないか。こう、パチパチってスイッチを入れたり切ったりして」

「よけいなことを考えないで、じっとしててくれよ」河田は哀願するように言った。

「わかった」

「さてと、まず単刀直入に聞きますが、どうして通報したきり、今まで出てこなかったんですか」

「それは、え、あわててしまってたから、まずいかなと」

「何がまずいんです？」

「え、だから、人が二人も死んだところに自分がいたら、まずいかなと」

「よくわかりませんな。じゃあ、最初から落ちついてゆっくり話してください」

「はい。え、どこから？」

「あなたは現場にいたんですね？　あの事件——いや、事故が起こったとき」

「え、起こってから、いったんです」

「ほう？」

「誰から？」河田の声がだんだんいらいらしてきた。

「電話がかかってきて、苦しそうな声だったから」

「先生」

「それは、奥さん、旦那さん？」

「奥さん。エステの先生だから。で、ティミー、きてよ、早くきてよって。あ、おれ、スタジオではティミーっていうんです」

「そうですか」河田は顔をしかめた。

「で、それだけ言って電話が切れた――というか、もう何も言わなくなったんで、大変だと思って、マンションに」

「どうしてマンションだとわかったんですか?」

「今夜は旦那と御飯を食べるから、会えないって言ってたから」

「今夜は会えない、ね? ほう」

「だってほんとにそう言ってたもん」

「普段は毎晩会ってたのかな」

「それって、プライバシーの侵害――」

「聞いたふうなことを言うんじゃない!」河田が怒鳴った。ぼくまで飛び上がりそうになった。ぼくが取り調べられるときは他の人に担当してもらいたいものである。

「人が二人も死んでいるんだ。プライバシーもくそもないだろう」河田は論理性の欠如を威圧感で補ったが、十分以上の効果があったようで、可哀相にエステ坊やは泣きだした。

「奥さんとはそういう関係だったのですか?」河田は何事もなかったように、また穏やかな声で言った。

「そうです」

「それで、マンションに駆けつけたと?」

「そしたら、先生が倒れてて、なんか、もうすげー顔して、顔は真っ青で、息もしてなかった。あ、これ、フグにあたったなって、おれそう思って」

「よくそれがわかったね？」

「おれ、漁師町で育ったし、座敷にフグの料理があったから」

「なるほど」

「それであわててダディーさんを探しにいって」

「ダディーさん？」

「あの、旦那さんのことです」

「ほう。面白い呼び方だね、それは」

「こういう関係になったんだから、君はぼくをダディーさんと呼びなさいって、言われたから」

「なになに、こういう関係だ？」

「つまり、おれ、ダディーさんの愛人でもあるんです」

「なんとねえ！　器用な人だな、君は」

「それほどでもないっす」

ぼくが思わず笑ったので河田がぼくの方を向いてにらんだ。

「それで？」

「ダディーさんは風呂の中で仰向けで寝てました。口あいて、笑ってるような顔で。それで、おれ、ダディーさん、ダディーさんと呼びながら、湯船に手を突っ込んで引き起こしたけど、もう息もしてなくて、心臓も動いてなくて」坊やはここでハンカチを出して鼻をかんだ。

「それから？」

「おれ、どうしていいかわからなくなって、ふらふらとまた先生の倒れてた部屋に戻ったとき、ふと思い出して」

「何を?」

「フグにあたったら、穴掘って埋めればいいっていうから、それやってみようと思いました。だけど、マンションだからベランダはあるけど庭はないでしょう。それでおれ、エステで使うどろんこを塗れば、心臓止まっててもひょっとして息吹き返すかもしれないと思ったんです」

「なるほどなあ!」と、河田は言った。「それか」

「刑事さんもいい考えだと思うでしょ?」

「いい考えかどうかは別として、それで服を脱がせてどろんこを塗ったんだね」

「そうです。でも、息吹き返さなくて。心臓も止まったままで」

「それで?」

「おれ、拝んで冥福を祈りました。したらば、今度はダディーさんのことが気になって。ダディーさんにも何かしてあげときたいなって。ベストは尽くしたいなって」

「ほうほう」

「それで風呂場にとって返して、ダディーさんにせめてパンツをはかしてあげたら、と思って」

「何い? それも君か?」

「いけなかったすか?」

「早く警察に電話すればいいんだよ。いや、救急車が先か」

「もう二人ともマジで死んでたから、救急車は無駄かなって」

「じゃあ、警察だろう」

「おれ、警察好きじゃないから」

ぼくはまた笑ってしまった。

河田は苦い顔で聞いた。

「だけど、パンツというのは、一体どういう――」

「恥ずかしいじゃないですか」

「そりゃまあ」

「死んでたって恥ずかしいっすよ、絶対」

「まあ、わからんでもない。だけど、不審な死体をみだりにいじっちゃいかんのだよ。捜査の邪魔になるだろう」

「そう思って、パンツだけにしといたんです」

「なるほど」河田はしぶしぶ認めた。

「それから、おれ、人に見られないようにマンションを出て、公衆電話で一一〇番したんです。おれ、いけなかったでしょうか」

「君がよけいなことばかりして、さっさと連絡してこなかったのは、いけないね。なぜ、早く正直に話してくれなかったのかね？」

「おれ、ちょこっと脛《すね》に傷持つ身だから」

「とは？」

「ちょっとヤベエこともしたことあるから」

「なんだね、それは？」

「言っても、罪にならないでしょうか？」

「それは、その内容によるね。とにかく、言ってみなさい」

傍で聞いてると、なんだか妙なやりとりである。

「おれ、先生のことはもちろん嫌いじゃないけど、それから、ダディーさんとのことも、そんなにいやじゃないけど、おれも若いから——」

「若いから、なんだ？」

「やっぱ、若い女の子とも遊びたいし、それで、てっとりばやいやりかたがあって」

「てっとりばやいやりかた？」

「薬を使うんですよ」

「薬？」

「睡眠薬だけど、酒といっしょにそれ飲ませると、もうろうとして、しかも、後でそのこと覚えてないんですよ」

「なんだと！」河田は怒鳴った。

聞いていたぼくも、電気スタンドでなしにサーチライトを当ててやりたくなった。

「そんな、おれ無理やりやってないですよ。こいつ、おれに気があるな、と思った女しか、しないですよ。全部、向こうから色目使ってきた女ばっかし。それで、一緒に飲みにいって——」

「うそつけ！　向こうにも気があるんだったら、そんな薬使う必要はないだろう」

「後腐《あとくさ》れもなくて、てっとりばやいし、迷惑はかけないようにおれ配慮してるし」

「なんだ、その配慮とは？」

「スキンつけてるし」

「それで、迷惑はかけてないつもりか。一体どういうつもりなんだ？」

「おれ、結婚するまでに、百人の女とやるって、願をかけたから。だから、一人の女にあんまり時間をかけられないんですよ。でも、やっぱ、いけないっすよね。おれ、もうやめますから」

「当たり前だ」

「罪になるんすか？」

「なる」

「ほんとうすか！　おれ自身もときどき一緒に薬飲むから、覚えてないこともけっこうあるんですけどね」

　なんだかよくわからない男である。

「腰が立たなくなるまでぶちのめしてやりたいよ」

「かんべんしてくださいよ。もうやめますから！」

「ほんとだな。もしもう一度そういうことをしたらただではおかんぞ」河田は実際問題としてはまずできそうもないことを堂々と宣言したが、ぼくもまったく同感だった。

「約束します」

「で、その薬――ホワイトマジックだな？」

　エステ小僧はうなずいた。

「それを、お前、先生かダディーさんに渡したのか？」

「先生に渡しました」

「ダディーさんには？」

「渡してないっす。先週ですよ、たまたま、こんな話を先生にしたら——先生って、全然妬《や》かないんですよね——その薬を分けてくれって。だから、分けてあげました」

「先生は不眠症か？」

「いいえ、よく寝ます。終わったあとはいっつも鼾をかいて。ひょっとして、その薬、今度の事故のことに——事故ですよね？——関係あるんですか？」

「もう帰っていい」

「え？」

「蹴り出されないうちにとっとと出ていけと言ってるんだ！」

ぼくも同じ意見であった。


妻はぼくの観察報告を、世にも不愉快そうな顔で聞いた。

「で、結局真相はどういうことだったんだろう。君はもうわかったのかい？」

「大体のことはね」

「事故なんだろうか、それとも——」

「あともう少し河田さんに確かめてもらいたいことがあるから、結論を言うのはその後にしましょう」

妻はそう言って河田に電話をかけにいった。そして十分ほど話してからまた居間に戻ってきて、縫い物を始めた。こういう様子のときは、いくらどう言っても妻は教えてくれない。ぼくはあきらめて書斎にいき、ワープロに向かった。もう尻に火がついているどころではない、燃え広がって「カチカチ山」

状態なのである。

　翌朝、およびその午後いっぱい仕事をして、ようやく今回の原稿のメドが立った。ぼくはゆっくりとコーヒーを飲み、狭いわが家の庭を眺めながら煙草を吸った。このぶんだと明日の夕方には原稿が上がるから、今夜は前祝いにすき焼きでもしてもらおうかな、などと考えているときに、電話が鳴り、妻が出た。そして十五分ほどして居間に戻ってきた。

「河田からかい？」

「そうよ。調べてくれるように頼んであったことがわかったの」

「じゃあ、全部明らかになったわけだ」

「そうね」妻はぼんやりちゃぶ台を拭きながら言った。

「どういうことだったんだい？　やっぱり事故か、それとも故意の――」

「事故だった、ということにしたらどうかと、河田さんには言ったんだけど」

「どういうことだい？　河田はなんと？」

「そうするって」

「じらさないで教えてくれよ」

「ごめんなさい。そんなつもりはないんだけど。どうにも気が重くなるような話だからね。いいわ、何でも聞いてちょうだい」妻は縫い物を持って障子の脇に座った。

「さっきの君の話だと、事故ではないということだから、すると自殺――」

「いいえ」

「じゃあ殺人事件ということになる」

「そうよ」

「両方とも？」

「ええ」

「すると、互いに殺し合ったということかい？」

「ええ、そうよ。ひどい話ね」

「うーん、それはふとぼくも考えないではなかったけどなあ。ほんとにそうだったのか。でも、動機はなんだったんだい？」

「それを河田さんに調べてもらったのよ。あの人すごいわね。ほんの短い時間で能率よく聞き込みをして見事に調べあげたわ」

「どんなことを？」

「まず、夫婦の仲。あなたの報告からも、二人の間にはもう愛情はないだろう、と想像はついたけど、もう二十年近くも前から心は離れ離れだったみたいね。きっかけはそれぞれの浮気ということだったようだけど。どっちが先かはわからないし、わかったところで大して意味はないでしょう。とにかく、そういう状態だったのよ」

「なら、どうして離婚しなかったんだろう？」

「二人は仕事上のパートナーだったからよ。互いが互いを必要としていたからね。それぞれの担当の分野では二人ともすごく有能だったし」

「なるほど」

「だけど、そのバランスもしだいに崩れてきた。旦那さんの方はデザインに対する情熱をなくしてきた。

奥さんはますます経営に力を入れて、これからもどんどん事業を拡大しようとしていた。旦那さんの居場所はなくなってきたのよ。だけど、旦那さんにしてみれば、そもそも自分の才能があればこそ、やってこられたのだ、という意識がある。だったら、会社のお金をいくら使おうが、いいじゃないか、という考え方よ」

「うーん」

「服飾の方の業績が頭打ちだったたってことは河田さんから聞いたわよね」

「うん」

「その傾向は思った以上に進んでいて、服飾の赤字を、エステティックの方で補っていた、というのが実情だったみたい。そこで、——これは彼女の腹心のスタッフから河田さんが聞き出したことだけど——彼女は服飾の方は切ってしまおうと思ってたらしいの。つまり、正式に離婚もして、会社も二つに分けようということよ。そういう話を旦那さんと一年くらい前から続けていたらしいの。だけど、その分け方で揉めてたのよ。奥さんは、旦那さんが服飾の会社を、自分はエステティックをとる、ということで押してたんだけど、旦那さんが承知しない。そのエステティックは、服飾の方からずいぶんと資本が投入されて、それで成長した、そして、その服飾の事業は自分の才能の上に築かれたんだから、とうぜんエステティックに対しても自分は権利がある、と主張する。奥さんは、それを言うなら、服飾の方だって、実際に経営にあたって大きくしたのは自分だ、それを全部あげるというのだから、文句はないでしょう、とやり返すというふうでね」

「やれやれだね」

「そうね。で、結局は、旦那さんが服飾会社をとった上に、向こう三年間で予想される赤字分を肩代わりしてもらう、という条件で一応話はまとまったの」

「じゃあ、それでよかったわけじゃないか」

「これは旦那さん側の腹心の話なんだけど、旦那さんにはもう会社をやっていく気力も熱意もなかったのよ。もう仕事から一切離れて、全部お金に換えてのんびり死ぬまで暮らしたいって、酔ったときに言ったことがあるらしいの。これが本音だったのかもしれないわね。だとすると、話し合いで決まったように財産を分けたのでは、自分はやっていけない、と思った。全部自分のものにすれば、ゆうゆうと自分の夢が実現できるのではないか——そう考えた——これはわたしの想像です」

「奥さんの方は?」

「愛想をつかした夫に、自分が汗水垂らして作ったものを奪われてはたまらない——ということではないかしら。これまた、あくまでもわたしの想像だけどね」

「それで、互いが互いを殺そうとした。いや、殺した。同じ日の同じ時刻に?」

「偶然と言うしかないんだけど、わたしにはそれ以外に考えられないわ。それにしても、皮肉な話ね。それまで心がばらばらだった二人が、結婚記念日に同じことを考えたんだから」

「そうだなあ。最後の最後になって実に不幸な形で心が一つになったわけか」

ぼくは煙草を一本吸うあいだ、二人の心の中を想像してみた。

「動機はそれでわかったとして、旦那の飲む薬に睡眠薬を紛れ込ませたのは、やっぱり細君だったわけか?」

「証拠はないわ。でも、そうじゃないとしたら、そういう薬を旦那さんの薬籠の中に入れとくかしら?」

「旦那がその薬を飲まなかったら？」

「これまた想像だけど、奥さんはきっと懸命に旦那さんにお酒を飲ませたと思うの。旦那さんの血液中のアルコール濃度は相当なものだったそうよ。それだけでも眠り込んでしまいそうなくらい。二人とも胸にいちもつある同士だから、あえて表面上は楽しく和気あいあいと杯を重ねたんでしょうね。それにどちらも酔っぱらっていた方が弁明する際に都合がいいし」

「それはそうだな」

「そして、自分で旦那さんのために薬を籠から持ってきて、それに睡眠薬を紛れ込ませて飲ましたんじゃないかしら。それから旦那さんに、風呂に入るように勧めた」

「今夜は酔ったから風呂はよす、と言ったら？」

「眠り込むまで待って、担いでいくつもりだったんじゃない。旦那さんは小柄な人で、奥さんはエアロビクスで鍛えてるんでしょ。そう大変なことでもないわ」

「なるほどなあ」

「睡眠薬のことで追及されたとしても、ついうっかり籠に入れてました、わたしのミスです、と言ってあっさり認めてしまえば、警察もそれ以上は追及はできない。過失なんとか、にはなるかもしれないけど、殺人の罪に問われることはないでしょう」

「なるほど。で、旦那の方だけど、旦那はちゃんと意図して妻をフグの毒で殺したんだね？」

「そうよ」

「旦那の方の肝には毒がなく、細君の方にはあったというんだが、毒のある肝とそうでないのとをどうやって見分けるんだい？　それにさ、肝の毒が比較的弱まる時期なんだろう。だったら、それで女房を殺せるかどうか、はなはだ心もとない話だよね」

「だから、旦那さんは卵巣を使ったのよ」

「え？」

「卵巣には必ず強い毒があるでしょう。卵巣を取り出して、すり鉢でする。それを濾《こ》して、その汁を蒸した肝の皮の裂け目からしみ込ませる」

「はあ！　そっちを女房に食わせ、自分はそういう細工をしてない方を食った。そうか、フグは二匹買ったんだったね」

「これには証拠もあるの。河田さんに、台所の生ゴミを入れたポリバケツを調べてもらったのよ。すると、コーヒーフィルターにくるまれた卵巣の搾《しぼ》りかすが出てきたの。そこまで調べられるとは思ってなかったんでしょうね」

「そうかあ。じゃあ、間違いないなあ。しかしだね、旦那も死んだから取り調べは受けなかったけど、もし溺死してなかったら、卵巣のトリックは見破られなかったとしても、当然怪しまれて、追及されるんじゃないか？」

「それは覚悟の上でしょう。だけど、同じ時期の同じ種類のフグでも、毒の量は決まっているわけじゃなくて個体差があるんでしょう。いろいろな言いわけができると思うけど。たとえば、まさか妻の方の肝に毒があったとは思わなかった、今までこんなことは一度もなかった、せっかくの結婚記念日だから、妻の大好物を自分で作って食べさせてやろうと思ったばっかりに。ああ、悔やんでも悔やみきれない、なんてね」

「最悪で過失なんとかにはなっても、殺人罪には問われないと？」

「そう」

「同じようなことを考えるもんだ。やっぱり夫婦は似てくるもんなのかね。そうそう、細君は毒にあたって死にそうになっていたとき、どうしてあのノータリンに電話したんだろう。なんで救急車を呼ぼうとしなかったのかな」

「もう口がきけなくなりかけてたんじゃないのかな。呼んでも、自分がどこにいるのかも伝えられなかったでしょうね。それで、登録してある短縮番号でその若い人のアパートにかけたのかな」

「夫に助けを求めようにも、夫はそれどころじゃなかったしね」

「そう」

「そうだ、河田には事故として処理するように提案したそうだけど？」

「アメリカには息子さんがいるんでしょう。犯人たちはもうすでに結果として罰を受けているんだから、関係ない周りの人たちをこれ以上苦しめる必要はないじゃない？」

「そうだね」

「それに、ある意味ではみんな事故なのかもしれないわ」

「それはどういう――」

「かつては気の合った、他人が羨《うらや》むほど仲のよかった夫婦が、こんなことになるなんて、信じられる？　もちろん、普通の意味ではあの人たちの犯罪よ。だけど、こんなふうにもわたしは思うの。長い年月のあいだ、小さな一つ一つの出来事が、あの人たちの思いも及ばない形で積み重なっていって、そしてとうとうこんなことになってしまったと」

　ぼくはまた煙草に火をつけて薄暗くなってきた庭を眺めた。オリーブの根元に白い物が見えた。

「おや、咲いたね」

「何が?」妻が針仕事の手を止めて言った。

「ほら、ずずばなだよ」

「まあ、ほんと」

妻は縫い物を脇に置くと庭下駄を履いて庭に下りた。ぼくもその後に続いた。

見ればみるほど不思議な形をした白いずずばなが一つずつ、二本の茎のてっぺんに咲いていた。明日はもっといっぱい咲くだろう。

妻はその前に屈むと、そっと手を合わせた。

そのとき、聞き覚えのある音が頭の上から聞こえてきた。あおむいた妻の顔がさっと輝いた。

「きたわ!」

ミミズクだった。ミミズクはぽーぽーと嬉しそうに鳴いて上の方の枝にいったんとまり、それからとんとんと梯子を下りるように下の方の枝に下りてきた。

「どこいってたの。心配したじゃない」

するとまた羽ばたきの音がして、もう一羽、ミミズクが舞い降りてきて、先にきたミミズクの隣にとまった。

「あなた、お嫁さんを連れてきたのよ」と妻が叫んだ。

新しいミミズクは、一回り小さくて、愛くるしい目をくるくる回した。ミミズクの世界ではそうとうな美人なのかもしれない。

「ほんとに幸せそう」妻がつぶやくように言った。「人間がこの半分でも賢ければねえ」

ミミズクたちが声を揃えて嬉しそうにぽーぽーと鳴いた。

青木正児

鵝掌・熊掌

北京の米市胡同《ホートン》に老便宜坊といって家鴨《あひる》料理専門の老舗《しにせ》があった。主として家鴨の丸焼を食わすのであるが、客は好みの一羽を買って焼かせるので、それが焼上るまで酒の肴《さかな》に臓物など料理して持って来る。その中で珍なのは足の皮を剝《は》いで煮た品である。旨いというよりも乙《おつ》な味で、酒の肴としては家鴨料理中第一であると思う。しかしこれはまだ語るに足らぬ。鵝鳥《がちよう》の足で造るのが本当で、それがいわゆる「鵝掌《がしよう》」の珍味なのである。私はまだそれを味わう口福《こうふく》に恵まれないが、家鴨の足によっていささかこれを類推するに、定めし乙の乙なるものであろうと思う。

鵝掌という料理はその製法が人を驚かすに足るものである。清初の李笠翁《りりゆうおう》の『閒情偶寄』飲饌部にいう「昔鵝掌を善く製する人があった。鵝を飼い肥《ふと》らせておいて、いざ殺そうとする時、先ず油を煮え立たせて、その中に鵝の足を突込み、鵝が苦痛で死にそうになると、池の中に放してやって跳ね廻わらせる。やがてまた油で煮てまた池に放つ。このようにして三、四度繰返すと、その掌は豊美で旨くて、皮の厚さ一寸ばかりにもなる。これは食中の異品である」と。また一法が清末の薛福成《せつぷくせい》の『庸庵筆記』河工奢侈之風の条に出ている。それは「鉄の網を地に張りめぐらし、下に炭火を敷いておいて、鵝を追いやってそれを践《ふ》ませると、数回めぐるうちに鵝が死ぬる。その精華は両掌に集中してしまうので、全身は廃棄して用いない。それで一席に要するところの鵝は数十羽百羽を下らない」というのである。どちらも残忍極まる料理法で、われわれ日本人には信じられない話である。幾ら食道楽をもって鳴る国の事にしても、恐らくこれはやはり一つの話に過ぎないかも知れぬ。

その他掌《たなごころ》の料理で珍とされるのは「熊掌《ゆうしょう》」であり、平凡でしかも旨いのは「猪蹄《ちょてい》」（豚の足）である。猪蹄は浙江省《せっこうしょう》の嘉興に行った時、名物と聞いて食べてみたことがあるが、豚の足の皮や筋を軟かに煮て汁のまま凝結させたもので、われわれにとってはこれでもなかなか珍味である。いささかもって熊掌を類推すると、それは酒の肴に誂向《あつらえむ》きのものであろうと思われる。『孟子』告子篇に「二者兼ヌルヲ得可《ウベカ》ラザレバ、魚ヲ舎《ス》テテ熊掌ヲ取ル者ナリ」とあるを読んで以来われわれに印象の深い珍味の名である。それは乾物《かんぶつ》なのであるが、煮てもなかなか軟らかにならないらしい。清初人の『養小録』巻下に拠るとその法は「地に坑《あな》を掘って石灰を半分どころまで入れ、その中に熊掌を置いて上に石灰を加え、水を注ぐと熱を発するので、冷めるを待って取り出し、毛を抜き去って洗浄し、米のとぎ汁に一、二日浸しておいてから、豚の脂で包んで煮て、再び油を除去して掌を引裂き、豚肉と一緒に長く煮込む。非常に煮えにくいもので、十分煮えの透らないのを食うと腹が脹《は》る。そこで山椒末《さんしょうまつ》と塩とを加え、小麦粉をまぶして、蒸器で十度余り蒸して始めて食べられるようになる」という。『茶余客話』巻九にいう「以前陳暉《ちんき》の旧宅の壁の外に煉瓦の小さな煙突を見かけた。高さ四、五尺で、上の口は僅かに丼鉢《どんぶりばち》一つ這入《はい》るくらいのものである。何に使うのか知らなかったが、人の話ではそれは当時熊掌を調理した処で、掌を丼鉢に入れて固く封じ、煙突の口の上に置いてその下に蠟燭を一本点《とも》し、微火で一昼夜燻《ふす》べると、汁は減らずに掌は軟かく煮えたものだそうな」と。いずれにしてもその法を得ざれば箸《はし》にも棒にもかからぬ品物らしい。されば梁章鉅《りょうしょうきょ》の『浪跡叢談』続巻四に「熊掌の味は洵《まこと》に美である。余が甘粛《かんしゅく》にあった折のこと、かつて一時にそれを十匹分購《あがな》い得たので、二匹分だけ福州のわが家へ送ってやった。後で聞くと家人が製法を知らず、夏を越させたので遂に虫が付いて駄目になってしまったという」とその失敗談を記している。ところでわが古賀侗庵《こがとうあん》の『劉子《りゅうし》』補遺にその試食談を載せている。江戸にいた彼は米沢の知人から熊掌一片をもらったので、煮方を人々に問うて一法を得た。それは藁《わら》で縛ってこれを煮るのであるが、そうすると割合簡単に柔軟になった。ただ恨むらくはその味は、まるで蠟を嚼《か》むようで、さっぱり旨くない。熊肉熊白の美に遠く及ばないものであったという。熊白とは熊の胸部の白い脂で、これもまた珍味として名高い。想うに侗庵はただそれを軟かにする法だけを得て、未だその調味法が宜しきを得なかったからである。私が猪蹄を食べた経験から類推するに、その賞味すべきは肉や脂と異った触覚、即ち歯ざわり舌ざわりにあり、そしてその調味が最も肝要で、それは上に引いた『養小録』の煮法を見ても察せられる。また類例を求むるならば、かの国において珍重される鱶《ふか》の鰭《ひれ》の如きも、我においては廃物として輸出し、彼がこれを迎えて無上の珍味とする奇術は全くその調理法にある。侗庵の素人料理では熊掌の妙味が出ないのも無理はない。

　さて熊掌は孟子の已に嗜《この》むところであるが、鶫掌は上代にこれを好む人あるを未だ聞かない。しかし秦代の『呂氏春秋《りょししゅんじゅう》』用衆篇に「斉王ノ鶏ヲ食フヤ、必ズ其ノ跖《セキ》数千ヲ食ウテ而ル後足ル」といい、驚くべき「鶏跖」即ち鶏掌の嗜好者を伝えている。しかしタナゴコロよりも旨いのはクチビルらしい。『呂氏春秋』本味篇にいう「肉の美ナル者ハ猩猩《シヨウジヨウ》ノ脣」と、これである。猩猩の脣を得るは容易でないが、豚の脣なら北京で幾らでも売っていた。きっと酒の肴に佳《よ》いに違いないと思ったが、どうも食ってみる気になれなかった。わが国でも鯛の脣は旨いとされているが、やはり目玉の吸物に附属して味わう程度で、特別に料理するほどのことはなかろう。まだ変った物では唐代の『酉陽雑俎《ゆうようざつそ》』巻七に「鄴《ぎょう》中ノ鹿尾ハ乃《すなわ》チ酒肴ノ最ナリ」というのが出ている。豚の尾なら西洋料理にもあるそうだが、これはそれより一枚上らしい。なお『唐書《とうじょ》』地理志に「会州会寧郡ヨリ鹿尾・鹿舌ヲ貢《ミツ》グ」とあるから、鹿の舌も旨いものであろう。

概して動物の皮とか筋とかいったような処は酒の肴に適する物が多い。その最も大量に生産されて大衆向きでしかもどこへ出しても恥かしくないのはわが郷の鯨のオバイケであろう。俗に「尾羽毛」という字を当てているが、何の意味か知らない。ただの皮ではない。子供の頃から嗜み食いながら、造るところを見たことがないから、正体をよく知らないが、宅の近所にそれを扱う問屋があって、その店の床板を上げると直径一間《けん》余りの大桶が埋められていて、油でどろどろの塩汁の中にオバイケの筒切りにしたのが漬けられてあるのは時折見かけた。その塊は魚形水雷《ぎょけいすいらい》のような形で、周囲を黒い表皮がかこんでおり、内部は白い真皮ようのものが詰っている。とにかく尾や鰭《ひれ》の或る部分を筒切りにしたものと思われる。それを薄く短冊《たんざく》に切って、湯をして水で洒《さら》して、酢味噌《すみそ》で食べると、酒の肴に無上妙品である。以前京都にはなかったので郷里から送ってもらって楽しんだが、その後仙台在住中どうしたはずみかその地にもあるようになった。そのうち京都へ帰ってみると京都にもあるようになっていたが、やがて戦争で影を潜《ひそ》めてしまった。ただしわが家の寒厨《かんちゅう》には郷里の珍品として蔵せられ、時たま主人の晩酌を佐《たす》けている。大衆向きの酒の肴でこれくらい妙品はまずなかろう。南氷洋へ出漁する鯨船がこれを造って来てくれるなら、全国の酒徒はどのくらい助かるか知れぬと思う。味の抜けた冷凍肉ばかりではなさけない。

上村一夫

雛人形夢反故裏

雛人形夢反故裏
(ひなにんぎょうゆめのほごうら)

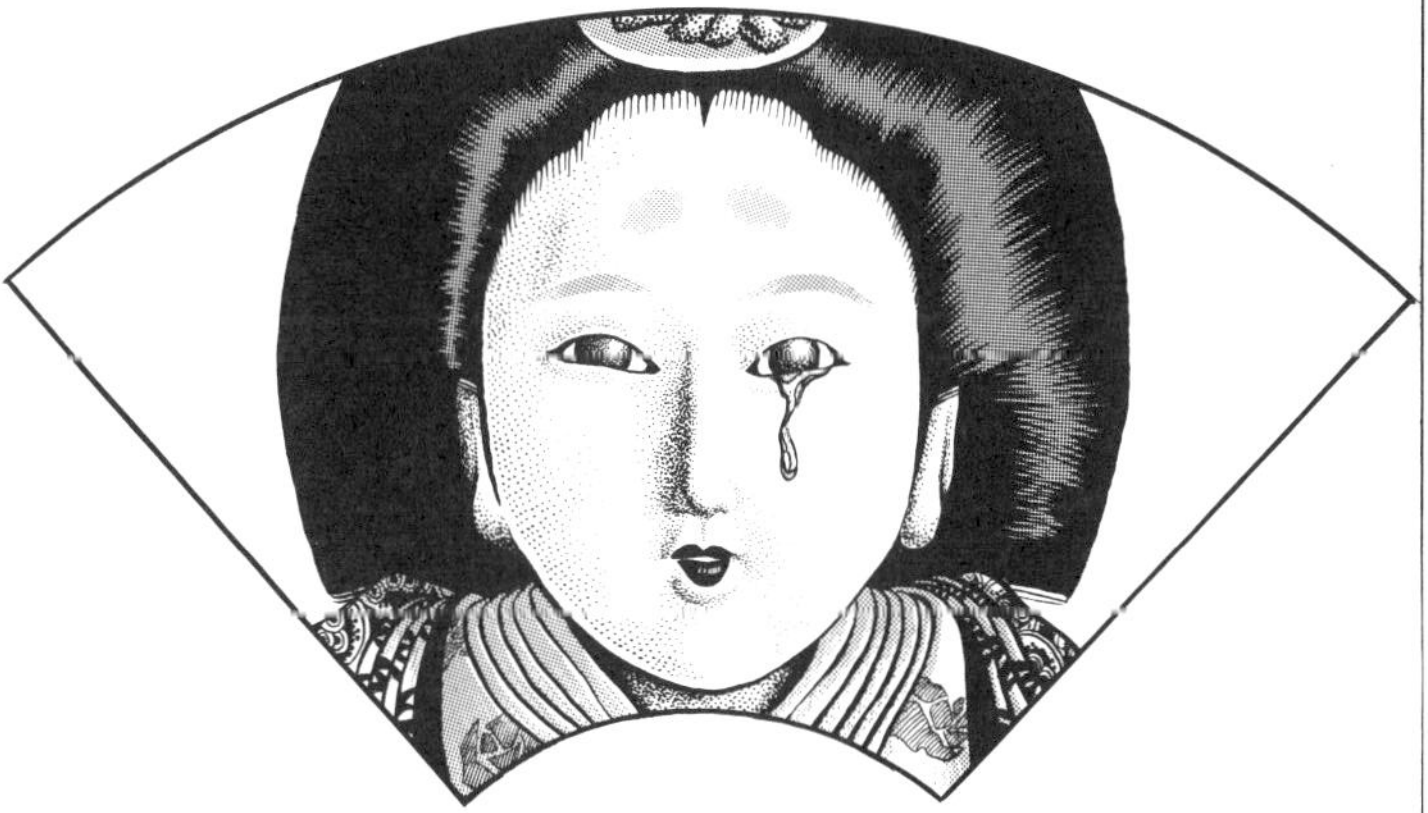

お栄は雛人形の
白く優しい顔だちの中に
死んだ母の面影を
見てしまう

なぜならそれは
母の形見の品であり
父と母がそろっていて
子供たちもみな元気だった
あの短い幸福な時代を偲ぶ
たった一つのよすが
だからでもある——
……

プチッ
ちぇっ！鼻毛まで白髪になってきやがった
フッ

父はここ数日
絵筆をとろうともしない
七年にわたって
製作された『富嶽三十六景』を
描き終えた父は
次の主題に迷っている
父としてはこんなことは
珍しい………
一つの大いなる「失意」が
父の身体中を駆けめぐっている
「作品」を完成してしまうことは
物を創り出してゆく人間である
父にとって
一つの大きな失意に
ほかならないのだ
そこで父の一生は
失意の連続となり
世間の喝采も評判も
父とは無縁である

ヘーっくしょい!
畜生 また誰かが 俺の噂を してやがるな……
こんちわァ
やい捨八 てめえ たった今 俺の噂を してたろう
へっ!?
噂っていったって おいらは今 そこんとこを一人で ぶらぶら歩いて きたんですもの 先生の噂なんか できっこありませんや
そうか? 通りがかりの メメズか何かに 俺の悪口を 言ったんじゃ ねえのか?
いやだな先生 あたしゃ メメズに 知り合いなんぞ いませんよ

ふん どうだか
女なら何でもいいという
おめえのこった
メスのメメズに
気心の知れたのが
いるだろう
おめえの情婦《いろ》に
してるようなのがさ
げっ! おいらが
いくら女好き
だからって
メメズと寝る気は
しませんよ
でぇいち
あんなもんは
細過ぎて……
だって
おめえのは
メメズより
細いじゃねえか
チエッ
自分のは
もう立たない
くせに
へん
立とうと
坐ろうと
大きなお世話だ
こりゃ
俺のもんだ
そりゃそうでさぁ
くれるったって
いりゃしませんよ
そんなイモムシの
親方みたいなの

ベラボーめ！イモムシたァ何だ マムシぐれいの太さはあらァ
そんなら おいらは 青大将で
笑わせるな 青大将なんぞに 驚くもんか
本当はな俺のは ニシキヘビぐらい 長くて太くて フンドシに 入りきらねえから 腹んとこへ グルグル巻きつけて あるんだ
冬なんぞはおめえ あったかくって 腹巻きがわりに ちょうどいいや だけんど 小便する時に ほどくのが 大変で……
お父っつぁん！

あ
お栄ちゃん
しばらく！
ピシャッ
しかし 先生
おんなし
メメズでも
メメズ千匹
なら……

師匠と弟子とで俺のが大きいいや俺のが大きいと言い合っている……ほんとうに男は馬鹿なものだとお栄は思う
しかもその馬鹿な男たちがひとたび絵筆を握ると鬼気迫るほどの「美」を創り出すのだからますますもってわからない

とお栄は考える

で どうなんです？ 版元はやっぱり富士がいいって言うんでしょ？
そうさ こんだは「富嶽百景」にしてくれとよ！
へぇ そうでしょうね 「三十六景」は何しろてぇした売れ行きだったらしいですからねぇ
へん！ あの馬鹿どもの言うなりになって描いてられるかってんだ！
じゃあ 何を描くんです？
だから……
それを……
かんげえてるのよ……

……
実はな
今朝がたちょっと
気がかりな夢を
見たんだ
気がかりな
夢じぇと
帝釈様がソーメンを
食ってるとか
そういう夢で？

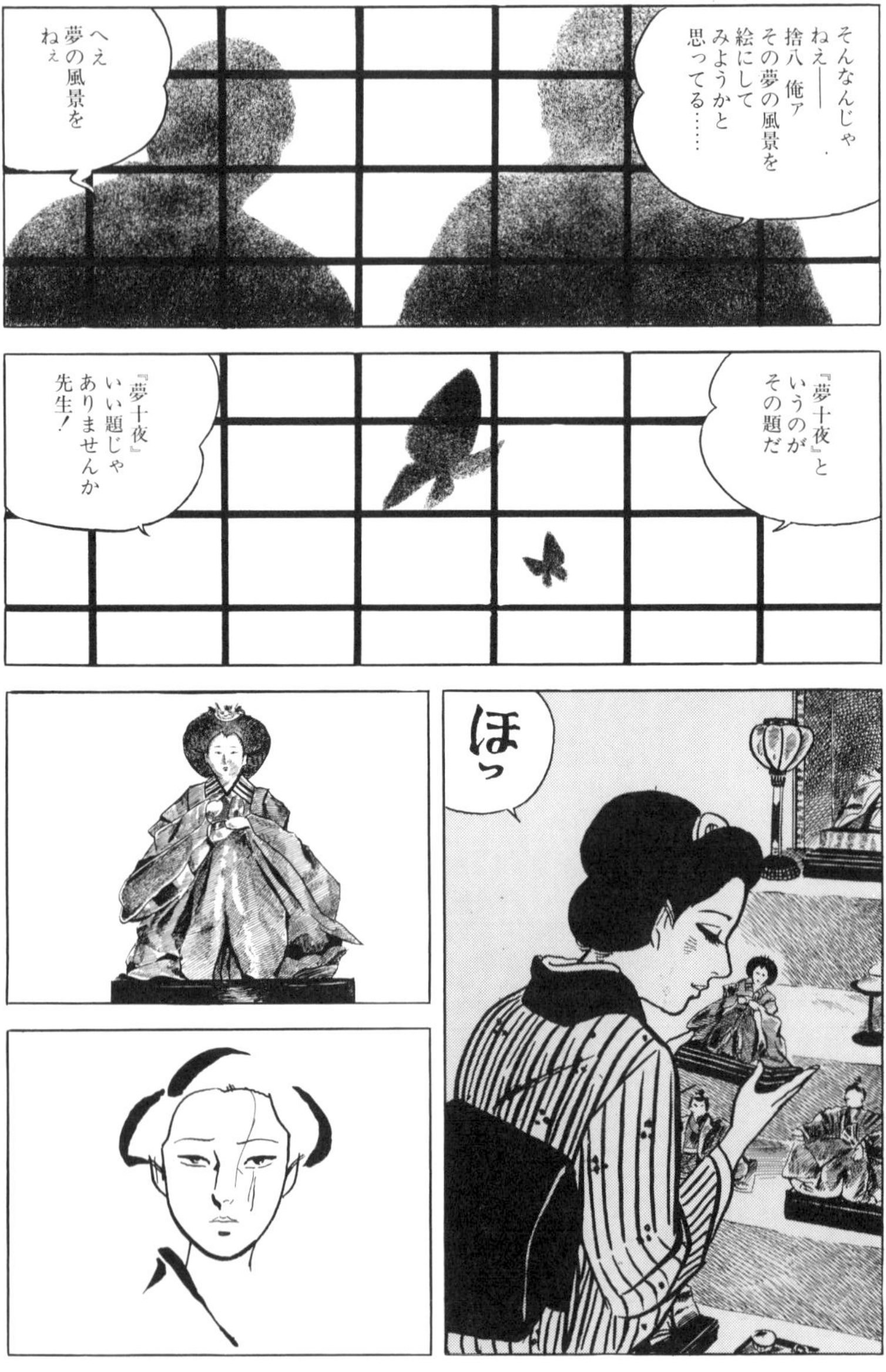
そんなんじゃねえ―― 捨八 俺ァ その夢の風景を 絵にして みようかと 思ってる……
へえ 夢の風景を ねぇ
『夢十夜』と いうのが その題だ
『夢十夜』 いい題じゃ ありませんか 先生！
ほっ

俺は
夢んなかで
この女に
会った
へえ
この人に!!
わびしい
夢でなぁ……
真暗な土手を
歩いていると
この女が
泣きながら
ついてくる
来るなと
言っても
ついてくる
んだ……
へえ!?
俺はその女を
殴りつける
殴ってもその女は
泣きながら
ついてくるんだ
冷てえ風が
ぴゅうぴゅう
吹いてさ
何だか俺も
泣きてえような
気持ちになるのさ

しまいにゃ腹がたって
俺はその女を
思いっきり張りとばす
すると女は
ぼろきれみたいに
その場に崩折れて
それっきり
死んでしまうんだ
俺はわけのわからない
恐ろしさに今度こそ
わあわあ泣いてしまう
すると冷てえ風が
死んだ女の泣き声のように
ひょうぅ……と叫ぶ
まあ
こんな
夢だがな
……
おおっ
母さん!
いってぇ
この女は
何者なんで?

そうともさ
そいつぁ
苦労するだけして
死んじまった
俺の女房の
お琴だった
のさ……

お父っつぁん
おひる
ですけど……
ごめん
なさい……
こんなもの
しかなくて
……

お お父っつぁん食べないんですか?
スー

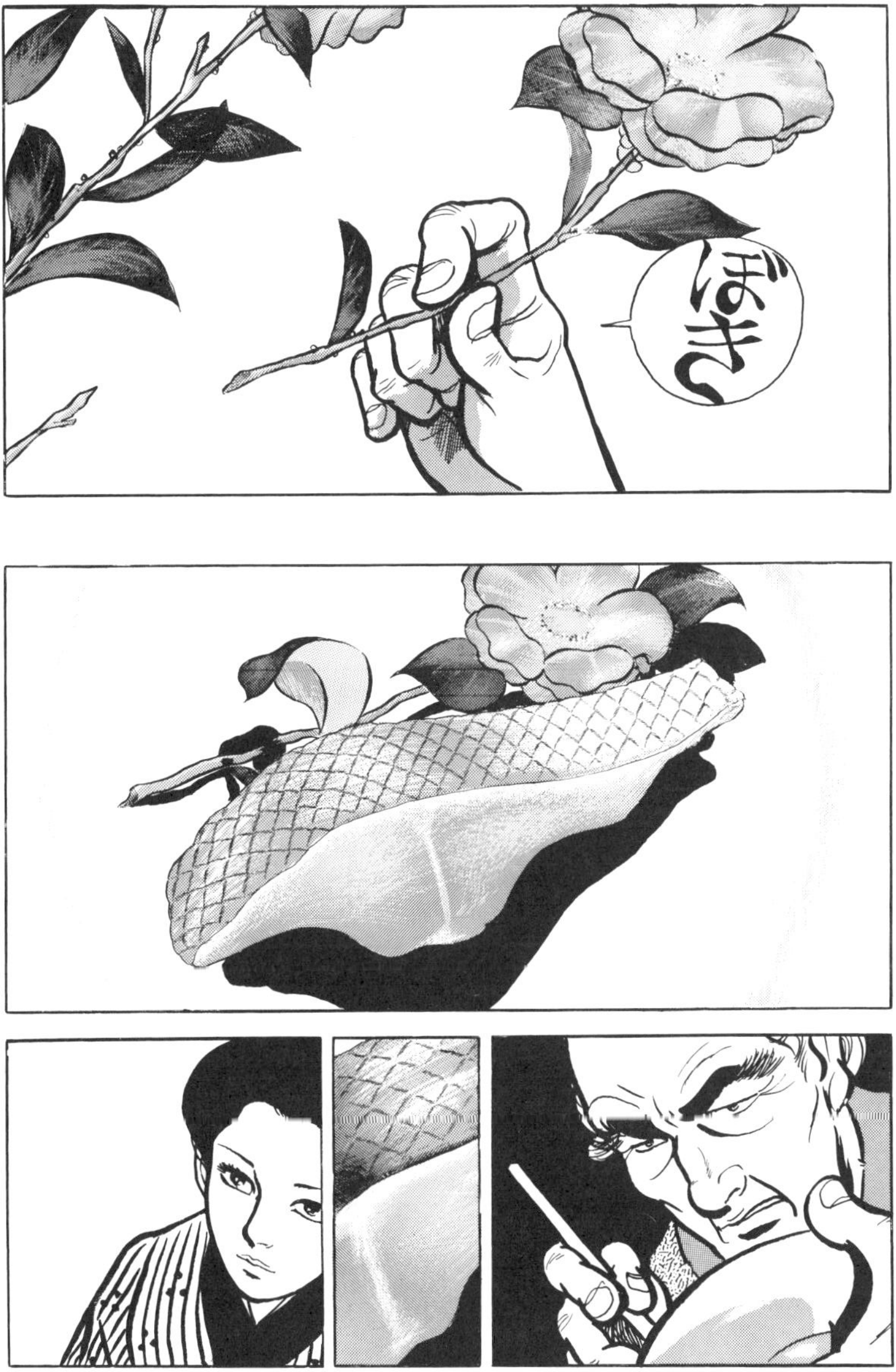
ぼぎく

北斎(肉筆画)
鮭と山茶花

村山槐多

悪魔の舌

（一）

五月始めの或《ある》晴れた夜であった。十一時頃自分は庭園で青い深い天空に見入って居ると突然門外に当って「電報です。」と云う声がする。受取って見ると次の数句が記されてあった、「クダンサカ三〇一カネコ」「是《これ》は何だろう。三〇一と云うのは。」実に妙に感じた。金子と云うのは友人の名でしかも友人中でも最も奇異な人物の名であるのだ。「彼奴は詩人だから又何かの謎かな。」自分は此《この》不思議な電報紙を手にして考え始めた。発信時刻は十時四十五分、発信局は大塚である。どう考えても解らない。が兎に角九段坂まで行って見る事にし着物を着更《きが》えて門を出た。

吾《わが》住居から電車線路までは可成《かなり》ある。その道々自分はつくづくと金子の事を考えた。丁度二年前の秋、自分は奇人ばかりで出来て居る或《ある》宴会へ招待された際、彼金子鋭吉と始めて知合になったのであった。彼は今年二十七歳だから其《その》時は二十五歳の青年詩人であったが、其風貌は著るしく老けて見え、その異様に赤っぽい面上には数条の深い頽廃した皺が走って居《い》、眼は大きく青く光り、鼻は高く太かった。殊《こと》に自分が彼と知己になるに至った理由は其唇にあった。宴会は病的な人物ばかりを以て催された物であったから、何《いず》れの来会者を見ても、異様な感じを人に与える代物ばかりで、知らない人が見たら悪魔の集会の如く見えたのであるが、其中でも殊に此《この》青年詩人の唇が自分には眼に着いた。

彼は丁度真向《ちょうどまむかい》に居たから、自分は彼を思う存分に観察し得た。実に其唇は偉大である。まるで緑青に食われた銅の棒が二つ打《ぶ》っつかった様である。そして絶えずびくびく動いて居る。食事をする時は更に壮観である。熱い血の赤色がかった其《その》銅棒に閃めくと、それは電光の如く上下に開いて食物を呑み込むのである。実にかかる厚い豊麗な唇を持った人を見た事のない自分は、思わず暫らく我を忘れて其人の食事の有様に見惚れた。突然恐ろしい彼の眼はぎろっと此方《こっち》を向いた。すっくと立ち上って彼はどなった。「おい君は何故そうじろじろと俺の顔ばかり見るんだい。」「うん、どうもすまなかった。」我にかえって斯《こ》う云うと彼は再び坐した。「人にじろじろ見られるのは兎に角気持が善くないからな、君だってそうだろう。」斯う云って彼はビールの大杯をぐっと呑み乾して、輝かしい眼で自分を見た。「そうだった。僕はだが君の容貌に或《ある》興味を感じた物だから。」「有難くないね、俺の顔がどうにしろ君の知った事ではあるまいではないか。」彼は不機嫌な様子であった。「まあ怒るな仲直りに呑もう。」かくして彼金子鋭吉と自分とは相知るに至ったのである。

彼は交れば交る程奇異な人物であった。相当の資産があり父母兄弟なく独りぼっちで居る。学校は種々這入《はい》ったが一《ひとつ》も満足に終えなかった。それ等の経歴は話す事を厭がって善く解らないが要するに彼は一詩人となった。彼はまったく秘密主義で自分の家へ人の来る事を大変厭がるから如何なる事をしつつあるのか全然不明であるが、彼は常に街上を歩いて居る。常に酒店《バー》や料理屋に姿を見せる。そうかと思うと二三箇月も行方不明になる。正体が知れぬ。自分は最も彼と親密にし彼もまた自分を信じて居たが、それでも要するにえたいの知れない変物とよりほか解らなかった。

（二）

かかる事を思いつついつしか九段坂の上に立った。眺むれば夜の都は脚下に展開して居る。神保町の燈火が闇の中から溢れ輝いて、まるで鉱石の中からダイヤモンドが露出した様である。自分は坂の上下を見廻《まわ》した。金子が多分此処《ここ》で自分を待ち合わして居るんだろうと思ったのである。が誰も其《それ》らしい物は見えなかった。大村銅像の方をも捜して見たが人一人居ぬ。約三十分程九段坂の上に居たが遂に彼の家に行って見る事にした。彼の家は富坂の近くにある。小さいが美麗な住居である。家の前へ来ると警官が出入りして居る。驚ろいて聞くと金子は自殺したのだと云う。すぐ飛び込んで見ると六畳の室に金子が友人二三人と警察の人々とに囲まれて横たわって居た。火箸で心臓を突刺して死んだのである。二三度突き直した痕跡がある。其顔は紫白色を呈して居るがさながら眠れる様である。医師は泥酔で精神錯乱の結果だろうとした。自殺者の身体には甚だしい酒精の香があった。時刻は今し方通行者が苦痛の唸声《うなりごえ》を聞きつけてそれから騒ぎになったのだ。

何の遺書もなかった。が自分にはさっきの電報が一層不思議になった。時刻から考えると金子はあの電報を打って帰るとすぐ死んだ物らしい。自分はそっとまた九段坂の上へとってかえして考えた。電報の三〇一と云う数字は何を意味するのであろう。九段坂の何処にそんな数字が存在して居るのであろう。見廻して見るに何もない。ふと気が付いた。九段坂の面積中で三百以上の数字を有《も》って居る物は一つしかない。それは坂の両側上下に着いた溝の石蓋である。そして始め上から見て右手の方の石蓋を下へ向って数え始めた。そして第三百一番目の石蓋をよく調べて見たが何も別段異状はない。殊《こと》に依《よ》ると此《これ》は下から数えた数かも知れない。石蓋は全部で三百十枚ある。だから上から数えて十枚目が下から数えて三百一枚に当る。駆け上って其石蓋をよく見ると上から十枚目と十一枚目との間に何だか黒い物が見える。引出して見ると一箇の黒い油紙包である。「是だ是だ。」と其を摑むや宙を飛んで家へ帰った。

包みを解くと中から一冊の黒表紙の文書が表われた。読み行く中に自分は始めて彼金子鋭吉の正体を眼前にした。その正体こそ世にも恐ろしい物であった。「彼は人間ではなかった。彼は悪魔であった。」と自分は叫んだ。読者よ、自分はこの文書を今読者の前に発表するに当って尚未《なおま》だ戦慄の身に残れるを感じるのである。以下は其《その》文書の全文である。

（三）

友よ、俺は死ぬ事に定《き》めた。俺は吾《わが》心臓を刺す為に火箸を針の様にけずってしまった。君がこの文書を読む時は既に俺の生命の終った時であろう。君は君の友として選んだ一詩人が実に類例のない恐ろしい罪人であった事を以上の記述に依《よ》って発見するであろう。そして俺と友たりし事を恥じ怒るであろう。が願わくば吾死屍を憎む前に先《ま》ず此《これ》を哀れんで呉《く》れ、俺は実に哀れむ可《べ》き人間であるのだ。さらば吾汚れたる経歴を隠す所なく記述し行く事にしよう。俺は元々東京の人間ではない。飛騨の国の或《ある》山間に生れ其処《そこ》に育った。吾家は代々材木商人であり父の代に至っては有数の豪家として附近に聞こえた。父は極く質朴な立派な人物であったが、壮時名古屋の一名妓を入れて妾とした。その妾に一人の子が出来た。其《それ》が俺であった。俺が生れた時既に本妻即ち義母にも子が一人あった。不倫な話であるが父は本妻と妾とを同居せしめた。従って子供達も一所に育てられた。俺が十二歳になった時義母には四人の子があった。そして其年の四月にまた一人生れた。その弟は奇体な赤ん坊として村中の大変な噂であった。それは右足の裏に三日月の形をした黄金色の斑紋が現われて居るからである。

或《あ》る日赤ん坊を見たその旅の易者は、「此の子は悪い死様をする。」と言ったそうだ。今思うと怪しくも此の予言は的中した。俺も幼心に赤ん坊の足の裏の三日月を実に妙に感じた。其時はまた俺にとって実に忘れ難い年であった。それは父が十月に急に死んだ事であった。父は遺言書を作って置いて死んだ。俺と母とは一万円を貰って離縁された。家は三つ上の長男が継ぐことになった。父は親切な人であったから、俺等母子《おやこ》の幸福を謀って斯《か》く遺言したのである。事実に於て母と義母との間には堪えざる暗闘があったのであった。義母が家の実権を握れば吾母の迫害せられることは火を見るよりも明《あきら》かであった。そこで吾等《われ》二人は父の葬儀が終ると直《ただち》に東京に出て来た。それ以来俺は一度も国へ帰らず又国の家とは全然没交渉になってしまった。二人は一万円の利子で生活する事が出来た。母は芸妓気質の塵程も見えぬ聡明な質素な女であった。

十八歳の時彼女は死んだ。以後俺唯一人暮し遂に詩人としての放埒な生活を営むに至った。是《これ》が吾経歴の大体である。この経歴の陰に以下の恐ろしい生活が転々と附きまとうて居たのであった。俺は幼少から真に奇妙な子であった。他の子供の様に決して無邪気でなかった。終始黙って独り居る事を好み遊ぼうともしなかった。山の方へ行ってはぼんやりと岩の蔭などに立って空行く雲を眺めて居た。このロマンチックな習癖は年と共に段々病的になって、飛驒を離れる二年ばかり前の年であった。半年ばかり私は妙な病気に悩んだ。其《それ》は背すじが終始耐《たま》らなくかゆくてだるいのである。そして真直に歩く事が出来ず身体が常に前へのめって居る。血色は悪くなり身体は段々痩せて来た。母は大変に心配して種々な療法を試みたが其内いつしか癒《なお》ってしまった。その病中俺は奇妙な事を覚えてしまった。其は妙に変った尋常でない物が食べたいのである。始めは壁土を喰いたくて耐らぬので人に隠れては壁土を手当り次第に食った。そのまた味が実に旨い。殊に吾家の土蔵の白壁を好んだ。恐ろしい物で俺が喰って居る内厚い壁に大きな穴が開いてしまった。それから俺は人の思い及ばぬ様な物をそっと食って見る事に深い興味を覚えて来た。人嫌いで通って居る事がかかる事柄を行うのに便利であった。幾度かなめくじをどろどろと呑み込んだ。蛙蛸《へび》はもとより常に食った。是《こ》れ等は飛騨辺りではそう珍らしくもないのである。それから裏庭の泥の中からみみずや地蟲を引きずり出して食べた。春はまた金や紫や緑の様々の毒々しい色をした劇《はげ》しい臭気を発する毛蟲いも蟲の奇怪な形が俺の食慾を絶えまなく満たしたのである。唇が毛蟲に刺されて真赤にはれ上ったのを家人に見つけられた事もある。其《その》他あらゆる物を喰った。そして又中毒した事がなかった。此《この》奇妙な癖は益々発達しそうに見えたが、母と共に東京へ出て都会生活に馴らされて自然かかる悪習は止んだ。

（四）

然《しか》るに丁度十八歳の冬母の死んだ時節は悲哀に耐えなかった。悲しさ余って始終泣いて居た。元来虚弱な身体は忽《たちま》ち劇《はげ》しい神経衰弱に侵されてしまった。まるで幽霊の様に衰えてしまった。そして小さい時の脊椎の病がまた発して来た。俺は此《これ》ではならないと思って二十歳の時丁度在学した中学校を退いて鎌倉へ転地した。かくて鎌倉に居たり七里ヶ浜、江の島に居たりして久しく遊んだ。散歩したり海水を浴びたりして暮して居た。その内に身体は段々と変化して行った。久しく都会の喧騒の中に居た物が俄《にわか》に美しい海辺に遊ぶ身となったのだから吾《わが》身も心も段々と健康になって行った。本然に帰って来た。嘗《かつ》て飛騨の山中に独りぼっちを悦んで居た小童の心は再び吾《われ》に帰ったのであった。或《ある》日の夕方の時俺はこの一箇月ばかり食物が実に不味《まず》いことをつくづくと考えて見た。海水浴から帰って来る空腹には旅館最上位の食事が不味いと云う筈はないのだ。俺は鏡に向った。青白かった容貌は真紅になった。ぼんやりして居た眼玉は生き生きと輝き出した。斯《か》かる健康を得ながら、何故物が旨く喰えないのかしらん。舌を突き出してふと鏡の面に向けた。その刹那俺は思わず鏡を取り落したのである。俺の舌は実に長い。恐らく三寸五分もあろうと云うのだ。全体いつの間にこんなに延びたのか知ら、そして又何と云う恐ろしい形をした舌であろう。俺の舌はこんな舌であったか。否々決して此《こ》んな舌ではない。が鏡を取ってよく見ると、やはり紫と錦との鋭い疣《いぼ》が一面にぐりぐり生えた大きな肉片が唾液にだらだら滑りながら唇から突き出して居る。しかも尚よく見ると、驚くべき哉、疣と見たのは針である。舌一面に猫のそれの如く針が生えて居るのであった。指を触れて見れば其《それ》はひりひりするばかり固い針だ。かかる奇怪な事実がまた世にあろうか。俺はまた以上に驚愕した事は鏡の中央に真紅な悪魔の顔が明《あきら》かに現われて居るのであった。恐ろしい顔だ。大きな眼はぎらぎらと輝いて居る。俺は驚きの為一時昏迷した。途端鏡中の悪魔が叫ぶ声が聞こえた。「貴様の舌は悪魔の舌だ。悪魔の舌は悪魔の食物でなければ満足は出来ぬぞ。食えすべてを食え、そして悪魔の食物を見つけろ。それでなければ。貴様の味覚は永劫満足出来まい。」しばらく俺は考えたがはっと悟った。「よしもう棄鉢だ。俺はあらゆる悪魔的な食物をこの舌で味わい廻ろう。そして悪魔の食物と云う物を発見してやろう。」鏡を投げると躍り上った。「そうだ。この一箇月に舌がかくも悪魔の舌と変えられてしまったのだ。だから食物が不味《まず》かったのだ。」新らしい、まるで新らしい世界が吾前に横たわる事となった。すぐ俺は今までの旅館を出た。そして鎌倉を去り伊豆半島の先の或極めての寒村に一軒の空家を借りた。そして其処《そこ》で異常な奇食生活を始めた。事実針の生えた舌には尋常の食物は刺激を与える事が出来ぬ。俺は吾独自の食物を求めなくてはならなくなったのだ。二箇月ばかりその家で生活した間の食物は、土、紙、鼠、とかげ、がま、ひる、いもり、蛇、それからくらげ、ふぐであった。野菜は総てどろどろに腐らせてから食った。腐敗した野菜のにおいと色と味とをだぶだぶと口中に含む味は実に耐《たま》らなく善い物であった。是等《これら》の食物は可なりの満足を俺に与えた。二箇月の後吾《わが》血色は異様な緑紅色を帯び来《きた》った。俺は段々と身体全部が神仙に変じ行く様に感じた。其中《そのなか》に、不図《ふと》「人肉」は何《ど》うだろうと考え出した。さすがにこの事をおもった時、俺は戦慄したが、この時分から俺の欲望は以下の数語に向って猛烈に燃え上ったのである。「人の肉が喰いたい。」それが丁度去年の一月頃の事であった。

（五）

それからと云う物はすこしも眠れなくなった。夢にも人肉を夢みた。唇はわなわなと顫《ふる》え真紅な太い舌はぬるぬると蛇の様に口中を這い廻った。其《その》欲望の湧き上る勢《いきおい》の強さに自分ながら恐怖を感じた。そして強いて圧服しようとした。が吾舌頭の悪魔は「さあ貴様は天下最高の美味に到達したのだぞ。勇気を出せ、人を食え、人を食え。」と叫ぶ。鏡で見ると悪魔の顔が物凄い微笑を帯びて居る。舌はますます大きくその針はますます鋭利に光り輝いた。俺は眼をつぶった。「いや俺は決して人肉は食わぬ。俺はコンゴーの土人ではない。善き日本人の一人だ。」が口中にはかの悪魔が冷笑して居るのだ。かかる耐え難い恐怖を消す為には始終酔わなければならなかった。俺は常に酒場《バー》に入浸ってどうかして一刻でも此《この》慾望から身を脱れようとした。が運命は決して此《この》哀れむべき俺を哀れんで呉《く》れなんだ。

忘れもしない去年の二月五日の夜であった。酔って酔っぱらって浅草から帰りかけた。その夜は曇天で一寸先も見えぬ闇黒は全部を蔽って居た。この闇黒を燈火の影をたよりに伝う内、いつの間にやら道を間違えてしまった。轟々たる汽車の響《ひびき》にふと気づくと、いつの間にか日暮里ステーション横の線路に俺は立って居る。俺は踏切を渡った。坂を上った。そして日暮里墓地の中へ這入《はい》り込むとそのまま其処《そこ》に倒れてしまった。ふと眼を開けると未だ深々たる夜半である。マッチをすって時計を見ると午前一時だ。俺は大分醒めた酔心地にぶらぶらと墓地をたどった。突然片足がどすんと地へ落ち込んだ。驚いてマッチをすって見ると此処《ここ》は共同墓地で未だ新らしい土まんじゅうに足を突っ込んだのであった。その時一条の恐ろしい考えがさっと俺の意識を確《たし》かにした。俺は無意識にすぐ棒切を以って其土まんじゅうを掘り出した。無暗に掘った。狂人の様に掘った。遂には爪で掘った。小一時間ばかりで吾手は木の様な物に触った。「棺だ。」土を跳ね除けて棺の蓋を叩き壊《こ》わした。そしてマッチをすって棺中を覗き込んだ。

その時その刹那ばかり恐ろしい気持のしたことは後にも前にも無かった。マッチの微光には真青な女の死顔が照らし出された。眼を閉じて歯を喰い縛って居る。年は十九許《ばか》りの若い美しい女だ。髪の毛は黒くて光がある。見ると黒血が首にだくだくと塊まり着いて居る。首は胴からちぎれて居るのだ。手も足もちぎれたままで押し込んである。戦慄は総身に伝った。が此《これ》はきっと鉄道自殺をした女を仮埋葬にしたのだろうと解るとすこし戦慄が身を引いた。俺はポケットからジャックナイフを出した。そして女の懐へ手を突っ込んだ。好きな腐敗の悪臭が鼻を撲《う》つ。先ず苦心して乳房を切り取った。だらだらと濁った液体が手を滴たり伝った。それから頬ぺたを少し切り取った。この行為を終えると俄かに恐ろしくなって来た。「どうする積《つも》りだ、お前は。」と良心の叫ぶのが聞えた。しかし俺はしっかり切り取った肉片を、ハンカチーフに包んだ。そして棺の蓋をした。土を元通りかぶせると急いで墓地を出た。俥《くるま》をやとって富坂の家へ帰りついた。

家へ這入るとすっかり戸締りをしてさてハンカチーフから肉を取り出した。先ず頬ぺたの肉を火に焼いた。一種の実にいい香が放散し始めた。俺は狂喜した。肉はじりじりと焼けて行く。悪魔の舌は躍り跳ねた。唾液がだくだくと口中に溢れて来た、耐らなくなって半焼けの肉片を一口にほおばった。此《この》刹那俺はまるで阿片にでも酔った様な恍惚に沈んだ。こんな美味なる物がこの現実世界に存在して居たと云うことは実に奇蹟だ。是《これ》を食わないでまたと居られようか。「悪魔の食物」が遂に見つかった。俺の舌は久しくも実に是を要求して居たのだ。人肉を要求して居たのだ。ああ遂に発見した。次に乳房を噛んだ。まるで電気に打たれたように室中を躍り廻った。すっかり食い尽すと胃袋は一杯になった。生れて始めて俺は食事によって満足したのであった。

（六）

次の日俺は終日掛かって俺の室の床下に大きな穴を掘った。そして板で囲った。人間の貯蔵室を作ったのである。ああ此処へ俺の貴い食物を連れて来るのだ。それから吾眼《わが》は光って来た。町を歩いてもよだればかり流れた。会う人間会う人間は皆俺の食慾をそそる。殊に十四五の少年少女が最も旨そうに見えた。何だかそう云う子に会うとすぐ食い付いてしまいそうで仕様がなかった。がどんな方法で食物を引っ張って来ようか、まず麻酔薬とハンカチーフをポケットに用意した。これで睡《ねむ》らしてすぐ引っ張って来る事にした。

四月二十五日、今から十日ばかり前の事である。俺は田端から上野まで汽車に乗った。ふと見ると吾膝と突き合わして一人の少年が坐して居る。見ると田舎臭くはあるが、実に美麗な少年である。吾口中は湿って来た。唾液が溢れて来た。見れば一人旅らしい。やがて汽車は上野に着いた。ステーションを出ると少年は暫らくぼんやりと佇立《ちょりつ》して居たがやがて上野公園の方へ歩いて行く。そして一つのベンチに腰を掛けるとじっと淋しそうに池の端の灯に映る不忍池の面《おもて》を見つめた。見廻《ま》わすと辺りには一人の人も居ない。己《お》れはそっとポケットから麻酔薬の瓶を出してハンカチーフに当てた。ハンカチーフは浸された。少年はぼんやりと池の方を見て居る。いきなり抱き付いてその鼻にハンカチーフを押し当てた。二三度足をばたばたさせたが麻薬が利いてわが腕にどたり倒れてしまった。すぐ石段下まで少年を抱いて行って俥《くるま》を呼んだ。そして富坂まで走らせた。家へ帰ると戸をすっかり閉ざした。電燈の光でよく見れば実に美しい少年だ。俺は用意した鋭利な大ナイフを取り出して後頭部を力を籠めてグサと突刺した。今まで眠って居た少年の眼がかっと大きく開いた。やがてその黒い瞳孔に光がなくなり、さっと顔が青くなった。俺は真青になった少年を抱き上げて床下の貯蔵室へ入れた。

（七）

俺は出来得る限り細かくこの少年を食ってしまおうと決心した。そこで一《ひとつ》のプログラムを定めた。俺はそれから諸肉片を順々に焼きながら脳味噌も頬ぺたも舌も鼻もすっかり食い尽した。その美味なる事は俺を狂せしめた。殊《こと》に脳味噌の味は摩訶《まか》不思議であった。そして飽満の眠りに就いた翌朝九時頃眼が覚めると又たらふく腹につめ込んだ。

ああ次の日こそは恐ろしい夜であった。俺が死を決した動機がその夜に起ったのだ。実に世にも残酷な夜であった。その夜野獣の様な眼を輝かして床下へ下りて行った俺は、今夜は手と足との番だと思った。鋸を手にして何《ど》れから先に切ろうかと暫らく突っ立って居た。ふと少年の左の足を引いた。其《その》拍子に、少年の身体は俯向きになった。その右足の裏を眺めた時俺は鉄の捧で横っ腹を突飛ばされた様に躍り上った。見よ右足の裏には赤い三日月の形が現われて居るではないか。君は此《この》文書の最初に吾弟の誕生の事が記されてあったのを記憶して居るであろう。考えて見ればかの赤ん坊はもう十五六歳になる筈だ。恐ろしい話ではないか。俺は自分の弟を食ってしまったのだ。気が付いて少年の持って居た包みを解いて見た。中には四五冊のノートがあった。それにはちゃんと金子五郎と記されてあった。是《これ》は弟の名であった。尚ノートに依って見ると弟は東京を慕い、聞いて居た俺を慕って飛騨から出奔して来たことが分明《わか》った。ああ俺はもう生きて居られなくなった。友よ俺が書き残そうとした事は以上の事である。どうぞ俺を哀れんで呉《く》れ。

文書は此《これ》で終って居た。字体や内容から見ても自分は金子の正気を疑わざるを得なかった。金子の死体を検査した時その舌は記述の通り針を持って居たが、悪魔の顔と云うのは恐らく詩人の幻想に過ぎまい。

南條竹則

チョウザメ

華夏《かか》と大和は共に漢字を使うから、なにかと便利なことが多い反面、時々意味が食い違って珍妙な現象が起こるのはやむを得ない。

『詩経』衛風の「考槃《こうはん》」という詩に「鱣鮪發發《せんゆうはつはつ》」という一句がある。斉の西、衛の東、すなわち斉と衛両国の境を流れる川の様子を語る部分で、この川には鱣や鮪の活《い》きの良いのが沢山いるというのだ。

森田思軒が学校で『詩経』を講じた時、「鮪」の字は我が国ではマグロと読むから、

「先生、河の中にまぐろが跳ねているのですか」

と生徒に質問されて、大いに困った。

「鱣という魚、鮪という魚です」

といってその場を繕《つくろ》い、あとで幸田露伴に向かって、「あれあ何魚だ」と問うたという話が、露伴の「鰉」という随筆に載っている。

マグロが河に跳ねていては、いかにも困るだろう。今わたしの手元にある「漢籍国字解全書」第五巻『詩経・詩疏図解』では、鱣に「ふか」、鮪に「しび」と読み仮名を振っているが、ここにいう鱣、鮪はいずれもチョウザメのことである。

中国にはチョウザメとヘラチョウザメがおり、前者を鱘、後者を白鱘と呼んで区別している。チョウザメにはさらに中華鱘（カラチョウザメ）、達氏鱘、黒竜江鱘などの種類があって、北は黒竜江から南は揚子江、広東まで、各地の河を遡上《そじょう》して来る。

現代語ではチョウザメを鱘、鰉、あるいは二字連ねて「鱘鰉」というのが普通だが、古名は色々あって、じつにまぎらわしい。

まず、さきほどの「鱣」、「鮪」があるが、「鱣」はタウナギのことも指す。「鱏」という字も使うが、これは「鱘」と音が通じるからだ。鱑、黄魚ということもあるが、これは「鰉」と音が通じる。黄魚は現代語ではふつうイシモチをいうので、これも混乱の種である。また、ある種のチョウザメは「鮥」という。

中国での呼び名と表記がこれだけ錯綜している上に、日本人は実物を知らなかったのである。昔の学者が漢字を見て、ウナギだ、フカだ、いやカジキだとあてずっぽうをしたのも、無理はない。

＊

『詩経』の注釈として知られる陸璣の『陸氏草木蟲魚疏』に曰く――

「鱣は江海に出づ……大なる者千餘斤なり、蒸して臛と為すべく、又鮓と為すべく、魚子は醬と為すべし」

（前記『詩経・詩疏図解』四四四頁より引用する）

すなわち、中国では昔チョウザメの肉を臛（羹《あつもの》）にし、鮓（なれずし）にし、魚子《たまご》は醬（ひしお）にしたのだ。醬は、つまりキャビア・ソースとでもいうべきものだ（さぞかし美味かったろう）。

日本にも最近チョウザメを養殖しているところがあり、そういう場所へ行けば色々なチョウザメ料理が食べられるかもしれない。だが、一般には、チョウザメというとキャビアのことしか思い浮かばない人が多かろう。

この魚とのつきあいが長い中国人はそうではない。現代でもチョウザメは宴席の花形である。海鮮料理屋に行くと、小ぶりのチョウザメ——中華鱘——がよく水槽に泳いでいる。揚子江産のものが珍重されるが、鰣魚《じぎょ》と同様、この魚も三峡ダムの影響で絶滅の危機に瀕《ひん》しているため、現在手に入るのはたいていロシア産だという。

わたしも何度かロシア産の中華鱘を食べた。脂がのっていて美味だった。調理法は清蒸も良いし、紅焼も美味い。

また糟漬けというのもある。

昔、学生の頃に初めて香港へ行った時、「海洋中心」というビルの中のレストランで宴会があった。四、五卓の丸テーブルに、それぞれ日本人が三、四人と香港人が六、七人坐って、おいしい広東料理を味わった。その時の食べ方は昔の中国式で、大皿に盛った料理が出されると、全方位からいっせいに箸を伸ばし、冷めないうちに食べてしまう。お次の方どうぞ、などと悠長にまわしたりしない。出席者は運動をする若者が多く、みんな食欲旺盛だったから、御馳走は瞬《また》く間になくなった。小気味が良いくらいだった。

料理は子豚の丸焼きから始まって、鶏あり、肉あり、海鮮ありの豪華版だ。そのおしまいの方へ来て、魚が出た。さして大きくもない魚の糟漬けを調理したものだった。すると同席した香港の人々は「ワアッ」と喜びの声をあげて、乾杯した。

「これは何ですか？」

と隣の人にきいてみると、チョウザメだという。みんなの様子から、貴ばれる魚であることが察せられた。

＊

身がうまく、卵もうまい。この二つの美点に加えて、チョウザメにはさらに三つの徳がある。

一つは魚肚——チョウザメの浮袋は魚肚の中でも高級品の一つである。

それから、魚唇がある。

我が国でも魚好きの人は魚の唇を喜んで食べるが、中華料理ではある種の魚の唇を乾燥品として用いる。中でもチョウザメの唇が最上とされている。

魚唇はしばしば魚肚や海参などと一緒に煮込むけれど、この種のものはみなゼラチン質で食感も似ているから、そうやって混ぜてしまうと特徴が感じられない。わたしはある時、上海で「酸辣燴魚唇」というチョウザメの唇だけの料理を食べた。酸っぱく辣《から》い味つけで煮込んだものだったが、その魚唇は大ぶりでコシがあり、たしかに逸品だと納得した。

もう一つ、この魚は骨の一部を乾燥品にする。これを「明骨」というが、頭の骨を「竜骨」、背骨を「明骨」と呼んで区別するそうだ。骨とはいっても軟骨で、白くはなく、透きとおっている。やはり戻して煮ることが多く、味は魚肚に似ているけれども、歯ごたえがもっとブキブキしている。魚肚や魚唇と較べて珍しい食材だが、曲阜の孔府宴ではよく用いられる。わたしは「鶏汁魚骨」「黄燜魚骨」という料理を食べたことがある。

袁枚の『随園食単』に「鱘魚」という項目があり、そこにチョウザメの骨を使う調理法が出ているから、引用してみよう。

尹文端公はその家の鱘鰉の調理は最も佳《よ》いと自慢していられたが、しかしあまり煮過ぎて、いささか重濁《おもくる》しい嫌いがあった。ただ蘇州の唐氏で喫《た》べた鰉魚片の妙め煮は甚だ佳かった。その法は片《つくりみ》に切って油鍋で炮《や》き、酒・醤油を加えて煮え立たすこと三十遍、水をさしてまた煮え立たす。鍋をおろして調味料を加え、さらに瓜薑《しようが》と葱《ねぎ》の白根をたっぷり用いる。

また一法は魚を水煮して、十たび沸《ふ》かせ、大骨を去って肉を小さく方塊《しかく》に切り、軟骨を取って小さく方塊に切り、鶏汁の沫《あわ》を去り、それでまず軟骨を煮て八分どおり熟《に》えさせ、酒と醤油をさし、また魚肉を入れて煮て二分どおり爛《ただ》れさせ、鍋をおろして葱・山椒・韮《にら》を加え、さらに生姜《しようが》の汁を大杯に一ぱい入れる。

（青木正児訳七五―六頁）

明骨は乾燥品だから、時間をかけて戻さないと柔らかくならない。右の文中（後半）に出て来るチョウザメは、水煮してから身を切り分けるところをみると、生の魚ではないようだが、骨を戻していないから、まったくカラカラではない半乾燥品かと思われる。

ここに出て来る尹文端公は袁枚に目をかけた満州人の政治家である。東北地方を故郷《ふるさと》とする満州族にとって、チョウザメは特別な懐郷の食材であり、わが家の煮物の味といった思い入れがあったのだろう。だから、尹文端公は「自慢していられた」のだ。

清代にチョウザメが特別な意味を持つ佳饌《かせん》だったことは、当時の諸々の文献から察せられる。

たとえば、『紅楼夢』には海産物があまり出て来ないけれども、チョウザメは登場する。第五十三回、賈《か》一族の住む寧国邸・栄国邸の二つのお屋敷は、年越しの準備に追われている。そこへ、荘園の管理者である烏《う》進孝《しんこう》が寧国邸に年末の貢ぎ物を持って来る。その目録に次のようにある——

大鹿三十匹。獐子《のろ》五十匹。麅子《ほうし》五十匹。暹羅《シャム》豚二十匹。まるゆで羊二十匹。竜豚二十匹。自家塩漬け豚二十匹。野羊二十匹。青羊《くろ》二匹。自家まるゆで羊二十匹。自家乾《ほ》し羊二十匹。鱘鰉魚《ちょうざめ》二匹。各種雑魚《ざこ》二百斤。活《い》き鶏・家鴨《あひる》・鵝鳥《がちょう》、各二百羽。乾し鶏・家鴨・鵞鳥、各二百羽。雉《きじ》・兎、各二百つがい。熊掌《ゆうしょう》二十つがい。鹿筋二十斤。海参《いりこ》五十斤。鹿の舌五十枚。牛の舌五十枚。乾し蟶《まてがい》二十斤。榛《はしばみ》・松・桃・杏《あんず》の実、各二袋。大対蝦《いせえび》五十つがい。乾し蝦二百斤。(以下略)

(伊藤漱平訳一八七頁)

御覧の通り、ここには鹿、獐子《のろ》、麅子《ほうし》、海参、熊掌など満州族が好んで食べた高級食材が並んでいるが、チョウザメはその中で独り魚類を代表しているのだ。

『紅楼夢』の作者曹雪芹の祖父・曹寅は若い頃侍衛官となって康熙帝に従い、東方を巡視して、烏喇江《うらつこう》に滞在した。その時「満江紅」という詞《し》(『楝亭集』中の「楝亭詞鈔別集」所収)を書いているが、そこに「蕨粉溢、鰉糟滴」の句がある。「鰉糟」とあるから、チョウザメの糟漬けを食べたのだ。

乾隆帝の元年、宮廷は鰣魚の貢を免じたが、チョウザメの貢は免じなかった。鰣魚というのは南方の揚子江などに産する魚で、明代以来、はなはだ珍重され、この魚をはるばる北京へ献上させる習慣があった。

乾隆帝は鰣魚などべつに食べなくても良いと思ったのだろう。しかし、チョウザメはそうではなかった。ここにも満州族のこの魚への愛着が感じられる。

*

宮廷にチョウザメを献上したのは吉林省や黒竜江省である。

黒竜江には大型のダウリアチョウザメ（カルーガ）がいる。この魚は大きくなると重さ一千キロに達するという。『中国名食集萃』によると、この地方に住む少数民族・赫哲《ホーチオ》族の漁民がとった五百キロのものは、体長四・七五メートル。人がその背に跨《またが》ると、足が地面にようやく着くくらいだったという。

漁民は一種のはえなわ漁に似た方法で、この魚をつかまえる。箸ほどの太さの鉄筋でつくった鉤に浮きをつけて、鉤が水面近くに垂れ下がるようにする。この鉤を長い縄に均等の間隔をおいて、何百も連ねて江《え》に仕掛け、遡上して来る魚を引っかけるのだ。しかし、岸に引き揚げるのが大変で、時には機械が必要だという。人力のみで引き揚げた昔は、何日もかかったらしい。

この漁について、幸田露伴はいう。

> つまり川の中を大索で横ぎり、その大索から丈夫な縄のついた「まぐろ鉤」より大きな鉤が繁く並列して逆立つてゐるやうにするのである。かういふ大索を三条も張渡して置く。魚は江を溯れば、どうしても何の鉤かに觸れる。鉤が觸れてさゝる。身は引留められる。怒つてはたき立てる。又他の鉤がさゝる。いよ〳〵狂つていよ〳〵暴れると、いよ〳〵他の鉤がさゝる。遂に動くこともかな

はなくなつて、流石な偉魚も獲られるといふのである。（「鰉」四四三―四頁）

北海道にいたことのある幸田露伴は北方のことに明るかったが、赫哲族（露伴はヘッチ族と表記している）についても一家言あったらしい。この民族にはイマカンと呼ばれる口承叙事詩が伝わっているが、その一つの「木竹林伝説」に言及している。

露伴によれば「木竹林はヘッチ族の一大英雄で、半神半人、武勇猛烈なもの」であり、その伝説は二十九章に及ぶという。

詩の中で木竹林は薩満《シャーマン》と悪戦し、ついに松花江の水の中で殺すが、その間に家から遠く流れ下ってしまった。これでは一日二日で帰れないと思っていたら、二丈もある巨大な鰉魚がそこに来合わせたので、そいつの背に騎《の》って、松花江を遡《さかのぼ》る。

上流で彼が馬飲兄弟七人と争う一段がある。馬飲の弟は江に三本の鉄索を張っておく。魚は第一第二の鉄索は突き破るが、第三の鉄索がその尾に刺さって、逃げられなくなる。木竹林は魚の背から馬飲たちのいる船中に跳り上がって、戦う――

こんな風に物語の筋を記した後、露伴は随筆「鰉」を次のように結んでいる。

背上に英雄を騎せて松花江の波を破つて溯り、第一第二の大鐵索大鐵鉤をもののかずともせず撞斷するといふ、そんな偉大な鰉魚を釣りとして釣つて見たい人は無いか。ハヽヽ。（四四五頁）

＊

これほどの大魚が一匹とれれば、さぞや食いでがあるにちがいなく、中国料理の技術を以て各部位を調理すれば、さまざまな味覚が生み出せるはずである。事実、チョウザメづくしの宴会「鰉魚宴」というものを考えた人がいて、『北方飲食掌故』に献立が載っている。

その内訳は次の通り。

六道涼菜

「北国山珍鰉魚」「冰城水晶嫩魚」「脆皮松仁金条」

「人参茄汁」「清拌蔬菜魚絲」「宮廷鶉蛋鱘籽」

八道大菜

「酒鍋黄芪全魚」「翡翠魚翅鴛鴦」

「玉球金果同錘」「冰日銀耳鰉腹」

「極楽素齋冬菇」「扒鰉唇鹿筋鮑」

「酒酔金猴鰉魚」「雪衣豆沙香蕉」

細点四種。

地方名酒二種。

料理名を見ただけでは細かいことはわからないが、涼菜の「宮廷鶉蛋鱘籽」は鶉《うずら》の卵とキャビアである。大菜の「酒鍋黄芪全魚」は全魚とあるから、小ぶりなチョウザメを一匹鍋で煮るのだろう。黄芪は漢方薬の黄耆《おうぎ》である。「翡翠魚翅鴛鴦」はチョウザメのヒレだろう。「氷日銀耳鰉腹」は腹部の料理だ。「扒鰉唇鹿筋鮑」は例の魚唇と鹿のアキレス腱と鮑を煮た贅沢なもの。「酒酔金猴鰉魚」の「金猴」は猴頭（ヤマブシタケ）を使うのかもしれないが、チョウザメの方はどの部位かわからない。あるいは頭ではないかと思う。というのも、この魚の体の中でもっとも美味とされ、珍重されるのは、頭の部分の軟骨、いわゆる鼻だからである。

清代の北京には「鱘鰉魚、頭骨美、勝燕窩（チョウザメは頭骨が美《うま》い。燕の窩《す》にも勝る）」という言葉があったという。

露伴はいう――

支那人は其頭骨の軟かいところを鰉魚脳と稱して喜んで食ふが、一體魚類の頭部軟骨は營養價の甚だ高いもので、特に此魚の如き優種のもののは尊ぶべきであるから、流石に食饌の事では世界に於て勝れてゐる支那人の賢明さが思はれる。

（前掲書四三六頁）

わたしは二十世紀の末にこの「鰉魚脳」を食べたことがある。

瀋陽の「御膳酒楼」で「満漢全席部分精選宴」を開いた時、宴会の手配をしてくれた友人の劉強氏は、一月前から中国に帰って黒竜江省へ赴き、ダウリアチョウザメを仕入れてくれた。

この時は二日間にわたる宴会で、一日目の昼と晩、二日目の晩餐と都合三回の食事をした。その最後の晩餐にチョウザメ料理が出て来たのだが、その時、劉さんは得意げに両手を広げて、言った。

「この魚は長い、長い魚で、六百キロあったんです」

わたしたちはその言葉をにわかに信じられなかった。そんな大魚が河にいるのだろうか？　白髪三千丈の類ではないかしら？　いや、きっと、劉氏は六百斤のつもりで言ったにちがいない。中国の一斤は五百グラムだから、六百斤は三百キログラムだ、等々と言い合った。

今にして思えば、六百キロという数字もあり得ぬことではなく、六百斤ならなおさらである。

わたしたちが食べたチョウザメ料理は三品で、魚肚を使った「桃花龍魚髄」、腹部を使った「龍錘鳳巻」、そして「酒燜神通」という鼻面の煮込みだった。

この煮込みは仲々壮観で、大皿いっぱいに魚の鼻が鎮座ましましているのだ。二十人の会食者が取り分けても、一人分がたっぷりあったのだから、どれくらい雄大な鼻だったかわかろう。

見た目は迫力があるが、味つけは淡白な塩味で、トロッとしていて、ちょっと鮭の氷頭《ひず》に似ていた。だから、今でも氷頭なますを肴に一杯やると、あの時のことを思い出す。

北大路魯山人

趣味の茶漬け

塩昆布《しおこぶ》の茶漬け

私の語るのは、ことわるまでもなく趣味の茶漬けで、安物の実用茶漬けではない。そのつもりで考えていただきたい。

とは申しても、もともと昆布のことであるから、さして高価なものではない。ところで塩昆布だが、そこいらに売っているものでは、まず駄目だ。所詮《しょせん》、昆布がよくて、これを煮る醤油がよくなくては駄目なので、この点、売りものの仕入れ品などは適当でない。

この昆布は京都の松島屋、東京ならば築地《つきじ》魚河岸《うおがし》の特産店、日本橋室町《にほんばしむろまち》の山城屋とかが取り扱っているものだ。つまり、だし昆布の上等でなくては駄目なのである。京都には、こういう店はいくらもある。

醤油はヤマサくらいでよいだろう。また、塩味の好きな人は醤油に塩を加えるのもよかろう。塩を加えた昆布の佃煮は、塩でじゃきじゃきする。それまで煮つめるのが美味しい煮方である。しかし、直火ではなく、湯煎《ゆせん》で煮つめるのである。一段と美味く煮るのには、醤油一升を使うとしたら、その中に酒を三合ほど入れるがいい。酒のおかげで美味い塩昆布になる。煮た塩昆布をそのまま茶漬けにするのも、もとより異存はないが、山椒の好きな人は、山椒の実の若くやわらかい時に、昆布といっしょに煮るといい。あるいは唐辛子などを入れるのもいい。または関西ものの「ちりめんじゃこ」をいっしょに煮るのもいい。雑魚という原料の相違によって、東京のは例え昆布がよくても問題にならない。雑魚と昆布と煮たものは、さかなの味と植物の味の関係でなかなか美味い。ただし、この場合の雑魚は小さなのを選ぶべきである。要するに、前述のどれでもいいが、例のごとく飯の上にのせて、煎茶のよいのをかけて茶漬けとする。

茶漬けは、なにもかもが口に不味い時、例えば盛夏のように食の進まぬ時、もっとも適当な美食として働く。塩昆布などで茶漬けをやる時は、沢庵《たくあん》漬けなど、むしろない方がいい。

鮪の茶漬け

たい茶漬けは世間に流布され、その看板をかけている料理屋さえ出来てきた。関西ではもちろんのこと、東京でも近来よく見かけるようになった。また、家庭にも侵入して、実際に試みられるようにさえなっている。それなのに、たいより簡単で、美味いまぐろの茶漬けが用いられていないのは、ふしぎな気がする。

たいは関西がよく、まぐろは東京がいい。

その意味からいっても、東京は、たい茶漬けよりまぐろの茶漬けを用いてしかるべきであろう。

東京に、もし京阪《けいはん》のような食道楽《くいどうらく》が発達していたら、おそらく、今日までまぐろの茶漬けを見逃してはいなかったであろう。そういう私も、まぐろの茶漬けは京都で覚えたもので、東京人から教わったものではなかった。今後の東京人は、たい茶漬けなんて関西の模倣をやらないで、堂々と江戸前のまぐろをもって、たい茶漬けに対すべきである。東京には関西のような、美味なたいがないから、なおさらである。

茶漬けの御飯

御飯の炊き方がやわらかく、ベタベタするようなのは一番いけない。すしの飯の程度がいい。炊きたての御飯ではいけない。生暖かにさめた程度がいい。茶漬けにもよりけりだが、魚の茶漬けには冷飯《ひやめし》は絶対にいけない。

お茶の出し方

かける茶は番茶では美味くない。煎茶にかぎる。煎茶の香味と苦味とが入用《いりよう》である。少し濃い目の茶をかけると、調和がとれる。茶が薄くては不味い。だから、粉茶《こな》の上等がいいというわけになる。

粉茶のだし方は人も知るように、粉茶専用の小さなざるがある。これはすし屋で使っているものである。それで、すし屋の用いるように、大目ざるに一杯程度入れて水をさす。なぜなら、粉茶は茶の残りを集めたいわば茶のくずであるから、埃《ほこり》などがまじっていよう。これを洗滌《せんじょう》する意味で、ざるの中に入れた茶に水をさすと、乳白色に水がよごれてこぼれてくる。これを捨て、ざるの中の粉茶に熱湯を注ぐ。

この場合、熱湯を少しずつ注げば、茶は濃くなり、ざあっと一気にお湯を注げば、茶は薄くなる。熱湯の注ぎ方によって、濃淡自在にお茶は加減できる。

お茶漬けには、熱湯を少しずつ注いだ濃い目のものを用いるのがよい。しかし、抹茶や煎茶にしても、最上のものを用いることが秘訣《ひけつ》だ。茶が悪いと、茶漬けの中に、なにが入っていようが駄目である。

要するに、茶がよくなければ茶漬けの意義がない。

茶漬けのまぐろ

さて、茶漬けに用いるまぐろだが、しびまぐろがいい。

しびまぐろは、ふつうすし屋で使っているまぐろのことである。まぐろのトロといって、白っぽい、脂っ濃いところをよろこぶ。脂っ濃いところは、男の四十歳以前の好みである。四十歳以後になると、だんだん脂っ濃いものから嗜好が遠ざかる。

茶漬けに用いるまぐろの材料も、トロ、中トロ、赤身、好みによって選択すればいいわけである。脂の少ない赤身は赤身で美味いし、脂の多いところはまたトロで美味い。まぐろの質さえ吟味すれば、各人の好みに任せて、材料をととのえるべきである。

しびまぐろのほかに、かじきまぐろだとか、きはだまぐろとかがある。これらを茶漬けに用いても、決して悪いものではない。しかし、きはだとか、かじきは脂肪が少ないから、脂っ濃いものを好む人たちには、ちょっと軽い感じである。老人向き、女人向きなどには、かえってこの方が適していよう。それも実験して、各自の嗜好に任せればよいと思う。

お茶漬けの作り方

茶碗に飯を盛る時、腹の空き加減にもよろうが、ぜいたくものは飯を少なく盛ることである。飯を多く盛ると、茶がたくさん入らぬ。労働者の食べる茶漬けは、飯がたくさんで茶の少ないのが美味い。だから、大き目の茶碗がよい。ぜいたく者の茶漬けは、飯が少なくて茶が多いほうが美味い。飯の多い方の茶漬けは番茶がいいが、飯の少ない方の茶漬けには煎茶を可とする。

飯は茶碗に半分目、もしくはそれ以下に盛って、まぐろの刺身三切れを一枚ずつ平たく並べて載せる。それに醬油を適当にかけて加減する。大根おろしをひとつまみ、まぐろのわきに添えればなおよい。

並べたまぐろの上に、徐々にかたすみから熱湯を、粉《こな》茶のざるを通して注ぐ。まぐろの上の方から平均してまんべんなくかけていくと、まぐろの上皮がいくらか白んでくる。そうして、御飯が透明な煎茶におおいかぶさり、上のまぐろが、茶に浸る程度に茶を注ぐ。

次に、まぐろを箸で静かに御飯の中に押し込むようにすると、裏の方のまだ赤い色をしたところまでが白くなってくる。透明な茶は乳白色になり、醬油もまじって茶碗の中にこもってくる。

まぐろを半熟以上に熱しては、美味は失われてしまう。

もっと味を濃くしたい人は、ここで茶碗の蓋をして、しばらく静かに放置し、中に充分に味がこもるのを待って、濃淡好みの茶漬けとした上で、口に搔《か》き込む段取りとなるのである。

どちらかといえば、蓋《ふた》をしない茶漬けの方が香気も高く、熱く、まぐろも熱し過ぎないので、美味しいのであるが、蓋をする方は、飯がほとびていけない。その上、まぐろが熱し過ぎるというのは野暮である。まぐろの生《なま》っ気《け》を好まない人は余儀ないことであるが、前者のやり方の茶漬けに越したことはない。

この茶漬けは、ほかになにひとつ惣菜を用いる必要がなく、最後にひと切れの香《こう》のものを添えて、ぜいたくな味を満足させれば足りる。

まぐろ茶漬けのわさびは、お茶を注ぐ前に飯茶碗の中に入れては、辛さが消えてしまう。お茶を注いでおいて、最後に入れてまぜて食べる方が、わさびの効きめがある。

鱧・穴子・鰻の茶漬け

鱧

茶漬けの中でも、もっとも美味いもののひとつに、はもの茶漬けがある。これは刺身でやるたい茶漬けと拮抗《きっこう》する美味さだ。洋食の流行する以前の京、大阪の子どもに、「どんなご馳走が好きか」とたずねると、「たい」と「はも」と、必ず答えたものだ。それほど、たいとはもは京阪《けいはん》における代表的な美食だった。

はものいいのは、三州から瀬戸内海にかけて獲れる。従って、今も京阪地方の名物のようになっている。はもは煮ても焼いても蒲鉾《かまぼこ》に摺《す》り潰しても、間違いのないよいさかなである。とりわけ、焼いて食うのが一番美味い。焼きたてならばそれに越したことはないが、焼き冷ましのものは、改めて遠火で焙《あぶ》って食べるがよい。要するに、焼いたはもを熱飯《あつめし》の上に載せ、箸で圧《お》し潰すようにして、飯になじませる。そして、適宜に醤油をかけ、玉露か煎茶を充分にかけ、ちょっと蓋《ふた》をする。こうして、一分間ばかり蒸らし、箸で肉をくずしつつ食べるのである。

はもは小味《こあじ》ないい脂肪があるために、味が濃くなく、舌ざわりがすこぶるいい。しかも、やり方が簡単だから、関西人でこの茶漬けを試みない者はなかろう。しかし、東京で試みようとすると、ちょっと容易ではない。なぜなら、今、東京にあるはもは、多く関西から運ばれるので、そうたくさんはない。従来の東京料理には、これを用いることがなかったために、魚屋の手にすら入らないことになっている。東京で、はもを求めようとするには、関西風の一流料理屋によって求めるよりほか仕方があるまい。

それにしても、東京に来ているはもは、関西で食うように美味いわけにはいかぬ。また、東京近海で獲れるはもは、肉がベタベタして論にならぬ。そこで、代用品というのも当たらないかも知れないが、あなごとか、うなぎとかが同じ用に役立つ。

穴子

あなごもいろいろ種類があって、羽田、大森に産する本場ものでなくては美味くない。これも茶漬にするには、その焼き方を関西風にならうがいい。東京のうなぎのたれのように甘いたれではくどくて駄目だ。京阪《けいはん》でうなぎに使うような醤油に付けて焼くのがいい。それを茶漬けにするには、細かくざくざくに切り、適宜に熱飯《あつめし》の上に載せ、例のように醤油をかけて茶をかける。

これも、ややはもに似た風味があって美味い。しかし、はもと違って、あなごでもうなぎでも少々臭みがあるから、すりしょうが、または粉山椒《こなざんしょう》を、茶をかける前に、箸の先にちょっと付けるくらい入れた方がいい。

あなごの美味いのは、堺《さかい》近海が有名だ。東京のはいいといっても、関西ものに較《くら》べて調子が違う。焼くには堺近海のがよく、煮るとか、てんぷらとかには東京のがいい。

鰻

次はうなぎだが、この場合のうなぎは宵越《よいご》し、例えば翌日に残ったものの、焼き冷ましを利用していい。この時は、醤油を付けて一ぺん火に焙《あぶ》る必要がある。本来は江戸前風に蒸しにかけないで、関西風に直《じか》に焼くがいい。醤油のたれを甘くしないで、直焼きにしたものの方が茶漬けには適する。

直焼きのうなぎは、もとより、肉や皮が多少はかたいけれど、茶漬けの時はあつい茶をかけて、しばし、蓋《ふた》をするために直焼きであっても、すぐ皮がほとびて、結構やわらかくなる。

うなぎもクセの激しいものだから、茶漬けに用いるようなのは、よほど材料を選択しないと美味くない。第一、養殖うなぎはなんとしてもいけない。これはクセの有無にかかわらず、やわらかいだけが特徴で、決して美味いものではない。かといって、天然のうなぎが必ずしもいいとはいえない。これはうなぎの項で述べた通りである。

要するに、はも、あなご、うなぎの茶漬けを美味く食べようというようなことは、もとよりぜいたくな欲望であり、これを賞味する味覚の働きもデリケートなものであるから、これを志すほどの者は、材料のよしあしを充分注意してかからなくてはならぬ。

なお、はも、あなごの材料選択の際、馬鹿に大きいのは買わないように注意することである。焼き上がりの幅が、せいぜい一寸から一寸五分以下のものにかぎる。

大きいのはなんに用いても、大味で駄目なものだ。うなぎの大串《おおぐし》はまだしも、あなごの大串に至っては、絶対におもしろくない。

車蝦《くるまえび》の茶漬け

えびのぜいたくな茶漬けを紹介しよう。これまた、その材料の吟味いかんによる。これから述べようとするのは、東京の一流てんぷら屋の自慢するまきと称する車えびの一尾七、八匁《もんめ》までの小形のもので、江戸前の生きているのにかぎる。横浜本牧《ほんもく》あたりで獲れたまきえびを、生醤油に酒を三割ばかり割った汁で、弱火にかけ、二時間ほど焦げのつかないように煮つめる。

こんなえびは誰の目にも無論見事だし、一尾ずつで上等のてんぷら種になる材料だから、よほど経験のある食通でなければ、やってのける度胸は出まい。これをいきなり佃煮風にするのは、もったいない気がして、ちょいとやりきれないが、それをやりおおせるなら、その代わり無類のお茶漬けの菜《さい》ができるわけだ。つまり、本場の車えびを醤油と酒で煮た佃煮である。

例のように熱飯《あつめし》の上に載せる。茶碗が小さければ半分に切ってもいい。それに充分な熱さの茶を徐々にえびの上からかける。すると、醤油は溶けてえびは白くなる。やがて、だしが溶けて、茶碗の中の茶は、よきスープとなって、この上なく美味いものとなる。

季節はいつでもよいが、夏など口の不味い時に、これを饗応《きょうおう》すれば、たいていの口の奢《おご》った人でも文句はいわないだろう。

えびは京阪《けいはん》が悪くて、東京の大森、横浜の本牧《ほんもく》、東神奈川辺《あたり》で獲れる本場と称するものがいい。こういうものを賞味するようにならなければ、食通とはいえまい。

この食通も、てんぷらなら二十や三十はわけなくペロリと平らげるが、茶漬けという名がつくと妙におじけだす。

京都のごりの茶漬け

京都のごりは加茂《かも》川に多くいたが、今はよほど上流にさかのぼらないといないようである。桂《かつら》川では今でもたくさん獲れる。ごりは浅瀬の美しい、水の流れる河原に棲息する身長一寸ばかりの小ざかなである。

ごりといっても分らない人は、はぜのような形のさかなと思えばいい。腹に鰭《ひれ》でできたような吸盤《きゅうばん》がついていて、早瀬《はやせ》に流されぬよう河底の石に吸いついている。

ごりには大小さまざまの種類があるが、ここに登場するごりは小さなごりで、一寸以上に大きくならぬようである。それが証拠に、小さなくせに卵を持っている。身は短小なれど非常に美味いさかなである。

京都の川肴《かわざかな》料理では、赤だし（味噌汁）椀に、七尾入れることを通例としている。こんな小さなものを七尾入れて、立派な京名物が出来るのだから、その美味さが想像できるだろう。従って値段も高い。たくさん獲れないからである。とても、佃煮なんかにして食べるほど獲れないのだ。にもかかわらず、佃煮にして食べようというのであるから、ごり茶漬けは天下一品のぜいたくといわれるのである。

今では、生きたのが一升二千円見当もするだろう。これを佃煮にすると、かさが減るから、ぜいたくにおいて随一の佃煮である。

ごりの佃煮とは要するに、高いごりを生醤油で煮るのである。それを十尾ばかり熱飯の上に載せて、茶をかけて食べるのである。

昔からごりの茶漬けは有名なものだが、おそらく京都でも食べたことのある人は少ないであろう。京都以外の人では、名前も存在も知らぬ人が多いかも知れない。

食通間では、ごりの茶漬けを茶漬けの王者と称して珍重《ちんちょう》している。しかし、食べてみようと思えば、大してぜいたくなものではない。なぜなら、高いといったところで、一椀十尾ばかりですむことであるから、金にすればなんでもない。ただ五尾か七尾で、名物吸いものにしているのを目前に見ているので、思い切って佃煮にする勇気がしぶるだけのことである。もったいないが先に立って、やっぱり味噌汁にして、平凡に食べてしまうようになる。

このごりは、どこの川にでもいるようだが、京都のは小さくて、粒が揃っている。篤志《とくし》の方は、京都に行かれた節にでも、料理屋に命じて、醤油で煮つめさせ、一つ試みられてはいかが。これさえ食べれば、一躍茶漬けの天下取りになれるわけである。

ついでに茶漬けとは別な話であるが、京都には「鷺《さぎ》知らず」という美味い小ざかながある。

太田忠司

冬薔薇の館

1

堅牢《けんろう》そうな木製のドアは、しかし意外なくらい軽く、音もなく開いた。

勢い余って体をわずかにのめらせながら、鈴木《すずき》智子《ともこ》は店の中に入った。

金色に近い柔らかな明かりが室内を満たしている。智子は周囲を見回し、すぐにここが自分には似つかわしくない場所だと感じた。磨き上げられたカウンター、整然と並ぶスツール、棚に並んだ洋酒の瓶、ランプの光を受けて輝くグラス、そして、

「いらっしゃいませ」

寸分の隙もないほどきっちりとした服装のバーテンダー。

帰るべきだろうか、と智子は自問する。こんなところには今まで足を踏み入れたことがない。立っているだけで足が竦《すく》んでしまいそうだ。

「どうぞこちらへ」

バーテンダーが誘《いざな》った。

「はあ……」

智子はおずおずとカウンターに近付いた。せめて、もう少し見栄えのいい服を着てくるべきだった。五年近く着込んでいるセーターは毛玉こそ削ぎ取ってはいるが、その分ところどころ擦《す》り切れかけてい

る。スカートも後ろの布地が擦れて色が変わっていた。

バーテンダーがこちらを見ている。値踏みされているのかもしれない。そう思うだけで、顔から火が出そうだった。

「お約束の方ですね？」

バーテンダーが言った。

「え？」

「恵美酒《えびす》様にお会いになるためにいらっしゃったのではありませんか」

「え？　あ……あの、そうです、けど……」

「では、こちらです」

バーテンダーはカウンターを出て、智子を店の奥に案内した。

古めかしいドアがある。その向こうに別室があるようだ。

「お約束の方がお見えです」

バーテンダーがドアに向かって声をかけると、

――通してくれたまえ。

応じる声がした。低くて深みのある声だった。

ドアが開き、智子はおどおどしながら中に入った。思ったより広い部屋だった。壁には本棚が据えつけられていて、古そうな本が並べられている。どうやら外国の本らしい。テレビで観たアメリカの映画に、こんな書斎が出てきたことを思い出した。天井の高さまで作られた本棚に、ぎっしりと詰め込まれた本たち。映画の内容はすっかり忘れてしまったが、その印象は今でも覚えている。羨ましいと思ったのだ。自分もそんな本が豊富にある生活をしてみたかった。

若い頃は、これでも結構な読書家だった。小説や詩の本をいつも携《たずさ》えて、空いている時間があれば読んでいた。いつかは自分でも本を書いてみたいとも思っていた。

家の都合で大学進学を諦めた頃から、そんな夢も遠ざかっていった。就職先の課長から勧められた見合いで結婚した夫は本を読まないことを自慢にしているような人間で、妻が本を読むことも嫌っていた。だから智子は本を手に取らなくなった。ここ数年で開いた本といえば、料理の本か美容院で読む雑誌くらいのものだった。

しかしこの部屋の膨大《ぼうだい》な蔵書は、智子にかつての自分を思い出させた。そうだ、世の中には本というものがあったのだ。

「ようこそ、お出《いで》なされた」

不意の声に、智子は飛び上がりそうになった。本棚の前に置かれた革のソファに男性がひとり座っていることに、そのとき初めて気がついた。

「あ、あの、どうも、このたびは……」

何を言っていいのかわからず、智子は口籠《くちご》もりながら頭を下げた。そして、あらためてソファに座る人物を見た。

かなり貫禄《かんろく》のある人物だった。年齢はよくわからない。ずいぶんと老けているようにも見えるが、肌の艶はいいようだ。髪の毛は鳥の巣のようにもじゃもじゃと絡み合い、収拾がつかなくなっている。酒焼けしたように赤く大きな鼻の上に丸縁の眼鏡をのせ、鼻の下には変装道具のようなちょび髭がある。

「儂《わし》の顔に、何か付いとるかね？」

「え？　いえ……」

相手の顔をまじまじと見つめていたことに気づいて、智子はどぎまぎした。

「こちらにおかけなさい」

男に勧められ、おずおずと向かい側のソファに腰掛けた。

煙草らしきものが男の指の間に挟まっているのが見える。その先から立ち上る煙は、揺らめきながら空気に溶け込んでいた。部屋の中に漂っている匂いの元は、それなのだろう。夫がいつも吸っている煙草の匂いとは少し違うようだ。

男は煙草を口に銜《くわ》え、一口吸ってから言った。

「あんたが鈴木智子さんかね？」

「……はい」

「ここに来た目的は？」

「え？」

「どうしてここに来たのかと訊いておるのだよ」

「それは……その……お話を――」

「そのとおり」

男は智子の言葉を断ち切るように言った。

「話だ。それもとっておきの奇談だ。儂はそれを求めておる。この世のものとも思えない、血も凍るような恐ろしい話。世の常識を引っくり返してしまうような、信じられないほど滑稽《こっけい》な話。一度聞いたら二度と忘れられんような、突飛《とっぴ》な話。あんたは、そういう話を知っておるのだな？」

「……ええ……あ、その、そんなに不思議な話かどうかは……」

「なんだ、その程度の話なのか」

男はあからさまに失望したような顔付きになった。

「おい、どういうことだ？　奇談を楽しみにしておったのに、ただの世間話に付き合わせる気か。きちんと審査してくれなければ困るぞ」

男の言葉は、智子に向けられたものではなかった。

「審査はしましたよ」

その声に聞き覚えがあった。新聞に載っていた【求む奇談】という広告を眼にして記載されていた番号に電話したとき、応対に出た相手の声だった。

「だからここまでお越し願ったのです」

酒の瓶やグラスを載せたワゴンを押しながらやってきたのは、若い男だった。

いや、本当に男かどうかわからない。声も姿形もどこか中性的なのだ。ショートボブの髪を鮮やかすぎるほどの赤銅色《カッパー》に染めている。唇にはローズピンクの紅を差し、耳朶《じだ》にはアクアマリンのような色のピアスが光っていた。

「おまえの眼鏡には適ったということだな、氷坂《ひさか》」

男は疑わしそうな表情で言った。

「しかしおまえの審査を通った連中の話で、これはと膝を打つような奇談に出会ったことがないぞ」

「私はただ、可能性があるかどうかという水準で審査しているだけです。本物かどうかは、この場で判断します」

「まるでおまえが審査員のようだな」

男は面白くなさそうに鼻を鳴らした。

「鈴木さん、とりあえず話を……ああ、その前に自己紹介を忘れておったな。儂は、こういう者だ」

男は上着の内ポケットから名刺を取り出し、智子の前に差し出した。

【奇談蒐集家　恵美酒　一】

表にはこれだけしか記されていない。裏返すと「Hajime Ebisu」とある。これが名前の読み方なのだろう。

名刺から顔を上げると、恵美酒は氷坂からグラスを受け取っていた。

「あんたも飲むかね？　スプリングバンクの三十五年ものだ。これなら女性にも飲みやすかろう」

「あ、いえ、お酒は飲めないものですから……」

智子が断ると、恵美酒はあからさまにつまらなそうな顔になり、

「酒が飲めんとは、人生の楽しみを半分捨てたようなものだな。このような美酒を口にできんとは」

口許にグラスを持っていき、琥珀《こはく》色の液体を喉に流し込む。とたんに恵美酒の相好が崩れた。

「いや、甘露甘露。本当にあんた、飲まんのかね？」

「はい、すみません」

智子は頭を下げた。就職していた頃、会社の宴会で上司に酒を勧められ、そのたびにぺこぺこと頭を下げて辞退していたことを思い出す。アルコール類は本当に駄目なのだ。粕漬けを食べただけで顔が赤

くなってしまう。しかし酒飲みというのはなぜかアルコールに弱い人間がいるということが理解できないようで、しかも勧めた酒を断られると自分のプライドを傷つけられたと感じてしまうようだった。そのときの気まずい雰囲気を思い出して、居たたまれない気持ちに苛まれる。やはり、こんなところに来るべきではなかった。

そのとき、智子の前にグラスが置かれた。薄い金色の液体に氷が浮かべられている。

「ジンジャーエールです。アルコールは入っていませんよ」

耳許で言った。

「あ……ありがとうございます」

自分の頬が熱くなるのを感じた。最初に電話をかけたとき、募集広告にあった「自分が体験した不可思議な出来事を話してくれた方に高額報酬進呈」の「高額」とは具体的にいくらなのかと、図々《ずうずう》しくも尋ねたことを思い出してしまったのだ。夫の収入でなんとか家計を遣り繰りしているものの、小学四年生の息子の進学のことを考えると少しでも蓄えをしておきたい。やはりパートに出て働くべきだろうかと考えていた矢先に出会った広告だった。

うろたえながら智子はグラスに口をつけた。自家製のものなのか、市販されているものよりジンジャーの香りと辛味が強い。それが彼女の強張《こわば》った神経を解きほぐしてくれた。

「さあ、話してくれんか」

グラスの酒を一気に呷《あお》ってから、恵美酒が言った。

「あ、はい」

智子はグラスを置き、居住まいを正した。

「ずいぶん昔の話になってしまいますが、いいでしょうか。わたしが高校生だった頃のことですけど」

「かまわんよ。それがあんた自身が本当に体験した奇談であるならばな」

恵美酒は煙草を銜えたままで言った。

「能書きはいい。さあ、話してくれ」

「……はい」

智子はジンジャーエールで唇を湿らし、話しはじめた。

2

わたしの故郷は小さな地方都市です。一応県庁所在地にはなっていますけど、これといって産業もなく、取り立てて自慢にできるようなものもありません。そんな町にわたしは高校を卒業するまでいました。

わたし自身もその町と同様、これといって特技もなく自慢できるものもない、目立たない人間でした。それは今でもそうなんですけど……。

高校も普通科で、特に得意な科目もなく、仲良しの友達も憧れる異性もいなくて、その日その日を暮らしていました。こうして自分は何の取り柄もないまま社会に出て、縁があったら誰かと結婚して、ごく普通の家庭を持つことになるんだろうな、なんてぼんやりと考えていました。今になって考えると、その予想は当たっていましたけど。

ただ、高校二年の冬、あの数日間のことだけは、思い返してみても本当にあったことなのか、本当に自分の身に起きたことなのか、わからなくなってしまいます。でもあの日、わたしはたしかにあの薔薇《ばら》園におりました。そして、あの薫りに身を浸したのです。

きっかけは、ちょっとした気まぐれでした。

いつも通学に使っているバスでの帰り、不意に途中で降りてみたくなったのです。どうしそんな気持ちになったのか、今ではもう思い出せません。たぶん、家に帰るのが少し厭《いや》になっていたのだと思います。

S――というバス停で降りたのは初めてのことでした。周囲はどことって特徴のなさそうな住宅街です。

二月の初め、まだまだ寒い日でした。歩道の北側には前の週に降った雪が融け残っていました。わたしはマフラーで顎《あご》のあたりまで覆い、歩き出しました。

あまり歩かないうちに、ここに来たことを後悔しはじめていました。本当に何の変哲もない町だったんです。似たような形の古びた家が並んでいるだけ。変わったお店もなく、眼につくような公園もありません。バスを降りたときの少しだけうきうきとした気分は、すぐに寒さにかじかんでしまいました。

戻ろうと思って踵《きびす》を返しました。でも気の向くままに歩いてきたせいで、やってきた道がわからなくなってしまいました。わたしはまた、闇雲に歩くことになりました。生憎《あいにく》と人の姿はなく、バス停までの道を訊くこともできませんでした。

自分の短慮を恨みながら四つ角を曲がったときです。それまでの単調な町並みが一瞬で変わってしまいました。

そこに見えたのは、黒い鉄でできた槍の列でした。尖った矢尻を天に向け、整然と並んでいます。その壮観さにわたしは息を呑みました。それが鉄柵であることはすぐにわかったのですけど、最初の鮮烈な印象はなかなか消えませんでした。

最初は公園なのかと思いました。でも鉄柵に沿って歩いてみると、柵の向こうにあるのが家であることがわかりました。家、といってもまわりにある建売住宅とは比較にならない大きなものでしたけど。きれいに手入れされた前庭を持つその建物は、くすんだ白壁に茶褐色の屋根、ドアや窓枠は深緑色、ヨーロッパのどこかに建っていそうな、厳《いか》めしい雰囲気の洋館でした。

わたしはその館をずっと見つめていました。思い出したのです。子供の頃、あんな館に住んでみたいと思っていたことを。絵本で見た大きなお屋敷に憧れていたことを。

鉄柵沿いに歩きながら、わたしはその館から眼を離せなくなっていました。角を曲がり、館の正面に立ったとき、そこにはやはり鉄で作られた門がありました。蔦《つた》の絡まる飾り格子に、薄絹を着た女たちが舞い踊っている姿がレリーフされていたと思います。門の向こうにはきれいに刈り込まれた高い木が並んでいました。門扉の表札には「東寺」と彫られた青銅の表札が掛かっていました。

わたしはその門をそっと押してみました。当たり前のことですけど、門は開きませんでした。

「……やっぱり無理よね」

そう呟いたとき、

「中に入りたいのですか」

不意に声がしました。わたしはびっくりして後退りました。

「逃げなくてもいいですよ」

刈り込まれた木の陰から、男のひとが姿を見せました。背の高い、ほっそりとしたひとでした。仕立ての良さそうな灰色のスーツを着ていました。革靴はぴかぴかに光っていて、ネクタイは臙脂《えんじ》色。今でもその姿をありありと思い浮かべることができます。目鼻立ちの整った、まるで西洋人みたいな顔のひとでした。

「このあたりにお住まいの方ですか」

男のひとが問いかけてきました。わたしは黙って首を振るのが精一杯でした。

錠の外れる音がして門が開きました。

「いらっしゃい。案内してあげましょう」

わたしは迷いました。本当に入っていいのかどうか。なんだかその中は、わたしが踏み入ってはいけない場所のような気がしたのです。

迷っている私の前に、一輪の花が差し出されました。薔薇の花でした。淡いピンクの花びらが瑞々しい、とてもいい香りのする薔薇でした。

「屋敷の庭に咲いている薔薇です」

「こんなに寒い時期に……薔薇が？」

わたしが驚くと、

「手入れ次第で冬にも咲かせることができるのですよ。冬薔薇《ふゆそうび》というやつです。ちょうど今、その薔薇の手入れをしているところでした」

「あなたが、薔薇の手入れを？」

「薔薇は私の心です。手入れは怠りません」

そう言うと男のひとは微笑みながら、わたしに薔薇を手渡しました。

「見せてあげますよ、私の心を」

誘われるまま、わたしは門の中に足を踏み入れました。

刈り込まれた木立の向こうに、あの館がありました。近くで見ると、その大きさがよくわかりました。まるでお城のようだと思いました。

男のひとは館を回り込んで、反対側にわたしを連れていきました。中に入れてもらえるかもと思っていたわたしは、少しだけがっかりしました。でも館の裏側を見て、そんな気持ちは一気に吹き飛んでしまいました。

そこは、館の前側と同じくらいの広さの庭でした。その裏庭一面に薔薇の花が咲き競っていたのです。赤い薔薇、白い薔薇、黄色い薔薇、わたしが手渡されたピンクの薔薇もあります。どれも今が盛りと咲いていました。

「さあ」

男のひとがわたしに腕を差し出しました。少し恥ずかしかったけど、雰囲気に後押しされました。わたしは学校鞄をその場に置くと、彼の腕に自分の腕を絡ませました。

薔薇の間を歩きながら、男のひとが名前を教えてくれました。エルモサ、サフラノ、ブルー・バユー……他にもいっぱいありましたけど、覚えきれませんでした。でもどの薔薇にも美しい名前が付けられているのだと、そのとき初めて知りました。

冬の冷たい空気の中で、薔薇も凛とした美しさを競っていました。その香りはこの季節にこそ似合っているような気がしました。そして隣にいる男のひとも。

わたしはいつしか薔薇ではなく、彼の横顔を見ていました。女性のように白く艶やかな肌、形のいい鼻、澄んだ瞳……この薔薇園や館に相応《ふさわ》しいひとだと思いました。

彼はわたしを連れて薔薇園の中を何度も何度も往復しました。ファッションショーのようだと思いました。だったら自分も、もっといい服を着ていたかった。彼に似つかわしい服を着て、一緒に歩きたかった。

彼は時折、館のほうに眼をやりました。窺うような眼付きでした。

わたしは問いかけてみました。

「あの……ヒガシデラ、さん？」

「誰かいるんですか」

「いいえ、誰もいませんよ」

彼は微笑んで、わたしの腕を軽く叩きました。

「それより、どうして私をヒガシデラと？」

「あ、ごめんなさい。表札を見て……」

「そうですか。ではあらためて自己紹介します。私が東寺《とうじ》光清《みつきよ》です」

私は顔が真っ赤になりました。苗字を読み間違えていたなんて。

「気にしないで。私も間違えたことがありますから。それで、あなたのお名前は？」

「雛倉《ひなくら》智子、です」

私は答えました。言い忘れましたけど、結婚前の姓が雛倉なのです。

「雛倉……良い名前ですね」

光清さんが褒めてくれました。それから私たちはまた何度も庭を往復しました。彼はまた薔薇の名前を教えてくれました。エルモサ、サフラノ、ブルー・バユー……。空気は冷たくて足はかじかみそうでしたけど、彼と一緒に歩いているだけで楽しくて、夢のようで、ずっとそうしていたいと思いました。

気がつくと陽がずいぶんと傾いていました。さすがにそろそろ帰らなければと思いました。

わたしがそう言うと、光清さんは残念そうな顔をして、

「このまま一緒にいるわけにはいかないのですか」

と言いました。

「とんでもない」

わたしは思わず言ってしまいました。そしてすぐに、

「厭なわけではないんです。ただ、家に帰らないと親が心配するので……」

と言い訳しました。

「しかたがないですね。ではまた来てくれませんか。あなたともっと庭を歩きたいのです」

「いいんですか」

「もちろん、薔薇たちもあなたを待っていますから」

そのとき風にそよいだ薔薇の花が一斉に揺れました。花に心が宿っているような気がして、怖いような、わくわくするような、不思議な気持ちになりました。

「ひとつだけ、約束してください」

光清さんが言いました。

「この屋敷と、この薔薇園のこと、そして私のことは、誰にも言わないでください」

どうして秘密にしなければならないのかわかりません。でもそのときは、そうすることが正しいよう

な気がしました。ここは秘密の場所なのです。そしてこの館も、光清さんも、わたしだけの秘密にしておきたいと思ったのです。

「はい、わかりました」

わたしは約束すると、後ろ髪を引かれるような思いで薔薇園を後にしました。光清さんは薔薇の中に佇《たたず》んだまま、わたしを見送ってくれました。

館を回り込み、門の近くまできたときです。木の枝を大きな鋏《はさみ》で切っているひとに出会いました。灰色の作業服の上に紺色のジャンパーを着て、汚れた軍手を手に嵌《は》めていました。そのひとはわたしに気づいていないかのように、熱心に枝を剪定《せんてい》していました。

その脇を通りすぎようとしたとき、

「あんた、このあたりの人間じゃないな」

突然の呼びかけに振り向くと、そのひとがわたしを見つめていました。冬だというのにずいぶんと日焼けしたような浅黒い顔をしていました。頬骨が瘤《こぶ》のように飛び出ていました。短く刈った髪と無精髭には白いものが混じっていました。そして眼が……とても怖い眼付きをしていたのです。まるでわたしの体の中の中まで見透かそうとしているような、そんな眼付きでした。わたしは逃げ出したくなりましたけど、動けませんでした。

「その制服、A高のものだな？　学生か」

「あの……はい……」

「どうして屋敷に入ってきた？」

「それは……その、光清さんに……」

「光清？　ふん……」

そのひとの顔に、あからさまな嘲《あざけ》りの笑みが浮かびました。わたしは少し腹立たしく思いました。どうして使用人が主人のことを呼び捨てにして、しかも嗤《わら》っているのだろうと。でも、何も言い返せませんでした。

「親はいるのか」

訊かれたことの意味が、よくわかりませんでした。

「親はいるのか。父親は？　母親は？」

もう一度訊かれました。

「父親は……いません」

「死んだのか。別れたのか」

「死にました。三年前」

どうしてこんなことを訊くのだろう。どうしてこんな質問に答えているのだろう。訝しく思いながら、でもわたしは真面目に答えていました。たぶん、そのひとの横柄な物言いに怯《おび》えてしまって、質問を撥ね除けることも無視して出ていくこともできなくなっていたのだと思います。

「兄弟は？」

「いません」

「おふくろさんと、ふたり暮らしか」

「はい」

「おふくろさんのことは、好きか」

「…………」

「嫌いなんだな」

「そんなこと……」

「じゃあ、なぜ答えない？　道草してこんなところまで来たのは、家に戻っておふくろさんと顔を合わせるのが厭だからだろう？」

わたしは答えられませんでした。違う、とは言えなかったからです。

そのひとは、頬を歪めて笑いました。厭な笑い顔でした。

「ここは好きか。この屋敷に住んでみたいか」

「……え？」

「おふくろさんを捨てて、この屋敷で暮らす気はあるかと訊いてるんだ。もしその気があるなら」

そのひとは裏庭のほうに顎をしゃくりました。

「光清様にそう言えばいい。ここで暮らしたいと言えばいい」

「そんな……そんなに簡単に――」

「自分の運命を決めるなんて、簡単なことだ。光清様も、自分で自分の運命を決めたんだ」

「光清さんが……」

「また、くるといい。光清様も歓迎してくださるだろう。そして」

そのひとは、嘲笑するように言いました。

「自分の運命を、決めるといい」

館を出てからも、あのひとの言葉と光清さんの姿が頭から離れませんでした。

家に戻ると、母親が遅くなったことを詰《なじ》りました。どこに行っていたのかと問い詰めてきました。でもわたしは、何も答えませんでした。あの無精髭のひとが見抜いたとおり、その頃のわたしは母親との仲が悪くなっていました。理由は、いろいろです。正直その頃はずっと、家を出て母親から離れたいとそればかり思っていました。

――このまま一緒にいるわけにはいかないのですか。

――ここで暮らしたいと言えばいい。

母親の叱る言葉を聞き流しながら、わたしの頭の中は光清さんのことばかりになっていました。

その翌日の学校帰りにも、わたしは館に行きました。

光清さんは微笑みながらわたしを招き入れてくれました。ふたりで一緒に薔薇園を歩きました。その次の日も、その次の日も。

五回目に館を訪れたとき、光清さんは初めてわたしを館の中に入れてくれました。とても素敵なところでした。博物館のように広くて、絵や彫刻が飾られている部屋がいくつもありました。想像していたとおり、本で読んだ西洋のお城のようでした。

部屋のひとつに入ったとき、わたしは一瞬息が止まりそうになりました。きれいなドレスを着た女のひとが立っていたからです。でもそれは、見間違いでした。ドレスを身に纏《まと》っているのは人間ではなく首のないトルソーだったのです。

「この服は、あなたのために用意しました」

光清さんが言いました。

「さあ、着てみせてください」

「わたしが、ですか……」

驚いているわたしに、

「着替えたら、出てきてください」

そう言うと、光清さんはわたしをおいて部屋を出ていってしまいました。

わたしは茫然としたままドレスを見つめました。生地は淡いピンク、光清さんがわたしに手渡してくれた薔薇と同じ色でした。胸元も袖も裾も優雅なラインのドレープで飾られていて、まるでシンデレラがパーティで着ていたようなドレスでした。

わたしは困ってしまいました。こんなドレス、今までに着たことがなかったからです。でもせっかく用意してくれたのだから、とか、光清さんを失望させたくないし、とか、自分の中であれこれと言い訳をしてから、ドレスに着替えました。本当はそういう服装をしてみたかったのです。

驚いたことに、ドレスのサイズはわたしにぴったりでした。一緒に置いてあったピンクの靴も、わたしの足にしっくりと馴染みました。

ドレスに着替えて部屋を出ると、光清さんはエントランスで待っていてくれました。

「素敵だ」

そう言って微笑んでくれました。

わたしたちは薔薇園に出ました。光清さんはわたしの手を取り、薔薇の中を歩きながら薔薇の名前を教えてくれました。エルモサ、サフラノ、ブルー・バユー……ごめんなさい、覚えている名前がこれだけなのです。

わたしは幸せでした。薄地のドレスで寒い中を歩きつづけて体はすっかり冷えきってしまいましたけど、それでも幸せでした。このままずっと、そうしていたいと思いました。

気がつくと、作業服を着て無精髭を生やしたあの男が、わたしたちを見ていました。なんだか、とてもうっとりとしているような眼付きで、わたしと光清さんを見ていたのです。

それに気づいた瞬間、わたしは何とも言えない嫌悪感を覚えました。わたしは光清さんの腕にしがみつきました。

「どうしました？」

「あのひとが……ずっとわたしたちを見てるんです」

「知っていますよ。気にしなくていいです。あの男は、見ていることしかできないのですから」

そう言うと、光清さんは男に蔑《さげす》むような視線を向けました。男はその視線を受けて、こそこそと姿を消しました。

「あなたと、ずっと一緒にいたい」

不意に、光清さんは言いました。

「ここで、暮らしてくれませんか。薔薇たちも、あなたを求めています」

「薔薇が……」

わたしは男のことを忘れ、咲き誇る薔薇の花を見渡しました。ここで光清さんと薔薇に囲まれながら暮らす。そんな夢のような話が本当になるのだろうか。もしもそうなら……。

わたしは頷きました。光清さんはとても喜んでくれました。

「では早速あなたの部屋を用意しましょう。今夜から暮らせるようにします」

「いえ、その、それはちょっと……」

さすがにわたしは躊躇《ためら》いました。

「やっぱり一度、家に帰らないと」

「帰ってどうするのです？　お母さんにこの屋敷で暮らすと言うつもりですか。それは約束に反しますよ」

「違います。そんなことは言いません。ただ、わたしも準備をしたいし……すぐ、戻ってきますから」

「本当ですね？」

「はい」

わたしは館に戻って着替えると、門を出ようとしました。しかし門には鍵が掛かっていて開きませんでした。

「どうして……？」

光清さんを呼ぼうとしました。そのとき、あの男が姿を現したのです。

「鍵は開けてやる」

男は言いました。

「そのかわり、必ず戻ってくるんだ。いつ、戻れる？」

「……用意をしたら、すぐに」

「今日のうちだな。約束したぞ」

男は門を開けてくれました。

わたしは急いで家に戻りました。いつもより早めに帰りましたが、そろそろ母親が仕事から戻ってくる時刻でした。母親と顔を合わせる前に荷物をまとめて家を出たいと思いました。

身の回りのものをバッグに詰め込んでいたときです。電話が鳴りました。放っておきたかったのですけど、電話はしつこく鳴りつづけました。しかたなく受話器を取りました。でも相手の話を聞いて、血の気が失せました。

電話してきたのは警察でした。母親が帰宅の途中、車に轢《ひ》かれて病院に担《かつ》ぎ込まれたということでした。

電話の後、自分が何をしていたのかはっきりとは覚えていません。気がつくと母親が入院した病院にいて、緊急処置室に入れられた母親を待っていました。三時間後に担当の医師が説明してくれました。手足や肋骨《ろっこつ》に計七ヶ所の骨折、肝臓の損傷、頭を打っているせいで、いまだに意識が回復していないとのことでした。

そのままわたしは病院で夜を明かしました。母親が意識を回復して一般病棟に移されたのは、翌日の午後でした。でもまだ予断を許さない状態が続きました。わたしは病院から離れられませんでした。わたしの代わりに母親に付き添う人間がいなかったからです。

結局、病院には四日間いました。五日目の午後になってやっと家に戻り、途中で放り出していたバッグを眼にしたとき、わたしは取り返しのつかないことをしてしまったことに気づきました。でも、すぐに館に行くことはできませんでした。

母親の容体が安定して退院も間近になったある日——事故から半月が経っていました——わたしは意を決して館に向かいました。

館は同じように、そこにありました。少し暖かくなってきていて、門の外から見える前庭にも、緑が色づいているようでした。

「何をしにきた」

木の陰から現れたのは、作業着の男でした。

「今更、何をしにきた？」

「あの、わたし……光清さんに」

「もう遅い。あんたは約束を破った。もう遅い」

「お願いです。光清さんに会わせてください」

「会ってどうする？」

「……一言、謝りたくて。わたし、本当はここにくるつもりだったんです。でも――」

「言い訳は要らん。どうしても会いたいというなら」

男のひとは門の鍵を開けてくれました。

「ついてこい」

連れていかれたのは、あの薔薇園でした。わたしが歩いたときと同じように、薔薇は咲きつづけていました。

その中を、光清さんが歩いていました。

声をかけたかった。でも、できませんでした。光清さんの傍《かたわ》らには、知らない女のひとがいたのです。とてもきれいなひとでした。長い髪が背中まであって、眼がぱっちりとしていて肌が白くて……そしてドレスを着ていました。わたしが着せられたのと同じような、淡いピンクのドレスです。

ふたりは寄り添って歩いていました。とても幸せそうでした。

「あんたは、機会を逃したんだ」

作業着の男のひとは無精髭を撫でながら言いました。

「あそこにいるのは、あんただったかもしれん。だが、あんたは来なかった」

「あの……あのひとは?」

「代わりになれる者は、いくらでもいる。この館で暮らしたいという者は、いくらでも見つかるんだ。見ろ、あの姿。薔薇も人間も、気が遠くなるほど美しい。そうは思わんか」

男のひとは、陶然《とうぜん》とした口調で言いました。そのとおりでした。光清さんと女のひとと薔薇の花は、絵のように美しかった。

「いずれ、すべてはひとつになる」

男のひとは泣き出しそうな声で言いました。

「ふたりとも、薔薇の下僕《げぼく》だ。薔薇に傅《かしず》き、薔薇に身を投げ出し、自らも薔薇となる」

「薔薇と……」

「あんたは、薔薇となる機会を逃したんだ。もう遅い」

わたしは返す言葉もなく、その場を立ち去りました。

あのひとの言うとおりでした。わたしは、唯一の機会を逃してしまったのです。

3

「幸か不幸か、看病をしている間に母親との仲は修復していきました。母親は半年ほどで退院しましたが、右足に事故の後遺症が残ってしまいました。わたしは大学進学を諦め、高校を出るとすぐに勤めに出ました。二十四で結婚し、子供もひとりできました。今ではごく普通の、どこにでもいる主婦です。でも、もしもあのとき母親が事故に遭わず、わたしが約束どおりに館に行っていたら。光清さんと一緒に暮らしていたら、今頃はどうなっていただろうかと想像することがあります。きっと、今とは全然違った人生になっていただろうな、と……」

智子は言葉を切り、恵美酒を見た。

「それで、終わりかね？」

何杯目かのスコッチを嘗《な》めながら、恵美酒が訊いてきた。

「え？　あ、はい、そうですけど……」

「なんてことだ」

恵美酒はうんざりといった顔で首を振った。

「こんなもの、奇談でも何でもない。ただの恋物語ではないか」

「でも……」

智子は反論しようとした。自分の人生にとって、これ以上不可思議な話はないのだ。明確に人生を分けたあの数日のことほど奇妙な話は。

「ご母堂の看病を終えて館に行ってみたら、そこには館の影も形もなかったとか、そういう話なら満足しないでもない。近所の誰もそのあたりに館などなかったと証言したとか、な。そういう話ではないのかね？」

「いいえ……あの館は、今でもあの町にあると思いますけど……」

「行ったのか」

「五年前に。わたしの結婚後、独り暮らしをしていた母が死んで、葬式をするために戻ったときです。葬儀を終えて納骨も済ませ、家に帰る前に、ふと思いついて行ってみました。館は前より古びていましたけど、あの頃のままそこにありました」

「なんだ、つまらん。で、光清とかいう男もおったのか。歳を取って腹の出っ張った中年になっておったんだろうな」

恵美酒は渋面《じゅうめん》のままグラスの酒を飲み干す。

「……いいえ、あのひとは、光清さんはいませんでした」

智子は言った。

「いたのは、全然別のひとでした」

「館を売って主《あるじ》が変わったのか」

「そうではないと思います。表札は『東寺』のままでしたから。あの作業着に無精髭の使用人もいましたし。でも館の主だけが……別のひとでした」

「それはどういうことだ？」

恵美酒の眉が上がる。

「館の隣に立っていた家が取り壊されて、裏庭の薔薇園が外からも見えるようになっていたんです。わたし、そこから庭を見てみました。あの頃と同じように、真冬でも薔薇が咲いていました。その薔薇の中を、一組の男女が歩いていました。あのときと同じ古風な服を着て、腕を組んで歩いていました。どちらもとてもきれいなひとでした。でも、光清さんではありませんでした。一緒に歩いている女性も、あのとき見た女のひとではありませんでした。どちらもまだ若く、とても幸せそうでした」

「もしかして光清という男の子供ではないのか」

「いいえ、ふたりとも二十歳過ぎに見えました。あの後で光清さんに子供ができたとしても、せいぜい十二歳にしかなりません」

「ふむ……それは面白い」

恵美酒の口許が緩んだ。

「もしかしたら、光清という男は人間ではなかったのかもしれんな」

「人間ではなかったって……では……」

「幽霊だ。館に取り憑いた霊なのだよ」

「そんな……あのひとが幽霊だなんて」

「日本の幽霊と違って西洋のものは足もあるし触ることもできるそうだからな。西洋館にはそういう幽霊がいてもおかしくあるまい。しかも一体だけではないようだ。五年前にあんたが見たというのも、同じく幽霊だろうて。なあ氷坂、そう思わんか」

恵美酒が空のグラスを振り回した。

智子は膝ががくがくと震えるような感覚に囚われた。

「光清さんが、幽霊……」

と、それまでずっと部屋の隅に控えていた氷坂がボトルを持ってやってきた。恵美酒のグラスにスコッチを注ぎ、おもむろに言った。

「マスターの意見には、賛成しかねますね」

あっさりとした口調だった。恵美酒は不機嫌そうに唇を歪める。

「なぜだ？　理由を言ってみろ。根拠はあるのか」

「根拠なんて必要ありません。マスターが彼らのことを幽霊だと断定する根拠こそ怪しいのですから。どこにそんな証拠があるというんです？」

「だが館の主が変わっていないはずなのに全然別人になっているというのは、おかしな話だろうが」

「たしかにね」

氷坂は恵美酒の言葉を一度肯定してから、

「でもそれは、勘違いしているんですよ」

「勘違い？　どういうことだ？」

恵美酒の問いに答えるかわりに、氷坂は智子に訊いた。

「五年前に館に行ったときも、無精髭の男を見たんですね？　本当に同じ人物でしたか」

「はい、間違いありません」

「何をしていました？」

「あのときと同じように……薔薇園の男女を見ていました」

「なるほど、やはりね」

氷坂は頷く。

「どういうことだ？　はっきり言わんか」

恵美酒が苛立たしげに尋ねると、

「わかりませんか。主が変わらないまま、使用人が変わっただけのことなんですよ」

「使用人？　しかしそいつは今でも館におったと——」

「ずっといるのは館の主。変わったのは使用人。何度言ったらわかるんです？」

氷坂は哀れむような口調で言った。

「まさか……」

呟いたのは、智子だった。

「まさか、あの男が館の主？」

「そう、そしてあなたが会った『光清』は、彼に雇われた人間です」

「そんな……」

「あなたは、あの屋敷を訪れた一番最初の日、そのことに気づくこともできたんですよ」

「どういう、ことでしょう？」

「光清はあなたに薔薇の手入れをしていたと言った。だが薔薇の手入れをするというのに、仕立ての良さそうなスーツとかぴかぴかの革靴とかネクタイとか、そんな格好をしているわけがない。大嘘です」

「あ……」

言われてみると、そうかもしれない、と智子は思った。

「それに、あなたが『ひがしでら』と苗字を読み間違えたとき、光清は『私も間違えたことがありますから』と言っている。これも彼が東寺ではないことの傍証《ぼうしょう》となるでしょう」

「しかし光清という男は館の主のように振る舞っていたのだろう？　なぜ本物の主はやめさせなかった？」

「それが主の指示だからですよ。館の主であるかのように振る舞えとね」

「なぜそんなことをさせた？」

「薔薇の手入れをしていたのは主自身でした。彼は薔薇園や館に相応しい、見栄えのする人間を必要としたんでしょう。点景としてね」

「添え物ということか」

「そうです。あなたも、その添え物に選ばれたんですよ」

氷坂に言われ、智子はなぜか背筋に震えを感じた。

「わたしが……でもわたしなんて、あの館に相応しいような人間では……」

「あなたの自己評価はどうであれ、館の主はあなたに合格点を与えたんです。だから何日も通わせ、あなたにぴったりのドレスまで用意した。それだけじゃない。あなたの家族構成を聞き出し、あなたが消えてもそれほど問題にならないということも確認している」

「しかしなあ氷坂」

恵美酒は納得できないといった顔付きで、

「館の添え物をしてもらうためなら、事情を話して雇えばいいではないか。別に失踪させなくてもいいだろうが」

「そう、ただ雇うだけならね」

氷坂は口許だけで笑みを作った。そして智子に言った。

「お母さんが事故に遭ったという報せを受けた後、あなたは何がなんだかわからなくなって、結果的に光清との約束を破ってしまった。そう言いましたね？」

「……ええ」

「でもそれは、嘘でしょう？　あなたの頭から、光清と館のことが完全に消えてしまったとは思えない」

「それは……」

「別に答えなくてもいいですよ。あなたは光清とお母さんを天秤《てんびん》にかけた。そしてお母さんを取った。そういうことですから」

「でも……そのせいでわたしは、つまらない、退屈な人生を……」

智子は拳を握りしめた。そうだ、母親が運び込まれた病院に向かっている最中も、病院のベンチで座っているときも、病室に移された母親を看病している間も、ずっと光清のことは忘れられなかった。今ならまだ間に合うだろうか。今でも館の門は開くだろうか。そう思いつづけていたのだ。

しかし、どうしても母親を放っておくことができなかった。あんなに諍《いさか》いの絶えなかった母親なのに。

結局、館に向かったのは半月後だった。やはり館は自分に門を開いてはくれなかった。そして手に入れたのは、平凡で優しいが抑圧的な夫に、算数と理科がまるで駄目な息子、そして二十年のローンが残る小さな建売住宅だった。もしもあのとき、母親を捨てて館に向かっていたら……。

「あのとき、館に行っていたら、あなたには別の人生が待っていた。それは夢のような人生だったでしょうよ」

氷坂が言った。

「無精髭の男、館の本当の主が言ったこと――ふたりとも、薔薇の下僕だ。薔薇に傅き、薔薇に身を投げ出し、自らも薔薇となる――この言葉の意味が、わかりますか」

「……いいえ」

「ただ館に住んできれいな服を着て薔薇園を歩き回る姿を見せるだけなら、何も失踪させなくてもいい。しかし彼には、そうしてもらわなければならない理由があった。あなたがあの館に住んでいることを秘密にしたかったのです。いずれ、薔薇に身を投げ出してもらうためにね」

氷坂は言った。その瞳に冷ややかな光が宿った。智子は水を浴びせられたように震えた。

「そういうことなのか」

恵美酒が納得したように頷く。

「それ、どういうことなんですか」

問いかけながらも、智子はすでに理解していた。氷坂が何を言いたいのか、自分にどんなことが起きようとしていたのか。

「真冬に薔薇を咲かせるために、館の主はずいぶん苦労していたのだと思いますよ。特に肥料については」

氷坂は言った。

ああ、と智子は思った。やはり、そうなのか。

「じゃあ、光清さんは……」

「今もあの館にいるかもしれません。薔薇園の、薔薇の根の下に」

智子の前に、新しいジンジャーエールのグラスが置かれた。

「どちらの人生が、よかったと思います？」

三島由紀夫

栄養料理「ハウレンサウ」

よく小学校などで、

「あの子、イヤな子だよ。すぐ先生にいいつけるんだから」

などと一人がいうと、忽《たちま》ち噂が伝播して、「あの子」はクラスじゅうから爪はじきにされる。

こういうのは原始的な集団ほど甚だしいので、村八分なんていうのは、東京のまんなかでは行われない。しかし実際のところ、小さな集団の中では村八分はいつもあって、丸ノ内の近代的なオフィスの内部にだって、一寸《ちよつと》した悪い噂から生じた村八分の雛型《ひながた》は、いくらも見られる。

この間ある週刊誌の編集長と話していて、スキャンダルというやつは、どのくらい迄《まで》、宣伝に役立ち、どのくらいの度を過ぎると、本人にとって致命的になるか、という問題をいろいろ考えた。長嶋選手の女の問題などは、明らかに前者に止《とど》まり、衆樹《もろき》選手の悪評判は、悲しいかな後者に接近している、というのが編集長の意見だったが、これも編集長の主観的意見にすぎず、そこのところの境界は、時と場合によって、又当人の人柄によってまちまちであって、結局はっきりした客観的な目安はつかないという。それはそうであろう。誰だって、ここまでのスキャンダルなら安心という目安がつけば、よほどバカでない限り、そこまでやって、そしてそこで止《や》めるに決っている。

さてスキャンダルの本質は、社会的人気者や、社会で紳士淑女とみとめられていた人が、思いがけなく露出する馬脚にあるので、はじめから悪人ならスキャンダルにならない。前科七犯の強盗が、十人や二十人の女をだましたところで、スキャンダルとはいえない。ニュース・ヴァリューとスキャンダルとは同一ではないのである。

スキャンダルの特長は、その悪い噂一つのおかげで、当人の全部をひっくるめて悪者にしてしまうことである。スキャンダルは、「あいつはこういう欠点もあるが、こういう美点もある」という形では、決して伝播しない。「あいつは女たらしだ」「あいつは裏切者だ」——これで全部がおおわれてしまう。当人は否応なしに、「女たらし」や「裏切者」の権化になる。一度スキャンダルが伝播したが最後、世間では、「彼は女たらしではあるが、几帳面な性格で、友達からの借金は必ず期日に返済した」とか、「彼は裏切者だが、親孝行であった」とか、そういう折衷的な判断には、見向きもしなくなってしまうのである。

——さて、スキャンダルは、人間ばかりでなく、食品にも起る。かつての原子マグロ事件以来の、最大の食品スキャンダルが、このホウレンソウ事件であった。

さっき、村八分は原始的な集団のなかで甚だしいと言ったが、マス・コミというものが、近代的な大都会でも、十分、村八分を成立させるようになった。ホウレンソウはその哀れな犠牲者だったのである。

そしてホウレンソウは、スキャンダルのあらゆる条件をそなえていた。

第一に、ホウレンソウは、これまで社会に有益な役割をしていると考えられ、紳士的な野菜と見なされていた。彼ははじめからナラズ者や、殺人犯人だったのではなかった。はじめから青酸加里《カリ》だの、ネコイラズだったのではなくて、善良な食品だったのである。おまけに、彼には隠れた善行の噂があり、しかもその善行は誇張して伝えられていた。それがすなわち、有名なポパイの漫画である。

誰も彼も、ホウレンソウ氏を信用していた。ホウレンソウ氏は、わずかな費用で、冬のさなかにも家庭を気易く訪問し、みんなに愛されていた。その紳士が、実は、こっそりと、少量ずつの毒物を家庭へ運び入れていたというスキャンダルが出て、みんなはびっくりしたのである。

昨年十月末から十一月はじめにかけて、一流新聞が一面全部の大記事を出したのは読者もよくご記憶であろう。

「ホウレンソウで大騒ぎ。

喰べすぎると〝結石〟に。

有害なシュウ酸が含まれる」

そして鎌倉円覚寺の朝比奈宗源師はじめ、ホウレンソウの被害に逢った名流人士の経験がいろいろと掲載された。

それ以来、ホウレンソウ氏は、善人の仮面をかぶった陰険な悪人の代表にされてしまった。それまでは一把（四百グラム）平均十三、四円していたのが、このあとはガタガタと値を下げ、十一月十日前後には五円前後に暴落してしまった。

一方、新聞の片隅には、ホウレンソウ有害説をとなえた博士自身の、次のような淡々たる談話が出ていたが、誰も注意して読もうともしなかった。

「ほうれん草を毎日七百五十グラムもつづけて食べれば障害が出るだろうが、日本人の一日平均の野菜摂取量が二百グラムだから、実際上はまず考えられない数字だ。ほうれん草をたべて尿道結石ができたという人は老人で、しかもほうれん草をたべすぎた人だ」

というのである。

これなら何のことはない。これが科学的に妥当な意見なら、一般のわれわれは何ら特別にホウレンソウ氏を毛ぎらいする理由はないのである。

それにもかかわらず、世間では急にホウレンソウを喰べなくなった。それを私は、へんなこだわり方だと思うのである。なるほど結石が出来るのは不快にちがいないが、結石は死亡原因のランクに入っているような病気ではない。キャラメル自動販売機みたいに、上の穴からホウレン草を入れると、下の穴からコロリと結石がころがり出す、というようなものではない。もし病気や死の原因になることなら、われわれはもっといろいろ不養生を他にいっぱい重ねている。

現代文明を、もし後代の学者が研究したら、奇妙な発見をするだろうと思われる。現在、古代文明を研究すると、ある民族が門の戸口を左足から必ず入ったり、ある民族が肉を決して喰べなかったりしたのは、大てい宗教的理由からだった。古代民族は、不合理な宗教的タブーを一ぱい持っていて、それが、要するに、奇妙な風俗習慣を形づくっていた。われわれが、他の国の人たちとちがうように振舞うのには、いちいち大した根拠はないのだが、宗教や風習のちがいが、いつのまにかそういうものを根拠づけるのである。

日本で放射能雨の被害が喧伝されていたとき、銀座に出ていて、俄《にわ》か雨《あめ》でもあると、いい若い者が、あわてて頭に新聞やビニールふろしきをかぶって駈けた。

そのころニューヨークへ行った私は、雨が降っていても、平然と濡れて歩く人々におどろいた。ところがニューヨークでは、タバコが肺癌の原因になるという説が有力で、ふつうのタバコを吸っている人はほとんどなく、パーティーなどへ行くと、十人のうち八人までが、吸口のついた、ニコチン止めの、まるで味のないタバコを吸っていた。私にはあんな味なしタバコは我慢できないので、平気でラッキー・ストライクなんか吸っていると、みんなは私の勇気におどろいた。

こういうふうに、人間の恐怖心は、万遍なくすべてに及ぶわけには行かない。もしそうなったら、恐怖のあまり、みんな発狂してしまうだろう。だから、大しておそろしくない一つの恐怖に集中して、ほかの恐怖をみんな忘れてしまう傾きがある。

ホウレンソウを怖がっている人は、少くともその間だけ、原水爆の恐怖を忘れていられるのであろう。その点でホウレンソウは、やっぱり有益な食品というべきなのである。

清水義範

全国まずいものマップ

旅に出て、見知らぬ土地で、必要に迫られて食事をとる。そういう時、ゲッと叫んで吐き出しそうになるほどまずいものに遭遇したという体験が、誰にでも一度や二度はあるのではないだろうか。

そのように、旅先でめちゃくちゃまずいものに出会うというのが、旅の楽しみのひとつである。うまいものの間違いじゃないのか、という人は旅と、食べることの初心者である。うまいものなんぞ、旅に出なくたって、名の通った店でいくらでも食べられるではないか。近頃、平均的日本人は少しうまいものを食べすぎているくらいのものである。グルメだとか食通だとか称して、三度三度うまいものを食べなきゃ損だと考えるようなひどい人間まで出てきている。雑誌はあくことなくうまい店の紹介をし、みんな並んでその店で食べる。そういう時代だから子供までもが、やっぱり牛肉は和牛でなきゃ、なんてことを口走るのである。

つまらないことである。うまいものなんて、ごくたまに食べればよいのだ。それだからこそうまいのである。

旅の食事の楽しみは、断然、まずいものを食べることである。一口食べてほおがゆがみ、二口で涙が出てきて、三口で逃げ出したくなるような、そういうまずいものと思いがけず出会うことの豊かさを味わわなければならない。旅をしたからこそ、その味に出会えたのである。それがなければ、あーあ日本のどこかに、それほどまずいものがあるとは永久に知らないままだったのだ。

なぜ、この店はこんな味つけをするのだろう。

どうしてこの味で商売がやっていけるのだろう。

ひょっとして、この味がこの地方ではうまい味で、みんな大好きなのだろうか。ま、まさか。

そういう考えがわきおこり、文化と風土と地域性についての、深ーい理解が得られたりするのである。

もうわかってもらえたと思う。旅先でまずいものに出会うのはこの上ない楽しみなのだ。全国のまずいものを集めたこのマップで、大いに研究をしていただきたい。

言語道断の「海藻《かいそう》うどん」　千葉県・〝フラワー・ランド〟食堂

房総《ぼうそう》は花の里である。早春の時期にここを訪れると、一面の花畑に色とりどりの花を見ることができて、目と心をなごませてくれる。ストック、金魚草《きんぎょそう》、ポピー、菜の花、きんせんか。自然はかくも豊かに色づいて我々を楽しませてくれるのだ。

その花の旅を完成させるためには、どうあっても花の遊園地〝フラワー・ランド〟の食堂へ行ってみなければならない。そこであなたは、初めてギアナ高地を見た人間と同じような、世界にはこんなところまであるのか、という驚きを得るのである。

まだ早春のこととて少し肌寒い。その、セルフサービス式の食堂に入ってみると、メニューは四品目ぐらいしかないのだが、中に、「海藻うどん」というものと「海藻そば」というものがある。体をあたためてくれそうで、思わずほっと一息つく。カウンターの中で調理をしているのは五人くらいの、頭から手ぬぐいをかぶったおばさんで、近所の主婦のパートらしく見えるが、そういう人にもそばやうどんくらいは作れるであろう。

それに、海藻とのアレンジだというのが名案に思える。海岸に近いこのあたりなのだから、海藻を持ってくるというのは理にかなっているのだ。

そこで、「海藻うどん」を注文した。

製造時間六秒である。うどんの玉をふちの欠けたどんぶりに入れ、汁をかけて、海藻をほうりこむだけであった。うどん玉を長い手のついたざるに入れて湯の中であたためるというのは、なし。

さて、このうどんが、目が点になってしまうほどまずかった。我がうどん歴で、これほどのものに出会ったのはこの時が最初で最後だというくらいのものである。

まず、うどん。

これがうすら冷たい。箸で数本をつまんで持ちあげるということができない。全部がよじれてかたまって、マングローブの木の根かたのような錯綜《さくそう》する団子状態になっているのだ。麺にはコシがなく、細長いすいとんのやけにかたいのだと思えばよい。この麺はこねてのばして包丁で切って作ったのではなく、団子を押しつぶして小さな穴からひねり出して作ったのではないだろうかと思うような歯ざわりである。

しかし、麺はまだ大した問題ではない。とてつもないのは、そこにかかっている汁であった。

簡単に言えば、そのツユは、人類がようやく醤油というものを発明したが、まだ、ダシという概念は発見されていないという頃が仮にあるとして、その時代の産物のようであった。つまり劣悪な醤油を湯で薄めただけのようなものだった。醤油そのものがプーンとカビ臭いと思えばよい。それを、琵琶湖《びわ》の水をわかした湯で割った感じ。大なべにそういうツユがわいているのだが、誰かそのなべを、一度空にして底のほうをよく見てみなよ、と思ってしまう。きっと雑巾《ぞうきん》が二、三枚落ちてると思うよ。

そういう、柔道着を洗濯したんじゃないかという感じのツユが、そのうどんにはかかっていたのである。

まずいどころの騒ぎではない。

そして、海藻。これもものすごかった。一口も飲めなかった。

海藻と言っても正体はワカメである。いや、もとワカメであったものが、半分風化してヨードの塊となったゼリー状のもの、と言うのが正しかろう。緑色のクラゲの溺死体《できしたい》と考えれば近い。それが入っているせいでそのうどんがうまくなっているということは、まるでなかった。事態を収拾不能の状態に追いこんでいただけである。

これほどのものに出会えることは、かなりの旅をこなしていても、そうはないぞ、といううどんであった。いかがです。一度食べてみたいと思うでしょう。

なぜこういう味なのだときききたくなる「味噌ラーメン」

愛知県・半田《はんだ》市にあるモッコシビルの食堂

総合的に見て、愛知県は割合に食べ物のおいしいところである。関東より関西のほうが味の文化が深いというのは大むね異論のないところだと思うが、愛知県の、特に名古屋などは味については関西文化圏に入るようだ（例外はもちろんある。名古屋の雑煮の餅は関東風に四角である）。

どれが名物だ、これがうまいという特殊レベルの話ではなく、全体的にランクが高い。ぶらりと入ったレストランや食堂で、比較的まともなものが食べられるのが名古屋である（ただし地下街のヤング向けチェーン店などは東京ナイズされてきて、味が落ちてきた）。

ところが、何にでも盲点というものはあるものである。名古屋及びその近辺にも、苦手があったのだ。それは、ラーメンである。ラーメンに限って言えば、はっきりと名古屋より東京のほうが勝っている。さすが東京は、日本の三大ラーメン地帯のひとつであって、基本的底力があるのだ。

名古屋では、ラーメンはあまりうまくない。そしてそれも、無理はない話である。名古屋にはきしめんや、味噌煮込うどんや、志《し》の田《だ》うどんというような、麺の傑作が揃っているのだ。うどん屋でラーメンを注目するのは子供だけなのである。だから、ラーメンが独自に発達するということがなかったのだ。

ただし、名古屋には有名な、寿《す》がき屋のラーメンというものがあり、これだけはひとつ独自の地位を占めている。一風変った、愛好者も多いラーメンである。

だから、名古屋で寿がき屋のラーメンを食べてみる、というのはそれなりに意味のあることである。その店がないのに、麺からカツライス、天丼、鮨まで何でもあるような食堂で、ラーメンを注文するのは愚行である。

知多《ちた》半島半田市と言えば、日本中の人が使っているミツカン酢の会社があるところだが、その街のショッピング・ビルの食堂で私は味噌ラーメンを注文するという大失敗をしてしまった。札幌風の味噌ラーメンがやたら食べたかったのである。

出てきたものを見て、呆然としてしまった。

それは、赤味噌を使ったラーメンだったのである。

名古屋の赤味噌と、岡崎の八丁味噌《はっちょう》とは違うものだが、関東の人間は混同しているかもしれない。八丁味噌は、赤いと言うより黒っぽい色の味のいい味噌である。コシ餡《あん》風に、カスがない。赤味噌は、あれよりは素朴な、味噌汁用の赤土のような味噌である。

だから知らない人に想像してもらうためには、赤っぽい味噌汁の中にラーメンの麺がつかっている状態だと言えばいいだろう。味噌汁にラーメンひたして、焼豚とメンマとスイート・コーンをぶちまけたものである。

もともとラーメン文化のないところだから、ツユにトン骨のダシ味などなくて、まさしく、ナスかなんか入ってたらうまかろうという味噌汁味である。そこにあの黄色い麵。

これはあきれるほどまずい。心の中で札幌風を期待してしまっているから、なおさら食べられない。麵のあいまに、ヘドロのような味噌の豆カスがよどんでいて、ラーメン文化を冒瀆《ぼうとく》されたような気がする。

缶詰めから出してのせただけのスイート・コーンの甘さが、やめなさいってば、味噌汁とは合うわけないでしょうに、という感じ。

寿がき屋は別として、愛知県の大衆食堂でラーメンを食べるのはバカだったのである。それは承知した上で、でもあの味噌ラーメンは空前絶後のまずさであった。

悪夢に近い「旅館の夕食」　山形県・湯《ゆ》の滓《かす》温泉の轡《くつわ》旅館

一般に、旅館で食べる料理というのはあまりうまいものではない。とんでもない料金を取る有名割烹《かっぽう》旅館なら別だが、本来は宿泊施設であり、そこが食事も出す、というものである旅館で、そううまいものが食べられるはずがないのである。客が多くて、その何人もの客に一度に食べさせなければならないのだもの、料理が冷えているのは当然のことなのだ。

その土地の名産品がついていたら、上等だと思わなければならない。焼魚が岩魚《いわな》だったら、たとえそれが養殖物でも、すっかり冷えてかたくなっていても、幸運だと思うのが正しいのである。

山の中の温泉宿でも、やっぱり料理となればマグロの刺身を出す。やめろ、と言っても出すのである。旅館の食事とはそういうものなのだと承知した上で泊るのだから、少々のまずさでは誰も驚かないのだ。

しかし、山形県の、海が目の前に広がる温泉地の、轡旅館の夕食には私もど肝を抜かれた。思わず涙がにじみ出るくらいのまずさだったのである。

そもそも、海が目の前にある旅館である。部屋の窓から、波が白いしぶきを立てて岩にぶつかっているのが見えるし、遠くには烏賊《いか》釣り船さえ見えるのだ。ここでなら、山梨県の信玄のかくし湯の旅館よりは、ましな魚が食べられるだろうと思って当然ではないか。

ところが、ここが出したお造りは、なんと鯉《こい》の洗いだったのである。海辺にあって鯉である。どういう考えを持てばそういうことになるのか、普通の人間には想像もつかない。

その鯉が、やけに泥臭い。なんとなく神田川の下流地帯のような臭《にお》いである。その泥臭さを少しでも取ろうと思うから、洗いすぎてある。洗濯機で十五分ぐらいすすいだ感じで、身はほとんどクラゲ化している。当然のことながら、ゴムでできているのかと思うほどゴリゴリしている。つけて食べる酢味噌はいつ製造したものなのか、乾いてヒビが入っている。

問題はその鯉だけではないのである。ここがとてつもないのは、料理のすべてが、よく揃えた、見事だ、と言っちゃうくらいにまずいのである。

八寸《はっすん》にのっている五品目が、すべて変てこだ。ひとつは、消しゴムを醤油味でよーく煮て木工細工に使うトノコをまぶしたようなもの。隣はオキアミの煮たもの。その隣はタニシの甘露煮《かんろに》風。その横がうずらの卵を天然乾燥したようなもの。そして、春日井《かすがい》のグリーン豆二個。

先付《さきづけ》は、どじょうと菊の花をからめて希塩酸にひたしたようなもの。

酢の物はカマボコ。

揚げ物はエビと白身魚で、それだけきくと上等のようだが、コロモが油でべっとりとぬれ光っていて、しかもバカでかい。エビ天が女性用の扇子くらいあるのである。

椀《わん》の中には、白く濁った塩水。

そして、固形燃料であたためる鍋がついていて、この中身が強烈であった。輸入牛の脂身二切れと、白菜の根本《ねもと》のほうの九十八歳の爺さんのシミのようなのが点々とついたところどっさりと、はるさめと、椎茸《しいたけ》のいしづきの部分。それを五倍に薄めたヤクルトのようなスープでぐつぐつ煮るのである。私としては、その鍋はもっぱら手をかざして暖をとるためだけに使用した。

なお、この旅館のごはんは、一度あられ用に砕いた米を思い直してたいてみたような、べったりとしたものであり、つけ物は、市販のキューリキムチ二切れであった。

一度は行って体験してみたい宿と言うべきであろう。

疲れた胃にはむごい「鴨南蛮《かもなんばん》そば」　茨城県布袋《ほてい》駅近くの名前を知らない食堂

布袋の滝は、日本三大瀑布《ばくふ》のひとつに数えられる雄大な滝である。巨大な岩肌を白い布がすべり落ちるような美麗さは、見る人の心にしみこむばかりのものである。

その布袋の滝を見物して、土産物屋がすらりと並んでいるあたりを歩けば、どの店でも店先で炭をおこして鮎を焼いている。鮎焼定食を食べていけ、というデモンストレーションである。

しかし、私はその誘惑をふりきった。まだちょっと昼食時間には早いかな、という時刻だったのである。それに、そこを訪ねたのは三泊四日の旅の最終日で、少々疲れぎみであった。ありていに言えば、体も疲れていたが胃も疲れていたのだ。

そこで、もう少し空腹にするために、私は歩き始めた。景色を見ながら、のんびりと歩いてＪＲ水郡《すいぐん》線の布袋駅まで行くのだ。そこまでは一時間ぐらいの行程である。

さすがに駅まで来た頃には、おなかもすいてきた。坂道があったりして、かなり運動になったのである。旅の疲労がピークに達して、膝がガクガクするほどだった。

ところが、滝の近くにはあんなに何軒もの店があり、総計二百匹ぐらいの鮎が焼けていたのに、駅近くのほんのちょっぴりの集落には、鮎のあの字も見当らないのだ。そもそも食事をとれそうな店がほとんどない。

駅まで来てみたが、そこにも食堂はなく、もちろん駅弁も売っていない。私はもう一度道を逆にたどり始めた。

最悪の場合はここか、と目ぼしをつけておいた食堂に入る。その時が最悪の場合であることは明白だったのだ。

何のヘンテツもない、田舎の大衆食堂だった。先客がいて、話の内容から電気工事の人だとわかる。二人の先客は、刺身定食と、トンカツ定食を食べていた。一皿のおかずの量がやけに多い。ここはどうやらボリュームたっぷりが特徴の店らしい。

壁にはり出されたメニューを見る。胃の事情から、あまりしつこいものは食べられない。トンカツ定食は論外である。じゅうじゅう焼肉定食だって、名前を見ただけで胸焼けがしそうだ。

そういう時、私はよくそばを食べる。軽くおなかが満たされて、ボリュームがない。

その店にも、そばはあった。しかし私の求める、山菜そば、もしくは山かけそば、というメニューがない。

あるのは天ぷらそばと、肉そばと、カキフライそばと、鴨南蛮そばだけである。どうもこってりした感じのものばかりだ。困ったことである。

やむなく、鴨南蛮そばを注文した。鴨の肉自体は脂っこくてこってりしたものだが、そうたくさんその肉が入っていることは普通ない。長らくの間、そば屋の多くは、鴨南蛮と称して鶏肉の入ったそばを出していたぐらいのものだ。最近になって、鶏で鴨南蛮はどうも、羊頭《ようとう》をかかげて狗肉《くにく》を売るようなものではないかという声が出て、いくつかの店で正しく鴨を使うようになったのである。ということはつまり、鴨肉は鶏肉より高いのだ。そこでおのずと、肉はそんなに入っていない、ということが推察されるのである。

ちょっとなら、鴨も食べられるかもしれない。もし重すぎるなら、その肉は残したっていい。そうすれば、かけそばを食べるのとほぼ同様である。

そう考えて安心していた。それが大きな間違いだったのである。

太ったおばさんが一人で、ごそごそと私のそばを作って、やがて、さあどうだ、とばかりに完成品を出した。

見ただけでげんなりした。それはとてつもない鴨南蛮だったのである。

普通は、鴨南蛮も他のそばと同じツユを使っているんじゃないだろうか。要するに、かけそばに加える具として、鴨の肉の煮たものが添えられているはずだ。

ところがそこの鴨南蛮は、そばに、鴨の煮込み汁がかかっていた。大きなどんぶりから汁があふれそうなほどにである。

その汁が、脂でギトギトだった。窓からさしこむ光が反射して、七色に見える、つまり雨あがりのガソリン・スタンドの前のアスファルトの道のようだったのである。

鴨の肉が、思わず腹が立ってくるくらいにたくさん入っていた。ロースハムを厚さ七ミリに切ったもの三枚、というぐらいの量である。

そして、それより更に多くのタマネギがそこには入っていた。幅七ミリほどに切ったタマネギが、尻のところでくっついて櫛型《くし》になって、安食堂のカレーの具のようにぐったりと煮えている。肉とタマネギを、炒めてから煮たと見えた。

そういういかにもコテコテの煮汁が、たっぷりとそばにかけられていたのだ。おそるおそる汁をすってみて、あまりの甘さに小さくうめき声をもらしてしまう。

なんだこれは。

タマネギから甘味が出ているのだろうが、それだけでは説明がつかないぞ。醬油をひとたらし入れて、小さじ二杯の砂糖を入れているといった感じの味である。そして全体にトロリと濁っている。鴨から脂だけでなく、ゼラチン質までとけ出しているようなのだ。

そして、そば。

このそばだけが、コケの一念のようにそば粉百パーセントの超素朴素人うち風のそばなのだ。もちろん、ざらざらのぼそぼそである。そば粉の精が強くて、別の意味でボリューム感がある。

そばの太さが、持ち帰りすしチェーン店でくれる割り箸くらいある。おまけに長さのほうも、その割り箸くらいである。

それは、そばと呼ぶべきものではなかった。モンゴルかどこかの、現地の人がほら、日本のそばとよく似たものを食べているではありませんか的な、こってり汁かけふすまヌードル、のようなものであった。

残念ながらその時の私は、胃が弱っていたのでその鴨南蛮そばを、五分の一くらいしか食べられなかったのである。

あれだけまずいと、かえって貴重であるというのに惜しいことをした。
次に思いきって旅先でそばを食べるまでに二年かかった。

体がこばんでしまう「くみざらし汁」　美舞山県与渡新田《よわたりしんでん》地方の郷土料理

名物にうまいものなし、ということわざはあるが、郷土料理にロクなものなし、ということわざはない。ぜひ作ってほしいものである。

大体において、郷土料理というものはあまりうまいものではない。考えてみれば当然のことである。物資の流通もままならなかった時代に、その辺の土地でとれたものを材料に、ちょっくら派手に作ればお祭りの日のごちそうになるべ、というコンセプトで生み出されているのが郷土料理である。貧しい地方ならば、とにかく砂糖をたくさん入れればごちそうであったり、山の中ならば、干物を水でもどしてでも魚が入っていればごちそうだったりするのだ。そんなものが他の地方の人にとってうまいわけがない。

それに、もし万一、郷土料理がポピュラーな人気を得るほどにうまいものであった場合は、それは自然に全国に広まっていく。今、鮨をどこかの地方の郷土料理だと思っている人はそういないと思うが、もともと鮨は海岸地方の保存食として発生しているもので、ルーツをたどれば郷土料理である。でも、そこから発して全国区の食べ物になっているのだ。たとえばオムライスを、おらが地方の郷土料理だ、と言う人はいないであろう。あれはあまりの名作であるが故に、日本中の食堂にあるのだ。

つまり、今、郷土料理と言われているものは、全国には広まらずに、その地方だけにどうしてもとどまっているマイナー料理なのである。あんまりうまくないから広まらず、まあせいぜい、その土地へ来たんだから一度くらいは食べてみてもいいか、という地位に甘んじているのである。

そういうわけで、郷土料理にはロクなものがない。

そしてその中でも、私が与渡新田で土地の人にごちそうになった「くみざらし汁」ほどまずいものは、そうそうあるものではない。長く後世に語り伝えていきたいものだ、と思ってしまうほどのものだった。

私の前に出されたそれは、大きめの鉢《はち》に入った具沢山の汁であった。妙にトロリとしていて、汁の中がよく見えない。味つけは醬油であろうか。

まず汁を一口すすってみて驚いた。気味悪いねばりがあって、すすり終えても口と鉢が糸でつながるような具合になるのである。納豆でも入れているのだろうかと思ったが、真相を知って仰天した。そのネバネバは、ナメクジのはったあとの光る筋を集めて入れたものだったのである。ゲボッ。

汁の味は実になんとも変であった。いろんな腐りかけた具の味が混じって、ゴミ捨て場のような臭いがするのだ。

具は、ごぼう。正体不明のきのこ。赤松の皮。壁土。猪の肛門。ミノムシのミノ。ウナギの精子。カナヘビ。白菜。岩のり。赤い鉄錆《てつさび》。シデムシ。ネギ。ういきょう。アオカビなのであった。

それらをネバネバ汁でことことと煮て、仕上げにポン酢をふりかけたものが、「くみざらし汁」だったのである。

言うに言えないまずさだった。無理にのみこもうとするとゲッと吐きそうになるほどのものである。しかし、私のために、九十歳の老婆がわざわざ作ってくれたものなのだ。その人が、私の食べ方をじっと見ているのである。まずいから食べられないとは、とても言えるものではない。

私は死んだ気になってその不気味汁を鉢に一杯、平げたのである。すると老婆はこう言った。

「気に入ったならまんだまだあるで、もう一杯食べなんせ」

二杯目は地獄だった。

食べているうちに、胃が拒否権を発動してもう受けつけてくれないのである。全身から脂汗がふき出し、両手がブルブルと震えだした。二杯目を半分まで食べたところで目がかすんで何も見えなくなり、そのまま私は気を失って倒れたのである。

死んでも知らない「けしど餅」　布毛島県《ふけしま》三腐《みくさり》地方のお菓子

三腐地方を旅すると、神社や寺院の前などの、観光客が往来するところに土産物屋兼休憩所のような店があり、そこで必ず「けしど餅」というものを売っている。その土地の名物なのである。食事というほどのものではなく、ちょっとしたおやつ代りのお菓子だ。

形状は、おにぎりを一本の箸に刺して焼いたもの、という感じか。おにぎりの形の餅には黒砂糖がまぶしてある。食べてみると、やや堅めの草餅を、黒砂糖だらけにしたような味で、ちっともうまくはないが、食べられないほどのものではない。材料は、もち米と、とねりこと、ヨモギと、くるみと、黒砂糖と、大和芋《やまといも》などである。

ところが、土地の古老に尋《たず》ねてみたところ、意外なことがわかった。土産物屋で売っている「けしど餅」というのは、誰にでも食べられるように改良してしまったここ二十年ほど前からのまがい物だというのである。本当の「けしど餅」はあんな黒砂糖団子のようなものとは似ても似つかぬもので、もっと奥の深い、神韻《しんいん》たる食べ物なのだそうだ。それを食べるということになれば、十三殺し参り（どういうものかはききそびれた）をしてから、必ず西の空を見て食べるという、この地方の神事に結びついたものなのだそうである。

「あまりのうまさに、食べた者の五人に一人は死んじまう」

という古老の言葉をきいて、私はぜひとも本当の「けしど餅」を食べてみたいものだと思った。そう言うと、

「すぐには作れんからの」

と言う。特別な、非常に珍しい材料が手に入った時だけに作られるものらしいのだ。

「どしても食べたきゃ、年に一度は顔出してみろや」

そう言われて、私は以後、毎年そこを訪ね、古老にこうきいたのだ。

「本当の『けしど餅』は食べられませんか」

「ねえわ」

そして、六年目に、ようやく「けしど餅」を食べることができたのだ。

材料が手に入ったのだという。そこで、古老の妻が十年ぶりに「けしど餅」を作ったのだ。それは、団子が箸に刺さっているような形のものであった。

その団子を、囲炉裏《いろり》でゆっくり時間をかけて焼く。そうすると、だんだん、ものすごい臭いが漂い始め、息が苦しくなってきた。なんだか、おむつを蒸しているような臭いなのである。

ほどよく焼けたところで、団子を囲炉裏の灰の中に突っこむ。正しくは黒砂糖ではなく、灰をまぶすわけであった。

「さあ、食べてみな。これが本当の『けしど餅』だ」

私は箸をつかみ、その団子を口のところへ持っていった。しかし、どうしても食べられないのだ。臭いを嗅《か》ぐだけで、胃が収縮し、胸がムカムカし、しばらく治っていた痔が破裂するという具合なのだ。本当にこれは人間の食べるものだろうかという気がした。

古老は、それをうまそうに食べ始めた。

思いきって、私も目をつぶってかじりついてみた。

そのとたん、私はものすごい勢いでむせて、口に入れた分を全部吹き飛ばしてしまった。体が自然にそう反応してしまうのだ。

「何するだ、もったいねえ」

叱《しか》られて、私は覚悟した。少くともこれを胃に納めるところまではしなければならない。それが礼儀というものなのだ。

多分、死にはしない……。

だが、ちょっと口に入れてみただけでオエッときた、あの味は何なのだろう。どうすればあんな味が作り出せるのであろうか。まるで……、動物園の檻《おり》の中を掃除した時のゴミのような……。

私はもう一度かじりついた。そして、かなりの量をゴックン、とのみこんだ。

入院生活は二カ月ですんだ。

あとでおぼろげにわかったところによると、本物の「けしど餅」の材料は、死産したネズミの巣だそうである。餅の中に、死んでいる仔ネズミごと、ボロやワラでできたネズミの巣、そこにはフンも大いに混じっている、を入れて、すべてのものの形がなくなるまでよーく搗《つ》き、甘味は牛のよだれで出し、三日間風にさらしたものを、ドブ川にひたし、それから……。


思い出したくないものに似ている「寝《ね》藁《わら》団子《だんご》」　岩崎県白南田《しらなんだ》地方のお祭りの料理

（ここまでで、この本はちぎれていて、あとは不明である）

中井英夫

鏡に棲む男

その季節になると松原の心の裡に、きまって驟雨のように通りすぎるものがあった。それは冬も間近い暗い時雨かと見るうち、いつしか霖雨に変って、陰鬱にすべてを塗りこめてしまう。動かぬ窓、開かぬ窓を伝う水滴の向うに、人影は黒く行き交い、それでいてドアをあけてみると、濡れて拡がる大きな舗道に誰もいないことは初めから判っていた。雨を光らせて疾駆するのは、音もない車の群れにすぎない。

——また独り取残された。

松原は老人のように呟く。その仄白い窓明りに照らし出されるだけの室内。せめて暖炉に燃すものをと思っても、何ひとつ見つかりはしない。灯に似たもの、炎に似たもの、何がしか心を明るませる暖い色はすでに去って、長い徒刑の日々が始まろうとしていた。

一つの椅子。一つの寝台。実際に松原の部屋には、その僅かな家具しかなかったし、心の中の室内にも同じような調度しか置かれてはいなかった。半身を映すに足る大きな鏡が、唯一不似合な贅沢品ではあったが、それさえも立罩《たちこ》めた暗さを倍に拡げることにしか役立たず、そこに姿を見せるのは、怯えた眼をし、頰の削《そ》げた青年でしかない。

鏡の中では、どちらが囚人であり、どちらが看守なのだろうか。きまった点検の時刻にきまって同時に現われ、肯いて同時に立去るこの獄《ひとや》の為来《しきたり》は空しいもので、空しいながら確実に行われてきたというなら。——松原は彼と顔を合せるたび、少しでも自分と違ったところ、自分ではない証拠を見つけてやろうとでもいうように、順番に眉だの鼻だの唇だのというありふれた造作を辿るのだったが、息を凝らしてこちらを見守っている相手の気配を知ると、先方の油断を見澄ましてという試みは、まず成功は覚束なかった。

かりに一つの精神病院に、医師と患者と一人ずつしかいないとするなら（それは屢々《しばしば》夫一婦制の夫婦の関係に似ているが）、どちらが狂人なのか、第三者にとって判別は困難を極めるに違いない。同じく看守も囚人もともにただ一人ということでは、その役割は日により気分によって変えられ、二人ながら看守、二人ながら囚人ということも多いが、それを傍《はた》から確かめるすべはなかった。

むろん現実の松原は、もう一つのドア即ち現実のドアをあけて、買物にも行けば勤めにも出る。しかしその世界では、人間の行為はすべて精巧な、等身大の人形によって代行されていた。どこかしら無表情な、どこかしら冷酷な印象を与えるそれらの人形の中で、松原がもっとも気に入っているのは野菜を売るひとであった。かれはいかにも老人らしく造られてい、皺ばみ、血管のふくれた大きな掌をしていた。しかもその眼にはどこか哀しげな光があって、松原にはひょっとするとこれが人間でいながら人形のふりをして強制労働に就かされるという例の刑かとも思えてくる。ちょうど勤め先の松原のように、堆《うずたか》い書類を窓よりももっと高く積み上げる作業の代りに、この老人もキャベツや胡瓜や人参やセルリーや、あるいは季節季節の果物をいっぱいに拡げて売っているのかも知れなかった。

松原はそこで緑いろの野菜だけを買った。緑だけが彼を慰め、喪われた遠い世界の記憶をひととき甦らせるからだった。それに、緑は、ほかのどんな色よりも優しいのだ。しかし、ピーマンは買わなかった。ピーマンはかれら即ち精巧な自動人形の科学者たちが、ついに作り出した怖るべき〝贋の自然食品〟であり、これほどの高度の技術は決して人間たちにはなかった。だが、それだけにこの人工野菜のいやらしさは比類がない。

まず駄目なのは、その外側の色である。

〝ヒト科生物に与える緑の効用について〟とか、〝残存遺種の緑色に対する反応〟などという、もっともらしい研究のあげくに、かれらは贋の野菜の第一号に緑の色を選んだのだろうが、そのいくぶん暗っぽい色調は、決して本物の野菜にはない不快なもので、おまけに蠟状の物質で不自然な光沢を与えたため、かつての遠い記憶、母の時間を夢のように奏で出すあの優しい緑とは似ても似つかぬものになった。瘤のように盛り上がった形状も嫌味なもので、同じように肩を怒らせ、同じように緑の光沢を持つといっても、印度林檎のあの親しい手応え、あの優雅な重さ、そして流れるような色調と較べてみれば、この食品の卑しさは一目瞭然である。

しかもこれに包丁をいれてみれば、かれらの失敗はなお歴然とする。かれらはこれに匂いを与えた。しかしその匂いは、これまでのどんな野菜にもない、鼻粘膜を刺す異臭であって、同じく唐辛子の類として売られてはいても、原体とは似ても似つかぬ刺激臭がどれほど堪えがたいものか、もともと嗅覚の研究が一番遅れているかれらには想像もつかなかったのであろう。そして内部の、ついに充たし得なかった空洞!

肉の厚い果皮は出来た、白っぽい種子も驚異の発明として完成した。しかもその皮と種子との間に、本物の野菜ならばごく自然に充たされる筈の果肉だけは、ついにかれらの頭脳も作り出すことは出来なかったのである。うつろな頭蓋骨、ことに眼窩の窪みを覗きこむような暗い空洞こそ、この食品が完全な贋物、擬《まが》い物、欺瞞と虚偽に充ち、僅かに残された人間の微かな記憶さえ消し去ろうとするための悪質な薬品のたぐいであることを立証している。

松原は秘かに自分の墓碑銘を、

〈ピーマンを憎み続けし者、ここに眠る〉

としたい気持でいたが、それはこの薬品の普及によって、まだいくらかは残っている筈の、かれらのいうヒト科の遺存種が、その棲処《すみか》から曝かれ、追い立てられることを怖れたからであった。彼自身はそれを唯一の反逆の証として、たとえば食堂で注文したピラフや炒飯《チャーハン》に、細かに刻まれたピーマンが混っているときは、丹念に時間をかけて箸の先でそれを選りわけ、摘み出し、盛り上がったその残骸を皿の片隅に眺めながら、またもかれらの謀計にかからなかったことを感謝しつつ食事するのが常であったが。

だが、折角そうしてピーマンを置き去りにし、レタスやパセリやブロッコリーや、あるいは莢豌豆《さやえんどう》、隠元、葱、蚕豆《そらまめ》、白菜などの緑を、腕に抱えあまるほど持って帰っても、彼の室内ではそれら本物の野菜もまた忽ち《たちま》色を喪い、影のように積まれて置き晒されるほかはなかった。

——ここは暗すぎる。

思いはそれに尽きた。ここでは灯はその意味を喪い、かつては果物のように熟れた秋の灯火も、いまは自ら光を発することはなかった。少し前までは、それだけが松原にとっての最後の明りと思われた一本の蠟燭も、明滅し、さゆらぎ、何事かを誘いはしながら、却って自分を、それの手向けられた死者としか思わせない。手向けたのはむろん鏡の向うに棲む陰鬱な青年であろう。

今日も窓の外には雨まじりの風が吹きつけ、水滴はたちまち流れ伝わって現実の風景を溶かし出すと、そこにはくろぐろとした人影がしめやかに行き交い始める。記憶の行列。死者の投影。すでに喪われたものだけが映ることの出来る窓。

数日前から松原は、いつもの〝煙草を吸う少年〟が部屋の中に来ているのに気づいていた。それは昔の中国奇術の子役といった風体で、色の白い、おとなしい子だが、朝からきちんと椅子に坐って、ただ煙草だけを吸っている。口を尖らせ、慣れない手つきで、立続けに紫烟をあげていることは、部屋の中の濁った空気と、特別大きな灰皿にみるみる溜ってゆく吸殻の在り様とで判った。話しかけても答えず、腕を把ろうとしても突きぬけてしまうその虚体は、しかし次第に松原をいたたまらなくさせた。朝、起きてみると、たった一つの椅子はもうその少年に占領されて、わざとのようにスッパスッパと音をさせて煙草を吸っている、それ以外は何もしない少年は、松原を困惑させ、苛々させる。しかも窓はやはり晩秋の霖雨に塗りこめられ、室内は限りもなく暗い。

松原は久しぶりにドアをあけて外を覗いてみた。そこには相も変らず濡れて光る灰いろの舗道と、疾駆する黒い車とだけがあって、人間の姿はどこにもなかった。

——旅に出るしかないな。

松原は心に呟いた。

……………………………………

そのとき黒い車の一台は吸い寄せられるようにドアの前に来て停り、客席の扉は音もなくあいた。ガラスに隔てられた運転席にいるのは、しかつめらしく制帽をかぶった男で、これも自動人形の一つに違いない。

——するとこれは奴らの招待というわけだな。よし、ひとつ誘いに乗ってみるか。

松原は珍しく強気になって、そのまま客席に入りこみ、シートに凭《もた》れこんだ。扉はすぐに閉って、黒い車は雨しぶきの中を走り出す。運転手は制帽を眼深に押しさげ、どちらへともいおうとしない。

――しかし、旅に出るしかないと考えたとたん、この車が停ったということは、

松原はいくらか眉をひそめた。

――奴らが己の心の中にまで入りこみ、どんな思考も傍受しているという証拠だ。

こいつは油断がならないな。

旅へ、と自分は考えた。あてもない旅、といって無意識の底では、砂浜とか岬とか、あるいは火山の麓にある樹林地帯とか、孰方《いずれ》にしろ海か湖の見える場所といった秘かな願望が働いていたに違いない。もしそこまでかれらが読み取っているなら、これはもう己の完全な敗けだが、まだそれほどは技術が及んでいず、そうなればこそこうして己を乗せ、懸命に心の動きを追って少しでも深層心理へ近づく方法を完成させようと躍起なんだろう。だが、あいにくなことだ。己の行きたいのは喪われた過去、ほんの少しは人間たちが生き残っていた時代なので、かれらの黒い車は、決してそこにだけは行きつけやしないんだから。そのため、あんなにもぶざまに右往左往しているだけなんだから。

松原が考え続けている間に、車はいつか深い山奥に似たところへ差しかかっていた。ハイウェイはどこまでも続き、対向車の一瞬の光芒もしきりに行きすぎるところを見ると、またそれほど辺鄙な山林の中というわけではないのだろうが、道の両側に押し黙って並んでいるのは、樅《もみ》とか落葉松とかの高山帯の樹木に相違なく、忍び寄る寒気も次第に徹《こた》えた。しかも視野いちめんを蔽いつつあるのはかつて知らぬ濃い霧で、ヘッドライトの照らし出す狭い範囲しかすでに視界は及ばなかった。路肩に並ぶ安全標識はその明りに照らされ、待宵草《まつよいぐさ》のように仄かな黄に光った。

霧はハイウェイの中央に漂い出て、さながら人魂か魔性の怨霊めく形でフロントガラスに襲いかかる。そして何度かそれが続くうち、どこも窓はあいていないというのに、車内までが濃い霧に包まれ始めて

いることを松原は知った。ようやく不安な思いが兆《きざ》して、松原は仕切りのガラスを叩いた。

「運転手さん、いったい君はどこへ行こうとしているの。ねえ、ちょっと……」

運転手は初めて制帽の庇を撥《は》ねあげ、バックミラーの中から睨み返した。

「きまってるじゃないか。己とお前とどちらか一人が残るために、決着をつけに行くのさ」

鏡の中の顔は、慥《たし》かに松原自身に他ならず、その眼はこれまでになく憎悪に充ちた。

「己はお前に倦《あ》きたし、お前だってそうだろう。こうなりゃどっちかが従順な家来になる他はないさ。それを決めるのは決闘の他にないだろうからな」

喋る裡にその顔も肩も、さらにハンドルも計器の類もすべては霧の中に没し、松原自身も噎《む》せるような霧の渦の中に埋もれて、自分で動かす手さえ見えなくなっていった。

——決闘だって？　決着をつけるだって？

鏡の中の彼がいつの間にか脱け出し、黒い車の運転手に化けていたのも意外だが、愕きは彼が車を運転しているという、その点にあった。松原自身はまだ運転の仕方を知らず、覚えようとも思わなかったからである。両手両足をフルに使いわけ、眼と耳を絶え間なく働かせて緊張の連続を強いられるうち、運転手はいつかごく自然に、かれらの望みどおり自動人形化してしまう。いや、人形化計画のそもそもの始まりは、この夥しい車の氾濫にあったと考えている松原には、到底その席に坐って器械に変ずるまで待つつもりは最初からなかった。それを、こともなく、しかもさっき乗ったときからの運転技術を考えれば、相当高度にこれをこなすほどの、もう一人の松原の存在などあろう筈もなく、明らかにそれは第三者であり、顔がそっくりというなら何者かの扮した贋者に間違いはない。といってそれをもう一度確かめようにも、間のガラス仕切りは嵌込み式で開かず、すべては霧の底に沈んで、見えるものといっては対向車のオレンジに輝く霧灯の他にはなかった。

かりに運転席にいるのが本当に鏡の中の彼というなら、すでに絶対の優位に立っている奴といまさら決闘に及ぶまでもない、武器はピストルであれラピエールふうな長剣であれ、こちらの敗北は眼に見えている。

——それともかれらは、己が手に負えなくなってこんな贋者を用意し、何とか嚇《おど》かして己をもっと従順な人形にしようというのだろうか。人間の記憶をいっさい頭から払い落し、嬉々としてピーマンまで喰べるような無気味な新しい生物に変えたがっているのか。己はこれまで充分に勤め先では人形のふりをし、定刻がくるまで役立たずな書類を天井に届くほど積みあげる作業に熱中してきたというのに、それだけではまだ忠誠心が足りないという判定が下ったとでも？

そこで松原は、見えないながらもう一度仕切りのガラスを叩き、運転席へ呼びかけた。

「おい君、君がそういうならいかにも決闘に応じもしようさ。それで、もしぼくが負けたら、今度はどうすればいいんだい。鏡の中に君が現われたら恭々しくお辞儀をして、囚人第一号、異常ありませんとでも報告すれば満足なの？　そんなことで済むなら、何も決闘まですることはありゃしない、いつでもそうしてあげるよ。君だってまさか決闘でぼくを殺してしまったら、これから先、いつまでもからっぽの鏡、自分の映らない鏡を眺めるしかないんだぜ。さあ、もう家へ帰ろう。とっくに察しているだろうが、ぼくにはそろそろ、あの流しの傍に積まれたまま静かに腐ってゆく緑の野菜や、影のように坐っていつまでも煙草を吸っている少年が恋しくなってきたんだ。あれしかぼくの仲間はいないし、結局は雫の垂れる窓ガラスを内側から眺めているしかすることはないんだって、ようやく判ってきたところだからね」

しかし、そこまで譲歩し懇願しても、運転席に答えはなかった。松原の心に兆した不安は、ようやく確かな怯えに変った。いい気になってこの黒い車に乗りこんだのは、やはり間違いではなかったのか。かれらの管理する社会は知らぬうち苛酷の度を加えて、折角の発明品であるピーマンをわざわざ選りわけて喰べまいとするような不穏分子は、この際すべて消してしまうように決められたのかも知れない。でも、ピーマンだけは嫌だ。あの異臭だけは堪えられない。あの髑髏《どくろ》の眼のような空洞を口に入れたら、心の中いつまでも塞がれない黒い穴があいてしまうだろう。……

霧の中を車はなおも疾走し、処刑の場の断崖が近づいていることを松原は知った。死ぬ前にもう一度、自分の指を眺めたい思いがしたが、それさえ適えられそうもない。松原は左手で右手をまさぐり、その骨立った感触と、仄かな温《ぬく》みとをいとおしんだ。

……………………………

家に帰りつくが早いか、松原は何を措《お》いても鏡の前に走った。期待と不安とは交々《こもごも》胸を領して締めつけられるばかりだったが、いまそれは二つながら適えられた。鏡の中に、相手の姿はみごと消え失せていたからである。

「ああ、お前！」

からっぽの鏡の前で、贋の松原は悲痛な声を迸《ほとば》しらせた。

「そうする気はなかったんだ。そうまでするつもりは己にはなかった。これはただ命令さ。命令でしたことなのさ。お前は決して悪い奴じゃない、ただちょっと、ほんのちょっと欠けているところがあっただけなんだ」

しかし、眼を挙げて、台所の隅に積まれたまま滅んでゆこうとする緑の野菜と、たった一つの椅子に腰かけたまま、無表情に煙草を吸っている少年の姿が——こちらには決してないその情景が眼に入ると、松原はふいに唇を歪めた。

「そうさ。馬鹿者めが。あの野菜の中にたった一つピーマンを入れてさえおけば、こんなことにはならないで済んだんだぞ」

憎々しげにそういい棄てると、山道でかぶった霧の雫と塵埃と、それからほんのちょっぴりついた血の痕を洗い落すために、黒い愛車の傍に戻った。

澁川祐子

コロッケ

東京の東銀座の駅近くに、〝総菜屋のコロッケ〟の草分けとして知られる店がある。1927年（昭和2）年創業の「チョウシ屋」だ。ここのコロッケは、じゃがいもと挽き肉のオーソドックスな1種類のみ。ほかに、メンチカツやハムカツ、カツなどの揚げものがあり、いずれもコッペパンか食パンかを選んでサンドイッチにしてもくれる。

閉店間際に駆け込んで、最後に残っていたコロッケを二つ、ゲットする。手にすると、ほんのりと温かい。年代もののイラストがプリントされた紙袋に鼻を近づけてみると、ラードのこってりした匂いがかすかに漂ってくる。形はもちろん定番の小判形。色は、キツネ色をやや通りこした茶色。さくりと衣にかぶりつけば、ほろりとじゃがいもが口のなかで崩れる。予想以上でも以下でもない、安心できる素朴な味わいだ。

この味を求め、開店当初は連日行列ができたという。値段は1個5銭。昭和の初め、そばが10銭、カレーライスが12銭だったことを考えると決して安くはないが、手の届かない値段ではない。今でも揚げたてを待って買う時はワクワクするくらいだから、コロッケが高嶺の花だった当時の人にしてみれば、長い行列なんてどうってことなかっただろう。

〝肉屋のコロッケ〟が広まるのも同じ頃だ。当時はまだ氷を使った冷蔵庫が一般的で、肉を長時間保存しておくと黒くなってしまう。こうした色の悪くなった肉や、加工の段階で出る細切れ肉を利用するには、コロッケはうってつけだった。また、揚げ油のラードが手に入りやすかったことも、肉屋とコロッケが結びついた要因だった。

　こうして手軽に食べられるようになったコロッケは、現在に至るまでお惣菜の定番として変わらぬ人気を得ている。カレーライスやとんかつなど、日本食と化した洋食は数多くあれど、コロッケほど庶民化した食べものはちょっと見当たらない。しかし、コロッケは最初から庶民の食べものだったわけではないだろう。コロッケがまだ人々にとって、西洋料理のごちそうだった頃がきっとあるはずだ。

「がんもどき」のようなじゃがいも料理だった

コロッケは、もともとフランスの「クロケット（croquette）」が転訛したものというのが定説である。

　クロケットの語源は諸説あるが、「（バリバリ、カリカリと）音を立ててかみ砕く」という動詞「クロケー（croquer）」に、小さいものを意味する語尾がついたというものが有力だ。クロケットは、衣をつけて油で揚げ、パリパリと音を立てて食べる小さい丸いものを指している。

　フランスのクロケットは、肉や魚、野菜などの材料とベシャメルソース（ホワイトソースのこと）を和え、小麦粉、溶き卵、パン粉をつけて揚げたものが主流だ。すなわち、日本で言うところのクリームコロッケである。

　コロッケの起源について書かれているものを読むとたいてい、フランスのクロケットが日本に入ってきて、ある時点でベシャメルソースがじゃがいもに切り替わったと書かれている。つまり、じゃがいもを使ったコロッケは日本特有のアレンジだということだ。

　ならば、いつからじゃがいもを使うようになったかを探れば、その起源をつかんだと言えるだろう。

東京都中央区銀座にある「チョウシ屋」の、元祖“惣菜屋のコロッケ”。現在の値段は1個140円。今でも昼どきには、行列ができることも。店内には、創業当時の古い写真が飾ってある。

そう考えて古い料理書にあたってみたのだが、結果は意外だった。西洋料理が輸入された明治時代の早い段階で、すでにじゃがいもコロッケらしき料理が存在していたのである。

　1872（明治5）年刊行の『西洋料理指南』には、馬鈴薯（ジャガタライモ）を説明する項に、「がんもどき」のような料理法があると記している。

大ナル馬鈴薯十箇ヲ研《す》リ　生ノ牛肉半斤ヲ細末ニシテ之ニ交ゼ　我ガ菓子ノ唐饅頭様ニ容《かたちづ》クリ小麦粉《うどんこ》ヲ着セ第一衣トナシ　雞卵黄ヲ着セテ第二衣トナシ　焙麦粉《ぱんこ》ヲ着セテ第三衣トナシテ　牛脂ヲ以テ煮ルナリ

　まさにじゃがいもコロッケだ。その数年後、1879（明治12）年刊行の『西洋果菜調理法』には、じゃがいもに塩を加えてよく練り、球形にしたものに小麦粉をつけ、溶き卵につけて火にあぶるというコロッケもどきの料理が紹介されている。この2冊に共通しているのは、いずれも料理名が書かれていないことだ。

コロッケという名前を初めて文献で確認できたのは、1887（明治20）年に刊行された『日本西洋支那三風料理滋味之饗奏』においてだった。同書には「コロツケ製法」と題して、あぶった肉を小さく刻み、みじん切りにしたネギと、コショウ、潰したじゃがいもを混ぜ、適度に丸めて、油で揚げると書かれている。

1888（明治21）年刊の『軽便西洋料理法指南』には、「コロツケ」として、挽き肉のみを使ったメンチコロッケと、じゃがいもを使ったコロッケの2種類が登場している。また、1893（明治26）年発行の高知県尋常中学校女子部による『割烹受業日誌』には「ころつけ」として、じゃがいもコロッケの記述がある。

コロッケ黎明期に、ベシャメルソースは一切出てこない。これはどうしたことなのか。巷で言われている「ベシャメルソースをじゃがいもで代用説」は、ウソではなかろうか。そんな疑念がふつふつと湧き起こってきた。

クリームコロッケは後から日本に登場した？

疑いは、明治時代の婦人向け雑誌『女鑑《おんなかがみ》』を見て、確信に変わった。

1895（明治28）年の8月号には、「コロツケ」として、細かくした牛肉もしくは鳥肉とじゃがいもを混ぜたじゃがいもコロッケのレシピが紹介されている。その4カ月後の12月号には、「仏蘭西《フランス》コロツケ」として、芝海老（またはくるま海老）を使い、バター、小麦粉、牛乳で作ったソースと和えたコロッケの作り方が書かれている。ようやく、ベシャメルソースの登場である。注目すべきは、クリームコロッケのことをわざわざ「フランス風」だと断っている点。すでにこの当時、単にコロッケと言えば、じゃがいものコロッケのことを指していたのだ。

『女鑑』にクリームコロッケの作り方が登場する前年、1894（明治27）年刊の『獨習西洋料理法』には、「チツケンクロケツト」と「クロケツト」の2種が掲載されている。レシピを見ると、チツケンクロケツトはバター、小麦粉、卵というベシャメルソースに似たつなぎを使った鶏肉のコロッケだ。クロケツトは肉のみのメンチコロッケで、じゃがいものコロッケは登場しない。また、名前が「コロッケ」ではなく、フランス語の発音にならった「クロケツト」であることも目を引く。

この頃から明治の終わりにかけ、コロッケの様々なバリエーションが紹介されるようになる。それにともない、表記も「コロツケ」「クロケツト」「クロツケツツ」「コロッケー」と入り乱れていく。1907（明治40）年刊の『家庭應用洋食五百種』には、コロッケ類の調理法として、オイスター（牡蠣とじゃがいも）、ミンチ（挽き肉とじゃがいも）、ヴィール（仔牛）、ビーフ（挽き肉のみ）、ハム（ベシャメルソースを使用）、チッキン（じゃがいもと鶏肉、ベシャメルソース）の6種類ものコロッケが紹介されている。現在よりも、昔の方がバラエティに富んでいたんじゃないかと思うほどだ。

こうして明治期のコロッケの変遷をたどっていくと、最初の時点では、現在のいわゆるコロッケ（じゃがいもコロッケ）に似たものがもたらされたのではないだろうか。そして、洋食が広まるにつれて、クリームコロッケをはじめとする各種コロッケが導入されていった、と考えるのが自然だ。

「仏蘭西コロッケ」という名称にまつわる疑問

じゃがいもコロッケが始まりだとすると、今度はじゃがいもを使ったコロッケがいったいどこの国から伝わったかという疑問が浮かぶ。明治になった時点で日本に入ってきている西洋料理として、考えられる仮説は三つ。

まずは、定説通りのフランス。フランス料理では、確かにベシャメルソースを使ったクリームコロッケが主流だが、なかにはじゃがいもを使ったコロッケも存在する。バターと牛乳を加えたマッシュポテトを使ったコロッケである。これが、じゃがいもコロッケの原型だと唱える人はいる。

だが、フランス説にはやや疑問が残る。じゃがいもコロッケがフランスから直輸入されたのであれば、なぜクリームコロッケの方を「仏蘭西コロッケ」とわざわざ断らなければいけないのか。また、明治時代の料理本をいろいろと見た感触では、当時のレシピは、かなり忠実に本場の料理を再現しようとする心意気が感じられる。明治初期の本にもバターや牛乳を使った料理が紹介されているにもかかわらず、なぜコロッケだけそれらを省いたのか説明がつかない。

オランダでもクリームコロッケが主流

そこで、次はオランダ説である。じゃがいもは、慶長年間（1596～1615年）、オランダもしくはポルトガルの商船によって日本にもたらされたとされる。オランダにも、「クロケット（kroket）」と呼ばれるコロッケがあり、現在でもスナックとして町中で売っている。

ウィキペディアの「コロッケ」の項には、フランスからオランダにコロッケがもたらされたのは1909年（日本の明治42年）で、オランダ伝来には信憑性がないと書かれており、こちらの情報がネットではさんざん出回っている。

ただ、1909年の根拠がはっきりしない。調べたところ、どうやらオランダのコロッケの老舗が開店した年のようだ。だからと言って、その時までオランダにコロッケがなかったという証拠にはならない。

ちなみにつけ加えると、同じくウィキペディアの「クロケット」の項には、オランダでは「1800年代」にコロッケに「シチュー肉の残り物を使うようになった」と、矛盾したことが書かれている。ならば、オランダ伝来か。だが、この説にもフランス説と同様の理由で、疑問符がつく。なぜなら、オランダのコロッケもまた、じゃがいもをクリーム状になるまで煮込んだクリームコロッケタイプだからだ。

残るはポルトガル説、真相は……

最後は、ポルトガル説だ。前述の通り、じゃがいもは南蛮船に乗って伝来した。その最有力候補の年は1598（慶長3）年とされている。オランダ船が日本にやってきたのは、その2年後のリーフデ号の漂着が初めてなので、じゃがいもを伝えたのは、当時平戸に出入りしていたポルトガル人である可能性が高い。

ポルトガルのコロッケは、「クロケッテ（croquete）」と呼ばれる。なかでも、干し鱈とじゃがいもを使ったコロッケは国民食だ。塩漬けにした干し鱈と潰したじゃがいも、タマネギ、コショウ、ナツメグを混ぜる。タネの作り方だけを見ると、最も日本のコロッケに近い。だが、明らかに異なるのは、衣をつけずに素揚げする点だ。

どれも決め手に欠ける。が、どれか1説を選べと言われたら、私はポルトガル説に手を挙げたい。理由は、タネの構成が似ていること、最初に触れた『西洋料理指南』でポルトガル由来の「がんもどき」になぞらえていること、また『西洋果菜調理法』でパン粉なしのバージョンがあることの3点だ。

けれど、正直なところ、確定させようがない。各国のコロッケからオイシイとこどりをしたハイブリッド型の可能性もある。真相を突きとめるには、当時の3カ国のコロッケがどのようなものだったか、日本のどこでどのように伝わったかなど、あらゆる角度から検討しないといけないだろう。これほど親しまれているコロッケが、実は謎に包まれた食べものだったとは……。

ただ、いずれの説が正しいにせよ、単なるじゃがいも料理の一つだったコロッケが、西洋料理の普及にともない各種アレンジが紹介され、人々の注目を集めるようになったことは確かだ。

やがて手の込んだクリームコロッケは、洋食店で食べる高級メニューとして人気を博す一方で、じゃがいもコロッケは、アレンジの利く一品として家庭の食卓に入り込んでいく。肉をたくさん使わず安価にできるにもかかわらず、ラードが肉の風味を醸し、満足感が得られるところも当時の人々にとってはかなりの魅力だったに違いない。

大正から昭和にかけてのブームなど、書き足りないことはまだある。が、そろそろこの辺で終わりにしよう。引き続き、原型の謎は追うつもりだ。なので、コロッケ情報をお持ちの方は、ぜひご一報を。

小林秀雄

蟹まんじゅう

どこそこの何がうまいと聞いても、不精だから、自ら進んで食いに出かけるというようなことはない。「美味求真《びみきゅうしん》」の考えも情熱もないから、美食家にはなれない。だけど、意地は汚ない方だろうと思っている。この原稿も、三度も催促の電報が来たからというより、滅法うまい酒を、書けばくれるというので書くのである。そこで、考えてみると、私にも、「美味求真」的行動をしたことが、たった一ぺんあるので、その話で、酒代を払うことにする。

私は、戦争中、支那でぶらぶらしていることが多かった。もちろん、用事がなければ支那なんぞに行かれない時期だったから、用事はあったが、ぶらぶらしていたから、毎日、おそろしく暇で、そば屋かまんじゅう屋に目をつけていた。私は複雑に加工された食べ物を好まない。酒好きだから、食べ物の標準も、自《おのずか》ら酒の味から発しているらしい。ああ、いい酒だ、と思う時ほど、舌が鋭敏によく働く時はないようだ。複雑な料理を食わされる時は、どうもいつも面白くない。舌が小馬鹿にされているようなあんばいで、一種の退屈感さえある。そういう傾向から、支那料理では、ソバとマンジュウがいちばんうまいという独断説を持つに到《いた》っていたのである。

秋になると、上海《シャンハイ》の呑み屋は、蟹だらけになる。太湖《たいこ》の蟹が、クリークに這《は》い出して来るのである。日本でうまい魚を食っていれば、支那の魚なぞ話にならないが、蟹だけは別で、これは、日本の蟹と優劣はない。東京湾の菱蟹《ひしがに》に丸みと厚みを持たせたようなごく平凡なやつだ。蟹も平凡なのがうまい。越《えち》前蟹《ぜんがに》なぞは、採りたてを食ったって、缶詰みたいな味である。酒に合わないのである。あの辺の海にも、もっと平凡で、高級な味のがいる。三国《みくに》の港で、正月暮らした時に、毎日のように食った。たしか、「セコ蟹」と言っていたと覚えている。朝、暗いうちから、霙《みぞれ》の降る中を、蟹売りが来る。そいつを身も卵も一緒に御飯に炊き込む。熱い飯に、おろしをたっぷり乗せて、醬油をかけ、かき廻《まわ》して食う。蟹とは、これほどいい匂いのものかと思った。そういう一流の芳香は、太湖《たいこ》の蟹にはないが、その代わり肉や卵、特に卵の味は、格段に豊かである。たしかに脂気が強いのであるが、そういうより、紹興酒にぴったり合う味と言った方がいい。呑み屋に来る蟹売りから買ったのを、すぐ茹でさせ、これを肴に呑むのであるが、まことに、天高く蟹肥ゆの気分である。

この頃になると、そば屋もまんじゅう屋も蟹を使うが、使うのは卵だけである。雌蟹の甲羅にこってりとチーズのようについたやつだけを集めて薄味をつける。混ぜものはない。支那料理には珍しく蟹の味がよく生きている。これを皿に盛り、そばのカケに添えて持って来る。この式が、蟹そばではいちばんうまい。まんじゅうの方は、むろん中のあんこが、この卵になっている。競馬場のはずれに、うまいまんじゅう屋を見つけ、しょっちゅう食いに行っていたところ、友人の支那人が、そんなにまんじゅうが好きなら、本場物を食いに行ったらどうだ、と言った。本場はどこだと訊ねたら揚州《ようしゅう》だと言う。ちと遠すぎると思ったが、暇だから行ってみてもいい、しかし、まんじゅうだけを目当てに行くほどうまいのか、と聞くと、大丈夫うまい、何しろ、隋《ずい》の煬帝《ようだい》の時世から、連綿とつづいているまんじゅう屋だ。君なんかどうせ知るまいが、まんじゅうというものにはイースト菌の性質が、重大である。揚州のまんじゅう屋では、煬帝の頃のイーストが、万世《ばんせい》一系で、台所に生きている。上海《シャンハイ》の場違いものは、カナダの粉はともかく、イーストが、乱脈を極めているから、ああいう下等な皮になる。そういう説であった。ここで懐疑的になっても、ちっとも面白くないから、彼の説を信じ、その晩、当時、上海に来ていた河上徹太郎君に話したら、即座に賛成したので、翌日早朝、二人で揚州に発った。鎮江《ちんこう》まで汽車、鎮江から揚子江《ようすこう》を北岸に渡る。そこからバスの便があると聞いて来たが、そんなものはなく、エンジンの故障とか何とかで不得要領、十数キロの道を歩いて、夕方近く揚州に着いた。早速、まんじゅう屋に行こうと思ったが、まんじゅう屋は朝のうちしかやっていないという。妙なまんじゅう屋だな、さすがは本場だと感心して、二人は汚ない宿で一夜を明かし、翌朝、もちろん、朝飯抜きで出かけた。来てみると、なるほど、こんな堂々たるまんじゅう屋を、かつて見たことはない。土塀《どべい》をめぐらした一郭《いっかく》に、大寺の庫裏《くり》めいた建物がいくつもあり、それがみな蒸しまんじゅうの湯気を立てている。大広間は、雑然とならべられた大小のテーブル、その上に堆《うず》高く重ねられたまんじゅうの丸い蒸籠《せいろう》、これを取り囲んでパクつく人間ども、まんじゅうの温気《うんき》と人いきれ、声高い談笑、ボーイたちのかけ声、揚州の一日はまんじゅう屋から始まるといった景気である。実際、揚州の市民たちは、起き抜け、寝ぼけ眼で、ここに集まり、熱いタオルで眼を覚まし、新聞を読み、まんじゅうを食い、商談をはじめるのかもしれない。そんな趣である。

蒸籠《せいろう》には、枯松葉がいちめんに敷いてある。松葉と言っても、葉がむやみに長いのである。その上に、まっ白なまんじゅうが、行儀よく、ふくれ上がって並んでいる。こいつを、あわててパクリとやってはいけない。中に、舌を火傷しそうなおつゆが入っているからである。半分食いちぎろうとすれば、おつゆがこぼれてしまう。放っておけば、おつゆが外にしみ出てしまう。頃合を見はからって、パクリとやらなくてはいけない。これは上海で練習済みである。なるほど、ここのまんじゅうの皮は、イースト純血説を証《あか》しているふうがあった。パクリとやると、口中がうどん粉だらけになるような代物ではない。見事にふくれ上がった薄皮は、熱い蟹の卵のおつゆに、気持ちよく溶けるのである。まんじゅうの中味は、蟹は季節ものだが、あんこ、鶏肉、豚肉だ。やはり、豚がいちばんしっかりした味わいであった。

肝腎《かんじん》なことを忘れるところだった。まんじゅうは酢をつけて食うのである。鎮江《ちんこう》は酢の名産地で、この鎮江酢をつけて食う。鎮江酢は、醬油のように黒い酢で、非常に美味である。酢の中には、生姜が細かくきざみ込んである。

色川武大

右頬に豆を含んで

つれづれなるまま、花札ならぬ、私の（個人的な）食札をつくってみようと思いたったが、その季節を代表する大好物が目白押しにある月と、三月のように、これという極め手をえらびにくい気がする月とある。

1月　ふぐ（白子が出廻るので）
2月　蟹
3月　苺
4月　筍
5月　豌豆
6月　そら豆
7月　豆腐
8月　鰻
9月　新子《しんこ》
10月　さば
11月　金時芋
12月　大根

むろん、人によってずいぶんちがうだろう。かき、かきとか松茸、鴨、山菜類、果物が入っていないし、生いくら、鱒、どじょう、葱、アスパラガスなどもそれぞれの季節にはめこみたいが出る余地がない。

九月の新子は鮨ダネであるが、関西の人なら、鱧をあげるかもしれない。私は鱧も大好きだが、八月を鰻としたので気分を変えて江戸前の方をとった。

十一月には上海蟹という異国の巧味あり、芋は寒あけまで寝かした方が甘くなるようで、この二つは入れかえてもよい。

それで、三月は何だろう。さわら、かじきなどの西京漬、さよりやきす、貝類、ほうれん草や春菊、わらび、いずれもおいしいがどうももうひとつ迫力がない。何か忘れているようで気持ちがおちつかないけれど、ひとつあげるとすると、苺だろうか。苺も大粒のものはもう少しあとのような気がする。

こうしてみると、豆類が二つ（豆腐もいれると三つ）入っているのが私の場合の特長といえるだろうか。

「豆入り御飯をつくれ――」

と細君に命じたら、電気釜に納豆をぶちこんだという話を友人からきいたが、その細君はなにかで不機嫌で、ただ夫にさからいたくて仕方がなかったのかもしれない。

けれども、近頃の女どもは、総じて豆のようなものを無視する傾向にあるようである。

肉、魚、生野菜、とひとつずつ角を曲がっていき、急行電車のように途中の小駅を通過してしまう。おふくろの味、というと、ひじき、おから、豆腐の味噌汁、なんかにかたよって、その近辺を無視してしまう。家庭の膳にのぼるおかず類にヴァリエーションが乏しくなってきた。

私どもの子供の頃は、見た眼のご馳走という感じは乏しかったけれど、そのかわり、何とも名称をつけがたいような皿がよく出てきたものだ。Ａというおかずの煮方をＢでする。ＡとＢをごちゃまぜにしてみる。そうやってある時期までおかずの種類が増えてきたのであろうけれど、現今は増えるどころか逆に減少してきているようだ。

もっとも外国へ行くと、どこの国へ行ってもおかずのヴァリエーションに乏しい。料理店では、シェフが工夫してソースなど新味を出したりするが、それでも根本的には規範があって、なかなか変種を作ろうとしない。

ランチとディナーでは、喰べる物がちがう。ステーキは金持ちが喰う物。ではステーキを喰うためには、まず金持ちにならなければならない。日本人はいい意味で節操がないから、ステーキを喰いたくなったら、サラ金で銭を借りてステーキ屋に行ってしまう。

ロンドンで、ある家庭に招かれて行くと、昼間だったが、大きな皿にソーセージと目玉焼とフレンチフライドポテトが出た。招《よ》んでくれた娘が私にこういった。

「貴方は気にいられたのよ。あれはママの最高のお客料理だもの」

ロンドンは中華料理店が多いが、普通の家庭ではよほどのことがないかぎり、中華料理など作らない。それは中華料理店に喰べに行くものなのだ。ロンドンじゃなくたって、どこの国へ行ってもそうである。

日本はそういう規範に拘泥しない。一つの家庭に万国の料理が入りこんでいる。いろんな国のいろんな料理をどんどん取りこんで、しかもそれをすべて日本風惣菜にしなおして喰っている。喰べ物に関する限り、まことに自由奔放だった。

その奔放な習慣は今うすれようとしている。一週間も品目を変えると、一巡して元の所に戻って、同じ惣菜がまた出てくる。

もっともこれは東京での話で、地方に行くとそれぞれの土地で事情が異なるかもしれない。関西の商家などは、依然として主婦がよく働いているような気がする。

サラリーマンの多い東京の亭主どもが外食が多いために、その外食に慣らされて、喰べ物というものを概念でしか考えないようになった。そのせいで、女どもも怠惰になっているのかもしれない。


さて、四月は筍の月。もっとも筍は晩春のもので、むろん五月にもかかっている。しかし私は筍好きだから、四月の声をきくと八百屋の店先に新筍が現われるのを、今か今かと待ち望んでいる。

これがまた、女どもが嫌な顔をする喰べ物で、カミさんなどは、あの皮を剝いで煮る手間を嫌がる。喰いたかったら外で喰ってこい、という。そうかと思うと、季節はずれに、風味もなにもない出しがらのような茄で筍を買ってきて、

「さァ、好物でしょ、たんとおあがり」

などという。

私は貧民だから、どこの土地の筍であろうと、掘り立てなら喜んで喰いまくるが、しかしやっぱり、大方の食通がおっしゃるとおり、京都の筍がよろしい。あの柔かさ、あの歯ざわり、京都の街は今でも竹林が多いが、その一隅の長岡というところに〝錦水亭〟という筍を喰わせる料理屋がある。

以前、一人でふうわりふうわりグレていた時分、いくらか小遣いがあると晩春の京都によく出かけていった。〝錦水亭〟からほど近いところに、向日町《むこうまち》の競輪場があり、その日程に合わせていって、筍と競輪と、好物を二つやってくる。

関西の他の競輪場では負けたことがあるが、不思議にも向日町の競輪では負けたことがない。いつも旅の費用がラクに浮いてしまう。嵐山に青葉が満ち満ちて、その中にぽっと一株、八重の桜が咲き残っ

ている。私は桜は大嫌いだが、全山緑の中のそういう一株はさすがに風情がある。

橋の上でしばらくぼんやりしていると、今でもはっきり憶えているけれど、下の流れの中を、千円札が一枚、くらげのようにたゆたいながらゆっくり流れていくのが見えた。あれはどういうわけか、上流の方はそんなに人が出盛るところでなし、不思議な気がしたが、またなんとなくそれが風来坊の私自身のように思えたりしたものだ。

筍の出はじめの頃は、春菊がおいしい、けれども冬野菜と夏野菜の変り目で、八百屋の店先がやや貧弱だが、ほどなく莢豌豆、グリーンピースの類が出廻ってくる。

私は豆だの芋だの南瓜《かぼちゃ》だのというあまり粋でない食物が好きで、こういうものは他になにか中心の喰べ物があって、脇役をつとめることが多いようだが、私は三度三度主食にしてもよろしい。

グリーンピース、これがどうもこたえられない。ただ塩茹でにしたのを皿に盛りあげておくだけでいい。出盛りの、少し固めのやつを口の中でプツプツと嚙みはじめるととめどがなくなる。

本当はいくらか固めの、シャンとした大粒のやつがいいのだけれど、缶詰の、舌の上でピシャッと潰れるほど柔かいやつだって大歓迎である。チャーハン、ハヤシライス、チキンライスなどに点々と豆がそえられているのを見ると、なんだか、よかった、と思うし、この皿の御飯を喰べつくすまでのどのあたりで豆を口に入れようかな、と思ったりする。

〝駅馬車〟というジョン・フォード監督の古典西部劇は、私も戦争寸前の小学生の頃見たが、私にとってもっとも印象的な場面は、ジョン・ウェインでもインディアンの大襲撃でもなくて、一行が途中の移民小屋かなにかで午餐の饗応にあずかるところだった。

シチュー、焼肉、野菜の器と並んで、グリーンピースを柔かく煮たものが見える。日本の鶯豆に外見は似ているが、多分甘くはない奴だろう。ジョン・ウェインが二杓子ほどその豆を皿にとり、大きなスプーンでシュルッとすくって口の中に入れる。彼は、右頬の中にその豆を溜めて、短いセリフを口走るのであるが、柔かく温かいグリーンピースが頬の中に溜まっていると考えるだけで、生唾が湧いてきて困った。もう食糧が不足がちになりだした頃で、おそらくお腹がへっていたのだろう。

ポークビーンズという素朴な料理は、隠元豆に骨つきの豚バラ肉を入れ、ケチャップで煮上げたものだが、西部劇ではこれもよく出てくる。

カウボーイたちは、おそらく砂埃りでじゃりじゃりにちがいないその豆を、舌なめずりしながら喰べつくし、干し固めたようなパンを千切って、皿についた煮汁の一滴まであまさずパンで拭きとって喰ってしまう。

見ている限りは実にうまそうで、そのうえ、物を喰うという行為がどんなに根元的なものかを改めて知らされる厳粛な場面でもあり、いつも私は感動してしまう。

そのついでにストアに駈けつけて、ポークビーンズの缶詰を買ってきて（こいつは義理にもうまいとはいえないが）、ジョン・ウェイン流に片頬に含んでみたり、パンで皿をなすって喰べてみたりするのである。

アメリカ映画でアメリカ人が物を喰っている場面で、うらやましいような喰い物が出てきたためしはないが、このポークビーンズは唯一の例外であろう。これも私が豆好きだからであろうか。

そういえば、先年亡くなった桂文楽という落語家の演じる〝馬のす〟という短い話がある。職人が友だちの無知につけこんで、友だちの夕餉の膳をそっくり頂戴してしまう。鰯の塩焼と枝豆で、貴重な晩酌の酒を呑んじまうのであるが、鰯もさりながら、枝豆の喰べようなんてものは絶品で、あんなにうまそうに枝豆を喰べる人を他に知らない。

文楽は不思議に高座でよく豆を喰う場面を演じる人で、〝明烏〟では女郎買いの朝、小納戸の甘納豆をみつけて「朝の甘味はオツでげす」などといいながらつまみ喰いをする男が出てくるし、〝厄払い〟という話では、与太郎が、おひねりの中の大豆の炒ったやつをやはりつまみ喰いしだして手がとまらなくなる。半分生炒りの豆がまじっていて文句をいったりするあたりがおかしい。

桂文楽はどんな喰べ物でも見事に喰べ演じてみせる落語家だったけれど、それにしてもあの人も豆好きだったのではないかと思いたくなる。

さて、しかし、グリーンピースの白眉は、なんといっても炊きこみ御飯である。猫にまたたびというけれども、私はこいつを見ると舌を出して息をはずますほどだ。

「今日はお豆御飯ですよ――」

このひと言は千鈞《せんきん》の重みがある。今、一緒に暮している女が言語道断な豆嫌いで、蜜豆を赤豌豆だけつまみ出して捨てながら喰べるという女。したがってたまに作ってくれる豆御飯は彼女の犠牲的精神からなのである。

ダシ代りの白子《しらす》もいらない。色づけの醬油も不用。塩をパラパラッといれてちょっと固めに飯を炊くだけでいい。あんなに美しい、美味なものを嫌いとはなんという罰あたりであるか。

四月に筍御飯を飽食し、五月に豆御飯を喰いまくり、それから豆の王者、そら豆。夏がくると枝豆と、私の楽しみはつきないのであるが、なんたる不運か、私の女は豆のみならず、御飯に何か混ぜるものはすべて嫌いときている。

獅子文六氏の随筆に、そら豆狂いともいうべき人が出てくる。その人は瀬戸内海の沿岸だか島だかに住んでいて、そら豆の最良種というのをたくさん蒔いて丹精に育てるらしい。そうして走りのときから最後の収穫まで、毎日毎日そら豆を喰べ続けて悦に入っているという。

なんというううらやましい人であろう。

食通とはいわない。およそ喰べ物中毒になると、窮極的には原材料の育成まで手を出さなければ気がすまなくなるらしい。北大路魯山人は、全能力をあげて自分流の理想的な蜜柑を実らせるために伊豆に山を買ったというし、その他にも米を作る人あり、鶏を、味噌を、菜を、手作りにする人の話はときおりきく。

しかし、そら豆に凝るというのは、その中でも実に滋味掬《きく》すべき味わいがある。

そら豆が豆の王者というのはまことにそのとおりで、あれほど完璧な喰べ物というものも珍しい。私は、森羅万象、この世は人間のためにあると思う考え方が嫌いで、いっさいの喰べ物に関して、それを喰う権利などまったくないのだと思う。ただ必要に迫られて結局喰ってしまうけれど。

盛り場を夜明け頃に歩いていると、どこの店からも山のように残飯や腐りかかった肉片などが大きな器にいれられて捨てられている。ひもじい人がおいしく喰べるのならまだしも、商売のために無益無残に生き物を消費してケロリと捨てているのが、考え方としては殺人などよりずっと残酷な風景に思える。

動物映画などで、馬や犬に対して、お前は人間の忠実な友だちなんだよ、さァ走れ、さァ働け、など子役にいわせる、あの思いあがった考えも実に苦々しい。

他人のことばかりではない、私のように一日じゅう喰うことばかり考えている男など、いつかはひどい罰が与えられると思う。

そうは思うけれど、そら豆と海老に関する限り、その形といい、味といい、当然喰べられるために生まれてきたとしか思いようがない。

私は若い頃から台所に居ることが好きで、だからよく知っているが、五月は夏野菜の出盛る月で、人参でも玉葱でも、新のキャベツでも、みんな生まれかわったように艶々として現われてくる。

野菜だって若い頃というものは、本当に生命力の満ちあふれた充実感があって、むげに包丁など当てにくい。ため息をつきながら眺めやったあげく、気をとりなおしてプツッと包丁を当てると、大仰でなく、掌の中の生命を潰してしまったような後味が残る。

聖書に記してあるように、神が人間のためにくださった物だとはどうしても思えない。喰べるということは、根本的には不道義なことであり、だからこそ何にもかえがたいほどうしろめたい楽しみがともなう。

中島らも

啓蒙かまぼこ新聞（抜粋）

社説「チクワを誉める」

「蚊喰鳥《こうもり》」という怪談があって、たぶん円朝の作ではないかと思うのだが、これの映画化を僕は中学生のころ近所の小屋で見た。案内の女性が、

「え、只今よりニュース予告編にひき続きまして『フランケンシュタインの逆襲』並びに『怪談カクイドリ』を上映いたします。」

と言っていたのを覚えている。当然僕はこれをずーっと「カクイドリ」だと思ってたわけで、その手の間違いは恥だと思う方がおかしい。僕の友人など「生娘」のことをずっと「ナマムスメ」といってたのである。

さて、その「蚊喰鳥《こうもり》」の中で例によって小金《こがね》を貯めた按摩が殺されるわけであるが、どうして殺《や》られるかというと、これが毒殺である。それも大好物の「ナマズ鍋」に一服もられていわされるという設定で、このへんが昨今のホステス殺しのサスペンスなどと一線を画す「趣向」なのだ。蟬時雨、蚊遣り火、按摩の額の汗、煮えついてくる毒入ナマズ鍋、いぎたなくかきまわす箸の先。毒の効き目の遅いのに首をかしげる悪人夫婦。あげくのはてに、しびれをきらしたこの夫婦は、毒の効きかけた按摩を二人がかりで絞り殺してしまうのである。

さて、この鯰《なまず》――カマボコの元祖の原料であったということをご存知だろうか。

享保十三年（一七二八）の洪水で、大量の鯰が手賀沼から隅田川に、いま一方は井ノ頭池から神田川へあふれだし、以後江戸一円に繁殖した。したがって関東では比較的新参の魚である。その肉は雪白で味わいも上品である。ところが面相があれであるから、ダンディの江戸っ子は下魚とみて歯牙にもかけない。しかたなく摺身にして喰わせた。その際、キリタンポのように練身を棒に絡めて蒸しあげた。その姿がガマの穂に似ているので「蒲穂子《がまぼこ》」と呼んだのが始まりである。従って現在のカマボコの原型はチクワであり、もともとチクワとカマボコは同じものなのである。

調理法の上からみると、所謂ハンバーグとカマボコ・チクワは同質のものと云うことができる。共に畜肉あるいは魚肉を摺りあげて焼いたり蒸したりするからだ。しかしここには紅毛の輩と我先達《せんだつ》との自《おのずか》らなる美意識の差がみてとれるのである。独逸《どいつ》人は、その肉片が堅くて喰えぬ為に細片化し野菜と混ぜて食した。これは「方便」である。然るに我先達はナマズの顔を見るのが不快であった為にこれをハンバーグ化した。これは「美意識」である。

これからの季節、こういった蘊蓄《うんちく》を傾けながら友とかわす酒にはまた格別の風情がある。では最後に、昨今ではすたれてしまった「竹輪酒」の飲み方を諸兄に披露して拙稿の結びとしたい。まず上質の竹輪を一人あて二本用意する。酒はやや甘口のものを伐《き》りたての青竹に詰めてキンと冷やしておく。場所は物干台とかベランダなどがよい。二本の竹輪のうち一本をこの青竹に突っ込み、これをストローがわりにして酒を吸うのである。青竹と竹輪の香りがまざって馥郁《ふくいく》とした酔いが訪れる。勿論この竹輪は少しずつならばかじってもよい。ところで残りの一本の竹輪は何につかうのか。無論、この穴から満天の星を眺めるのである。これが江戸の末期より伝承された竹輪酒の極意である。……嘘ではない。

歳末緊急おでん特集号

寒い…というよりは「痛い」季節になった。そこで今月は堂々のおでん特集を組んでみた。賢明な読者はお気づきのことと思うが、この特集のウラには、おでんを礼讃《らいさん》することによって、チクワ・ごぼてん・白天《しろてん》などの潜在需要を喚起しようという「かねてつ」の壮大な野望がかくされているのである。

①おでんの哀愁《メランコリー》について

おでんという料理はどちらかというと暗い。また暗くないとうまくない。屋台で寒風に襟をたて右手でチクワにかじりつく時、左手はポケットの中で電車賃を数えていないといけない。あるいは夏の終りの海水浴場のおでんを思い出してもらいたい。どす黒い汁しか残っていない鍋の底から、おばはんがまるで手品のようにすくい上げるチクワのくたびれ加減……暗い。暗い証拠に、家庭でつくる明るいおでんは少しもうまくない。変にうますぎたりして不味《まず》い。

②おでんの位階制《ヒエラルキー》について

おでんのネタで一番エラいのは皿に残った汁である。次にエラいのが大根、タマゴは三番目にエラい。以下、厚あげ、トウフ、コンブの順でエラい。理由は言えないがエライ。

③「おでん」という名の由来

田楽《でんがく》に「お」をつけて略したもの。田楽というのは田楽豆腐のことで、トウフにミソを塗り、二本串を打って焼いたもの（竹馬にのって舞う田楽踊りに似ているのでこう呼ばれた）。大阪では「関東煮《かんとだき》」という。

④ピシッときまるおでんの食べ方

・ノレンをくぐって「エ、ラッシャイ！」がきこえた時点で外の寒さに身ぶるいをし、ツッとハナをすって、意味もなく「ン…ウェーイ」ということ。
・ナベをのぞいてウロウロしない。さっとながめて二秒以内に注文する。
・一度にアレコレたのまない。二品ぐらいにする。（冷めるから）
・吐くまで飲まない。（酔って吐いたものをみてその人の貧富・性格などを分析するヤツがいるからである。……私ではない）

⑤すごいおでん屋

兵庫県の垂水《たるみ》にある。鍋の中がみんな煮くずれてしまって、とりかえしがつかなくなっているため、何を頼んでもグジャグジャの同じものが出てくるのだ。不気味だ。

⑥よいおでん屋

少し悲しいことがあって、しかもとびきり寒い夜にとびこむ、すべてのおでん屋

⑦行ってはいけないおでん屋

おでん一筋で、結構うまくて、雑誌で紹介されたりして、八人ぐらいしかはいれなくて、講釈たれの主人《おやじ》のいるおでん屋。

⑧行ってあげてほしいおでん屋

神戸元町通り入口近くに、かねてつの直営店があって、奥でおでん定食をやっている。また、かねてつの「おでん種シリーズ」は二十種類もあって「はも入おでんつゆ」とか「いかばっかり」なんていうの

もある。

80年代はデンプンの時代だ!!

と、こう書くといかにも何か根拠がありそうだが、実はただのカン、なのだ。しかしカン、だからといって馬鹿にするとオジサンは許さない。「智的霊感には証明などいらない。」とデカルトも言っておるではないか。それでもどうしても根拠がほしいという懐疑的人々のために以下にいくつかの論拠をデッチあげてみよう。

・論拠その一、昔の人は一升メシ

少くとも戦前までは日本人のメシは完全な主食中心型、つまり一升メシであった。さらにさかのぼれば白米が一般に主食となったのは江戸時代であり、それ以前は五穀、いわゆるヒエ、アワ、キビ、イモなどで命をつないでいたのである。つまり日本人の食習慣が激変したのは戦後のここわずか三十年のことで、その間の高血圧、心臓病、糖尿病などの急増は言うまでもない。獣脂獣肉食のデメリットにやっと気づいた欧米人の尻にくっついて、今ごろになって自国食の良さを見直すとはなんとも情けない国民性だ。もちろんデンプンだけを食べていては体がもたない。小魚、煮た青菜、海草などが必要だ。言いかえれば、ジャコ、イワシ、おひたし、ワカメ、ノリなどのおかずのことだ。つまり健康はフランス料理店にではなく、一膳メシ屋のガラスケースの中に陳列されているのだ。

・論拠その二　うどん定食の侵攻

某紙リサーチによるとサラリーマンの昼食ベスト3は、東京では一位カツドン・二位寿司・三位和定食の順になっている。ところが大阪ではこの一位が「うどん定食」なのだ。おぞましいことだ。下品だ。うどん定食の中に含まれているタン白質といえば、せいぜいカマボコ一切れかオニギリの中のカツブシぐらいのものだ。あとはゼーンブみごとにデンプンなのだ。だいたいウドンをおかずにメシを食うというのは大阪には古くからある習慣で、デッチ、学生、土方などの食べ方だった。その日の後半を働き切るには丁度よい腹ごたえとカロリーを備えてはいるが、言ってみれば「粗食」である。しかし大阪の人たちがこれに固執し、これでやってきたのは、喰いものというのは粗食でよい、と言うよりも「粗食がよい」からなのではないか。かつて伊賀の下柘植《しもつげ》という所に滞在していた時、地元の九十歳にもなろうというのにバラ色の頰をしたおじいちゃんが言っていた。

「長生きの秘訣はね、粗食、小魚、おこらないこと。」

・論拠その三　効率からみて

二十一世紀には世界人口は六十三億人になる。食糧危機は必ずやってくる。そうなれば、牛を食うかわりに牛が食っているものを食わねばやっていけなくなる。現にハマチを食うより、そのエサであるイワシやオキアミを食おうという動きが起っているではないか。

やはりこれからは肉よりは米、牛乳よりは味噌汁という時代になってくるのだ。

と、いうようなわけで誰が何と言おうと80年代はデンプンの時代なのである。チャーハンをおかずにしてコメを食うという神技をやってのけた、私の友人のヤワタよ、君は正しかったのだ。しかし私はやはり肉を食う。なるほど粗食を続ければ寿命はのびるかもしれない。しかしすべって転んで米ビツのカドで頭を打って死なないという保障はどこにもないのだ。だから私は今夜ステーキが食いたい。誰か金を貸してくれ！

秘技かまぼこ斬りの術

今回の「啓蒙かまぼこ新聞」は発刊以来実に初めて、まともにカマボコを取りあげてみたい。別に発狂したのでも改心したのでもない。お正月がくる度におせち料理の仕度も満足にできず、親、彼氏、彼女などから「不器用者」「猿の子」などと罵倒されている君達に今年こそひと華咲《はな》かせてあげたいと思うのである。これは料亭などの板前が使う調理法だが名付けて「秘技かまぼこ斬りの術」。自分の部屋でひそかに練習を積んでおいて、いざという時の鮮かな手さばきで皆をアッといわせていただきたい。筆者も特訓中である。

①さざ波切り

かまぼこは板につけたまま包丁（やなぎ刃がよい）の刃先を板につけて、包丁をジグザグに動かしながらいっきに切りおろす。全部切り終えた後板から切り離す。

②あやめ切り

かまぼこを2㎝幅に切り、下を1㎝程残して4㎜幅で5本の切り目を入れる、両端と真中の3枚をそのままにして、端より2枚目を⅔それぞれ反対から切り離して折りまげる。

③松切り

かまぼこを2㎝幅に切り、図の様に3㎜幅の切目を入れ、中へ折りまげて型をつくる。

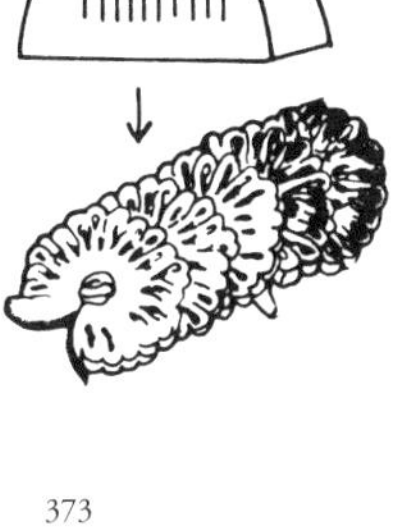

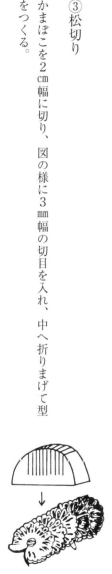

④ひねりかまぼこ

かまぼこを5㎜幅に切り離し、図の様に切る。次に上下を真中の切り込みに反対方向からはめ込む。

⑤ぼんぼり見立て

かまぼこを板から切り離し横½切りにする。下を切り離さない様に同じ幅で奇数になる様に切り込みを入れ、端を残して1枚おきにまるめる、ちくわは縦½切りにして差し入れる。

この技を練習する時に、一つだけ注意することがある。それはかねてつのカマボコを使ったほうがよいということだ。理由を聞かれても困るのだけれど、何となくそういう気がしきりにするのである。

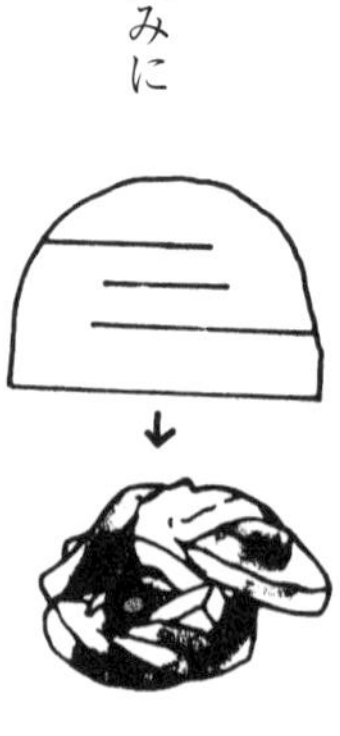

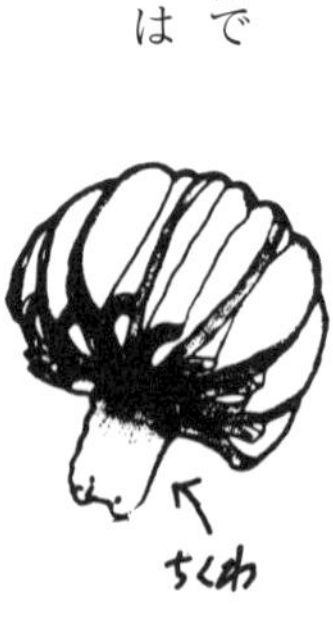

内田百閒

芥子飯

生まれ合わせが悪くて子供の時から年を取るまでいい目を見ずに終わる人も多いのだから、その日に食べる物がなかったと云う話などは、別に珍しい事でもないであろう。東京の様な都会に住んで、お金がなくなればその内に御飯も食べられなくなるのは当り前である。しかしその当り前の事が自分の身の上にめぐって来た時、これは世間に有り勝ちの事であると考えてはいられない。特に私の様に親のお蔭で立派な学校を卒業した後、人の羨やむ地位を得て人並み以上の月給を貰っている途中に蹉跌《さてつ》しておながかへる様な事になったのは、全く自分の不徳の致すところであるところであると天道様におわびをしなければならない。

小石川《こいしかわ》駕籠《かご》町《まち》の電車通を電車線路に沿って歩いて行ったのは、帰りに電車に乗るつもりだったのである。お金が十銭しかなかったから、行きがけに乗れば帰りを歩かなければならない。苦しい事を先にすませて後をらくにすると云う位の分別は私にもあった。

交叉点の近くまで来ると、線路を隔てた向う側にあるカフェーの前に、「自慢ライスカレー十銭」と書いた大きな立看板が出ている。それを見て歩いている内に、むらむらと食い気が湧き起こって、考えて見ればライスカレーと云うものを随分暫く食べない。上野の三橋亭《さんきょうてい》のは三十銭で、烏森の有楽軒のは八十銭で、隠豪屋のはライスカレーだけがいくらにつくか知らないが、どれもこれもうまかった。そう云えば一体近頃は西洋料理を食った事がない。砂利場の奥に隠れて人とのつき合いをしないので、宴会に呼ばれる事もなく、自分でそう云う所へ晩飯を食いに出かけるなどと云う事はもとより思いもよらない。纏《まと》まった御馳走を食う様な機会は今の場合当分ありそうもないが、ライスカレーを食えばいくらか西洋料理の様な気持がするであろう。それにしても一人前十銭とは安くもあるし自慢だと云う以上うまいに違いない。またその内いつか来て食べよう、とそんな事を考え込んで、ぶらぶらと富士前の方へ歩いて行った。

田端《たばた》で用事をすまして、市電の停留場まで出る間に、すっかり腹がへった。昼飛びなので腹がへるのは当り前であり、今のところそれも止むを得ない。しかし帰りの電車に乗らない事にすれば、途中で六銭の蕎麦を食う事が出来る。十銭みんな使ってしまう気になれば、さっきのライスカレーだって食える。どうしようか、どうしようかと考えながら歩いている内に、停車場を一つ通り越してしまった。

到頭《とうとう》また駕寵町まで歩いて来て、思い切ってそのカフェーに這入《はい》って行くと、薄暗い奥からけばけばした女が二人出て来て左右から私を押す様にした。成る可《べ》く知らん顔をして、

「ライスカレーをくれ」と云うと、一人がすぐにそれを通しに行った後で、もう一人の方は私の横の椅子に腰かけて、「いいお天気ですわね、お暑いでしょう。麦酒でも持ってまいりましょうか」と云った。

秋晴れの往来を歩いて来たので咽喉が乾いている。給仕女にそう云う事を言われるのは迷惑であった。

「いらない。水をくれ」と云って、私は六《む》ずかしい顔をして見せた。

「あら、召し上がりませんの」と云っているところへ、さっきの女が戻って来て、「只今すぐ。お麦酒お持ちしましょうか」と云って私の顔を見た。

十銭しかないのだとことわる必要もない。私の人品がそんな風に見えないのは止むを得ない。怒った様な顔をして、黙って一ところを見つめていたら、女達もだまってしまった。

昔学生の時分に、小石川掃除町《そうじまち》の裏に汚い洋食屋があって、当時は一般にまだ洋食が高かったが、そ

の店のライスカレーは十銭であった。同学の太宰施門君と時時食いに行って、その店をカフェー・マンジャンと愛称した。その頃は町の洋食屋に変な給仕女なんかいなかったから、落ちついてライスカレーを食う事が出来たけれど、こう二人の女が左右から人の手許をじろじろ見ているのでは、食っている間も安心出来ないであろう。早くあっちへ行ってしまわないかなと考えている内に、註文のライスカレーが出来た。

一匙二匙食う内に、女のいる事なんか気にならない程いい気持になった。ふうふう云いながら、額に汗をにじませて、匙を動かした。すると女達は起ち上がって、二人共すうと向うへ行ってしまった。その後姿を見送ってやれやれと思ってお皿の中を見ると、もう残りは少ない。矢っ張り食った様な気がしなかったと思った。十銭玉をぱちりと卓子《テーブル》の上においていて、外に出てから、これから歩く道のりを考えたらうんざりした。

石井好子

巴里の空の下オムレツのにおいは流れる

「夕食にしましょうか」

マダムがドアから顔をだした。

夕暮れどき、中庭に向ったアパートの窓には灯がともって、お皿のふれあう音や、こどものカン高い声が、私の部屋までつたわってきた。いまから十年前、パリに着いたばかりの私は、マダム・カメンスキーという白系ロシアの未亡人のアパートに部屋を借りていた。

昼間は街を歩いてみたり、フランス語のお稽古にいったりしても、夕方になるとアパートの一室でしょざいなくぼんやりしていた。そんなとき、洋服のままベッドにねころんで、中庭から伝わってくるざわめきをきいていたのだ。

この粗末なアパートは、セーヌ河の左岸で、エッフェル塔に近かった。かれこれ十四、五世帯が住んでいたろうか。その大部分は亡命ロシア人だった。四階に住む人は夕暮れになるとギターをひいて低い声でロシアの歌をうたった。

ベッドから飛び下りて台所に入ってゆくと、マダムは上っぱりを着てボールのなかの卵をかきまぜていた。お料理をするとき、マダムはかならず木綿の事務員が着るような上っぱりを着た。油はどこへはねかえるか分らないのだからエプロンなんか無意味だ、というのである。その木綿の上っぱりは、いつも台所の片すみにかけてあった。

＊

「今夜はオムレツよ」

　私は調理台の横におあずけをさせられた犬のように坐った。台所は一坪もあったかしら。せまくて、細長くて、中庭に向った窓があいて、流しや食器棚や、ガスこんろのおいてある細長いテーブルがある。私たちはいつも、この細長いテーブルの片隅で、食事をするのだった。

　フライパンが熱くなると、マダムは、おどろくほどたくさん（かれこれ$\frac{1}{8}$ポンドほども）バタを入れた。

「ずいぶんたくさんバタを入れるのね」

「そうよ、だから戦争中はずいぶん困ったわ」

　卵4コをフォークでよくほぐして塩コショーを入れ、もう一度かきまぜながら、熱くなったバタの中に、いきおいよくさっと入れる。

「戦争中はバタに困ったので、代りにハムのアブラ身を使ったの。ハムをたべるとき、アブラのところだけ残しておいて、それでオムレツを作るのよ。アブラ身をいためているとアブラが出るでしょう。そのアブラでプレーン・オムレツを作ってもよいし、少ししつっこいのが好きな人には、アブラ身も入れたまま作ったりすると、案外おいしいのよ。いまじゃバタはいくらでも手に入るけれど、私は、その味がなつかしいから、ときどきハムのアブラ身で作るの、このつぎに作ってあげましょうか」

　オムレツは強い火でつくらなくてはいけない。熱したバタにそそがれた卵は、強い火で底のほうからどんどん焼けてくる。それをフォークで手ばやく中央にむけて、前後左右にまぜ、やわらかい卵のヒダを作り、なま卵の色がなくなって全体がうすい黄色の半熟になったところで、片面をくるりとかえして、火を消し、余熱でもう一度ひっくりかえして反面を焼いて形をととのえたら出来上る。

そとがわは、こげ目のつかない程度に焼けていて、中はやわらかくまだ湯気のたっているオムレツ。「おいしいな」、私はしみじみとオムレツが好きだとおもい、オムレツって何ておいしいものだろうとおもった。もっとも、私はこどものころから卵料理が好きだったが、そのときのマダムのオムレツが、特別おいしいとおもった。いまになって考えてみると、中身がやわらかいひだひだで舌ざわりがよかったこと。バタがたくさん入っていたから味がよかったこと。そして焼きたてをたべたこと。この三つの理由だとおもう。

オムレツはうちで出来たてをたべるべきだ。レストランでさめきったオムレツに真赤なケチャップがかかっているのなど、むしろ食べないほうがまし。おいしく出来上ったオムレツには、ケチャップもソースもおしょう油もつけないほうが、おいしい筈である。

オムレツがうまくできるようになればコックも一人前だ、といわれるけれど、オムレツはコツさえ覚えれば決してむつかしいものではないと私はおもう。コツは何かというと、

1　卵をよくかきまぜること、しかし泡が立つほどかきまぜすぎないこと。
2　バタまたは油が熱したところに卵を入れること。
3　火かげんは強めにする。
4　卵を流しこんだら、そのままほっておかず、かきまぜること。
5　焼きたてを食べさせること。

この五つをまもれば、だれにだってオムレツはおいしくできる。

オムレツといってもずいぶんいろいろな種類がある。

日本では一般に、ハムや玉ねぎのみじん切りをいためて入れたり、ひき肉のいためたのを入れるようだが、フランスでは、チーズを入れたオムレツ・オ・フロマージュ、わけぎのような青いフィンゼルブを入れたオムレツ・オ・フィンゼルブ、じゃがいものゆでた角切りを入れたオムレツ・オ・パルマンティエ、ラム酒をおとしたオムレツ・オ・ラムなど、いろいろ違った種類がある。

チーズ・オムレツはアメリカでも食べるが、フランスのとは作り方がちがう。アメリカのは、平たく焼いた卵の上に、1センチ幅に切ったチーズをのせて、卵を二つおりにしたもので、焼けた卵の熱で中のチーズがとけかけて、どろっとしている。

フランスのは、粉チーズを卵2コに大サジ山もり1杯の分量でまぜあわせておいてから、プレーン・オムレツと同じように作る。

どちらがおいしいかといえば、もちろんフランスふうのチーズ・オムレツだ。だいたいアメリカ人はオムレツの作り方を知らない。フライパンに卵を流しこんだら、それっきり焼き上るのを待っていて平気でお客に出すのだから、卵はかたいし、見ただけで食欲も減退するようなオムレツができ上っている。

オムレツの作り方を知らないのか、手間をかける時間がおしいのか、どちらかは知らないけれど、やはり親切心がたりないのと、食べものに愛情を感じていないせいだとおもう。

＊

そのアメリカで食べたオムレツの中で、まあまあおいしかったのはスパニッシュ・オムレツだった。

プレーン・オムレツの上にハム、トマト、玉ねぎ、ピーマンを煮こんだソースがかかっているもので、これは食卓にのせても、プレーン・オムレツよりご馳走にみえるし、こどもたちにもよろこばれるだろう。

このトマトソースの作り方は簡単。トマト中形2コのヘタをとって、おなべに熱湯をわかし、トマトをフォークでさして、その中にほんのひと呼吸つけてから、皮をむく。こうすると、気持よく皮がはがれる。これを2センチ角に切っておく。ハムは2枚をせん切りに。玉ねぎはできるだけ薄く切っておく。ピーマンはたねをとり薄切りに。

おなべにバタを茶サジ1、2杯とかし、まず玉ねぎをいためる。ちょっとこげ目のつくまでいためたら、ハム、ピーマンを入れてまぜあわせ、最後にトマトを入れ、塩コショーで味をととのえてフタをし、はじめ2分強火で、あと3分とろ火で煮こむ。

これでだいたいオムレツ3人分のソースができるが、このソースは、そのときの台所経済によって、材料はどうにでもかえることができるからうれしい。

トマトと玉ねぎだけでもじゅうぶんおいしくできる。この場合は玉ねぎは少し分量をまして1コ半ぐらい、出来上りはちょっとトマトくさくなるから、ウースターソースかトンカツソースを茶サジ1杯加えるといい。

ピーマンのない場合はグリンピースが代用になるし、ハムとはかぎらず、ベーコンを入れてもよい。ただしベーコンのときは、バタを使わずに、はじめにベーコン2枚こまかくきさんだものをよくいため、そこに玉ねぎを入れること。

ぜいたくにしたければ、マッシュルームや生椎茸を入れてもよいし、ハムの代りにトリやキモをきざんだり、ひき肉を入れたり、昨日の残りのこま切れを細かくきざんで入れたっていいので、ソースにきまりはないのだから、いくらでも自分流に工夫すればいいとおもう。

とにかくトマトがとけて野菜がどろっとなると出来上り。

甘味をつけたい人は牛乳を大サジ2杯加え、辛味をつけたい人はソースを入れる。

トマトのない場合は、カンづめのトマトピュレーを使う。小さいカン入りのトマトピュレー半分の量がトマト2コぐらいにあたる。このソースは何もオムレツにかぎらず、スパゲティ、マカロニ、うどんのいためたのにかけてもよいし、こどものお昼に、ごはんを型でぬいて、このソースをかけてやると大よろこびである。

＊

「スペインふうのオムレツって、パリの人は食べるのかしら、私アメリカでよく食べたけれど」

「スペインふう、さあどんなのかしらね。きいたことないわ」

そしてマダムはちょっとおかしそうに笑った。

「ロシアふうの卵《エフ・ア・ラ・リュス》っていうのあるでしょう。あの料理、ロシアじゃ、イタリアふう卵料理《エフ・ア・ラ・イタリアン》っていうのよ」

エフ・ア・ラ・リュス、これはフランス人が前菜にたべるお料理だ。だいたいフランス人は朝食に卵をたべない。卵は肝臓にわるいときめているので、一週間のうち、卵料理は二度以上はたべないようだ。

毎朝、食卓に卵をのせているアメリカ人やイギリス人は、習慣的にたべているので、特別の感情もないようだが、フランス人は卵をあまり食べてはいけないときめている代り、たべるときは、できるだけおいしく、また自分の好みにあった食べ方をしようと心をくだく。

エフ・ア・ラ・リュスはお料理ともいえない簡単なものだ。お皿に二、三枚レタスの葉をおく。その上に、1センチ幅に輪切りにしたゆで卵を形よくのせて、マヨネーズをかける。それだけ。なーんだ、と思うでしょう。でも、これはフランス人の好きな前菜だし、ロシア人も、それにイタリア人も好きらしい。こうすれば、ゆで卵もちょっとしたお料理にみえるし、お客様のときは品数がふえて便利だとおもう。

「ゆで卵のゆで方なんかいまさら教えてもらわなくても」とおっしゃるにちがいないが、念のため書いておく。

ゆでるときは、強火では割れるおそれがある。ゆでている間、箸の先でころがすようにすると、黄味が真中にゆで上る。

ふっとうしてから約10分でゆで上るから、すぐ水につけること。水につけるとき、ちょっとカラにひびを入れておくと、水につけただけよりもっとカラがむきやすいし、ゆでるとき水の中に少量の塩を入れておくのも、カラをむきやすくする。

＊

パリでたべた卵料理で忘れられないのは、ヴェベールというレストランでたべた、その家の名をつけた卵料理だった。

私は昭和二十九年の春から秋まで、キャプシーヌという劇場で歌っていた。ここはオペラからマドレーヌ寺院へゆくキャプシーヌという通りに面した、小さいが、なかなかしゃれた劇場だった。

土曜と日曜はマティネがあったので、夕食は友だちとさそいあわせて劇場裏の小さいレストランへゆくことにきめていたが、ある夜、たまにはちがう所にもゆこうということになって、マドレーヌ寺院の横にあるウェーバーというレストランに行った。ウェーバーというのは英語よみで、私の仲間たちはヴェベールとフランスふうによんでいた。

同室のユゲットといっしょに入口を入ったら、やはり劇場に出ている四、五人の男女が奥に坐っていて手まねきした。

主役のBの横に坐ったとき、私は思わずよだれの出そうな声をあげてしまったのである。

「おいしそうね、それなに」

グラタン皿の中に、とろっとしたうすいトマト色のクリームがかかっていて、その厚いクリームの下には、2コの卵形をしたものが、こんもり柔かくもり上っていた。

「ヴェベールの卵、他ではたべられないよ」。もちろん私はそれを注文した。

そのお料理はむつかしい。一度私もためしてみて、成功はしたけれど、なんともタイミングがむつかしいので、お客さまのあるときには、ちょっとこわくて作れない。

まず白ソースを作る。作り方は、バタ大サジ1杯をフライパンでとかし、油のようにとけたところへ、メリケン粉大サジ1杯か1杯半をパラパラッとフライパンにまんべんなくふりかける気分で入れる。これを泡立て器でまぜていると、粉は黄色から白っぽい色になってくる、そこで、フライパンを火からはずして、カップ1杯半の牛乳を少しずつ入れる。入れながらも手をやすめず、かきまわしつづけ、もう一度火にのせ、下からプップッと泡がもり上るまで煮て、塩コショーで、味をつける．火は中火。

これが白ソースだが、この卵のソースには、トマトピュレーを少々入れて、うすいトマト色がつけてあった。（ケチャップで味つけをすると妙に甘くなる。ピュレーがない場合はむしろトマトジュースを使うこと）

べつに卵2コの半熟をつくる。水に卵を入れて火にかけ、中火でふっとうしてから約4分でとりあげて水に入れ、すばやくカラをむく。この半熟卵のカラをむくのが、大事なところで、むきそこねたら一巻の終り。

見事むけましたら、その半熟卵を、あたためておいた深めのお皿にのせ、上からさっきの熱いトマト色のソースをかけて出す。

ナイフで切ると、白味はほどよくかたまり、中の黄味は半熟で、その上にとろっとしたソースがかぶさってくる。熱いのをふーっとさましながら、フランスパンといっしょに口に入れる。その味は忘れられない。

この料理は天火があると少しやさしくなり、また、もっとおいしくなる。なぜなら、半熟卵がひえてからカラをむいてもよいからだ。ひえればカラもむきやすくなる。その卵を、バタをひいたグラタン皿の上にのせ、上からソースをたっぷり卵の姿がみえなくなるまでかけてから、チーズの粉を少しふりかけて、天火で上側にちょっとこげ目がつくまで焼く。

やけどをしそうに熱く、トロッとしたソースと卵をたべたなら、その感激は口ではいいあらわせない。

＊

日本でも封切られた「モナ・リザの失踪」というドイツ映画の、あの主役女優トルーデ・フォン・モロは、いまド・リボン夫人となって、パリに住んでいる。ご主人のド・リボンはパリの劇場の持ち主で南米生れの人だが、私はその二人と親しくしていて、ときどき食事によばれた。

コックはスペイン人なので、よく変ったお料理が出たが、その一つで名前は知らない、これも半熟卵だけれど、このほうはカラごと、半熟立て（エッグカップ）に入って、お皿の上にのっていた。卵の先は黄味がみえるくらいのところまでカラごと切ってあって、べつのお皿には、食パンのミミを油であげたのが数本くばられた。

食パンの外側のミミを、1センチの幅にきりおとすと、固い棒になる。それをこんがりとこげ目のつくまで油であげてあるのだ。それを手につまんで、半熟卵の黄味とおぼしきあたりに塩を少々ふり、ブスッとつきさすと、ぬらっと黄味があふれるように出てきてパンにくっつく。それをかじって食べる。白味のところはスプーンですくって食べる。なんでもないお料理だが、これは半熟もあげパンも熱くなくてはだめ。

とてもおいしかったことが忘れられない。それを食べたとき、窓ごしにセーヌ河がみえていたことまで、こうしていても目に浮かぶ。

＊

昼間ご馳走をたべるのが習慣になっているフランス人の夕食は、その代りとても簡単。特別の場合をぬかせば、夕食はスープと冷肉、サラダ、そんなものですましている。マダムと私の夕食も、オムレツのあとは、レタスのサラダだった。レタスの葉は一枚一枚よく洗われて、金あみのかごの中に入っていた。

食事どきに中庭に向った窓からみていると、むかいのアパートの台所の窓から、女の人が金あみをにぎった片手をにょっきり外に出して、サラダの水気を勢いよく切っているのがよくみられた。

大きなボールの中で、マダムはフレンチドレッシングを作る。フレンチドレッシングも人それぞれの好みで作り方がちがう。

一流のレストランへゆけば、サラダをたべるときは、かならず給仕がききにくる。

「お酢にいたしますか、レモンにいたしますか、にんにくのにおいはいかがいたしましょう」といった具合。

フレンチドレッシングはオリーブ油3、酢1の割で塩コショーをする。これが原則だけれど、お酢のきらいな人は代りにレモンをしぼる。塩、コショーのほかに辛子を入れる人もあるけれど、色どりをそこなうので私は使わない。にんにくは、あとがにおうから考えものだが、味はよくなるから、約半コすりおろして入れてもよい。

ドレッシングができたら、金あみの中からレタスをつかみ出し、指先でバリバリちぎってボールに入れ、大きな木のフォークとスプーンで、何度もひっくりかえすようにしてまぜあわせる。レタスに金属性の刃を入れると味がおちるのだそうだ。だから木製のフォーク、スプーンのないときは箸でまぜあわせることがかんじん。マダムは自分のお皿に山もりのサラダをとりわけると、

「あなたの分は今すぐ作ってあげるからね」

といった。私はその頃、レタスがどうしてもたべられなかった。水っぽくて味がなくて、レタスを食べていると自分が兎にでもなったような味気なさを感じた。

「生野菜をたべなくちゃだめよ」

親切でちょっとおせっかいなマダムは、なんとしても私にサラダを食べさせようとした。だから、「あなたの分」にはチーズをこまかく切って入れたり、あげパンのくずを入れたりして、味に工夫をしてくれた。

サラダは食べる直前にドレッシングとあえなくてはいけない。早くからあえてしまうと、「青菜に塩」のたとえの通り、葉がくしゃっとしぼんで、新鮮味がなくなってまずい上、見た目にもきたなくなる。

日本ではサラダというと、きまりきったものしか出てこないから、つまらない。コンビネーションサラダといえば、きまってトマトにアスパラガスに、きゅうりにじゃがいものマヨネーズあえで、たまには人参やセロリがつけあわせになり、うどのせん切りなどがついている。どこで食べてもだいたい同じだ。ちょっと工夫をこらせば、変ったサラダがたべられるのに……。

＊

人参を千六本に切る。できるだけ細いほうがよい。それをさらっと塩でもんでフレンチドレッシングであえたら、ちょっと続けてたべたくなるほどおいしいサラダができる。食卓にのせるときは、大きめの皿またはどんぶり風の大きな器に、一盛りにしたほうがきれいだ。

トマトのサラダも、ただ切って出すというのではなく、ヘタをとったら皮のままを半センチの厚さに切る。2コか、3コを大皿に横にならべて、その上にフレンチドレッシングを大サジ4杯か5杯かける。その上にみじんにきざんだ玉ねぎをまぶし、色どりにパセリのみじん切りをふりかけて出せば、立派な一皿ができる。

この場合、玉ねぎのかわりに、ゆで卵1コをみじん切りにしてふりかけると、トマトの赤にゆで卵の白と黄、パセリの緑と、色彩的にも美しくできあがって食欲をそそる。

きゅうりのサラダは、きゅうりもみのように薄く切らないこと。少し厚く、ポリポリするほうが新鮮な感じがするから、厚さは半センチぐらいに切る。フレンチドレッシングの中にみじん切りの玉ねぎを少量入れてから、きゅうりをあえる。パセリのみじん切りを少し加えると、緑のこさが目に美しくなるし、香りも増す。

火を入れた野菜のサラダでおいしいのは、さやいんげん。

さやいんげんは細いほうがおいしいが、太いのは斜めに庖丁を入れて2本にする。お湯の煮たったところに、さやいんげんを入れ（色をきれいに仕上げたい場合は重曹を一つまみ入れる）あまり煮すぎないで、ちょっと歯ごたえのあるかたさのとき、ざるにとり上げて、さます。

きゅうりのサラダと同じように、玉ねぎ、パセリのみじん切りといっしょに、ドレッシングであえる。

長ねぎのサラダは、長ねぎの太いのをえらぶ。根と青い葉を切りおとすと、だいたい20センチほどの長さになるが、長すぎるときは二つに切って、なべに入れ、ひたひたの水で中火でゆっくり煮る。ねぎがちょっと透きとおって、しなって中まで柔かくなったら、とりあげてひやす。

食卓に出す場合は、一人あたり3、4本ずつ西洋皿に盛りわけて、紅茶茶わんのような深めのものにフレンチドレッシングを入れて、それぞれ好きなだけドレッシングをかけて食べる。ちょっとアスパラガスに似た味がするので、「貧乏人のアスパラガス」などといわれたりしている。

マヨネーズあえのサラダは、ふつうに切ったじゃがいもをゆでて、玉ねぎの薄切りといっしょにマヨネーズであえるが、人参やグリンピースのゆでたのをまぜあわせると色どりがよい。

あるいは生のハムやきゅうりをきざんでまぜてもよいし、ゆで卵のうす切りをまぜてマヨネーズであえても、こってりしておいしい。出来上りにはかならずみじん切りのパセリをパラパラッとふることをお忘れなく。

＊

アメリカのキャフェテリヤで、つけあわせサラダとしてかならず出る「コールスロー」というのは、キャベツを半センチ幅にきざみ、さっとお湯を通してから、フレンチドレッシングであえたサラダだが、アメリカ人は甘い味がすきなので、お砂糖もちょっと入れているらしい。サンドイッチのつけあわせなどにすれば、おつけものに似た味で、なかなかおいしい。

アメリカではまた、フルーツサラダをよくたべる。ゆでたじゃがいもと生のリンゴが一番よく使われるが、カンづめの桃やパイナップルを小さく切ったり、みかんのカンづめなどを入れると、黄色やオレンジ色のいろどりが美しく、こどもたちには喜ばれるだろう。これもマヨネーズであわせる。

フルーツゼリーもサラダとしてたべる。パイナップル、桃、梨、みかんのカンづめをこまかくきざんで、湯でといたゼラチンを入れ、ゼリーにかためる。これだけでサッパリしたお食後ができるが、アメリカでは、このゼリーにマヨネーズを酢と油でうすくのばしたドレッシングをかけて、前菜としてたべるのを好む。

ゼリーとマヨネーズのとりあわせは少々好ききらいがあると思うが、夏の暑い日など、舌ざわりがつめたく、サッパリしておいしいものだ。

最後に一つ。

水ぜり（クレソン）は、日本では西洋料理のときの、かざりものにしか使われないようだけれど、フランスではサラダにする。よく洗って半分の長さにちぎり、フレンチドレッシングであえるのだが、水ぜりはニガ味があるので、ビーツ（赤かぶ）のゆでたのを、さまして皮をむき、うすい輪切りにしていっしょにまぜあわせる。赤かぶには甘味があるので水ぜりとよく合って、おいしいサラダができる。

もっとも、このビーツはかたくて、なかなか柔かくならないので、ゆでるのに時間がかかる。中ぐらいの大きさで40分、大きいのになると1時間、塩ひとつまみ入れた湯でゆでる。急ぐときは三つか四つに切っても、細切りにしてもいいが、味はおちる。

パリでは、日本食のたべたいお客さまに、よく水ぜりのおひたしを作ってあげて、とても喜ばれた。ほうれん草よりニガ味があって歯ごたえがさわやかだし、においも高いから、お新香代りにもなった。

＊

「フランス語のレッスンをとるより、私と話をしているほうが勉強になりますよ」

食事中も食後も、マダムはいろいろと話しかける。私は一生懸命知っているだけの単語を頭からしぼり出し、あるときは、字引まで持ち出してきて話をした。むつかしい話はわからなかったから、日常のありきたりの話が多かった。

「明日は何をたべたい」

「肉がよいわ」

「肉は何肉ですか」

「牛肉です」

といった、いとも簡単な会話。

「ではムニャムニャを作ってあげましょう」

というマダムに、

「え」

と問いかえすと、

「ロシア語よ」

と笑った。

ムニャムニャ、その名を私はとうとう覚えられなかったが、そのお料理はハンバーグステーキのようなものだった。ハンバーグより小形で、玉ねぎも入っていない肉だんご風なもので、ロシアではスープを食べるとき、いっしょに、油であげたパンをたべる、そのあげパンの中に、このひき肉のおだんごが入っている。

マダム・カメンスキーといっしょに住んでいた一年半のあいだ、この小形ハンバーグはよくたべさせられた。いったい、ハンバーグステーキというものはどこの国のお料理なのだろう。特別立派な料理でもないのに、なにかなつかしい。

＊

皿にもったハンバーグステーキよりも、丸いパンの間にハンバーグステーキのはさまっているハンバーガーが、私は好きだ。

ハンバーガーが好きなのは、二年以上もアメリカに住んでいて、アメリカの一流だといわれるレストランのお料理よりも、ハンバーガーの方がずっとおいしいとおもって暮したせいかもしれない。

ハンバーガーを作るときは、5コ作るとして、ひき肉を4百グラム買う。生焼けの肉が好きな人は、牛肉のひき肉にすること。中までよく火を通す人なら、合びきのほうが、味がよい。

ボールにひき肉を入れ、玉ねぎ1コのみじん切りを入れ、卵1コわりほぐして入れ、食パン一、二枚水につけてブヨブヨになったところをぎゅっとしぼってそれも入れ、全部をしゃもじで……、私は手でこねあわせてしまうけど……、ざくざくとまぜて、塩、コショー、ケチャップ少々で味をつける。それを五つのハンバーグ形に作って、バタまたは油で両面をいためやきにする。

これを、丸いパンの真中から二つに切ったのにはさむのだが、丸パンのほうも、ちょっと天火に入れるか、火にあぶるかして温かくしておいたほうがおいしい。

見えも外聞もなく、大口をあけて大きな丸パンにかぶりつくと、じゅっと中から肉の汁があふれてくる。できたてのハンバーガーはいかにも栄養のある食べものという気がする。

アメリカには、どんな街に行っても、かならずハンバーガーを売りものにしている小さい店があるが、ニューヨークへいったとき、ゆきずりに妙な店に入ってしまった。スタンドバーふうになっていて、坐ると目の前におもちゃの線路があり、注文をすると、調理室からハンバーガーをのせた汽車がはしってきて、目の前でとまるしかけになっていた。こどもならいざしらず、大のおとなが、神妙な顔して汽車の上にのっているハンバーガーをたべるなんて、なんだか、なさけない気分だった。

そんなヘンテコな店より、気のきいた店では、スタンドのテーブルの上に辛子、ケチャップ、ピクルス（きゅうりの酢づけ）のみじん切りがならんでいて、それぞれ好きなように味つけをすることができて、有難かった。トマトや、玉ねぎの輪切りもいっしょにはさみたい人は、給仕にいうと、そのようにしてくれた。

チーズバーガーというのもあるが、それはハンバーグステーキの上にチーズの一片をのせて焼いたもので、ふつうのハンバーガーより、ちょっと値段が高かった。

マダムが立ち上ると私も立ち上る。マダムが洗ったお皿を、私はかわいた大きなふきんでゴシゴシふく役だ。ふきんは何枚つかってもよいから、必ずかわいたのでふくこと、と言いきかされた。食器類を洗ってしまうと、次はおなべとフライパンだが、これはふかないでガスに火をつけ、その上に水気がきれるまでのせておく。こうすれば、ふきんを使わないですむうえ、熱で消毒までしてしまえるというわけ。

最後にふきんを洗ったら、あと始末は終りなのだが、食事に使うテーブルクロスやナフキンは、一週に一度大きなタライの中で煮るのだった。赤ちゃんのうぶ湯ぐらい使わせられるほど大きい洗たくタライによごれものを入れ、石けんの粉をふりかけて、上からお湯をひたひたになるまでそそいで火にかけ、ぐつぐつ中火で20分ぐらい煮る。

ときどき長い棒で上からつついたり、よごれものをひっくりかえしたりして、それがすむと水洗いするのだが、不思議なほど真白に、きれいによごれがおちていた。

これはテーブルクロスやナフキンとかぎらず、フランスの主婦が木綿ものを洗たくするときの方法で、十年一日のごとく、こうして洗いものをする。

「電気洗たく機なんてとんでもない。生地をいためるから絶対おことわりです」

といっていた。

種村季弘

天どん物語——蒲田の天どん

はじめてお目に掛る食物は別として、すでに食べたことのある食物には一つ一つ、思い出の淡い薄膜が埃のようにうっすらとかぶさっている。その思い出の薄膜ごと、あるいは薄膜の鹹味《かんみ》を通してくだんのものを食べるので、ある食物そのものの味というのは、実は純粋に化学的な蒸溜水と同じに無いも同然である。

思い出は各個人に固有のものだから、食物の味は人によって違ってくる。好き嫌いのかなりの部分は、人のその食物に対する、楽しい、あるいはいやな思い出とひそかに連動しているのではなかろうか。

たとえば林檎。私はこれが食べられない。戦争中、長野県の林檎の産地に疎開させられて、くる日もくる日も林檎ばかり食べさせられた。空腹を抱いて、そのもう湯の出なくなった温泉町の小路をほっつきあるいていると、横合いからいきなり誘拐の手のようなものがにゅっと伸びてさらわれていった先が町医者の診療室。そこで注射器にたっぷり血液を吸いとられた報酬が、またまたあの悪夢を手に握れる物質にしたような林檎だったとは。国光《こっこう》も、デリシャスも、宝石のようなインド林檎も、それ以来お歯に合わない。いまでも重症の林檎不能症で、林檎は見るだけ。

サツマイモ、南瓜——これもいけない。同年代以上の読者には解説の必要もあるまいが、戦中戦後に石のように硬い冠水イモや冠水南瓜を連日食わされたためである。

草餅。餅草と一緒に摘んだ何か有毒の青草に当って七転八倒してからというもの、青いものを見ただけで身体中に鳥肌が立った。藪系の青い蕎麦が駄目になり、鯖、コハダ、アジのような青い魚にまで青恐怖症が伝染した。もっとも、蕎麦と魚は一時的不能と見えて、いまではもうおいしく口に入る。

こうしていちいち枚挙してゆくと、食べられるものが何にもなくなってしまいそうだ。事実、まあそれに近いのである。毎日食べる日常食の材料が質的に極端に低下した時代を過してきたために、ありふれた食物ほど苦手になっているのだろう。そのために栄養体系のバランスが崩れて、食糧事情が回復してからも偏食傾向が残り、飽食しながら栄養失調という奇妙な状況が続いて、同世代の人間がバタバタ倒れてゆく。

何よりも困るのは、ある種の食物が食べられないので、その味わいと一緒にたぐり出されてくる記憶が開かずの間に封じ込まれてしまうことだ。これは、私のように物を書く職業の人間には致命的なマイナスである。

たとえば岡本かの子の『鮨』の主人公のように、鮨をつまむことで幼時の母との交歓の記憶が滾々《こんこん》と蘇ってきたり、プルーストの『失われた時を求めて』の主人公のように、マドレーヌというお菓子を紅茶に浸して口中にすると、おさない頃を過したコンブレエの幸福な日々がまざまざと浮び上がってくる、というような食物による特権的瞬間の恩寵をかなり制限されることになる。

文学作品を引き合いに出して言えば、むしろ『暗夜行路』の主人公の羊羹に対する感情がかなりの種類の食物について行き渡っているのである。少年の時任謙作が歯を食いしばった口のなかに丸ごとの羊羹を無理矢理押し込まれるときの恐怖。口のなかの暗黒と羊羹の黒とがつながって、その真黒な虚無のなかに食べている自分がぬるぬると呑み込まれてゆくような恐怖が、手近の目ぼしい食物に次々に伝染してしまったら、もうお手上げである。

人が平気でおいしそうに平らげているものが自分には食べられない。世界中がご馳走だらけになっても、自分一人は美女に取り囲まれた淋病病みの男のように手が出せない。どんなにおいしそうな食物も、悪い記憶の薄膜に目に見えない細菌のようにびっしりと被われていて、人には見えなくても自分にだけはそれが一目瞭然なのだ。

　そのものが食べられなくなると、そのものを食べたときの幸福な思い出も帰ってこなくなる。夜商いの石焼きイモ屋から買ってきた焼イモの、口のなかでほかほか崩れてゆく香ばしい味も、その冬の夜のきびしい寒さと、そこから保護された茶の間のなつかしいぬくもりも、肝腎のイモが食べられなければ蘇ってはこない。人生の大きな損失というものではなかろうか。

　それも好物が食べられなくなるのが辛い。私の場合ならあるときを境に揚げ物をまるで受けつけなくなったことがある。昭和二十七年頃の闇市で、得体の知れない古い油で揚げたものを肴に仲間二人とメチル・アルコールを飲んで別れてから、その一人が頓死した。死んだ友達と同じ部屋に下宿していた片割れが、明け方、まっさおな顔をして知らせにきてくれた。身体中がねじくれるような苦しみのなかをのたうち回って息切れたという。

　その日から、天ぷら、豚カツ、メンチ、コロッケ、フライのような子供の頃からの大好物が禁断の果実になってしまった。褐色に揚げたものを見るだけで、闇市の揚げ鍋のなかの、どろどろした黒い油に気味の悪い泡が躍っている光景や、油臭いおくび、薬のにおいのする焼酎のゲップがこみ上げてきて、真黒などろりとした液体を堰《せ》き止めている嫌悪感に苛まれるのである。

　ふとしたきっかけでこれは治った。それから数年後、大阪のホテルで人に誘われて何気なく天ぷらをつまむと、あれほど鬼門だった天ぷらが何の抵抗もなく胃の腑に納まってしまったのである。

　良質の油やネタが出回る時代に入っていたからだろう。衣を水でなく酒でとくのが油のにおいを消したのかもしれない。次に思い当るのは色の感触である。上方天ぷらの卵色がどす黒い油の記憶を遮断してくれたのである。汁を使わずに、乾いた白い塩で食べるのも、悪い色の強迫観念を祓《はら》ってくれた理由かもしれない。

それかあらぬか、いまでも私は、点心か西洋菓子に似た長崎天ぷらや、上方風の揚げ方の天ぷらの方が好みに合う。要するに、同じ天ぷらでも、色や形や調理法によってある種の記憶は閉ざされ、別の記憶の扉が開くという魔術（とはつまり料理の腕）のおかげで、悪い記憶の回路が閉じるのである。

ただし、天どんの好みだけは上方風ではない。これは汁のたっぷりしみ込んだ、色の濃い、東京の蕎麦屋で出すようなのが好きで、専門の天ぷら屋のでない方がいい。

理由は分っている。ある食物がある思い出にとりわけつながっているとすれば、私の場合、天どんは家庭教師という仕事の思い出につながっている。その家庭教師に行った先で出されるのが、きまって蕎麦屋の出前の天どんだったのである。

学生時代はあまりアルバイトをしなかった。私が家庭教師を熱心に務めたのはもう世の中に出て、それも若気のいたりで一つ二つの勤め口を棒にふって、失業者だったときのことである。友人が心配してくれて、医者の卵にドイツ語を教えることになった。高校生相手と違って報酬はかなり多額であるうえに、相手は大人なので、割の悪くない仕事である。別々の時期に三件の家庭教師を務めたが、どこへ行っても不思議に天どんが出た。

授業が終ってから四方山《よもやま》話かたがた、出前の時間が早すぎてとうに冷め切った天どんに箸をつける。教えているときの知的優越からがくんと落ちて、しがない不定の職業でかつがつ生存を支えているのだという実感がしみじみと身にこたえる、まことにわびしくもうらがなしい時間である。病院長のドラ息子がときどきビールをすすめながら無邪気に話しかけてくる。

「お住居は？　ああ池袋ですか。あそこの近くに××病院があるでしょ。うちの外科のインターンが実地見習に行く病院なんですよ。あそこで労務者の二十人も大根切りにすれば、まあ一人前になるって位のもので、二年先にはぼくも行くんです」

表面が冷えきっているのに裏はご飯のぬくもりでまだほんのり温味の残っている海老天が、咽喉元に引っかかってひくひく上下する。二年先にだけは絶対に外科の厄介になるような故障は起すまいな。気が滅入っているところへ追い打ちを掛けるように、外でキーンと大スピーカーが鳴った。

日曜日の午後は、その家の隣りの新興宗教本部の中庭で、スピーカーを通じて「告白」がおこなわれるのである。声の調子では四十がらみらしい男が話しはじめた。

「……そこで私は父親の頭に鉈《なた》をブチ込んで、後をも見ずに家をとび出したのでございます。刑務所に十二年、出所いたしまして虫けらのように社会の裏を這いずり回っておりますす間にお祖師さまのご恩に感じまして、こうして曲りなりにも更生させて頂きました次第でございます」

ワーッと歓声が上がり、トタン板に霰《あられ》が散るような拍手がスピーカーを占領する。

背後からは更生した凶悪犯、つまりはもう傷害殺人をやり尽してしまった男の声にスピーカーで脅かされ、正面からはまだやっていないとはいえ同じような作業を二年先に控えて手ぐすね引いている、坊やのような医学生の軽やかな舌の回転の攻勢に受太刀になり、間に宙吊りになった恰好でまたもや丼の隅に寄せた花生姜の糸をぼそぼそと箸の先につまむ。

おれも「告白」する資格があるかもしらんぞ。こいつが、と医学生を見て、学期末試験に受かり、果てはインターンになれるように泥縄式の語学を教えてるとすりゃ、こりゃ歴とした共犯者なんだものな。

話が出来すぎているようだが、ウソではない。だから、もう共犯としての時効を過ぎているにしても、わざわざ二十年後の現在、ここにこうして「告白」してさっぱりしたいと思うのである。

あとの二件は二人とも相手が女性だった。一人は医科の女子学生。勉学よりお化粧と夜遊びに余念がない口で、教えている時間より、頼まれて家出した先を探し回っている時間の方が多かったように憶えている。

正真正銘にまともだったのは外川満子博士だけである。血液学を専攻する現役の女医さんで、すでにきちんと外国語も習得しており、ただ研究交換のために渡独する前に軽くおさらいをしたいというだけの、願ってもない上客であった。

この人のところでもやはり天どんが出た。木造病棟の二階の看護婦室のような小部屋を教室代りに借りている。そこで天どんを給仕するのが、看護婦ではなくて軽症の患者らしい人なのが、変っているといえば一風変っていた。

蒲田の一角にある大病院である。大きな敷地に点々と各病棟が建っている。なかで私の目的地の病棟は女の患者ばかりで、木造の兵舎のような薄暗い大病室に寝着姿のさまざまの年齢の女性患者が根を失った植物のようにひょろひょろとあるいていた。階段脇の洗い場で洗濯をしたり、米をといだりしている患者もいる。申し合わせたようにうつろな顔をしていた。外川さんは別に教えてはくれなかったが、どうやら女性だけの精神科病棟らしいのだ。

これで腑に落ちたことがある。給仕をしてくれる女性が、どうかすると妙に色っぽい目つきをするのである。私は勝手に自分の男前のせいと決め込んでいたが、これは相手のパラノイアにこっちが染ってしまった結果で、彼女は男なら誰にでもその目つきをするのだ。その種の患者を選んで、若い者をうれしがらせた外川博士もお人が悪い。

蒲田の病院の天どんは特別においしかった。大病院なので出入の多い何軒ものお店からいちばんいいのを選んでくれたのだろう。そのせいで私はすっかり天どんのマニアになってしまった。ようやく勤め口にありつくと、昼食も夜食もきまって天どんを取った。

これが祟った。何しろ朝から晩まで天どん一本槍である。身体にこたえないわけはない。ついにある夜横腹に疼痛が走り、高熱を発して、尿が赤に近い黄色に変った。急性肝炎である。

ヴィールス性肝炎だから、あながち暴飲暴食のせいばかりではない。しかし暴飲暴食をしていたことも間違いなくて、だからヴィールス感染に抵抗がなくなっていたのである。

家庭教師時代のよしみで蒲田の病院に入院した。点滴と食餌療法の一ヵ月である。外川先生は渡独中、女子精神科病棟はとうにどこかへ取り払われて、病院はすっかり近代化されていた。

季節は一九六〇年初夏で、病室内はむし暑く、病院のどこかで安保反対のデモ隊の国会突入を報じるラジオが深夜までひっきりなしにがなっていた。下の広場や道路にときおり生《なま》のシュプレヒコールが轟く。闇市の揚げ物を食って悶死《もんし》した友達の顔が目に浮ぶ。ねじり飴みたいにねじくれて死んだってな。そろそろこっちも年貢の納めどきか。

偏執狂的に天どんに入れあげた罰である。退院すると、私はまたもや揚げ物恐怖症に逆戻りしていた。当分の間油気のものを禁じられたせいもある。そうしてそれから二十年近くの間、天どんには久しくご無沙汰していたのである。天ぷらをはじめ、カツやコロッケ類はふところの必要に応じて食べられるようになっていた。ただどういうわけか、天どんだけは試す機会を失っていたのだ。

それが最近、正確には昨年の初夏、久しぶりに天どんが食べられたのである。これもきっかけはささやかな出来事であった。

所用があって台東区の中学校を訪ね、帰りがけに教員室を出たところで空の出前丼につまずいたのである。丼の蓋が外れて、醬油のタレに茶色くそまった丼底に食いちぎった海老の尻尾がわびしげにへばりついている光景が目を搏《う》った。すると何だかにわかに猛然と天どんが食いたくなってきたのである。

拒否反応が起るかもしれないので、慎重に事態を分析しなければならぬ。私は中学校を出て、まず最寄りの三流ポルノ館に入った。

前にも言ったように、私は凝り性というより偏執狂に近い性格の持主である。天どんが好物となると天どんばっかり、中華料理が好きとなると、横浜中華街を一軒一軒しらみ潰しに渡りあるいたりする。久しくタクシーを敬遠していても、一旦何かの拍子に車を使うと、歩いて三百メートルのところでも車を使わないと気がすまない。

その伝で、その頃はポルノ映画館に凝っていた。もっともポルノ映画を観るためではない。いや、それも観ることは観るのだが、主目的はロビーの長椅子で本を読むのである。場末の三流ポルノ館のロビーや廊下はめったに人が通らない。八百円の入場料で半日以上黙って座っていて文句を言われない、のみならず冷暖房完備の、大都会では数すくない場所である。

ときどき観客がドアを開け閉《た》てすると、スクリーンの方からあやしげな息遣いが押し寄せてくる。私は一瞬耳を澄ます。それからまた目を落して、読みかけのザロモ・フリードレンダー『子供のためのカント入門』の頁を追う。

淫売屋の廊下が修道院の読書室になっているような、その取り合わせが好きなのである。修道院のように禁欲的な読書と瞑想に耽り、しかもその気になればいつでも閾《しきい》をまたいで淫売屋のドンチャン騒ぎの真只中に入っていけるのだ。館内水を打ったように息を殺しているなかを、かすかに須波物調の息遣いが伝わってくる。それが風にそよぐ葉音のようだ。

その日もバネの抜けた長椅子に腰を落して瞑想に耽《ふけ》った。私が天どんを食いたくなった場所は学校である。それが眠っていた家庭教師時代の思い出をよび起し、目の前の空の出前丼にオーバーラップして、天どんへの食欲をふたたびめざめさせた。それなら家庭教師のときと――つまり天どん中毒で肝炎になる以前の時代と、ほぼ似たような条件が構成されれば、私はたぶん天どんを食えるであろう。

ポルノ館を出て、まっさきに目についた蕎麦屋に入った。天どんを注文し、天どんがきたところで、あらためてビールを頼んだ。天どんを出前が届くくらいの間適度に冷ますためである。

パリパリの揚げ立てではいけない。家庭教師時代のように、出前が遅れて天ぷらがすこしくたびれ、タレがしみすぎてくたんとなったのを前歯と舌の間に挟んでにったり食いちぎる感触が、まずは復活しなければいけない。天下の天どん通が何を言おうと、私の天どんリハビリテーションには、あのわびしくうらさびしい出前物の正調がぜひとも欠かせないのだ。

ビールを一本半ほど干した頃合いを見計らって、丼の蓋を取る。蓋の裏側に水蒸気の冷めて水玉になったのが、透明な魚卵のようにびっしり貼りついている。よろしい、あの頃そのままだ。崩れそうにふやけた衣を箸でつまむと、ずるっとむけてイカの白いネタがのぞく。構わずに口を寄せて前歯で食いちぎった。

拒否反応はない。揚げざましを使ったのか衣の表側が冷め、ネタも舌ざわりが冷たいのに、ご飯にぬくもった裏側がほんのりと温かい。これが正調だ。あの頃の通りだ。と思うまに色の濃い衣は難なく咽喉元を通っていた。

途端に背後で大スピーカーが鳴った。凶悪犯が日曜日の告白をはじめるらしい。ぬるくなったビールをお茶代りに一口含むと、若い医学生がピカピカ光る鋸で人間の太腿を切断している場景が脳裡を横切った。ひんやりとしたコンクリートの壁に囲まれている場所で、下の方に水のひろがっている気配。そのなかから根を失った植物のような女たちがひょろりひょろりと浮んではまた沈む。スピーカーの告白がシュプレヒコールに変り、その声に真赤に染った西空が重なる。バラバラに散らばった手術台の上の手足。悶死《もんし》した友人のうらめしげな顔。

人生は地獄だな、と私は考えた。人生は地獄だ、人生は地獄だ、とエンドレス・テープのように頭のなかをその言葉が回転し、その間に箸が天ぷらをのせたゴハンをせっせと口のなかに運んだ。

つまりはそういうことだ。人生は地獄だというのに、天どんを食えばうまい。人生は地獄でも、天どんというものがちゃんとある。残る問題は、と私はつぶやいた、そう、残る問題は、地獄にも天どんがあるかどうかだ。

長沢節

お酒を飲むなら、おしるこのように

日本人が他人を批評して酒が強いとか弱いとかいうとき、いったいそれは何を意味するのか。単にたくさん飲めるか飲めないかをいうこともあるし、たくさん飲んでもなかなか酔わないとか、少しでもすぐに酔っぱらうとかを指すこともある。そして面白いことには酒に強い人を男らしいといい、弱い人は男らしくないいか、魅力に乏しい男性という評価を受ける。酒の飲めない男なんては男のクズでしかないということになっている。

男のネウチが酒で決められるようなそんなバカな酒ならきっぱりとこちらからお断わり、とある時点ですっかり私は酒嫌いになってしまった。

そんな私だって学生時代のコンパなどでは酔っぱらって街を彷徨《ほうこう》し、人並に吐いたりしたことだってあるのだから、酔っぱらいの気持が全然分からないというのではない。要するに酒に酔うところまでならまだ許せるのだが、男が男らしさに酔っぱらってる風景だけは、どうにもガマンができなかったのだ。

いつの間にか私は酒嫌いで通るようになった。酒のつき合いがなくなって、急に世の中が爽やかになった。その後の恋愛も友情もまったくの酒気抜きで展開していったわけで、すべてが正味の味わいになれたのである。

しかしもともとは酒が好きなので、飲み出すととてもおいしい。日本酒もウィスキーもワインもブランディもである。ビールだけはちょっとニガテだが、空気の乾燥しているパリで散歩の途中飲んだ「アン・ドゥミ」(二分の一リットル)は、水よりずっとおいしかった。ただ日本式の大ジョッキや大瓶がニガテなのだ。日本酒だったらおチョウシに一本か二本。もうそれ以上は誰が何といおうが飲まない。

酒というのは、一定の限度をこえると急にまずくなってしまうのだ。まずくなってもガマンして飲んだ昔のガマン精神が、年齢とともにすっかりなくなってしまったのである。ウィスキーは水割りやオンザロックは嫌いで、ダブルのストレートが限度、それをコニャックみたいに手の平で温めてチビリチビリやるのが好き。

おいしいうちはピッチがやたらに速くて、他人がついでくれるのなど待ちきれず、つい自分でついでやり出すものだから、友人は大いに慌《あわ》て、

「セッさんってズイブンといけるんじゃないのさ。酒がキライだってばっかり聞いてたんだけど」

「そうなんだよ。だからもうすぐキライになっちゃうから見ててゴランよ」

さしつさされつの友情はだからさっぱりなしで、自分は自分のペースで勝手な酒を飲む……。そんな酒の飲み方だから、私を街に誘い出す酒飲み友達はもはや一人もいなくなってしまった。

私にこんな酒の飲み方を教えてくれたのは、もちろん日本ではなしに外国である。食事のたびにブドー酒を出され、まるで日本のミソ汁みたいに料理や肉を食べながら一口ごとにワインを飲む、あの習慣が、私にとてもぴったり合っていたのだった。そのとき飲むのはドゥミの小瓶か、四分の一リットルがせいぜいだ。うっかりそれ以上飲むと、たちまちあの酒酔い状態に陥り、まず睡魔に襲われ、午後は全部フイになってしまうのである。残すのがモッタイなくて最後の一口が多かっただけで、たとえばせっかく日本から見にきたオート・クチュールのコレクションですっかり眠ってしまうようなことは、案外に多いのである。

これくらいのブドー酒で酔っぱらってしまうのは西洋人にはいないらしく、みんな私の倍以上も飲み

食いしてから、悠々と自動車を運転して帰ってゆくのだ。ワインを飲んで飲酒運転だと取締まられた話はまだ聞いたことがない。だって取締まりのおまわりだって、昼の食事がワイン抜きだったとしたら、そんなの人権侵害だといってもう働かなくなるだろう。

だからといって酔っぱらい運転があちらで認められている、というのではない。同じように酔っぱらい運転はやはり禁止されているのだから、彼らは酒を飲んでも酔わないだけなのだ。そこが日本の酒飲みと違う。彼らにとって酒はおいしく飲むもので、それ以外の何ものでもない。酒はどんなに飲んでも、絶対に酔ってはならないのである。酒に酔っている人を見ると、市民からたいへんな軽蔑を受けることは間違いなく、一度それがみつかったら「変わった人」といって二度と相手にされないだろう。

日本にいる西洋人で、この変わった人たちが夜な夜な集まってくる、無秩序な歌舞伎町の夜に、かえっていっぺんで惚《ほ》れこんでしまったりする人もいるけれど……。

たしかに外国の街では絶対に見られない日本特有の名物の一つは、夜の盛り場をふらつく酔っぱらいである。前後不覚に酔っぱらっても、とくに危険や不安もないとしたら、それも世界に誇れる立派な日本名物といえるかもしれない。しかし酔っぱらったはてに、ところかまわずゲロを吐くのも日本名物なのだ。これはさすがに女性には少ないようだ。幸いに私はまだ見たことがない。夜の電車の中でゲーゲーやってるのがほとんど全部ネクタイをした中年紳士だということは、いったい日本ってどうなってんだろう？　なぜか一人ぽっちで吐いてるというのも、めったになくて、たいていはグニャグニャと絡みあった男性二人の、どちらか一方が吐き、一方はかいがいしくそれをサポートする……。まことに珍なる風景が見られるわけだ。背をさすり、倒れそうなのをかかえこみ、抱き起こし、あらん限り吐き出させたら、最後にはそれをキレイに掃除するのこそ友情だろうと思うのに、いまだかつて吐かせたものを掃除する友情なんていうのは見たことがない。それは街中だろうがプラットホームだろうが、はたまた電車の中だろうがまったく同じことで、ゲロがどんなに街中の人の迷惑かはまるで眼中にないもののごとくだ。

ハタ目には何もこんな苦しい思いまでして、なぜそんなに酒を飲まなければならないのかというギモンが湧く。たぶん自分の楽しみで自分の金で飲むなら、あんな苦しそうなもったいない飲み方はしないだろう。だからあれは、つきあい酒とか、会社の交際費で落とせるやつにちがいないと考える。それが当たらずとも遠からずで、街を汚さない唯一の方法は、日本中からまずタダ酒を一掃することだという気がするほどだ。

せっかく友情を温めようとして街に出て酒場に行ったとする。そしてすぐに後悔の念が湧くのであるが、その第一は、なぜか腰が坐らないのだ。ゆっくりとお話でもできるかと思いきや、一時間もたたぬうちに腰を上げ、金を払い、「さあ次だ！」となる。

つまりハシゴというやつ。男のつきあいでこれくらい憂鬱《ゆううつ》なものはない。それが一度や二度ではなくて、一晩に三度も四度も店をかえて歩き回るのだから、まるで運動会なのだ。なぜもっと自分の好きな店をはじめからちゃんと選んでおいて、そこでゆっくり飲み明かすような友情と時間のつぶし方ができないのか、と思うのである。そんな日は夜の街を一晩中よく歩き回ったとか、よく運動ができたとは思うけれど、友達といい話ができて楽しかったという経験にはならないでしまうのである。

第一日本の酒場のあの喧騒は、はじめから人間が話などをしなくてもいいようにばかりできていて、もともとがハシゴ向きなのだ。近ごろはカラオケバーなんてのもできたそうだけど、話をきいただけで鳥肌が立つ。日本の男がそんなに唄いたがるのは、つまりは会話のつき合いが何よりもニガテだからなのであろう。

飲み屋にいけば男たちはたしかにみんなしゃべりまくっていて、決して黙って飲んでるわけではないのだが、結局は酔っぱらいの独りよがりなどなり声ばかりであって、絶対に会話などというものではないようだ。そして同じセリフが何度も何度も繰り返されるのがその特徴で、当人にしてみればこの気持よさがコタエられない、というのかもしれない。

それはよく分かるのである。しかしそんな、自分を自分だけの殻の中に閉じこめた恍惚《こうこつ》状態を臆面《おくめん》もなく人前に持ち出していいものだろうか。酒をそのように飲むのだったら、それは街中でなしにぜひ自分の部屋で一人淋しくどうぞ！

いずれにしても、日本では酒はあまりにも男の美学と堅く結びつきすぎたと思う。だから女性のブンザイで酒を飲むなどとはとんでもない、なんて一部でいわれていたのである。でなかったらバーの女みたいに客の酒をガブ飲みするような自堕落もなかったわけで、もし女の酒がまるでおしるこのように、ただおいしくて飲むというふうになったとしたら、これは素晴らしいことだと思う。女の酒が日本の男の酒を少しでもマネるようなことがないように、男とまるでちがったところから始まってほしいと思うのである。というのは最近になって、女性と食事をしながらワインなどとると、たいていの女の人は男とちがって、西洋式にとても美しく飲むようだ。まるでミソ汁をおかわりするみたいに、「もう少しいただきましょうか」なんて催促するのである。

津原泰水

玉響

例の伯爵《はくしゃく》という綽号《あだな》の小説家も付いてきて、自宅と誤解しているのでは思うほど長長と居座り続けた。黙っていれば威厳に満ちているが、妙にあっさりした口調の人物で、それだけに本心が見えにくい。そのまま泊り込むつもりかと思っていたら、夜半に腕時計を覗《のぞ》いて、

「じゃあ、ぼくはこの辺で」と静かに帰っていった。

猿渡《さるわたり》は残った。かつて防湿機能付きの写真機棚が置かれていた空間をじっと見つめている。

「棚まで売ったのか」

「入院費用が高くついてな。なに、本当に仕事に必要な物は僅《わず》かだった」

「バルナック型のライカも――」

「真っ先に売ったよ。もはや純然たるコレクションと化していたから」

「云《い》ってくれれば、おれが買ったのに」

「金なんか無いくせに」

「なんとか工面《くめん》したさ」

「そうまでしている猿渡から金が取れるか」

彼は声をあげずに笑った。

呼び鈴が鳴った。

「伯爵が、忘れ物かな」

「階下《した》の日菜《ひな》だろう。きっと灯《あか》りが点《つ》いているのを見たんだ」

立ち上がろうとするおれを手で制して、猿渡が玄関に出た。

予想どおり、ガリレオを抱えた日菜だった。

前者はおれが飼っているアーフェンピンシャー。猿かケムンパスのような顔をした黒い小型犬だが、老いてだいぶ灰色になっている。もともと写真の恩師の飼い犬だった。彼が亡くなりその家で持て余されていたのをおれが譲り受けた。

日菜は行きつけの酒場の女だ。おれは自他共に認める面食いだから容姿については勿論だが、なによりざっくばらんな人柄を気に入って店に通うようになった。やがて同じマンションに住んでいるのを知った。また例のことが起きた、と思った。

「猿渡さん、この子、どうしましょうか」

「置いてってくれ」とおれが答えた。「もう自分で面倒をみられるから」

「当面、そのまま預かっておいてください」と猿渡はおれの意向に背いた。振り返って、「まだ無理だよ」

「大丈夫だって」

「伊予田《いよだ》、たまにはおれにも従ってくれ」

「もう治ってる」

「完全じゃない」

押し問答になった。喧嘩《けんか》が始まるとでも思ったのか、日菜はガリレオを抱いたまま外に出ていってしまった。

「おれも帰る。あしたまた来るよ」と猿渡も云って、彼女を追うように部屋から消えた。

ようやっと独りになったと思ったのも束の間、また呼び鈴が鳴った。おれが立ち上がろうとしていると勝手にドアを開けてなかに入ってきた。また女だ。

私服なので、はじめ分からなかった。よく顔を見てみれば、病院でおれを担当していた美作《みまさか》という女医である。

「――伊予田さん？」

「起きてますよ」と手を振って応じた。

女医はやけに怪訝《けげん》そうに、「猿渡にお会いになりましたか？　付添《つきそい》の男」

「たったいま帰っていきました。擦《す》れ違いませんでしたか」

「いいえ」

「……どこに消えた？　まさか日菜の部屋か」

おれが入院しているあいだ甲斐甲斐《かいがい》しくここと病院とを行き来して荷物を運んでくれたのは、大学の同級生だった猿渡だ。真っ先にガリレオを心配して日菜が預かるように算段してくれたのも奴だ。そんな行き来のなかで奴と日菜が深い仲になってしまったんじゃないかという想像が、脳裡《のうり》を掠めていた。

いや、それはない。直後にそう、自分でも不思議なほどきっぱりと否定できた。猿渡についてだったら大概のことがおれには分かる。自分についてより詳しいほどだ。

猿渡は日菜には興味がない。興味があるとしたらむしろこの女医だろう。

女医はソファに腰を下ろした。ただしおれとの間に大きな鞄《かばん》を置いた。衣服に染みついた病院の空調臭と、その向こうの微かな女らしい匂いを感じた。

「勤務が終わったからご様子を見にきたの。ご機嫌ですね。お酒でも?」

おれはかぶりを振って、「病み上がりですから。ただ、やっぱりね、と」

「やっぱり、なんですか?」

「やっぱり登場なさった。退院してからも御縁があるはずと確信していましたよ」

「それは……どうして?」

おれは自分の蟀谷《こめかみ》を指で叩いた。「ちょっとした予知能力があるんです。ここ二三年は特に冴《さ》えまくってる」

反応のしように困ったのか、女医はおれから視線を逸《そ》らせた。

鼻梁《びりょう》の絶妙な反《そ》り返りにおれは見蕩《みと》れた。つんけんしたいけ好かない女という彼女に対するおれの評価が百八十度変わったのは、この曲線に気付いた瞬間だった。

むかし好きで好きで堪《たま》らなかった、誰かに似ている。誰なのかは未だ思い出せない。

女医は鞄を開けて中をまさぐりながら、「伊予田さんに、改めてお尋ねします」

「退院した人間に問診ですか」

おれの部屋に入ってきて初めて、彼女はちらりと笑顔を覗かせた。「再確認です。とても珍しい症状だったから。たとえばお子さんの頃、わたしのような医者にかかった経験は」

「脳神経外科医? それとも女医?」

「前者です」

「一度も」

「頭か頸《くび》に、大きな怪我をなさったことは」

「ないですね。柱にぶつけたり人に殴られたりのたんこぶだったら、無数にもつくってきましたが」

「強い衝撃で気を喪《うしな》ったような経験は、一度もない？」

おれはしばらく考えて、「ないです。仕事柄、アマゾンの少数部族と寝食を共にもしましたし、マダガスカルの山中で遭難したこともある。そういうので腹をこわしたり、腕や脚の捻挫《ねんざ》や骨折だったら、いくらでもやりましたけど。そんなに奇妙な物が写ってたんですか、わたしの頭の中には」

彼女は諌《いさ》めるように、やや強い調子で、「今は消えています。今は、異常な点はなにひとつありませんよ」

ＭＲＩで輪切りにされた自分の脳味噌のプリントアウトを、改めて見せられた。ここ、と指で示されると、なんだか実際に頭の中をつつかれているような気がした。

「ごく小さな、蟲《むし》けらほどのなにかですが、ほら、この白く光っているような箇所。これが——原因だったかもしません」

「わたしが繰り返し暴れた？」

「——ええ」

「そうとう暴れたらしいですね」

「記憶していないんですか。まったく？」

おれは見馴《みな》れた部屋のあちこちに視線を游《およ》がせながら、「情景の断片だったら……なんとなく。猿渡が自分を必死に押さえている様子とか。しかし、あとで話を聞いての想像のような気もします」

「そう」女医は呆《あき》れたように吐息《といき》をついた。鼻梁の曲線に気付く以前だったら、かちんときていたであろう瞬間だ。「とにかく、今のあなたは健康です。ゆっくりと静養なされば、なにもかもが元通りにな

まで？」

「もちろん、そう思っていますよ。だから退院できたんでしょう。それを伝えに、深夜、わざわざここまで？」

「まあ……そういうことになりますね」

女の表情の揺らぎを、おれは見逃さなかった。

「先生、写真はお好きですか」

「撮るのをですか。いいえ、そういう趣味は」

「いえ、撮られるのは。一度、先生を撮らせていただきたいですね」

「伊予田さんは、蟲専門の写真家だとうかがいました」

「食扶持《くいぶち》はそれで得てきましたけど、もちろん一通りは撮れますよ。人物でも風景でも、プロ並みに」

笑わせようと最後の部分を強めてそう云ったのだが、にこりともしてくれない。冴えた軽口とも云いかねたが。

はたと、彼女が訪ねてきた目的が、おれ以外である可能性に思い当たった。「伯爵とかいう小説家だったら、だいぶまえに帰りましたよ。猿渡も、また明日と云っていた」

「なにか誤解をなさっているようですけど、わたしはあくまで伊予田さんにお会いしにきたんですよ」

「しかし思い出してみると、経過説明のとき先生はいつも、猿渡にばかり話しかけていた」

「付添の方にこそ、深くご理解いただく必要があるからです」彼女は鞄を閉じて立ち上がった。「今日はもう失礼します。よくお休みになってください」

「今日は？　またおいでになるんですか」

「おそらく」

「なぜでしょう」

女医は時間をかけて言葉を選んで、こう答えた。「伊予田さんが興味深いからじゃないかしら」


空腹をおぼえ、保存食でも残っていなかったかと冷蔵庫を覗くと、サンドウィッチやペットボトル入りの飲料がどっさりと入っていた。ここを訪れたばかりの伯爵がいったん姿を消し、やがてコンビニのポリ袋を提《さ》げて戻ってきたさまを思い出した。

自分の夕食か夜食を調達してきたのだと思っていた。おれのために気を利かせてくれたようだ。こんど会ったら礼を云わないと。

ハムサンドとツナサンドの袋を開けて、立ったままで一つずつ食った。それで充分だった。残りは冷蔵庫に戻した。冷たいお茶を飲んだ。

寝床は猿渡が片付けておいてくれたらしく、ホテルのベッドのように整えられていた。病院から持ち帰ったボストンバッグを開け、ランドリーから戻ってきたまま袖を通していないパジャマに着替え、灯りを消して蒲団《ふとん》へと潜り込む。

病院暮しが思いがけず長引いたからか枕への頭の収まりがわるい。幾度となく寝返りを打った挙句、やっと好い感じに思考が砕けてきた。古い情景——使っていないバルナック・ライカを猿渡に貸してやったときのさまが、病院での彼とのやり取りとまぜこぜに、脳裡《のうり》を飛び跳ねた。

女医の名前を思い出そうとして、思い出せない。やむなくただ、先生、と隣の座席に呼びかける。振り向いた彼女におれは云った。「ライカは猿渡に譲ればよかった」

彼女は黙ったまま微笑した。窓の向こうには薄紫色の雲海《うんかい》が広がっている。さんざん海外を飛びまわってきたおれがちょっと比類に思い当たらないほど精妙な、女医の美貌《びぼう》が霞《かす》まんばかりの凄《すさ》まじい雲だった。

おれは却《かえ》って不安になってしまい、「どこの飛行場に降りるんでしょうかね」

女医は静かにかぶりを振った。彼女も知らないらしい。

「いまお話しになっていた、そのライカはバルナック型ですか」と通路向こうの伯爵が問いかけてきた。なぜ彼も乗っているのだろう？　いや、おれが同行を勧めたような気もする、冷蔵庫の中身のお礼に。

「Ⅲgです。バルナック型ではいちばん実用に耐える。もともと相棒の所有物でしてね」

「それはなにを撮るカメラですか」

「この人ですよ」とおれは隣の女医を示した。その瞬間、彼女の苗字を思い出した。美作だ。しかし、美作さんです、と紹介すれば、本当は赤の他人に近いのを伯爵に悟られてしまうような気がした。「この、日菜です」

「ガリレオでは？」

「犬を撮るのは難しいんです。レンズの輝きに反応して、なかなかじっとしていてくれない」

「レンズによるでしょう」

「だいたいエルマーの五〇ミリを付けていますね」

目が覚めた。室内は明るい。昼間の光に近い。案外と長いあいだ眠れたようだ。入院中はいたずらに横になっているばかりで、睡眠らしい睡眠は乏《とぼ》しかったのだろう。

忌忌《いまいま》しい偏頭痛は、今はない。頭蓋の内部に意識を集中させてみたが、痛みの余韻《よいん》や予感こそあれ活動中の生生しい痛みには行き当たらなかった。たしかにおれは治っているのだ。

ベッドから這《は》い出して、そう着替えたはずのパジャマ姿ではないことに気付いた。病院から帰ってきたままのジーンズ姿だ。そこからすでに夢だったらしい。

サンドウィッチもか？ 部屋を見回すと、猿渡が流し台の前でペットボトルの飲料を喇叭《ラッパ》飲みしていた。

「ん……おはよう。一本、勝手に貰《もら》ったぞ」

「構わんが、どうやって入ってきた」

「鍵が開いてたから勝手に。どうだ、調子は」

「そうだな……どうかな」と生返事をしながら冷蔵庫に近付き、ドアを開けて中を確認する。サンドウィッチは記憶どおりに、二包みが開封されて中身も減っていた。こちらは現実か。おれは猿渡を振返り、「ゆうべ、おまえと入れ替わりに美作先生が来た」

「病院の？」

「ああ」

「あの綺麗な」

「そう。確かに美女の部類だ。特に横顔がいい」

「夜中に、なにをしに」

「それがよく分からん。おれのことが興味深いんだとか」

猿渡は破顔した。「夢だよ、伊予田」

「夢には、また別に出てきた。一緒に飛行機に乗っていた。だから部屋に来たほうの彼女は現実だ。おまえとほとんど入れ替わりだったのに、おまえの姿は見なかったといっていた」

「どういう理屈だよ。両方とも夢だろう」

「この部屋を出たあと、おまえはどこに消えた？　日菜のところか」

おれは冗談のつもりでいったのだが、猿渡は真顔で反論してきた。

「そんなとこ行きやしないよ。終電車で帰った。そもそもおれは、日菜さんの部屋番号を知らない」

「ガリレオを預けたろう」

「レイヴンの日菜さんとしか聞いていなかったから、夜まで待って店に連れていったんだ。トイレやドッグフードは日菜さんの指示どおりこの部屋の前に出しておいた。おれは未だに彼女の苗字さえ知らないよ。知っていたとしても部屋には行かない。だっておまえ、彼女に対しては本気だろう？　彼女について喋《しゃべ》ってるときの調子で分かる」

「本気ってほどじゃないし、見込みもない」

「それでもだ、親友が惚《ほ》れている女の部屋におれは望んで入り込んだりはしない。ガリレオの件で誤解されてるんじゃないかと思っていた。いま説明できてよかったよ」

猿渡は内心憤慨《ふんがい》しているようだった。つまらないことを云ったと悔やんだ。

「すまなかった。ちなみに日菜の苗字は――」と、そこで口籠《くちご》もった。おれは思い出せなかったのだ。

「いいよ、あえて聞かずにおく」

そう猿渡が返してくれたので助かったが、胸中に燻《くすぶ》りはじめた不安は踏み消しようもない。

夢と現実の区分が危うい。単純な記憶の欠損もある。日菜の苗字……やはり思い出せない。

吐き気をともなう偏頭痛に耐えかねて、大きな病院に行った。痛みの苛烈《かれつ》さからか待合《まちあい》で暴れ出し、そのまま入院させられたのだとあとで聞いたが、暴れたことはまるで憶えていない。嘔吐を怺《こら》えながらベンチに踞《うずくま》っていたイメージしか残っていない。

さんざんに薬を注射され、呑《の》まされ、連日のように頭の中を検査されたが、これといった原因は見つからず、しかしたびたび暴れるものだから退院もできない。いつ猿渡を呼んだかの記憶も曖昧《あいまい》だが、なんの準備もないまま軟禁状態へと追い込まれてしまったおれに、着替えや洗面具を運んできてくれたのは、とにかく奴だ。

やがて当座の入院費を請求されたら目玉が飛び出るような金額だった。写真仲間を呼び付け、鍵を渡してコレクションを処分してもらった。そういったことを何度も繰り返さねばならなかった。

「Ⅲgは、やっぱりおまえに引き取ってもらうべきだったよ」おれは猿渡に云った。「なんだったら、今からでも買い戻しておまえに――」

彼は吐息まじりに笑って、「ゆうべはああ云ったが、金も無けりゃ借金できる相手もいない」

「おれもああ云ったが、買い戻して只《ただ》でおまえに渡せるかというと、それはちょいと苦しい。しかし、ふたりがかりで買い戻すんだと考えれば、なんとかなりそうな気がするがな」

「ふたりがかりでか……そうだな。どこに売ったかは判っているのか」

「たしか、金と一緒に封筒に入っていた明細が――たぶん捨てていない。だとしたらボストンの中だ」

呼び鈴が鳴った。おれが出た。美作先生が立っていた。

「今日はシフトが遅いから、出勤前にお顔を見ておこうと思いまして」

おれは猿渡を振り返り、「ほら見ろ。現実だ」

「驚いたな。先生、ひょっとして伊予田と飛行機にも乗られましたか」

女医は困り果てたような顔で、「それは……きっと伊予田さんが、そういう夢をご覧になったんじゃないかしら」

「伊予田が、昨深夜、おれと先生が出会っているはずだというんです。しかし先生は、伊予田にはお会いになったかもしれないが、おれとは――」

「猿渡さんとはお会いしていませんね」

「でも先生、ほとんど入れ違いでしたよ。そしてこのマンションに階段は一つしかない。必ず擦れ違うはずだ」

おれの反論に女医はこう答えた。「可能性ですが、僅《わず》かに後遺症があるのかもしれません。伊予田さんにとっては一瞬でも、じつはそれなりの時間が流れていた」

思わず掌《てのひら》で額を打った。「そのあいだの記憶が消えているってことですか」

「悪いほうに捉えないでください。度忘れに近いものとでも。近いうち本調子に戻りますとも」

「なぜそう云えるんですか」

「だってもう、頭痛も眩暈《めまい》も吐き気もないのでしょう？　少なくともグリオーマのような深刻なものではありません。でしたらそんなにお元気なはずないですから。良性の腫瘍《しゆよう》が自然消滅するのは珍しいことではありませんよ」

そういわれたものの、おれはすっかり悄気《しょげ》てしまった。ふらり、ソファへと進んで腰を落として、

「じつは夢と現実の境が曖昧なんです。知ってて当り前のことを思い出せなかったりもする」

「必ず本来のあなたに戻ります」と女医は力強く云った。「すこし外に出てみませんか」

おれが黙っていると、やがて猿渡が、「そういえば先生、伊予田が売り払ったライカを、買い戻しにいかないかと相談していたんです。ふたりとも金は無いが、まだ転売されずにいたなら、せめて流さな

いよう頼めるかもしれない」

「ライカ？」

「カメラですよ」とおれが答えた。「どうせだったら、猿渡に持っていてもらいたい」

ボストンバッグを漁《あさ》ると、内側のポケットにおれのメモ書きやら売店のレシートやらがまとめて入れてあった。猿渡が移しておいてくれたようだ。そのなかに売却明細の入った封筒が幾つかあった。Ⅲgもほかの物も、銀座の、おれたちのあいだでは名の知れた中古カメラ専門店に売られていたことが判った。

三人で銀座に向かった。地下鉄の二つ並んだ空席に、猿渡はおれと美作先生を坐《すわ》らせた。飛行機の夢と同じ位置関係で、それが現実だというのがなんとも奇妙な感じがした。

「飛行機は夢、こっちの地下鉄は現実ですよね」

「なにを仰有《おつしや》ってるんですか」と先生は笑った。「現実ですよ」

店には、さも店番といった風情の、小洒落《こじやれ》た眼鏡を掛けた若僧しかいなかった。

おれはショウケース越しに明細を見せて、「このところあれこれと大量に売ってきた伊予田だが、ライカのⅢgだけはキャンセルしたいんだ。もしまだ売れていなければ」

若僧は眉を顰《ひそ》めて、「弊店からお買い上げになりたい、という意味でしょうか」

「そうしたら売ったときの二倍三倍の値段だろ。売却をキャンセルするのは無理かい」

「しかしこの明細に、売却者は車崎《くるまざき》さまとありますが」

「代理だよ。おれは入院中で自分では来られなかった」

「そのように仰有られましても……弊店はあくまで車崎さまから買い取らせていただいたわけで」

「伊予田さん、ちょっと」と、驚いたことに美作先生が進み出てきて、おれを押《お》し退《の》けた。「店員さん、まずはそのライカが売れてしまったかどうかをご確認ください。もうお店にないのだったら無意味な問答ですから」

先生の威厳に気圧《けお》されたように店員は明細を摑《つか》み背中をまるめて、続きの部屋へと消えていった。すぐさま戻ってきた。おれの記憶がまた針跳びしているだけで、本当はすぐさまではなかったのかもしれない。ともかくⅢgを手にしていた。「こちらですね、車崎さまがご売却になったライカのⅢg、エルマーの五〇ミリ付き。まだ店頭に出していませんでした」

「買います。お幾《いく》らで出される予定でしたの」

「まだ付けていないんで、店主がいないことには」

「問い合わせてください。今でなければ買いません」

「……少少お待ちください」店員は電話を架けはじめた。

先生はおれたちを振り返り、「二人の共有物にしましょう。持っているのは猿渡さんでも伊予田さんでも結構です。でもわたしにも所有権があるから、勝手に売ったりはしないでください。そして割り勘にした額を、月賦《げつぷ》でわたしに返してください。よろしいですか」

女傑《じょけつ》の気迫に、おれたちはただ頷《うなず》くほかなかった。

店員が店主と連絡をとっているあいだ先生は同じバルナック型が並んだ棚を見つけて、どうやら価格を精査していた。店員が受話器を塞《ふさ》いで価格を告げてきた。

「高いわ。あちらに並んでいる物の倍じゃない」

「状態にもよりますし、これはそもそも人気のある機種ですし」

「売却価格に見合っているとは思えません」先生は提示された額の七割程度をいって、「でしたら現金で買います」

店員はふたたび電話に戻った。やがておれたちに黙諾《もくだく》の視線を送ってきた。

「フィルムも入れてね」

店員は電話を切ってから、うんざり口調で、「サーヴィスしますよ、もちろん」

久方ぶりのⅢgの手応えはおれを少年のようにわくわくさせた。路上に出るや早速、恩人たる先生にレンズを向けた。

先生は手で顔を隠した。「厭《いや》ですよ。写真は苦手なの」

「じっとしてて。ぜったい綺麗《きれい》に撮りますから。これでもプロですから」

「伊予田さんが本当に撮りたいのは、蟲なんじゃなくって？」

「今は美女です」

「じゃあほかの女性ね」

「いえいえ、美作先生です」

先生は観念したように手を下ろした。病院にいるときのような真顔が現れた。「じゃあ最初の一枚は、猿渡さんと一緒に撮っていただくわ。いいでしょう？　伊予田さん」

「……もちろんです」

先生が店のウィンドウを背景にして立ち、猿渡がそれに寄り添う。おれはふたりに歩み寄りながらファインダーを覗いた。すぐさまカメラを下ろした。

「どうぞ、撮って」と先生が急《せ》かす。

おれは再びファインダーを覗いたが、手が震えはじめてどうにも構図が定まらなかった。

美作先生の隣に、猿渡がいないのだ。

「どうしました？　伊予田さん」

先生が近寄ってきた。その背後にはちゃんと猿渡が立って、きょとんとこちらを見つめている。

「具合が悪いのか」

「こいつで撮るのは久し振りで」と笑って誤魔化し、改めて猿渡だけにレンズを向けた。

やはりいない。ファインダーいっぱいに店のウィンドウが広がっているだけだ。先生へと向ける。こちらは、いる。

裸眼のおれにしか見えない幻《まぼろし》？　しかし先生も猿渡と話している。すると亡霊《ぼうれい》か。奴は死んだのか？　誰に確認すれば分かるのだろう。伯爵は真相を知っているのか。

「撮影はあとにしよう。腹が減った。先生、まだ時間はありますか。なにか一緒に食べませんか」

「やっぱりモデルに難があったようですよ」と先生が猿渡を振り返る。それから腕時計を覗いて、「もうすこしなら」

「伊予田は先生一人だけを撮りたいんですよ。悪かったな、邪魔者がいて」

おれが空腹を感じていたのは事実だ。三人、どこを目指すでもなく歩きはじめる。

「銀座で食べるんだったら、おれは消えるよ。このところ懐具合《ふところぐあい》が芳《かんば》しくない」と猿渡。

真相のなんたるかを想像してはびくついていたおれだったが、こいつ幻や霊になってすら金欠なのかと思うと、さすがに可笑《おか》しくなった。「ハンバーガーでも牛丼でもいい。病院で食えなかったものなら、なんでもいい。学生時代に食っていたようなものなら、なおいい」

「伊予田も知ってるとおり、あの頃のおれは、豆腐や雪花菜《おから》や田舎《いなか》から送られてきた干物ばかりを食っていたよ。あと野菜だけの天麩羅《てんぷら》」

「主役不在のな。よく一緒に食った」

「なぜ野菜ばかりなの」

女医の素朴な問掛けに、猿渡はあんがい堂堂と、

「もちろん蝦《えび》や穴子《あなご》は買えないからですよ。無理をして買っても、つい田舎のものと比べてしまって旨《うま》く感じない」

「猿渡さん、お郷《さと》はどちら」

「瀬戸内《せとうち》の島です」

「伊予田さんは？」

「神奈川だから、半分東京人みたいなもので。猿渡は面白いんですよ。西の人間のくせに饂飩《うどん》は食いたがらない。蕎麦《そば》しか食わない」

「天麩羅と同じ理由だよ。こっちの饂飩には落胆させられる。でも蕎麦は旨かった。こっちに来て初めて、蕎麦というものを旨いと感じた」

「ちょっと懐が温かくて外食するというと、蕎麦か豚《とん》カツばかり食いたがってね」

「豚カツは意外ね」

するとと猿渡は重重しく、「珍しかったんです。東京の人には自然な光景なんでしょうけど、上京したてのおれは、なんでこんなにも豚カツ屋が多いのかと不思議でなりませんでした。島にはもちろん一軒もなかったし、高校は本土でしたが目にした記憶がない。ところが東京ではどの街にも何軒もある。東

京人が気付いていない東京の一大名物です。ある店のあるじの話によれば、昭和初期、上野や浅草で爆発的な豚カツブームが起きた、その名残らしい。歴史があるうえ未だ競争が激しいから、料理として高度に洗練されています。ああいう箸《はし》で食う分厚い豚カツは、家庭で揚げた素朴なカツとも洋食屋で出てくる薄いカツレツとも別物です。豚肉やラードに精通した職人が、それなりの設備下、厳密なルールのもとに調理しないことには実現しえない、特殊な料理だ。日本の大衆食だという予備知識がなければ、巴里《パリ》の三つ星レストランのメインディッシュとして通用しますよ。東京を代表する風物として都のシンボルマークにしてもいいくらいだ」

「伺《うかが》っていると、一生に一食でも多く食べなくてはという切迫感すら生じてくるわね。豚カツにしましょうか。伊予田さん、異論はない？　猿渡さんは？」

「銀座ででしたら、おれはちょっと」と猿渡が立ち止まる。

「わたしからの奢《おご》りです。今日はおふたりとでないと得がたい楽しい体験をさせていただきましたから、そのお礼です。いいですね？　猿渡さん」

猿渡はいつもの癖で、ぼさぼさ頭を片手で引っ掻きまわし、やがて頷いた。

多少は名の通った店を選びたがると思っていたのに、美作先生は聞いたこともない店名を口にし、

「博品館《はくひんかん》の裏手の、本当に小さな、率直にいって小汚いお店なんだけれど、むかし職場の仲間に無理やり連れていかれたら、本当に美味しくて」

中央通りの歩道を前になり後ろになりして進みながら、初めて猿渡と一緒にそこを歩いたときのことを思い出していた。おれには初めての場所ではなかったが、猿渡はほとんど凡《すべ》ての店に驚嘆《きょうたん》していた。

宝石店、和物雑貨店、靴《くつ》店、喫煙具《きつえんぐ》店、呉服《ごふく》店……いちいちウィンドウに張り付くようにして覗き込むのだが、決して中に立ち入ろうとはしない。けっきょく銀座でおれたちは一軒にも入ることなく、勝手の分かった学生街まで電車で戻ってから飯を食った。東京は凄《すご》いな、と猿渡は何度も繰り返していた。

女医ご推薦《すいせん》の豚カツ屋は、想像を超えて小さく、汚かった。カウンター席のほかには二人掛けのテーブル席が二つ。それだけ。猿渡がカウンターに向かおうとしているので、

「こっちに坐れ」とテーブルにスツールを寄せた。

定められた手順をふむように猿渡が瓶《びん》ビールを注文する。はっとおれたちを見回して、「おれ一人か?」

おれは美作先生の顔色を窺《うかが》った。「飲んでも大丈夫でしょうか」

「もう退院なさっているんだから、ご自由に」

猿渡は先生にも勧めた。先生はいったん断ったが、猿渡が罎《びん》を引っ込めると逆にグラスを突き出して、

「じゃあ半分だけ」

久久のビールは咽《のど》の中で暴れた。たかがビールの刺戟《しげき》を目を閉じて凌《しの》ぐだなんて、何年ぶりだろうか。

先生と猿渡は店の名が冠《かん》されたロースカツの定食、おれは多少でもあっさりしているほうが胃が驚くまいと判断してヒレカツの定食を頼んだ。猿渡は喜んで食っていたが、おれは舌が病院食に慣れてしまったのか味わいどころがいまひとつ摑めず、そのうち満腹になって、カツもキャベツも飯もどれも半分ずつ残してしまった。

「じゃあわたしがいただくわ」とカツの残りには先生が箸を伸ばした。見た目によらず健啖《けんたん》だ。

店の外はすっかり昏くなっていた。夜勤の仕事があるから、と猿渡がおれに手を振る。先生にも頭を

下げて新橋方面に去っていった。おれは急いでその後ろ姿にレンズを向けたが、人混みが邪魔をしてなにも確認できなかった。

「おれたちは今、三人で食事をしたんですよね？」

先生はきょとんとして、「そのようですけど」

「おれと先生と、猿渡だ」

「はい」

「本当に猿渡はいましたか。おれたちと一緒に豚カツを食ってましたか」

「レシートがあります。ビール一本、ヒレカツ定食が一人前、オリオン定食が二人前。わたしが二人前半のカツを食べたとでも？」

「……そうですよね」

先生はまた腕時計を覗いた。「わたしもそろそろ出勤しないと。伊予田さん、独《ひと》りで帰れます？」

いささか落胆したが、おれはにこりと笑って、「子供じゃない。次回こそは写真、撮らせてください」

「伊予田さんが本当にお撮りになりたいのはわたしかしら。もっと大切なモチーフをお持ちのような気がします」

「たとえば？」

「分かりません。ごめんね、伊予田さん」

先生もまた新橋のほうへと去っていった。おれは丸ノ内線に乗るべく四丁目の交差点を目指した。猿渡ではなくおれが、この通りを初めて歩いたのはいつのことだったろう。帽子をかぶりコートを着込んだ父と、着物姿の母。左右から手を繋《つな》がれ、ときどき持ち上げられていた記憶が甦《よみがえ》ってきた。おれは無垢《むく》な幼児だったが、亡き父母もまた若く美しかった。彼らの期待を一身に浴びて、絵を描きたいといえば舶来《はくらい》の道具一式、写真に興味を懐《いだ》けば一眼レフを与えられていたおれが、名を成すでもなく財を成すでも人望を得るでもなく、上手くいかない仕事に苛立《いらだ》ち成功を手にした同業者を羨《うらや》み、放蕩《ほうとう》の挙句《あげく》に病院で暴れ、調べてみれば脳に蟲食いがあるときた。美作先生はもう消えていると云うが、いま体感しているさまざまな欠損は、どう考えたって脳細胞の欠損の反映だ。

立ち止まり、勘で露出を合わせて街にレンズを向けてみたものの、一度もシャッターを切れなかった。着飾った人人も、自動車の灯りの群れも、広告を流すＬＥＤヴィジョンも、すべてあまりにスピーディで、おれにはとうてい追い着けなかった。

地下鉄への階段を下りはじめた瞬間、不意に日光写真を思い出した、学習雑誌の付録の。人気漫画が陰画で印刷された蠟紙《ろうがみ》――たしか種紙《たねがみ》と呼ばれていた――を感光紙と重ね、なんとなくカメラっぽく造形された厚紙の枠に入れ、しばらく太陽の光に当てておくと、図柄が青く転写される。明暗は反転している。定着のために感光紙を水洗いをして干した記憶もある。思えばあの焼き枠が、おれが初めて手にしたカメラだった。感光紙がなくなってからも大切に抽斗《ひきだし》に収めていた。

この話、誰かとした。

頸から提げたⅢｇを身に押し付け、おれは階段を駆け下りた。ちょうどプラットフォームに停まっていた電車に飛び乗った。車内ではリハーサルよろしく、ひたすらカメラをいじってはファインダーを覗き込んでいた。

電車を降りるとまっすぐレイヴンに向かった。かつてほろ酔いのおれの足を止めさせた、バタ臭い看板。ドアの横の硝子《ガラス》越しには涼しげなランプの灯りが点点と見える。客は一人。その姿に愕《おどろ》いて、つい乱暴にドアを開けた。

「伯爵？　なんでここに」

するとと彼はまともに振り向くでもなく、「さっきお宅に伺《うかが》ったらお留守だったんで、きっとここで待っていればいらっしゃるだろうと」

「この店のことなんか話した覚えは——」

「猿渡さんからは伺っていました。レイヴンの日菜さんにアーフェンピンシャーを預けた。アーフェンピンシャーは独逸《ドイツ》語で、affen の affe は英語の ape にあたります。すなわち類人猿。pinscher はテリア犬。raven は看板どおり渡《わた》り烏《がらす》。渡り烏の雛《ひな》に猿犬を預けたと聞かされて、忘れられるはずがありません」

「ガリレオ、じつはこのところ店に連れてきてるの」日菜がカウンターから出てきて云う。美容院に行ったばかりらしく、そのためかいつもよりすっきりとして見えた。「控え室に隠しているけど。こっちに連れてきます？」

「いや」おれは口籠《くちご》もった。地下鉄のなかで幾度となく巧《うま》い方便を練習してきたはずなのに、いざ彼女を前にするとその一切を思い出せなかった。「それより、その……撮らせてくれ、きみを。本当はずっと、そうしたかった」

日菜は身を折って笑った。「藪《やぶ》から棒《ぼう》にどうしちゃったんですか。猿渡さんもカメラマンに？」

切り返そうとしているうち、彼女の弁が身に染みわたってきた。おれはあらゆる言葉を失った。

おれの異変に気付いた日菜の顔から、笑みが消えた。「……伊予田さんの代わりなの？」

「猿渡さん、もう充分でしょう」目に映るものがいちいち距離感を失い、なにやら曲線だらけになってきたおれの世界に、伯爵の声が太く響いた。「あなたは充分に伊予田さんを延命させた。彼も満足しているはずです」

ドアが動く音に跳び上がるほど愕き、振り返って身構える。美作先生だった。「ずっと付けてきて、今も外から様子を窺っていました。あなたの親友が亡くなった遠因は、恐らくわたしの診断ミスです。どうかこちらに戻ってきて、あなたにも詫《わ》びさせてもらえませんか、ねえ猿渡さん」

記憶に針跳びがあるのだが、おれは気を喪ったりはしなかったのだそうだ。店のいちばん奥のL字ソファの角に居坐り、強い酒を立て続けに所望《しょもう》したという。推定二時間後、美作医師にべったりと凭《もた》れかかり、膝《ひざ》には黒いアーフェンピンシャーを乗せ、独白めいた伯爵の説明を聞いているところから、記憶が再開する。

「――頭の痛みに耐えかねた伊予田さんは、病院の薬局に押し入って、目についた薬を手当たり次第に呑み込みました。死の直因は薬物の過剰摂取《かじょうせっしゅ》による心不全です。たまたまお見舞に行っていて騒ぎを目撃し、彼を取り押さえたのは猿渡さん、あなただ。彼はあなたの腕のなかで昏睡《こんすい》に陥《おちい》り、やがて亡くなりました。あなたからの取り乱した電話を受け、病院に足を運んだぼくを待っていたのは、伊予田さんの病室で伊予田さんとして振る舞っているあなたでした。頭痛は消えた、おれは治った、とあなたは美作先生に主張し、改めての検査を要求した。結果はもちろん健常です。あなたは治った伊予田さんとして伊予田さんの家に帰っていった。ぼくが同行しました」

「でもおれは……いや伊予田は、幾度となく猿渡と対話していました」

「あなたはずっと、ふたりぶん喋《しゃべ》っていた」

「ふたりぶんに近い食事も」と女医が云い、その息がおれの顔にかかる。

急に恥ずかしくなって身を起こした。ガリレオが驚いて膝から飛び降りてしまった。小さな肢《あし》に蹴《け》られた感触が愛《いと》おしい。ガリレオは日菜さんに抱え上げられた。

「日菜さん」とおれは彼女に呼びかけた。「その犬、これからもずっと日菜さんが？」

すると彼女は困り顔で、「犬は好きです。この子は特に。でも伊予田さんの犬だと思うと、ちょっと気が重いのも確かです」

「躾《しつけ》は行き届いているんですよね」

「はい。お留守番もちゃんとできます。控え室でも吠《ほ》えていなかったでしょう？」

「当面、おれが預ってもいいですか」深く考えるまでもなく、しぜんとおれはそう尋《たず》ねていた。

日菜さんは驚いたようだったが、やがて莞爾《かんじ》として頷いた。

「アーフェンピンシャーの別名は、ブラックデヴィルだと聞き及んだことがあります。猿渡さんの相棒にぴったりかも」伯爵が茶茶《ちゃちゃ》を入れる。どこが、と最初は思ったが、渡り鳥の巣窟《そうくつ》から預かった黒い悪魔、なるほど悪くない。

「日菜さん、おれと日光写真の話をしたこと、ありますか。むかし雑誌の付録なんかにあった――」

「猿渡さんと？　ないでしょう。そんなに長く話したことないですよね」

「伊予田とは？」

彼女は小首を傾《かし》げた。

「……いえ、いいんです。いいんだ」

「あります」と日菜さんが叫んだ。「初めてお店にいらしたとき、そういうのを知ってるかと訊かれました。わたしは世代が違うんですけど、中学で理科クラブに入っていて、手作りの感光紙で実験したことがあるんです。そんな話をしました」

「ほら」とおれは美作先生に向かってほくそ笑んだ。

「なにが?」

「おれはちゃんと伊予田だったってことです。彼女への想《おも》いも、銀座の思い出も、なにもかも」

「知っていますよ」と女医はすこし顔を背《そむ》けて、「わたしがどれだけ、あなたと向き合って過ごしてきたと思っているんですか」

「あした目が覚めたら、おれはまた伊予田かもしれない」

場の全員が、うっすらと笑った。誰もがどこかしらそう望んでいるように見えた、とりわけガリレオが。

「あいつのことなら、おれはなんでも分かるんです。なにせ初めて会ったときのあいつはね——」そう
おれは、久しく忘れていた陽気な身振りと共に語りはじめた。誰が泣くか。

森鷗外

牛鍋

鍋はぐつぐつ煮える。

牛肉の紅《くれない》は男のすばしこい箸《はし》で反《かえ》される。白くなった方が上になる。

斜に薄く切られた、ざくと云う名の葱《ねぎ》は、白い処が段々に黄いろくなって、褐色の汁の中へ沈む。

箸のすばしこい男は、三十前後であろう。晴着らしい印半纏《しるしばんてん》を着ている。傍《そば》に折鞄《おりかばん》が置いてある。

酒を飲んでは肉を反す。肉を反しては酒を飲む。

酒を注いで遣《や》る女がある。

男と同年位であろう。黒繻子《くろじゅす》の半衿《はんえり》の掛かった、縞《しま》の綿入に、余所行《よそゆき》の前掛をしている。

女の目は断えず男の顔に注がれている。永遠に渇しているような目である。

目の渇《かわき》は口の渇を忘れさせる。女は酒を飲まないのである。

箸のすばしこい男は、二三度反した肉の一切れを口に入れた。

丈夫な白い歯で旨《うま》そうに噬《か》んだ。

永遠に渇している目は動く腭《あご》に注がれている。

しかしこの　に注がれているのは、この二つの目ばかりではない。目が今二つある。

今二つの目の主《ぬし》は七つか八つ位の娘である。無理に上げたようなお煙草盆《たばこぼん》に、小さい花簪《はなかんざし》を挿している。

白い手拭《てぬぐい》を畳んで膝の上に置いて、割箸を割って、手に持って待っているのである。

男が肉を三切《きれ》四切食った頃に、娘が箸を持った手を伸べて、一切れの肉を挟もうとした。男に遠慮がないのではない。そんならと云って男を憚《はばか》るとも見えない。

「待ちねえ。そりゃあまだ煮えていねえ。」

娘はおとなしく箸を持った手を引っ込めて、待っている。

永遠に渇している目には、娘の箸の空《むな》しく進んで空しく退いたのを見る程の余裕がない。

暫《しばら》くすると、男の箸は一切れの肉を自分の口に運んだ。それはさっき娘の箸の挟もうとした肉であった。

娘の目はまた男の顔に注がれた。その目の中には怨も怒もない。ただ驚がある。

永遠に渇している目には、四本の箸の悲しい競争を見る程の余裕がなかった。

女は最初自分の箸を割って、盃洗《はいせん》の中の猪口《ちょく》を挟んで男に遣った。箸はそのまま膳の縁に寄せ掛けてある。永遠に渇している目には、またこの箸を顧みる程の余裕がない。

娘は驚きの目をいつまで男の顔に注いでいても、食べろとは云って貰われない。もう好い頃だと思って箸を出すと、その度毎に「そりゃあ煮えていねえ」を繰り返される。

驚の目には怨も怒もない。しかし卵から出たばかりの雛に穀物を啄《ついば》ませ、胎を離れたばかりの赤ん坊を何にでも吸い附かせる生活の本能は、驚の目の主《ぬし》にも動く。娘は箸を鍋から引かなくなった。

男のすばしこい箸が肉の一切れを口に運ぶ隙《すき》に、娘の箸は突然手近い肉の一切れを挟んで口に入れた。もうどの肉も好く煮えているのである。

少し煮え過ぎている位である。

男は鋭く切れた二皮目で、死んだ友達の一人娘の顔をちょいと見た。叱りはしないのである。

ただこれからは男のすばしこい箸が一層すばしこくなる。代りの生《なま》を鍋に運ぶ。運んでは反す。反しては食う。

しかし娘も黙って箸を動かす。驚の目は、ある目的に向って動く活動の目になって、それが暫らくも鍋を離れない。

大きな肉の切れは得られないでも、小さい切れは得られる。好く煮えたのは得られないでも、生煮えなのは得られる。肉は得られないでも、葱は得られる。

浅草公園に何とかいう、動物をいろいろ見せる処がある。名高い狒々《ひひ》のいた近辺に、母と子との猿を一しょに入れてある檻《おり》があって、その前には例の輪切《わぎり》にした薩摩芋《さつまいも》が置いてある。見物がその芋を竿《さお》の尖《さき》に突き刺して檻の格子の前に出すと、猿の母と子との間に悲しい争奪が始まる。芋が来れば、母の乳房を銜《ふく》んでいた子猿が、乳房を放して、珍らしい芋の方を取ろうとする。母猿もその芋を取ろうとする。子猿が母の腋《わき》を潜《くぐ》り、股を潜り、背に乗り、頭に乗って取ろうとしても、芋は大抵母猿の手に落ちる。それでも四つに一つ、五つに一つは子猿の口にも入る。

母猿は争いはする。しかし芋がたまさか子猿の口に這入《はい》っても子猿を窘《いじ》めはしない。

本能は存外醜悪でない。

箸のすばしこい本能の人は娘の親ではない。親でないのに、たまさか箸の運動に娘が成功しても叱りはしない。

人は猿よりも進化している。

四本の箸は、すばしこくなっている男の手と、すばしこくなろうとしている娘の手とに使役せられているのに、今二本の箸はとうとう動かずにしまった。

永遠に渇している目は、依然として男の顔に注がれている。世に苦味走ったという質《たち》の男の顔に注がれている。

一の本能は他の本能を犠牲にする。

こんな事は獣にもあろう。しかし獣よりは人に多いようである。

人は猿より進化している。

森茉莉

鷗外の味覚

私の父親は変った舌を持っていたようで、誰がきいても驚くようなものをおかずにして御飯をたべた。どこかで葬式があると昔はものすごく大きな饅頭が来た。葬式饅頭といっていたもので、ふつうのお饅頭の五倍はある平たい饅頭で、表面は、釣《つ》り忍《しのぶ》に使うあの、忍草《しのぶぐさ》を白く抜いて焦がしてある。いつからあれを人がくれなくなったか、このごろでは稀《たま》に菓子屋の硝子箱の隅に見えるが、やっぱり造《こし》らえたてのを奇麗な箱に入って送られたのでなくては、どこかの葬式に造《こし》らえた残りがおいてあるようで、買う気はしないのである。その饅頭を父は象牙色で爪の白い、綺麗な掌で一つに割り、それを又四つ位に割って御飯の上にのせ、煎茶をかけて美味しそうにたべた。饅頭の茶漬の時には煎茶を母に注文した。子供たちは争って父にならって、同じようにしてたべた。薄紫色の品のいい甘みの餡《あん》と、香《にお》いのいい青い茶〈父親は煎茶を青い分《ぶん》の茶と言っていて、母親も私たちもそう言うようになっている〉とが溶け合う中の、一等米の白い飯はさらさらとして、美味しかった。これを読む人はそれは子供の味覚であって、父親の舌はどうかしている、と思うだろうが、私は今でもその渋くいいきな甘みをすきなのである。たしかに禅味のある甘みだ。父親は又果物を煮て砂糖をかけるのも好きで、五月末ごろの梅の実に始まり、六月の杏子、八月の水蜜桃、八月末には真紅《あか》くて煮ると綺麗な桃色の汁と一緒に、白い器の底に沈む天津桃《もも》と、それらの果物群は毎年初夏から真夏までの父の楽しみだった。父の死んだ年の梅から水蜜桃へのうつりかわりは母の胸をえぐった。父は七月九日に死んだので、水蜜桃のごくはしりまでをたべて、死んだ。秋は栗を煮たが、秋から冬にかけては何も煮る果物がなかった。どうしてだか桜桃は煮なかった。私はこういう父親と一緒に食事をしたので、今でも甘いおかずを時々造《こし》らえる。梅も煮るし、杏子を見つけると狂喜する。上等の煮豆屋の鶉《うずら》豆に白砂糖と清酒を加えてざっと煮たもの、平目の黄身酢の甘いのや、胡瓜と固茄で卵の甘酢もおかずにする。大体父親は貧乏な医者の家で育ったので、茄子や枝豆の煮たもの、そばがきなんかが好きだったが、家《うち》でたべる西洋料理は、塩胡椒の味だけで白ソオスも、トマトソオスも使わない、挽肉から出る肉汁《スウプ》だけでたべるキャベツ巻き。上等の牛肉をキャベツと一緒に繊維の形にバラバラになる程煮込んだ、これも塩胡椒の味つけのもの。挽肉と人参のみじん切りを馬鈴薯の漉したので包《くる》んで揚げたコロッケ、ドイツ・サラダ等で、どれも私の最高に好きなものだ。栗や薩摩芋を醤油と砂糖で煮たもの。牛乳入りココア。そうして葉巻は何より好きだった。私は鷗外の子でよかった。父親のように想っていた犀星の好きなのは冷えて油が凝固した鰻にゴリ、支那のお菓子、いずれもヘキエキである。卵焼きだけはよろしい。

夏目漱石

正岡子規

　正岡の食意地の張った話か。ハ、、、。そうだなあ。なんでも僕が松山に居た時分、子規は支那から帰って来て僕のところへ遣《や》って来た。自分のうちへ行くのかと思ったら、自分のうちへも行かず親族のうちへも行かず、此処《ここ》に居るのだという。僕が承知もしないうちに、当人一人で極《き》めて居る。御承知の通り僕は上野の裏座敷を借りて居たので、二階と下、合せて四間あった。上野の人が頻《しき》りに止める。正岡さんは肺病だそうだから伝染するといけないおよしなさいと頻りにいう。僕も多少気味が悪かった。けれども断わらんでもいいと、かまわずに置く。僕は二階に居る、大将は下に居る。其うち松山中の俳句を遣《や》る門下生が集まって来る。僕が学校から帰って見ると、毎日のように多勢来て居る。僕は本を読む事もどうすることも出来ん。尤《もっと》も当時はあまり本を読む方でも無かったが、兎《と》に角《かく》自分の時間というものが無いのだから、止むを得ず俳句を作った。其から大将は昼になると蒲焼《かばやき》を取り寄せて、御承知の通りぴちゃぴちゃと音をさせて食う。それも相談も無く自分で勝手に命じて勝手に食う。まだ他の御馳《ごち》走《そう》も取寄せて食ったようであったが、僕は蒲焼の事を一番よく覚えて居る。それから東京へ帰る時分に、君払って呉《く》れ玉えといって澄まして帰って行った。僕もこれには驚いた。其上まだ金を貸せという。何でも十円かそこら持って行ったと覚えている。それから帰りに奈良へ寄って其処《そこ》から手紙をよこして、恩借の金子《きんす》は当地に於《お》て正に遣《つか》い果《はた》し候とか何とか書いていた。恐らく一晩で遣ってしまったものであろう。

　併《しか》し其前は始終《しじゅう》僕の方が御馳走になったものだ。其うち覚えている事を一つ二つ話そうか。正岡という男は一向学校へ出なかった男だ。それからノートを借りて写すような手数をする男でも無かった。そこで試験前になると僕に来て呉《く》れという。僕が行ってノートを大略話してやる。彼奴《あいつ》の事だからええ加減に聞いて、ろくに分っていない癖に、よしよし分ったなどと言って生呑込《なまのみこみ》にしてしまう。其時分は常盤会《ときわかい》寄宿舎に居たものだから、時刻になると食堂で飯を食う。或時又来て呉れという。僕が其時返辞をして、行ってもええけれど又鮭《さけ》で飯を食わせるから厭《いや》だといった。其時は大に御馳走をした。鮭を止めて近処の西洋料理屋か何かへ連れて行った。

　或日突然手紙をよこし、大宮の公園の中の万松庵に居るからすぐ来いという。行った。ところがなかなか綺麗なうちで、大将奥座敷に陣取って威張っている。そうして其処《そこ》で鶉《うずら》か何かの焼いたのなどを食わせた。僕は其形勢を見て、正岡は金がある男と思っていた。処が実際はそうでは無かった。身代を皆食いつぶしていたのだ。其後熊本に居る時分、東京へ出て来た時、神田川へ飄亭《ひょうてい》と三人で行った事もあった。これはまだ正岡の足の立っていた時分だ。

　正岡の食意地の張った話というのは、もうこれ位ほか思い出せぬ。あの駒込追分奥井の邸内に居った時分は、一軒別棟《べつむね》の家を借りていたので、下宿から飯を取寄せて食っていた。あの時分は『月の都』という小説を書いていて、大に得意で見せる。其時分は冬だった。大将雪隠《せっちん》へ這入《はい》るのに火鉢《ひばち》を持って這入る。雪隠へ火鉢を持って行ったとて当る事が出来ないじゃないかというと、いや当り前にするときん隠しが邪魔になっていかぬから、後ろ向きになって前に火鉢を置いて当るのじゃという。それで其火鉢で牛肉をじゃあじゃあ煮て食うのだからたまらない。それから其『月の都』を露伴に見せたら、眉山《びざん》、漣《さざなみ》の比で無いと露伴もいったとか言って、自分も非常にえらいもののようにいうものだから、其時分何も分らなかった僕も、えらいもののように思っていた。あの時分から正岡には何時《いつ》もごまかされていた。発句も近来漸《ようや》く悟ったとかいって、もう恐ろしい者は無いように言っていた。相変らず僕は何も分らないのだから、小説同様えらいのだろうと思っていた。それから頻《しき》りに僕に発句を作れと強《し》いる。其家の向うに笹藪《ささやぶ》がある。あれを句にするのだ、ええかとか何とかいう。こちらは何ともいわぬに、向うで極《き》めている。まあ子分のように人を扱うのだなあ。

又正岡はそれより前漢詩を遣《や》っていた。それから一六風か何かの書体を書いていた。其頃僕も詩や漢文を遣っていたので、大に彼の一粲《いっさん》を博した。僕が彼に知られたのはこれが初めであった。或時僕が房州に行った時の紀行文を漢文で書いて其中に下らない詩などを入れて置いた、それを見せた事がある。処が大将頼みもしないのに跋《ばつ》を書いてよこした。何でも其中に、英書を読む者は漢籍が出来ず、漢籍の出来るものは英書は読めん、我兄の如きは千万人中の一人なりとか何とか書いて居った。処が其大将の漢文たるや甚《はなは》だまずいもので、新聞の論説の仮名を抜いた様なものであった。けれども詩になると彼は僕よりも沢山作って居り平仄《ひょうそく》も沢山知って居る。僕のは整わんが、彼のは整って居る。漢文は僕の方に自信があったが、詩は彼の方が旨かった。尤《もっと》も今から見たらまずい詩ではあろうが、先《ま》ず其時分の程度で纏《まとま》ったものを作って居ったらしい。たしか内藤さんと一緒に始終やって居たかと聞いている。

彼は僕などより早熟で、いやに哲学などを振り廻すものだから、僕などは恐れを為していた。僕はそういう方に少しも発達せず、まるでわからん処へ持って来て、彼はハルトマンの哲学書か何かを持ち込み、大分振り廻していた。尤《もっと》も厚い独逸書《ドイツしよ》で、外国にいる加藤恒忠氏に送って貰ったもので、ろくに読めもせぬものを頻《しき》りにひっくりかえしていた。幼稚な正岡が其を振り廻すのに恐れを為《な》していた程、こちらは愈《いよいよ》幼稚なものであった。

妙に気位の高かった男で、僕なども一緒に矢張り気位の高い仲間であった。ところが今から考えると、両方共それ程えらいものでも無かった。といって徒《いたず》らに吹き飛ばすわけでは無かった。当人は事実をいっているので、事実えらいと思っていたのだ。教員などは滅茶苦茶であった。同級生なども滅茶苦茶であった。

　非常に好き嫌いのあった人で、滅多に人と交際などはしなかった。僕だけどういうものか交際した。一つは僕の方がええ加減に合わして居ったので、それも苦痛なら止めたのだが、苦痛でもなかったから、まあ出来ていた。こちらが無暗《むやみ》に自分を立てようとしたら迚《とて》も円滑な交際の出来る男ではなかった。例えば発句などを作れという。それを頭からけなしちゃいかない。けなしつつ作ればよいのだ。策略でするわけでも無いのだが、自然とそうなるのであった。つまり僕の方が人が善《よ》かったのだな。今正岡が元気でいたら、余程二人の関係は違うたろうと思う。尤《もつと》も其他、半分は性質が似たところもあったし、又半分は趣味の合っていた処もあったろう。も一つは向うの我とこちらの我とが無茶苦茶に衝突もしなかったのでもあろう。忘れていたが、彼と僕と交際し始めたも一つの原因は、二人で寄席《よせ》の話をした時、先生も大に寄席通を以《もつ》て任じて居る。ところが僕も寄席の事を知っていたので、話すに足るとでも思ったのであろう。それから大《おおい》に近よって来た。

　彼は僕には大抵な事は話したようだ。（其例一二省く）兎《と》に角《かく》正岡は僕と同じ歳《とし》なんだが僕は正岡ほど熟さなかった。或部分は万事が弟扱いだった。従って僕の相手し得ない人の悪い事を平気で遣《や》っていた。すれっからしであった。（悪い意味でいうのでは無い。）

　又彼には政治家的のアムビションがあった。それで頻《しき》りに演説などをもやった。敢《あえ》て謹聴するに足る程の能弁でも無いのに、よくのさばり出て遣った。つまらないから僕等聞いてもいないが、先生得意になってやる。

何でも大将にならなけりゃ承知しない男であった。二人で道を歩いていても、きっと自分の思う通りに僕をひっぱり廻したものだ。尤《もっと》も僕がぐうたらであって、こちらへ行こうと彼がいうと其通りにして居った為であったろう。

一時正岡が易《えき》を立ててやるといって、これも頼みもしないのに占ってくれた。畳一畳位の長さの巻紙に何か書いて来た。何でも僕は教育家になって何《ど》うとかするという事が書いてあって、外《ほか》に女の事も何か書いてあった。これは冷かしであった。一体正岡は無暗《むやみ》に手紙をよこした男で、それに対する分量は、こちらからも遣った。今は残っていないが、孰《いず》れも愚《ぐ》なものであったに相違ない。

正岡子規

仰臥漫録 二

再びしやくり上て泣候処へ四方太《しほうだ》参りほとときすの話金《かね》の話などいろ〳〵不平をもらし候ところ夜に入りては心地はれ〴〵と致《いたし》申候

十月十四日誰も参り不申《もうさず》

十月十五日一昨夜寝られさりし故昨夜はよひのほどより眠り申候　起きては眠り〳〵〳〵とう〳〵夜明け候えばただちに便通あり　心地くるしく松山伯父《おじ》へ向け手紙一通したため申候

天下の人余り気長く優長《ゆうちょう》に構へ居《おり》候はば後悔可致《いたすべく》候
天下の人あまり気短く取りいそぎ候はば大事出来申間敷《すまじく》候
われらも余り取りいそぎ候ため病気にもなり不具にもなり思ふ事の百分一も出来不申《もうさず》候

しかしわれらの目よりは大方の人はあまりに気長くと相見え申候
貧乏村の小学校の先生とならんか日本中のはげ山に樹を植ゑんかと存《ぞんじ》候
会計当而已矣《あたるのみ》牛羊茁壮長而已矣《ぎゅうようさつとしてそうちょうするのみ》　この心持にて居らば成らぬと申事はあるまじく候　われらも死に近き候今日に至りやうやう悟《さと》りかけ申候やう覚え候　痩我慢《やせがまん》の気なしに門番関守《せきもり》夜廻りにても相つと

め可申《もうすべく》候と存候　ただ時ゝの御慈悲には主人の残肴《ざんこう》きたなきはかまはず肉多くうまさうな処をたまわりたく候　食気ばかりはどこまでも増長可致《いたすべく》候

兆民居士《ちょうみんこじ》の『一年有半《いちねんゆうはん》』といふ書物世に出候よし新聞の評にて材料も大方分り申候　居士は咽喉《のど》に穴一ッあき候由われらは腹背中臀《しり》ともいはず蜂《はち》の巣の如く穴あき申候　一年有半の期限も大概は似より候ことと存候　しかしながら居士はまだ美といふ事少しも分らずそれだけわれらに劣り可申《もうすべく》候　理が分ればあきらめつき可申美が分れば楽み出来可申候　杏《あんず》を買ふて来て細君と共に食ふは楽みに相違なけれどもどこかに一点の理がひそみ居《おり》候　焼くが如き昼の暑さ去りて夕顔の花の白きに夕風そよぐ処何の理窟か候べき

われらなくなり候とも葬式の広告など無用に候　家も町も狭き故二、三十人もつめかけ候はば柩《ひつぎ》の動きもとれまじく候

何派の葬式をなすとも柩の前にて弔辞伝記の類読み上候事無用に候

戒名《かいみょう》といふもの用ゐ候事無用に候　かつて古人の年表など作り候時狭き紙面にいろいろ書き並べ候にあたり戒名といふもの長たらしくて書込《かきこみ》に困り申候　戒名などはなくもがなと存《ぞんじ》候

自然石の石碑はいやな事に候

柩の前にて通夜《つや》すること無用に候　通夜するとも代りあひて可致《いたすべく》候

柩の前にて空涙《そらなみだ》は無用に候　談笑平生《へいぜい》の如くあるべく候

昨夜腹具合アシク今日ハ朝飯クハズ

電話ニテ虚子ヲ招ク　来ル　午後秀眞《ホツマ》来ル
今夜ハホトトキス事務所ニ山会《ヤマカイ》アル筈ナレバ夕刻電信ニテ「ヤマクワイコイ」ト言ヒヤル碧梧桐《ヘキゴドウ》一人来リシノミ

十月十六日　終日無客。夜秀眞来ル。ツトメテ話ヲ絶ヤサヌヤウニスル苦辛《クシン》見エテ気ノ毒也《ナリ》

十月十七日　雨　朝鼠骨《ソコツ》来ル　鑛毒地ヨリ帰レル也
午後碧梧桐来ル　今日ハ神嘗祭《カンナメサイ》也ト　夜紅緑《コウロク》来ル　コレハ山会参会ノタメ也　今夜草廬《ソウロ》ニテ山会アリト也　虚子病気ニテ来ラズ　使イヲヨコシテ山会ヘブダウ、余ヘ雲丹《ウニ》ト『一年有半』ヲ贈リ来ル　碧梧桐ハ余ヘ先日ノト異ナルリンゴナリトテ金太郎トツコーノ二種及ビブダウヲ贈ル
碧梧桐ヲシテ山会ノ文二篇（虚子ノ停車場茶屋ト碧梧桐ノ紀行矢口渡《ヤグチノワタシ》ヲ読マシム
此《コノ》夜頭脳不穏頻《シキ》リニ泣イテ已マズ　三人ニ帰ツテモラヒ糞シテ睡リ薬ヲ呑ンデ眠ル（下痢《ゲリ》ヤマズ毎日三、四度便通アリ）

十月十八日　雨　昨夜睡《ネム》リ得テ今朝平穏也　終日無客、新聞ナドアラマシ見ル　夜『一年有半』ヲ見ル
秀眞雨ヲ犯シテ来ル
　朝　便通　朝飯ナシ　朝寒暖計六十度以下
　　牛乳五勺ココア入　菓子パン

便通及ホータイカへ
午　マグロノサシミ　粥三ワン　茄子　大ハゼノ佃煮（昨日蒼苔《ソウタイ》ノ贈ル所）　ブダウ
晩　サシミノ残リ　松蕈飯《マツタケメシ》三ワン　蒸《ムシ》松蕈　大ハゼ、無花果二ツ　夜、梨一ツ
松蕈ハ余ノ注文ニテ母ハワザ、、雨中ヲ買ヒニ出ラレシ也
今日ハ『週報』俳句（波ヲ閲《ケミ》ス）
鼡《ソ》骨《コツ》車ニテ来ル　十一時頃車ニテ帰ル　秀真泊ル
便通後眠ル

十月十九日　雨、便通、秀眞去ル、又便通、繃帯取替、午飯、マグロノサシミ、粥四ワン、大ハゼ三尾、リンゴ一ツ

十六七歳ノ頃余ノ希望ハ太政大臣トナルニアリキ　上京後始メテ哲学トイフヿ《コト》ヲ聞キ哲学程高尚ナル者ハ他ニ無シト思ヒ哲学者タランヿヲ思ヘリ　後又文学ノ末技《マツギ》ニ非《アラザ》ルヲ知ルヤ生来好メルヿトテ文学ニ志スニ至レリ　シカモ此《コノ》間理論上大臣ヲ軽視スルニ拘《カカワ》ラズ感情上何トナク大臣ヲ無上ノ栄職ノ如ク考ヘタリ、然《シカ》ルニ昨年以来此《コノ》感情全クヤミ大臣タルモ村長タルモ其《ソ》処《コ》ニ安ンジ公ノタメニ尽スニ於《オイ》テ一毫ノ軽重ナキヲ悟リタリ
今日余若《モ》シ健康ナラバ何事ヲ為シツツアルベキカハ疑問也　文学ヲ以テ目的トナストモ飯食ウ道ハ必ズシモ之《コレ》ト関係ナシ　若《モ》シ文学上ヨリ米代ヲ稼《カセ》ギ出ダスヿ能《アタ》ハズトセバ今頃ハ何ヲ為シツ、アルベキカ
幼稚園ノ先生モヤツテ見タシト思ヘド財産少シナクテハ余ニハ出来ズ　造林ノ事ナドモ面白カルベキモ

其《ソノ》方ノ学問セザリシ故今更山林ノ技師トシテ雇ハル、ノ資格ナシ　自ラ山ヲ持ツテ造林セバ更ニ妙ナレド買山《バイザン》ノ銭無キヲ奈何《イカン》
晩飯サシミノ残リト裂《サ》キ松蕈
此《コノ》日便通凡《オヨソ》五度、来客ナシ

十月二十日　晴　鼡骨来ル　加藤叔父来ラル　午後虚子《キヨシ》来ル
朝便通、朝飯ナシ、牛乳五勺　紅茶入　ビスケット
午飯三人共ニ食フ、サシミ、豆腐汁、柚味噌、ヌク飯三ワン　リンゴ一ツ
牛乳五勺　紅茶入　ビスケット　煎餅
三河《ミカワ》ノ同楽《ドウラク》ヨリ松蕈、小松ノ森田某ヨリ柿ヲ送リ来ル
同楽ノ手紙ニ曰《イハ》ク
　過般『日本』紙上「墨汁一滴《ボクジユウイツテキ》」ヤミ又俳句も不出相成《イデズアイナリ》候節ハ誠ニ落膽致《ラクタンイタシ》候　併《シカ》シまた『週報』ニ御選ノ句出候故聊《イササ》カ力を得候へトモ小生ハ若《も》し御訃音《フイン》之廣告出候かと『日本』来ることに該欄を眞先に披見致居《ひけんいたしおり》候……
眞率《シンソツ》ニシテ些モ隠サゞル処太《ハナハ》ダ愛スベシ
晩餐虚子ト共ニス　鰻《ウナギ》ノ蒲焼《カバヤキ》、ブジ豆、柚ミソ、飯一ワン、粥二ワン、柿二ツ、無花果《イチジク》二ツ
夕刻前便通及ビホータイ取替、夜便通
十月廿一日　客無シ　夜ニ入リテ癇癪《カンシヤク》起ラントス　病牀ノ敷蒲團ヲ取リ代フルヿ《コト》ニヨリテ癇癪ヲ欺《アザム》キ了《オワ》

ル

十月廿二日　午後鼡骨《ソコツ》来ル　中村某ヨリ松蕈一籃《マツタケヒトカゴ》ヲ送リ来ル

十月廿三日　午後いもヲ焼イテ喰ヒツ、アルトキ田中某来ル　手土産ビスケット
河東繁枝子《カワヒガシシゲエコ》来ル　手土産鮭《サケ》ノ味噌漬二切
左千夫来ル　手土産葡萄一籃《ヒトカゴ》、外ニ蕨眞《ケツシン》ヨリノ届ケモノ栗一袋、左千夫ハ房州ヲ旅シテ帰レル也　上総《カズサ》ノ海辺ノ砂（中ニ小《チイサ》キ赤キ珊瑚《サンゴ》マジル）及ビ阿房《アワ》神社ノオ札ヲ携ヘ来ル
夕刻大坂ノ文淵堂《ブンエンドウ》主人来ル　手土産奈良漬一桶
左千夫ト共ニ晩餐ヲ喫ス　繁枝子ニモ次ノ間ニ於テ同ジ晩餐ヲ出スラシ
夜秀眞《ホツマ》来ル　故郷ヨリ携ヘ来レリトテ手土産柿二種（江戸一及ビ百目《ヒャクメ》）　マルメロ三個
男女ノ来客アリシ故此《コノ》際ニ例ノ便通ヲ催シテハ不都合イフベカラザル者アルヲ以テ余ハ終始安キ心モナカリシガ終《ツイ》ニコラエオホセタリ　夜九時過衆客皆散ジテ後直《タダチ》ニ便通アリ　山ノ如シ
赤黄緑三色ノ木綿《モメン》ヲ縫ヒ合セテ財布ヲ作ル　之《コレ》ヲ頭上ノ力綱ニ掛ク　中ニ二円アリ　コレ今月分ノ余ノ雑用トシテ虚子ヨリ借ル所候

十月廿四日
　朝　便通
　　牛乳一合　ビスケット

黒眼鏡ヲカケテ新聞ヲ見ル
午　マグロノサシミ　粥二ワン　里芋ヨキ芋也　ナラ漬　柿二ツ
巡査来リ玄関ニテ、夜間戸締ノ注意ヲナス声聞ユ「ソーデスカ　二人デスカ　雇人《ヤトイ》ハ居マセンカ」大声ヲ残シテ帰リ去ル
虚子来ル　焼栗ヲ食フ　虚子余ノ舊稿《キュウコウ》（新聞ノ切抜）ヲ携ヘ去ル
晩　便通及繃帯取替
サシミノ残リ　飯ニワン　茄子松蕈　鮭ノ味噌漬　支那索麵《ソウメン》過日叔父ノ恵マレシモノ　ナラ漬　葡萄一房　柿一ツ
不折《フセツ》妻君柿苹果《リンゴ》ヲ贈リ来ル
夜九月十三夜也　庭ノ蟲聲《コエ》猶全ク衰ヘズ
月ハ薄曇《ウスグモリ》ナリト　夜半ヨリ雨

十月廿五日　曇
朝　便通及ホータイ替
牛乳五勺砂糖入　ビスケット　塩センベイ
午　マグロノサシミ　飯二ワン　ナラ漬　柿三ツ
牛乳五勺　ビスケット　塩センベイ
晩　栗飯一ワン　サシミノ残リ　裂キ松蕈
ナラ漬　渋茶一ワン

夜　便通山ノ如シ
加賀の洗耳《センジ》ヨリ大和柿一籃《ヒトカゴ》ヲ贈リ来ル
客ナシ
『週報』募集俳句歌（題「蚯蚓鳴《ミミズナク》」）ヲ閲《ケミ》ス

『一年有半』ハ浅薄ナヿ《コト》ヲ書キ並ベタリ、死ニ瀕《ヒン》シタル人の著ナレバトテ新聞ニテホメチギリシタメ忽《タチマ》チ際物《キワモノ》トシテ流行シ六版七版ニ及ブ
近頃『二六新報』へ自殺セントスル由《ヨシ》投書セシ人アリ　其《ソノ》人分リテ忽チ世ノ評判トナリ自殺セズニスムノミカ金三百円程品物若干ヲ得且《カ》ツ烟草《タバコ》店迄《マデ》出シテヤロトイフ人サヘ出来タリ　『一年有半』ト好一対《コウイツツイ》
余モ最早飯ガ食ヘル間ノ長カラザルヲ思ヒ今ノ内ニウマイ物デモ食ヒタイトイフ野心頻《シキ》リニ起リシカド突飛ナ御馳走（例、料理屋ノ料理ヲ取リヨセテ食フガ如キ）ハ内ノ者ニモ命ジカヌル次第故《ユエ》月々ノ小使銭俄《ニワカ》ニホシクナリ種々考ヲ凝《コ》ラシ、モ書物ヲ売ルヨリ外ニ道ナクサリトテ売ル程ノ書物モナシ　洋紙本ヤラ端本《ハホン》ヤラ売ツテ見タトコロデ書生ノ頃ベタ、、ト捺《オ》シタ獺祭書屋《ダッサイショオク》蔵書印ヲ誰カニ見ラル、モ恥カキ也　トサマカウサマ考ヘタ末終《ツイ》ニ虚子ヨリ二十円借ルヿトナリ已ニ現金十一円請取リタリ　コレハ借銭ト申シテモ返スアテモナク死後誰カ返シテクレルダロー位ノヿ也　誰モ返サヾルトキハ家具家財書籍何ニテモ我内ニアル者持チ行カレテ苦情ナキ者也トノ証文デモ書イテオクベシ
右ノ如ク死ニ瀕シテ余モ二十円ヲ得タルヲ思ヘバ『一年有半』ヤ烟草屋ヲ儲《モウ》ケ出シタル投書家程ノ手際ニハ行カザリシモ余ニシテハ先ズ上出来ノ方也　併《シカ》シイヅレモ生命ヲ売物ニシタルハ卑《イヤ》シ

病牀ノ財布モ秋ノ錦カナ

栗飯ヤ病人ナガラ大《オオ》食《グラ》ヒ

カブリツク熟《ジュク》柿《シ》ヤ髯ヲ汚シケリ

驚クヤ夕顔落チシ夜《ヨ》半《ワ》ノ音

十月廿六日　晴

朝　粥ニ牛乳カケテ三椀　佃煮　奈良漬

便通及繃帯取替

午　雞鍋　卵二ツ　飯一椀　味噌汁実ハ薩摩芋

柿三ツ　奈良漬

晩　雞肉タヽキ　サシミ　柿ナド

夜　渋茶　ビスケツト等

眠ラレズ

女客二人アリ。

午後麓《フモト》来ル。手土産雞肉タヽキ。外ニ古渡《コワタリ》更紗ノ財布ニ金二円入レテ来ル。約束アレバ受取ル。

石《イシ》ノ巻匏瓜《マキホウカ》ヨリ生鮭《ナマザケ》一尾送リ来ル。

夜鼠骨《ソコツ》来ル。

此頃《コノ》ノ容体及ビ毎日ノ例

病氣ハ表面ニサシタル変動ハナイガ次第ニ体ガ衰ヘテ行クヿ《コト》ハ争ハレヌ。膿《ウミ》ノ出ル口ハ次第ニフエル、寐返リハ次第ニムツカシクナル、衰弱ノタメ何モスルノガイヤデ只ボンヤリト寐テ居ルヨウナヿガ多イ。腸骨《チヨウコツ》ノ側ニ新ニ膿ノ口ガ出来テ其近邊《ソノキンペン》ガ痛ム、コレガ寐返リヲ困難ニスル大原因ニナツテ居ル。右ヘ向クモ左ヘ向クモ仰向《アオムケ》ニナルモイヅレニシテモ此《コノ》痛所ヲ刺激スル、咳《セキ》ヲシテモコ、ニヒヾキ泣イテモコ、ニヒヾク。

繃帯ハ毎日一度取換ヘル。コレハ律《リツ》ノ役ナリ。尻ノサキ最《モツトモ》痛ク僅《ワズカ》ニ綿ヲ以テ拭《ヌグ》フスラ猶疼痛《ナオトウツウ》ヲ感ズル。背部ニモ痛キ箇所ガアル。ソレ故繃帯取換ハ余ニ取ツテモ律ニ取ツテモ毎日ノ一大難事デアル。此際ニ便通アル例デ、都合四十分乃至《ナイシ》一時間ヲ要スル。

肛門ノ開閉ガ尻ノ痛所ヲ刺戟スルノト腸ノ運動ガ左腸骨辺ノ痛所ヲ刺戟スルノトデ便通ガ催サレタ時之《コレ》ヲ猶豫《ユウヨ》スルノ力モナケレバ奥ノ方ニアル屎《クソ》ヲリキミ出ス力モ無イ。只其《ソノ》出ルニ任スルノデアルカラ日ニ幾度アルカモ知レヌ。従ツテ家人ハ暫時《シバシ》モ家ヲ離レルヿガ出来ヌノハ実ニ氣ノ毒ノ次第ダ。

睡眠ハ此頃《コノ》善ク出来ル。併《シカ》シ体ノ痛ムタメ夜中幾度トナク目ヲサマシテハ又眠ルワケダ。

歯齦《ハグキ》カラ出ル膿ハ右ノ方モ左ノ方モ少シモ衰ヘヌ。毎日幾度トナク綿デ拭イ取ルノデアルガ体ノ弱ツテ居ル日ハ十分ニ拭ヒ取ラズニ捨テ、置クヿモアル。

物ヲ見テ時々目ガチカ、、スルヤウニ痛ムノハ年来ノヿデアルガ先日逆上以来愈《イヨイヨ》ツヨクナツテ新聞ナドヲ見ルト直《スグ》ニ痛ンデ来テ目ヲアケテ居ラレヌヤウニナツタ。ソレデ黒眼鏡ヲカケテ新聞ヲ読ンデ居ル。

朝々湯婆《タンポ》ヲ入レル。熱出ヌ。小便ニハ黄色ノ交リ物アルヿ多シ。

食事ハ相変ラズ唯一ノ樂《タノシミ》デアルガモウ思フヤウニハ食ハレヌ。食フトスグ腸胃ガ変ナ運動ヲ起シテ少シハ痛ム。食フタ者ハ少シモ消化セズニ肛門へ出ル。

サシミハ醤油《シヨウユ》ヲベタトツケテソレヲ飯又ハ粥ノ上ニカブセテ食フ。

佃煮モ飯又ハ粥ノ上ニ少シヅ、置イテ食フ。

歯ハ右ノ方ニテ噛《カ》ム。左ノ方ハ痛クテ噛メヌ。

朝起キテスグ新聞ヲ見ルヿヲヤメタ。目ヲイタハルノヂヤ。人ノ来ヌ時ハ新聞ヲ見ルノガ唯一ノヒマツブシヂヤ。

食前ニ必ズ葡萄酒（渋イノ）一杯飲ム。クレオソートハ毎日二号カプセルニテ六粒。

十月廿七日　曇
明日ハ余ノ誕生日ニアタル（旧暦九月十七日）ヲ今日ニ繰リ上ゲ晝飯《ヒル》ニ岡野ノ料理二人前ヲ取リ寄セ家内三人ニテ食フ。コレハ例ノ財布ノ中ヨリ出タル者ニテイサ、カ平生《ヘイゼイ》看護ノ労ニ酬イントスルナリ。蓋《ケダ》シ亦《マタ》余ノ誕生日ノ祝ヒヲサメナルベシ。料理ハ会席膳《ゼン》ニ五品
○サシミ　マグロトサヨリ　胡瓜　黄菊《キギク》　山葵《ワサビ》
○椀盛《ワンモリ》　莢豌豆《サヤエンドウ》　鳥肉　小鯛ノ焼イタノ　松蕈《マツタケ》
○口取《クチトリ》　栗ノキントン　蒲鉾《カマボコ》　車蝦《クルマエビ》　家鴨《アヒル》　煮蒲萄
○煮込　アナゴ　牛蒡《ゴボウ》　八ツ頭　莢豌豆
○焼肴《ヤキザカナ》　鯛　昆布　煮杏《ニアンズ》　薑《ハジカミ》
午後蒼苔《ソウタイ》来ル。四方太《シホウダ》来ル。

牛乳ビスケットナド少シ食フ　晩飯ハ殆《ホト》ンド食ヘズ。

料理屋ノ料理程千篇一律《センペンイチリツ》デウマクナイ者ハナイト世上ノ人ハイフ。サレド病牀ニアリテサシミ許《バカ》リ食フテ居ル余ニハ其《ソノ》料理ガ珍ラシクモアリウマクモアル。平生臺所《ヘイゼイダイドコロ》ノ隅デ香《コウ》ノ物バカリ食フテ居ル母ヤ妹ニハ更《サラ》ニ珍ラシクモアリ更ニウマクモアルノダ。

去年ノ誕生日ニハ御馳走ノ食ヒヲサメヲヤル積リデ碧四虚鼠《ヘキシキヨソ》四人ヲ招イタ。此《コノ》時ハ余ハイフニイハレヌ感慨ニ打タレテ胸ノ中ハ実ニヤスマル᧐《コト》ガナカツタ。余ハ此《コノ》日ヲ非常ニ自分ニ取ツテ大切ナ日ト思フタノデ先ヅ庭ノ松ノ木カラ松ノ木ヘ白木棉ヲ張リナドシタ。コレハ前ノ小菊ノ色ヲウシロ側ノ雞頭ノ色ガ壓《アツ》スルカラ此《コノ》白幕デ雞頭ヲ隠シタノデアル。トコロガ暫《シバラ》クスルト曇リガ少シ取レテ日ガ赫《カツ》トサシタノデ右ノ白幕ヘ五六本ノ雞頭ノ影ガ高低ニ映ツタノハ実ニ妙デアツタ。

待チカネタ四人ハヤウヽ夕刻ニ揃フテソレカラ飯トナツタ。余ハ皆ニ案内状ヲ出ストキニ土産物ノ注文ヲシテオイタ。ソレハ虚子ニ「赤」トイフ題ヲ与ヘテ食物カ玩具《オモチャ》ヲ持ツテ来イトイフノデアツタガ虚子ハユデ卵ノ真赤ニ染メタノヲ持ツテ来タ。コレハニコライ会堂デヤル᧐サウナ。鼠骨ハ「青」ノ題デ青蜜柑、四方太ハ「黄」ノ題デ蜜柑ト何ヤラト張子《ハリコ》ノ虎トヲ持ツテ来タ。碧梧桐ハ茶色、余ハ白デアツタガ何ヤラ忘レタ。食後次第ニ話ガハズンデ来テ余ハ晝《ヒル》ノ間ノ不安心不愉快ヲ忘レル程ニナツタ。余ハ象ノ逆立ヤジラフノ逆立ノポンチ絵ヲ皆ニ見セウト思フテ頻《シキ》リニ雑誌ヲアケテ居ルト四方太ハ張子ノ虎ノ髯《ヒゲ》ヲヒネリ上ゲナガラ「独逸《ドイツ》皇帝ダ〳〵」ナド、言フテ居ル。実ニ愉快デタマラナンダ。

ソレニ比ベルト今年ノ誕生日ハソレ程ノ心配モナカツタガ餘《アマ》リ愉快デモナカツタ。体ハ去年ヨリ衰弱シテ寐返リガ十分ニ出来ヌ。ソレニ今日ハ馬鹿ニ寒クテ午飯頃ニハ余ハマダ何ノ食慾モナカツタ。ソレニ昨夜善ク眠ラレヌノデ今朝ハ泣《ナ》カシカツタ。ソレデモ食ヘルダケ食フテ見タガ後ハ只《タダ》不愉快ナバカリデ且ツ夕刻ニハ左ノ腸骨ノホトリガ強ク痛ンデ何トモ仕様ガナイノデ只叫ンデバカリ居ク程ノ悪日デアッタ。

十月廿八日　雨後曇
午後左千夫来ル　丈ノ低キ野菊ノ類ヲ横鉢ニ栽《ウ》ヱタルヲ携ヘ来ル
鼠骨《ソコツ》来ル
繃帯取換ノ際左腸骨辺ノ痛ミ堪《タ》ヘ難《ガタ》ク号泣《ゴウキユウ》又号泣困難ヲ窮《キワ》ム
此日《コノ》ノ午飯ハ昨日ノ御馳走ノ残リヲ肴《サカナ》モ鰕《エビ》モ蒲鉾《カマボコ》モ昆布モ皆一ツニ煮テ食フ　コレハ昨日ヨリモ却ッテウマシ　オ祭ノ翌日ハ昔カラサイノウマキ日ナリ
晩餐ハ余ノ誕生日ナレバニヤ小豆飯ナリ　鮭ノ味噌漬ト酢ノ物（赤貝ト烏賊《イカ》）ノ御馳走ニテ左千夫鼠骨ト共ニ食フ
食後話ハズム　余モイツモヨリ容易《タヤス》クシヤベル　十時頃二人去ル

十月廿九日　曇

明治三十五年三月十日　月曜日　晴　日記ノナキ日ハ病勢ツノリシ時也
午前七時家人起キ出ヅ　昨夜俳句ヲ作ル　眠ラレズ　今朝ハ暖炉《ダンロ》ヲ焚《タ》カズ
八時半　大便、後《ノチ》腹少シ痛ム
同　四十分　痲痺剤《マヒザイ》ヲ服ス
十時　繃帯取換ニカヽル　横腹ノ大筋ツリテ痛シ
　此《コノ》日始メテ腹部ノ穴ヲ見テ驚ク　穴トイフハ小サキ穴ト思ヒシニガランド也　心持悪クナリテ
　泣ク
十一時過　牛乳一合タラズ呑ム　道後《ドウゴ》煎餅《センベイ》一枚食フ
十二時　午餐《ゴサン》　粥一碗　鯛ノサシミ四切　食ヒカケテ忽《タチマ》チ心持悪クナリテ止《ヤ》ム
午後一時頃　牛乳
　始終ドコトナク苦シク、泣ク
午後四時過　左千夫　蕨眞《ケッシン》二人来ル　左千夫紅梅ノ盆栽ヲクレ蕨眞鰯《イワシ》ノ鮓《スシ》ヲクレル
　クサリ鮓トイフ由
五時　大便
　蕨眞去ル
　晩飯　小田巻《ヲダマキ》（饂飩《ウドン》）サシミノ残リ　腐リ鮓　金山寺《キンザンジ》味噌（長塚所贈）　ウマク喰フ　七時頃
　痲痺剤ヲ服ス
夜　牛乳　煎餅　蜜柑　飴等
　左千夫歌ノ雑誌ノ事ヲ話ス　九時頃去ル

ソレヨリ寝《シン》ニ就《ツ》ク　睡眠善キ方也
此頃《コノ》ノ薬ハ水薬二種（一ハ胃ノ方、一ハ頭ノオチツクタメ）

三月十一日
朝ストーヴヲ焚《タ》ク　大便　牛乳　十時朝飯　粥二碗　鯛ノサシミ七切程　味噌　腐鮓《クサリ》　蕗《フキ》ノ薹《トウ》ト梅干
蜜柑三ヶ　十一時　牛乳ココア入　煎餅一枚
十一時半　痲痺剤ヲ服ス　陸《クガ》ノオマキサン　梨数顆持《カ》テ来テクレル
午後一時半頃　繃帯取換
三時碧梧桐来ル　腰背痛俄《ニワカ》ニ烈《ハゲ》シク痲痺剤ヲ呑ム　種竹山人《シュチクサンジン》来ル　直ニ去ル
五時頃　晩餐　ゴモク飯一碗　ヲダマキ　サシミノ残リ　鱈汁《タラ》　鱈ト人参ノ煮物　九時頃　牛乳
夕方ヨリ碧橋桐妻来ル　十時共ニ帰リ去ル
十一時過又痛《イタミ》烈シク起ル　痲痺剤ヲ服ス
此頃《コノ》ハ一日ノ牛乳三合必ズコ、アヲ交ゼル

三月十二日　晴　朝寒暖計　五十度計《バカリ》　煖炉ヲ焚ク
午前十時頃新聞ヲ読マセル
十一時半　午餐　サシミ（鯛）　金山寺味噌　芹《セリ》トアゲ豆腐　ジヤガタラ芋　注文セシ「ヲダマキ」来ラズ
挿雲露子《ソウウンロシ》二人来ル　飄亭《ヒヨウテイ》来ル

正午　痲痺剤ヲ服ス　三人去ル
午後二時　牛乳二杯　煎餅三四
　繃帯取代　左へ寐戻リテヨリ背腰殊《コト》ニ痛ム　ウト、、スレド眠ラレズ
午後四時　ヲダマキ蒸饂飩《ムシウドン》　サシミ少〻　陸《クガ》ヨリモラヒタル豆ノモヤシナド食フ
　虚子来ル　ハム、ローフヲクレル
六時　ヌク飯二ワン　サシミノ残リ
談話　牛乳
十時　マヒ剤ヲ呑ム　虚子去ル

明治三十五年　痲痺剤服用日記

六月廿日（コレヨリ以前ハ記サズ）

正午　　午後九時

六月廿一日

午後五時四十五分

六月廿二日

午前九時五分

六月廿三日

午前二時十五分

ソコツ六月廿四日　雨　桑実《クワノミ》長塚ヨリ、清水峠筍《シミズトウゲタケノコ》、今成木公《イマナリモツコウ》ヨリ

午前九時　午後六時二十分

キヨシ六月廿五日　晴　盆栽ノ写眞、岐阜三浦某ヨリ。写眞数枚古竹《コチク》ヨリ。光琳《コウリン》百圖虚子ヨリ

午前八時卅五分

六月廿六日　曇

午前八時

六月廿七日　雨　体温卅七度八分

午前六時　午後十時

六月廿八日　雨　梅影《バイエイ》ヨリ澱粉《デンプン》三種（甘藷《カンシヨ》、里芋、馬鈴薯）ヲ贈リ来ル

午前十時廿分　　午後八時廿五分

六月廿九日　雨
　午前九時
六月卅日　曇　体温卅七度二分
　午前七時　　午後七時廿分
七月一日　雨
　午前八時半　　午後五時廿五分
七月二日　曇、抱一《ホウイツ》画（梅、水さし、ハサミ）文鳳《ブンポウ》麁画《ソガ》、桜ノ実、忍川豆腐《シノブガワドウフ》
　午前八時半　　午後七時十五分
七月三日　雨
　午前七時　　午後三時半
七月四日　晴　建氏《ケンシ》画苑、立斎《リユウサイ》百画、狂詩画譜等小包ニテ来ル
　午前四時過　　午後四時
七月五日　曇　草花一鉢（梺《フモト》ヨリ）茂春《モシユン》来リ絵本二三十巻ヲ見セル
　午前七時過　　午後五時
七月六日　晴　来客八人、漁村《ギヨソン》、新甫《シンポ》、飄亭《ヒヨウテイ》、四方太《シホウダ》、豊泉《ホウセン》、耕村《コウソン》、村井某、森田義郎《モリタギロウ》
　午前八時頃　　午後七時頃
七月七日　晴
　午前八時半　　午後
七月八日　晴

午前七時半　　午後五時半
七月九日　晴　イワシコ、　豆腐、
午前九時十五分　此日《コノ》衰弱疲労ノ極ニ達ス
七月十日　雨　煽風器《センプウキ》成ル
ノマズ
七月十一日　晴　始メテ蜩《ヒグラシ》鳴ク
二度呑ム
七月十二日　晴　始メテ蟬《セミ》鳴ク、茶ノ会席料理デ碧梧桐、四方太、虚子会ス
午前八時　　午後四時四十分
七月十三日　晴、鼠骨《ソコツ》、熱サニ堪《タ》ヘズ、寿子《ジュシ》、鳴翁訪《ト》ハル
午前四時　　午後三時過
七月十四日　小雨、懐中汁粉《カイチユウジルコ》、碧梧桐《ヘキゴドウ》番
午前二時　　午後三時
七月十五日　昼曇夜雨、虚子番、
午前二時　　午後一時半　　午後九時半
七月十六日　曇、義郎番
午後零時三十五分
七月十七日　曇、碧梧桐番、秀眞《ホツマ》来
午前一時　　午後零時三十分　　午後八時半

七月十八日　曇、亷骨番
　午前九時半　　午後五時半
七月十九日　虚子番　此日《コノ》疲労極点ニ達シ昏〻《コンコン》
　午前九時半
七月二十日　碧梧桐亷骨来　正午疲労稍《ヤヤ》回復
　ノマズ
七月二十一日　曇　左千夫蕨眞《ケッシン》来、月樵《ゲッショウ》ノ狸《タヌキ》ノ画ヲ見ル
　午前十時
七月二十二日　晴　義郎番、如水子《ジョスイシ》来
　午前九時半
七月二十三日　雨
　午前十時

七月卄九日　曇　左千夫番
　午前十時卅五分

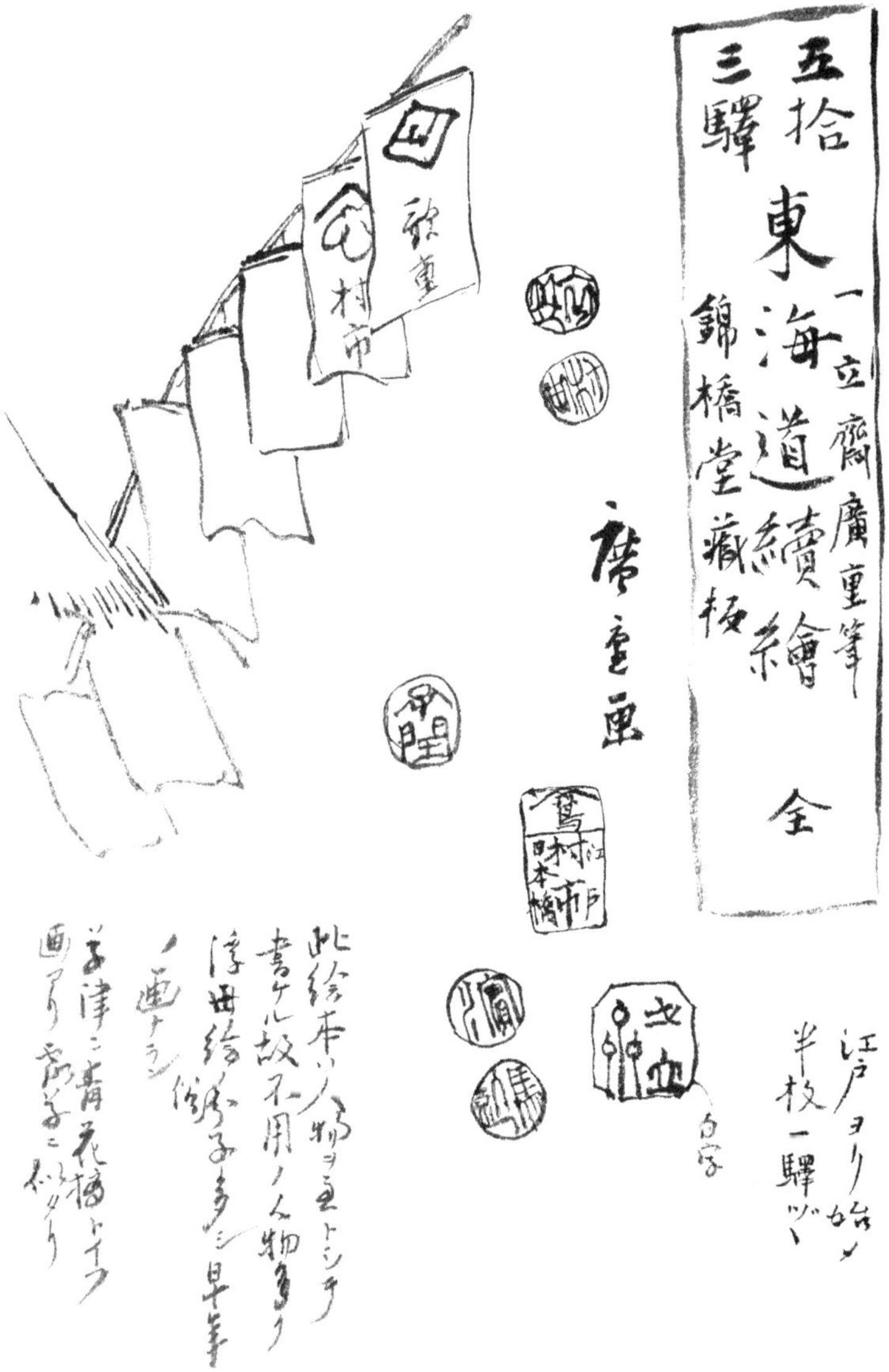
五拾三驛
東海道續繪
一立齋廣重筆
錦橋堂藏板
全
廣重画
江戸
日本橋
村市
江戸ヨリ始メ
半枚一驛ヅヽ
白字
此絵本ハ人物ヲ主トシテ
書ケル故不用ノ人物多ク
浮世絵ノ様子多シ早筆
ノ画ナラン

A
C
B

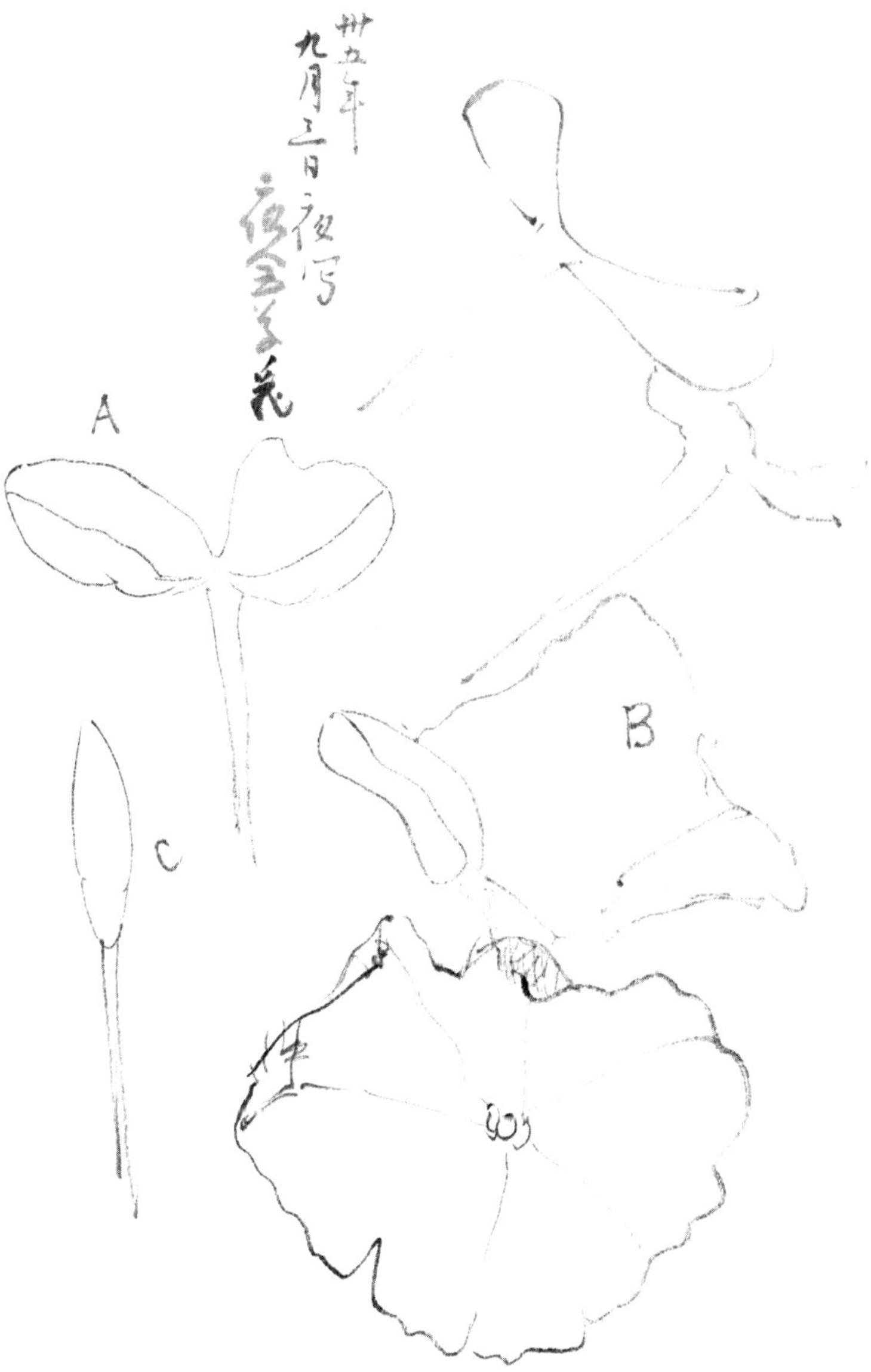
卅五年
九月三日夜写
A
B
C

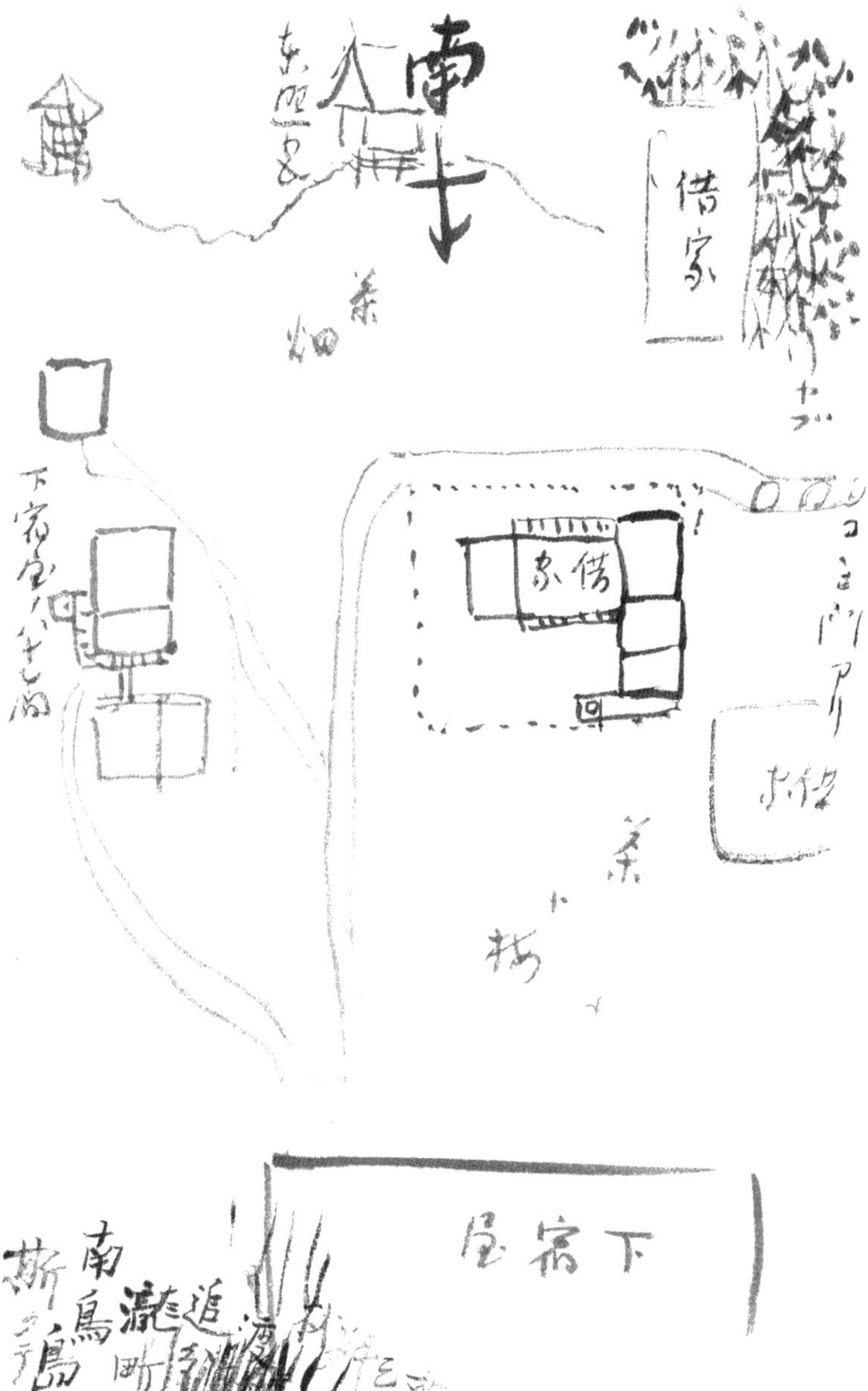
南
借家
下宿屋

解題

津原泰水

絵日記

「こんな物も描いているんだ」と金子國義のご自宅で多数の絵日記を見せていただき、その素晴しい筆致に吐息して、いつか出版したいものだと思っていた。その念願が、部分的にではあるがこのたび叶った。

「食」にまつわる思い出が描かれているもののうち、僕のお気に入りの八葉をご堪能《たんのう》あれ。

　音楽や、宴席の楽しげな会話や、街の喧噪《けんそう》が聞えてくるでしょう。常に共感覚が伴うのが金子作品の大きな特徴で、それでいて特定のシチュエーションに寄り掛かっていない——普遍性がある。

　具象の手法で易々と抽象の領域に踏み込んでしまう、稀有《けう》な画家である。似た試みをする画家がいても、どうしても肩に力が入ってしまう。金子画伯にはそれがない。

「Mr. DORAYAKI」はあなたの住む街も闊歩《かっぽ》しているのだ。視《み》える人には視える。

新秋名果——季節のリズム

　健康上の理由から故郷鳥取に居を移した尾崎翠の、数少ないが重要な文業の一つに本篇冒頭を飾ってもらった。語られている対象は梨や林檎であり、「食」にまつわる随想に他ならないのだが、素晴しいことに代表作「第七官界彷徨」およびそれにつらなる〈小野町子もの〉連作と、そっくり同じ手法で記されている。「尾崎翠はいま故郷に有り」という彼女の澄んだ声が聞えてくるような、清々しい一篇だ。

　年譜の過剰な描写などから淋しい後半生を送った作家のように誤解されがちだが、彼女に可愛がられたご親族たちは「儂《わし》らが居《お》ったのになにが淋しいもんか」と呵々大笑なさっていた。喫茶店と煙草を好む、東京帰りのハイカラな小母《おば》さんだったという。

中年男のシックな自炊生活とは

若くて貧しくていつも野良犬のように腹を空かせていた時代、開高健の書く「食」は文字通り僕の垂《すい》涎《ぜん》の的だった。高級レストランの名前を並べたうえで「どこそこのあれは格別である」と書かれても、見知らぬ昆虫の標本を想像しろと云われているようなもので、ぴんと来ないどころではない、日本語として認識できない。しかし開高氏描く、生活に根付いた「食」からは、香ばしい湯気が漂ってくるようだった。

このアンソロジーは基本的に僕の記憶から成っている。ことさら「食」絡みの本を並べて読んで……といった作業はおこなっていない。編輯者から「あれは入れないんですか」と問われ、「それがあった！」と膝を打った作品はある。とまれ開高氏のハンバーグ話を採らないという選択肢は、最初からなかった。『輝ける闇』など重厚な小説にも脱帽するが、同等の敬意を彼の軽妙な随想にもいだき続けている。

グリモの午餐会

早く亡くなったから直接のご縁はなかったものの、間接的には師と称しても過言ではない澁澤龍彦について、「澁澤さんはあまり『食』を書かなかったから」と当初、収録を予定していなかった不明を恥じたい。『華やかな食物誌』を僕はすっかり失念していた。夢のなかではたと思い出し、慌てて編輯者に連絡した。

バルタザール・グリモ・ド・ラ・レニエールは我が国に於ける北大路魯山人のような人物で、現代のミシュラン社のガイドの原型とも云える『食通年鑑』を主宰した。ちなみにミシュラン社はタイヤの会社で、ドライヴ途中に立ち寄るべきレストランの案内を、顧客サーヴィスとして初めは無料で配ったのである。一方、短命に終わったグリモの年鑑は、もともとフランス人の活字離れに嘆く出版社勤務の友人のために企画されたという。

神戸

最前、高級レストランの名前を並べられても云々と記したが、古川緑波は別格だ。昔の銀幕のスタアの美食ぶりは、半端ではない。付焼き刃ではなく最上の味が舌に染み付いているが故に言葉選びが的確で、読んでいるうちにこちらの腹もぐうと鳴る。明治三十六（一九〇三）年生まれの人が、中学に入るか入らないかでアーティチョークの味を知っていたというんだから恐れ入る。

古川氏の随想には「谷崎先生」が当たり前のように登場する。大谷崎こと谷崎潤一郎である。谷崎氏がエルンスト・ルビッチの映画を愛好していたことを知り、「スタート地点が違いすぎる」と絶望しかけた若き日の、苦い涙の味が甦ってくる。

花の雪散る里

すこしお腹が膨れたところで、カクテルと洒落込もう。

倉橋由美子は最高だ。そう分かってはいたが『よもつひらさか往還』には肝を潰した。こういう文才が欲しいと思った。しかし、なんとこの連作は「サントリークォータリー」というＰＲ誌に掲載されていた、恐らくは細々とした条件付きの執筆によるものだった。

人気を博して続篇が書かれ、今は『完本　酔郷譚』として一冊に纏《まと》まっている。どの作品も素晴しいのだが、天才女流作家による軽快でかつ深遠な連作の、まずは入口にご案内したく本作を採った。続きは彼女の本でお楽しみいただきたい。

握り飯

我々の世代にとっては隆慶一郎というよりも、様々なテレビドラマのエンドロールを飾っていた池田一朗である。小説家隆慶一郎としての活動期間は短かった。

「握り飯」の各所について「むかし読んだ」という確信はあるのだが、どこでだったかが思い出せない。引用を読んだのかもしれない。握り飯を「どろどろになるまでかんでかんで、惜しみながら飲みこんだ」というくだりが、得も云わず良い。あまり炭水化物を摂取しない僕が、おむすびになっているとなぜか咽を通って、すこし涙が湧く。

『一夢庵《いちむあん》風流記』を原作とした漫画『花の慶次』が未だにメディアを席巻しているため、混乱する読者が多いようだが、隆氏は大正一二（一九二三）年（関東大震災の年）生まれで池波正太郎と同い年であり、一方『花の慶次』は彼の歿年から始まっている。

薬菜飯店

筒井康隆にとって起承転結なんてステップの基本はどうでもいいのだと思う。そんなルールなど守らなくとも軽やかにタップを踏める天性が、彼には最初からあった。言葉の手垢を綺麗に洗い流せる繊細さ、とでも云い換えれば、より的確に伝わるだろうか？　だからこういうものも書ける。氏の破天荒な作品が「破天荒である」と承認されるのは、言葉という絵具の一色一色が鮮やかだからに他ならない。

ＳＦのフィールドで培われた氏の技法が、様々な他ジャンルとの壁を見事に打ち破った、現代短篇小説の白眉である。

人間臨終図巻――円谷幸吉

山田風太郎の文業はどうしても採りたかったが、「食」についてはあっさりした描写が多い方なので一旦は諦めかけた。ふと労作『人間臨終図巻』の円谷幸吉の項と、その遺書とをワンセットにするという奇策を思い付き、関係者たちに相談してみるとみな併読して泣いた。読者にも泣いていただこうと決めた。

自殺者を自殺者であるが故に賛美する気はまったくないものの、円谷氏の遺書の美しさは否定のしようがない。世界で最も美しい遺書である。小説家ごときの捏《こ》ね繰り返した文章に、この感動はない。

遺書冒頭にある「三日とろゝ」とは、東北、信州、北関東などで正月の三日、胃を休めるために食べるとろろ汁のことだ。戦士が視界を明瞭に保つため涙を怺《こら》えているような、そして円谷の強敵「裸足の巨人」アベベ・ビキラにも目配りした、山田氏の冷徹な文章にも畏敬をおぼえる。

男の最良の友、モーガスに乾杯！

モーガス……モーガス！　こういう陽気な犬（アイリッシュ・セッター）との生活にどれほど憧れたことだろう？　犬と分け合っての食事は楽しい。人類最高の楽しみと云ってもいい。酒に関しては人と一緒で個体差がある。モーガスのようなワイン好きや、パブでエールを舐めさせてもらうのを無上の喜びとする犬もいれば、アルコール臭だけでうえっという顔を見せる犬もいる。

C・W ニコルはウェールズ生まれの、日本人。そんじょそこらの日本生まれエッセイストには生涯をかけてもものせない程の、日本にまつわるエッセイを上梓してきた。開高健の親友でもある。

ラフカディオ・ハーン（小泉八《や》雲《くも》）の後任として東京帝大で教鞭をとっていた夏目漱石が、学生から「ハーン先生に比べて講義がつまらない」と苦言され、「世界的文豪と比較されても困る」と弁解したという話がある。このエピソードを彷彿させる存在感がニコル氏にはある。

初音の鼓――『吉野葛』より

抜粋収録によって読者を苛立たせたくなかったので「短い作品のみ」を公言していたのだが、各章の独立性が高い、紀行文調の本作は、連作短篇と看做して部分収録させていただいた。たびたび出てくる「私たち」とは、自分の母のルーツを辿っている津村なる人物と、彼のエピソードを小説にしたい作者である。

谷崎氏本人は失敗作だと感じていたふしもあるが、大谷崎の「食」といえばこれ、と誰もが挙げるのちの『陰翳礼賛《いんえいらいさん》』の羊羹描写を、こちらの「ずくし」描写の二番煎じであるかのように僕は感じる。

セカイ、蛮族、ぼく。

伊藤計劃の作品は採りたかった。私情を挟んだ。短命の人だったので選択肢は乏しい。ところがいざ本作を採って読み返してみれば、「食」を書ける作家は巧い、巧い作家なら「食」を書ける、という僕の常からの主張が立証されたかたちとなった。「現代に於けるマルコマンニ人」という主人公の設定は無論、その孤立感の置換であり、彼が食らわねばならない生肉は、女学生たちのパンや弁当と絶妙な対比を見せる。名状しがたいものに形を与えるのが小説である。伊藤氏はそれを熟知していた。

今もインターネット・ウェブ上で無料で読める作品だ。そのこともあってかご遺族は印税の受取りを拒否なさり、我々は合掌のうえ、大切に他の予算へと回させていただいた。本書の拵えに美的なところがあるとしたら、それは伊藤氏とご遺族のお蔭である。

キャラメルと飴玉／お菓子の大舞踏会

奇書とされる『ドグラ・マグラ』があまりにも高名なため、特異な作家と位置づけられがちな夢野久作だが、詩歌、風刺小説、ユーモア小説、童話にも長けた、万能の人だった。萩尾望都のデビュー作『ルルとミミ』は、内容は無関係なものの夢野氏の筆による童話と同題である。偶然の合致とは思えず、同じ福岡出身の文豪への萩尾氏のオマージュであろうと察する。

　童話群のなかから、お菓子たちを主人公とした連作とも云える二篇を採った。どちらも、世界各国のお菓子を一緒くたにすると大変なことが起きるという、政治的警鐘を含んでいる点が興味深い。

ずずばな

　現代作家を代表する一人として、芦原すなおにご登場いただこう。ご存じ『青春デンデケデケデケ』にて青春小説、青春映画のスタンダードを更新してしまった作家だが、その後の文業からも目が離せない。こういった監修作業に於いて、明治、大正、昭和の蓄積に目配りしていると、芦原氏のような書き手こそ本流であると実感できる。読者をねじ伏せようとするではなく、豊かな知識と機知で包み込んでくれるので、読み飽きない。要するに品がある。

　語り手の妻を安楽椅子探偵に据えた〈ミミズクとオリーブ〉の連作には、芦原氏の故郷香川の名産を中心として、美味そうな料理がこれでもかと登場する。いわゆる犯人当ての系譜だが、幸福な読後感を残す佳品ばかりで、どれも採れてしまうから却って困った。困った挙句、事件自体に「食」が大きく絡んでいる本作とした。

鵝掌・熊掌

　青木正児は明治生まれの中国文学者だ。一般人向けの随想も数多くものし、それらは中国文化研究の格好の入門書となっている。食通の人であり「食」をめぐる著作は多い。

　それにしても引用されている清国に於ける鵝掌の料理法には、僕のような臆病者はさすがに眉をひそめてしまう。青木氏も「一つの話」すなわち特異なエピソードであろうとしている。しかし冷静に返ってみれば料理というのはなべて残酷なものであって、我々が動物性蛋白質を口にするとき、原形を留めていようがいまいが、それは必ず累々たる屍の蓄積なのである。そして殺される側も殺生をし、共食いもする。

家鴨《あひる》、鵝鳥《がちょう》、熊、猪（豚）、鱶《ふか》、鶏、猩猩《しょうじょう》（オランウータン）、鯛、鹿……生き物を示す漢字が多彩なので、ご注意のうえ読まれたい。珍味を扱いすぎて書物の知識の羅列に陥りそうなところ、話が子供の頃の記憶に回帰する構成が巧みだ。青木氏が推察するとおり尾羽毛《おばいけ》は鯨の尾であり、氏が語っているのはそれをいったん塩蔵してから調理した「さらし鯨」である。

雛人形夢反故裏

昭和の絵師と呼ばれ、美女の描写で一世を風靡した上村一夫だが、その作品には驚くほど食べる場面が多い。無駄にぽりぽりがりがりやるのではなく、その「食」は必ず強烈な情と結び付いて凄絶でさえある。

連作『狂人関係』の一作で、この狂人とは改めて申し述べるまでもなく画狂人を自称した葛飾北斎《ほくさい》だ。さらに娘のお栄《えい》、渓斎英泉《けいさいえいせん》を思わせる捨八《すてはち》らを劇的に描いて、のちの北斎を取り上げげんとする小説家、漫画家、戯曲家に多大な影響を及ぼした。

ご遺族によれば当時北斎をめぐる資料には矛盾が多く、上村氏は悩みに悩んだあげく自分なりの北斎像を築き上げられたという。このたびは貴重な原画をお預けくださり、最新のスキャニング技術によって「最も鮮明な上村一夫」を所収することができた。感謝に堪えない。

悪魔の舌

そろそろ深い悪夢に入り込んでいただこう。美食？　村山槐多は「その通り！」と答えよう。

評伝やパスティーシュを書かせていただきご親族にもお読みいただいた縁ありにつき、親愛を込めて槐多と呼捨てにさせていただく。槐多は本名だが、以下も雅号でなくては誰だか分かりにくい人物については、そちらでの呼捨てもさせていただく。

当篇が十代の作というのだから早熟ぶりに舌を巻く。それでも槐多に残されていた時間は僅かだった。洋画、自由詩、短歌、小説と思い付くかぎりを描きまくり書きまくり、不摂生のすえインフルエンザ（スペイン風邪）に斃れた。享年二十二。高村光太郎は後年、彼を火だるま槐多と呼んだ。

画風を確立するには短すぎる生涯だったが、自由詩は未だ大衆に人気があり、小遣いを稼がんとして書いた小説は年上の江戸川乱歩に多大な影響を与えた。詩人高橋睦郎《むつお》は槐多の真の才は短歌にありとしており、僕も賛同するものである。

チョウザメ

現代の青木正児とも称しうる才人にして、アルジャーノン・ブラックウッドやG・K・チェスタトンを翻訳するなど、もともと英文学に精通しているところが青木氏とは一味違い、中国の食を書いていても国際的視野に基づく批評性がスパイスとなって、新しい風味を醸し出す。

本作をお読みいただければ瞭然だが幸田露伴《ろはん》などにも詳しく、浅学非才《せんがくひさい》の僕が類する人を探し当てるとしたら梵語《ぼんご》をすらすらと読めた松山俊太郎あたりなのだが、松山氏は好人物ながらよく分からない人だったので、従って南條竹則のこともよく分からないのである。こういう人の頭の中がどうなっているのか、僕にはさっぱりと分からない。

そして著作は面白い。ぽかーんと、なんだか薬菜飯店の片隅に取り残されてしまったような気がする。

趣味の茶漬け

『魯山人の食卓』に於いては「贅沢茶漬けの話」となっているが、かの高名なる美食倶楽部の会報「星岡」に北大路魯山人が記した茶漬け話を、編者がまとめてそう題したようなので、ここでは氏の文章からそのまま「趣味の茶漬け」という題名を拾わせていただいた。たかがお茶漬け、されどお茶漬け、ここまで凝れば遊園地のアトラクションのように面白可笑しい。

あくまで私見によれば、氏の書は筆跡自体は悪くないのだが筆遣いが荒いので不用意な掠《かす》れが見苦しく、プロデュースした食器はごてごてとして何をどう盛ればいいのか分からないし、篆刻《てんこく》は素人に毛が生えた程度だ。なぜ自分を万能の芸術家として捉えたのか不思議なのだが、美食レシピへの執着ぶりには頭がさがる。具材の選び方など、いちいち納得がいく。思うにこの孤高にして永遠の少年は、味覚を通じて世界中の文化と繋がっていたのである。

冬薔薇の館

不思議な体験談には高額報酬を支払うという謎の人物と、それに釣られて酒場を訪れる人々——という蠱惑《こわく》的な構図が太田忠司『奇談蒐集家』の根幹で、しかも最後に大仕掛けが待っている。ここで仕掛けのなんたるかを語ることはできない。太田氏の著書にて確認されたい。

奇談を求める恵美酒《えびす》氏はとびきりの美酒を好むものの、その味が分かっているかどうかは怪しい。この時点でもう本書所収の条件を満たしているのだが、本作には別の「食」が隠されている。後書きや解題のたぐいを先に読んでしまう方が多いのは分かっているから、もうこれ以上は語るまい。

ショートショートでデビューし、いわゆるライトミステリのジャンルを開拓して多数の読者を獲得し、後続に影響を与え続けている作家だ。同じくライトミステリとカテゴライズされやすい芦原作品との大きな違いは、思いがけない箇所にショートショート出身者らしい毒を仕込んでくるところで、これが太田中毒を招く。

栄養料理「ハウレンサウ」

三島由紀夫が描いた「食」としては『奔馬《ほんば》』の蜜柑が忘れられないのだが、大長篇の第二部の、しかもラストということで所収を諦めた。そして三島氏の意外な側面を楽しんでいただくこととした。

本書は読者のニーズに鑑みて基本的に新仮名遣いを採用しているが、題名を「ホウレンソウ」としてしまったのでは勝手に改題してしまったようで、また字面も味気ないのでそのままとした。『社会料理三島亭』という一連の風刺随想の一篇である。

昭和三五（一九六〇）年、ほうれん草が尿道結石を招くという報道によって同野菜の価格が暴落したというニュースを元に、彼が「婦人倶楽部」に寄せた原稿だが、すぐさま訂正された一種の誤報をここまで広げて語ってしまう批評眼と博覧強記《はくらんきょうき》ぶりが凄い。一方、三島氏はきわめてブッキッシュな人物で、ありていな植物を見てもそれが何だか分からなかったという逸話も残っている。すると彼の描いた花鳥風月は彼の頭のなかだけに浮かび囀《さえず》ってそよぐ、緻密なファンタジーであったことになる。

全国まずいものマップ

傑作である。土下座してでも所収させていただく所存でいた。

特異とも云える言語能力を駆使して読者を驚かせ続けている清水義範が、ここでは「まずいもの」だからこそ食べたいという価値転換を披露する。氏の比喩能力が炸裂している。何度読んでも、ふだん「人相が悪い」と不評の僕のむっつり顔の頬が上がりきって、筋肉痛に陥る。

中盤以降はさすがにフィクションだろうが、それ以前の饂飩《うどん》や拉麵《ラーメン》、旅館の夕食、蕎麦のあたりまでは、体験談を元にしているようでたいへん怖い。それでいて一度はその不味さを確認してみたいという欲求にかられてしまうのは、清水氏の筆先の魔法に絡め取られているからだろう。

鏡に棲む男

「どんな事物を題材にしてでも怪異譚を書ける」と豪語していた中井英夫が、「ではピーマンでは？」という挑発に乗ってものした作品であって、決してピーマン嫌いの産物ではない。

澁澤氏と同様、なにかと間接的なご縁のある中井氏だが、久々の再読で、ご縁云々以前のこととして「この作家は巧い」と唸った。分かりやすく一例するならば、作中で扱われているピーマンのさまがまったく古びていない。昭和五〇（一九七五）年、まる四十年前の作品である。そして現在、ピーマンは中井氏が描写したままの様相でスーパーマーケットに高々と鎮座している。

中井氏はなにかと早過ぎた人だった。卒然と最後の最後までを思い付いてしまったという『虚無への供物』はのちの新本格ムーヴメントを育て、〈とらんぷ譚〉は怪奇短篇や類する映像を志向する作家たちに圧倒的な影響を及ぼして、今なお燦然《さんぜん》と輝いている。

コロッケ

競作集を監督するにせよ精華《せいか》を集めるにせよ、必ず新鋭を世に送り出すというのが、僕のちっぽけなポリシーである。このたびは澁川祐子がそれに当たる。インターネット・ウェブを徘徊しての調べ事のさい彼女の連載を発見し、調べたい事柄ではなかったにも拘らず貪《むさぼ》るように読めるかぎりを読んだ。「この料理」と狙いを定めてからの文献への耽溺《たんでき》ぶりに感動をおぼえた。ちゃんぽんを、チョココロネを、海老フライを、から揚げを、ショートケーキを、天津飯を、魚肉ソーセージを、豚汁を、その実体を求めて追うこと追うこと、主人公が謎の生物の正体を見極めんとするハリウッド映画さながらに痛快なのだ。

どの篇も面白いのでご本人に自薦をお願いしたら、半ば予想していたとおり「コロッケ」が来た。そうでなければ「ちゃんぽん」か「から揚げ」、もし甘味にまつわる文章が集まらなければ澁川氏には「ショートケーキ」担当をお願いするつもりでいた。

蟹まんじゅう

評論界の巨人小林秀雄の、しかし僕は評論以外のものばかり読んできたような気がする。のちに私小説というジャンルにとどめを刺したとも云える彼が、若い頃の小説では私小説っぽい描写ばかり重ねているところなど、なんだか可愛らしいのである。

きわめて文章の行儀が良い人なので、彼が雑文としか意識していなかったであろう随想も、そのまま教科書に載せて「作文はこう書くんですよ」と少年たちの規範にしたくなる。断じて小林氏を莫迦にしているのではない。規範を希求した人の文章が、本当に吐きたい科白をぐっと怺《こら》えて背筋を伸ばしているのは当然なのだ。名文とは、書かれた部分と敢えて書かれなかった部分とで成り立っている。

当篇で僕が最も好むのは、冒頭「滅法うまい酒を、書けばくれるというので書くのである」という一文だ。こういう突っ張りが彼の意地と優しさを伝えている。

右頬に豆を含んで

好みが似ているからか阿佐田《あさだ》哲也《てつや》こと色川武大の「食」の描写は、僕にとってほとんど曼荼羅である。美味そうなものしか出てこない。それらが時季ごとに綺麗に配置されていて、中心近くには彼の思い出の「食」の幾つかが座している。

「豆食い」と称される人々がおり、「豆腐食い」で些《いささ》か名をあげた僕もこれに属し、そういう人々は色川曼荼羅の筍《たけのこ》や鰻や大根にも強く反応する。苺にも反応して日本酒の肴につるつると食いまくる。冗談だと思われるかもしれないが、苺は果物ではなく野菜なので感覚的には山菜と変わらない。グリーンピース、空豆、新キャベツへの想いも、その食感を想起させる瑞々しい筆致で描かれている。

色川氏と「食」との深い関わりは、奇病ナルコレプシーに依るところも大きかったらしい。日に何度も眠りに落ちてしまうので、起きるたびに食事をしてしまい回数がきわめて多かったという。

啓蒙かまぼこ新聞（抜粋）

作家となる以前の、広告マンであった中島らもが、かねてつ食品株式会社（現・カネテツデリカフーズ）の知名度向上のため雑誌「宝島」に提供していた、いわば個人発行の新聞だ。同社のマスコットキャラクター「てっちゃん」をコラージュした漫画はもとより、読者からの投稿も中島氏の作と思しく、そのままの形で所収することも考えたが、〈全面広告〉と銘打たれていて企業ロゴも入っており、それらを消したら消したで作品の改竄《かいざん》になってしまうので、社説にあたる部分の私的ベスト・セレクションとさせていただいた。

社説といっても、むろん中島氏が気の向くままに娯楽を供しているのであって、目の付けどころも文体もまるきり後年の中島氏である。発刊時、彼は三十歳。間もなく劇団「笑殺軍団リリパットアーミー」を立ち上げる。すでに中島らもは完成していた。

芥子飯

私事から始めて恐縮だが、僕の無学な母が「お前がこのあいだ話していた、なんとかさんという作家の本はどこで買えるのか」と尋ねてきたことがある。「あの貧乏な人」と。よく聞き出してみれば内田百閒である。なにかの拍子に話した随想中のエピソードが、余程のこと心に残っていたようだ。

日常を執拗に見つめ、俗人たちの思込みの裂け目をひょいと指摘してみせるのが、百閒の基本的な作風である。安いライスカレーのために逡巡《しゅんじゅん》してしまったという記憶が、百閒の筆にかかると映画の鮮やかな一場面のように浮かびたち、それは一抹《いちまつ》の不気味な予感を伴う。時代への不安ではないかと思う。
夏目漱石の門人のうち、ひときわ視野の広い作家だ。

巴里の空の下オムレツのにおいは流れる

日本に於けるシャンソン歌手の草分け石井好子は、海外での愉快な体験をのびのびと書き残した人でもある。有名すぎるほど有名な当篇だが、魯山人もかくやと思わせるレシピの連発に未読の方々に接していただきたく、所収を決めた。

卵という今となっては凡庸な食材への、感謝の念が眩《まぶ》しい。当時の主婦たちはさぞや腕が鳴ったことだろう。

話は野菜サラダ、そしてハンバーグステーキへと及ぶ。挽肉の入ったロシア風の揚げパンといったらピロシキに他ならないが、まさか石井氏がピロシキを知らなかったとは思えないので、その具材の名前を教えられたのだろう。ちなみにピロシキとは小麦粉を練った皮で具材を包み、焼いたり揚げたりしたものの総称で、具には肉類もあれば甘いジャムもある。

天どん物語――蒲田の天どん

ようやっと種村季弘にまで辿り着いた。短文ばかりとはいえ三十余篇ぶんともなるとさすがに疲れる。

種さん（と普段どおりに呼ばせていただく）とは酒場「ですぺら」で知遇を得て、オマージュ集『種村季弘の箱――怪人タネラムネラ』に寄稿させていただく光栄にも与《あずか》った。ろくな文章ではなかったが「知の怪人」との無謀な格闘の記録として、気恥ずかしいポートレイトにはなった。やがて矢川澄子が亡くなり、種さんも亡くなり、「ですぺら」も消えてしまって、すっかり淋しくなった。

『食物漫遊記』が凡百の「食」随想録から群を抜いているのは、常に食べ物の祟りへの目配せがなされているからだ。祟るといっても腹痛を起こすといった単純な事象ではなく、味覚を通じて甦る侘しさ、怒り、恥辱交じりの想念から成る有機体であり、種さんはあたかも庭園を散策しているがごとく「ほらほら」とその花をちぎって、読者に手渡してしまう。

その花が、来訪者のために仕込まれていた造花かもしれないのが厄介なところで、「他人を傷付けない法螺《ほら》話が得意な人だった」と生前の氏を知る人々は口を揃える。

お酒を飲むなら、おしるこのように

セツ・モードセミナーを創設した長沢節は、美的な生き方を提唱し続けた名随筆家でもあった。読者への訓戒とむろん自戒も込めて、長沢氏の当篇をここに配した。

長沢氏の、美を希求しなさいという力説はいちいち尤《もっと》もで、ふだん自堕落な生活を送っている僕なんぞも、その文業に触れているあいだだけは規律正しい全寮制学校の女生徒のように澄んだ目で、「はい！」と応じてしまう。

氏の美学にかぶれて珈琲の淹《い》れ方まで真似たことがあるが、残念ながら僕には苦手な飲み物だった。長沢氏は浅煎《い》りの豆を使った紅茶のような珈琲を好んだが、僕は深煎りの泥水のようなそれを好む。十代の頃からそうで、要するにお洒落とは程遠い体質に生まれてしまったようだ。

玉響

「自作も入れてほしい、なんなら書下しで」と版元から要請されたものの、古今の精華を集めておいて後出しじゃん拳のように自分の新作を並べるのは卑劣なような気がするし、入れずにおいて読者から「偉そうにしているお前はなにか書けるのか」と問われるのも屈辱であり、やむなく関係者による他薦とした。

〈幽明志怪〉と題した連作の一篇である。豚カツが出てくる。作中で「猿渡」が指摘しているとおり、どんな駅に降り立っても豚カツ屋に事欠かないのは東京近辺だけであり、関西以西の出身者の多くが「豚カツ屋というもの自体、見たことがなかった」と語る。今はコンビニエンス・チェーンのお蔭で北海道から沖縄にまで流通しているのだろうが、分厚いヒレカツをそのまま挟んだカツサンドというのも若かりし日の僕は見たことがなくて、東京で度胆《どぎも》を抜かれたものである。

牛鍋

実際に森鷗外が目撃した情景なのか、ずいぶん創作しているのかは判断しかねるが、まるでマイナー調の劇中曲のような一篇である。「箸《はし》のすばしこい男」「永遠に渇《かつ》している目」「人は猿より進化している」という反復が、読者の頭のなかで次第にメロディやハーモニーを伴うよう、この作品は仕掛けられている。

たかが牛鍋を囲んでいるちぐはぐな三人――それだけの情景にこれほどのサスペンスを付与してしまうのだから、「やはり鷗外は凄い」と云わざるをえない。登場人物たちが囲んでいる料理の名が今般はあまり使われない「牛鍋」ではなく、また彼らが洋服を着ているとしたら、本書中、最も新奇な手法で書かれた実験作にも見えたはずだ。

鷗外の味覚

当の鷗外が無類の甘党だったことが、長女の証言によって知れる。味覚は彼女にも遺伝したらしい。もっとも次女杏奴は『晩年の父』にて「私などどう考えてもそんなことは出来ないが」と饅頭《まんじゆう》茶漬けを否定的に回想しており、「子供たちは争って父にならって」という姉の記憶とは食い違っている。実験してみたところ、些か長女の分が悪い。家族の幸福な食卓の中心に鷗外の奇食が鎮座してしまい、喜ぶ者もいれば困る者もいた可能性が高い。

森茉莉の本格的な著述生活は、五十代からと遅い。

父鷗外の著作権が切れ収入源を失ったがゆえの、積極的ではないデビューだったにも拘らず、たちまち随筆家として大輪の花を咲かせた。親が偉大すぎると子は往々にして萎縮するものだが、この親子はまるで一つの長い人生をいきたかのようである。

正岡子規

子規が歿して六年後、夏目漱石は「ホトトギス」にこの一篇を寄せた。このふたりは同じ慶応三（一八六七）年生まれで、東京大学予備門に於いて知り合った。彼らにとっては小さな出会いだったが、のちの日本文学にとっては天地がひっくり返るような一大事が、その教室で起きたことになる。

故事「漱石枕流《そうせきちんりゅう》（石に口すすぎ流れに枕す＝変人を意味する）」から取った「漱石」は、もともと子規が使っていた雅号であり、夏目金之介がそれを譲り受けたのである。

闊達な文章が、ふたりの気の置けない仲を語っている。横紙破りで無計画な子規と、そういう彼を面白がって付き合っている漱石のさまが微笑ましい。お互い自分が得意とするところ苦手とするところを見極め、相手に任せ合っていたふしがある。陽気な一篇ながら、畏友《いゆう》を失った淋しさも滲む。

仰臥漫録 二

基本的に新仮名遣いに統一した本書だが、尾崎翠作の冒頭、円谷幸吉の遺書、そして当篇に限っては旧仮名遣いを死守した。とりわけ当篇については、子規の筆跡《ふであと》を出来るかぎり再現するよう努めた。

本書監修作業に於いて、当篇を通じて、人生至高の体験をさせていただいた。子規の門人である高浜虚子の記念館に所蔵されている本物の仰臥漫録を、一頁一頁、この指で繰りながら確認させていただけた。全身が打ち震え、呼吸にすら緊張し続けた二時間であった。

そのうえで片仮名表記や旧仮名遣い、改行などを、そのままに保つと決意した。一つには自分の得た感動を少しでも読者にお分けしたかったからであり、もう一つには表記を改めるとかえって読みにくくなってしまうからだ。「ホータイカヘ」を「ほーたいかえ」にしてしまうと意味が通じない。そのままであれば「繃帯替え」だと分かる。

仰臥とは仰向けに寝ることである。脊椎カリエスを患い背からも尻からも膿を滴らせている状態であった子規には、もはや寝返りも打てなかった。痲《ま》痺《ひ》剤で苦痛を抑えこみながら、妹に画板を構えさせそこに和紙の帳面を押し付けて、仰臥漫録は記された。帳面は子規が枕か布団の下に敷いていたため、頁《ページ》の端がことごとく捲れ返っている。

二冊め、最晩年へと至る帳面『仰臥漫録 二』を、まるごと採った。起き上がれない子規の許《もと》には日々、友人門人たちから食料が届いた。瀕死の病人がそれを食べたこと食べたこと、だいぶ食欲を失った状態に於いて、この品数と分量である。赫《かく》と燃えさかる生への渇望が読み取れる。

それは子規最後の大旅行でもあった。全国の津々浦々を、海の向こうの国々を、病床の彼は味覚を通じて旅し、そこへと誘ってくれた友人門人への感謝を帳面に記し続けた。本書の結論は仰臥漫録にある。「食」とは生きると同義であり、味わうはその最も鮮やかな冒険であることを、子規は天井を見上げたまままきっぱりと宣言している。

明治三五年六月、さすがの子規も細やかな筆記に疲れ、仰臥漫録は痲痺剤服用の記録と化し、それも七月の終わりをもって途絶える。花のスケッチに添えられた「九月三日夜写」が読み取れる日付の最後である。同月十九日、子規の旅は終わった。享年三十四。なんと濃密な人生か。

子規に乾杯！

著者略歴

金子國義（かねこ くによし）

絵日記（本書初出）

一九三六年埼玉生まれ。画家。日本大学芸術学部卒。澁澤龍彦の依頼で『O嬢の物語』の挿絵を手がける。個展に、「花咲く乙女たち」「アダムの種」など多数。絵本『不思議の国のアリス』、画集に、『KUNIYOSHI KANEKO OIL PAINTINGS』『金子國義の世界』などがある。

尾崎翠（おさき みどり）

新秋名菓……『尾崎翠集成』（ちくま文庫）より

一八九六年鳥取生まれ。作家。日本女子大学国文科在学中に「新潮」に『無風帯から』を発表したことを、大学に咎められ中退。以降文筆に専念する。著書に、『第七官界彷徨』。他の著作は、『定本尾崎翠全集』等にまとめられている。一九七一年没。

開高健（かいこう たけし）

中年男のシックな自炊生活とは……『開口閉口』（毎日新聞社）より

一九三〇年大阪生まれ。作家。大阪市立大学法学部卒。著書に、『裸の王様』（芥川賞）、『玉、砕ける』（川端康成文学賞）、『耳の物語』（日本文学大賞）など多数。一九八一年、一連の随筆作品により菊池寛賞。一九八九年没。

澁澤龍彥（しぶさわ たつひこ）

グリモの午餐会……『華やかな食物誌』（大和書房）より

一九二八年東京生まれ。作家・翻訳家。本名、龍雄《たつお》。東京大学文学部卒。著書に、『唐草物語』（泉鏡花文学賞）、『高丘親王航海記』（読売文学賞）など。翻訳に、『O嬢の物語』『悪徳の栄え』などがある。一九八七年没。

古川緑波（ふるかわ ろっぱ）

神戸……『ロッパの悲食記』（ちくま文庫）より

一九〇三年東京生まれ。俳優・コメディアン・作家。本名、郁郎《いくろう》。早稲田大学英文科中退後、文藝春秋社「映画時代」の編集に携わる。著書に、『ロッパ食談』『劇暑ノート』、舞台出演に、「ガラマサどん」「道修町」、映画に「家光と彦左」「男の花道」などがある。一九六一年没。

倉橋由美子（くらはし ゆみこ）

花の雪散る里……『よもつひらさか往還』（講談社）より

一九三五年高知生まれ。作家。本名、熊谷《くまがい》由美子、旧姓、倉橋。明治大学大学院文学研究科中退。著書に、『パルタイ』（女流文学者賞）、『アマノン国往還記』（泉鏡花文学賞）などがある。一九六二年、一連の執筆活動に対し田村俊子賞受賞。二〇〇五年没。

隆慶一郎（りゅう けいいちろう）

握り飯……『時代小説の愉しみ』（講談社文庫）より

一九二三年東京生まれ。脚本家・作家。本名、池田《いけだ》一朗《いちろう》。東京大学文学部卒。映画『にあんちゃん』でシナリオ作家協会賞受賞。著書に、『一夢庵風流記』（柴田錬三郎賞）、『吉原御免状』『柳生非情剣』など多数。一九八九年没。

筒井康隆（つつい やすたか）

薬菜飯店……『薬菜飯店』（新潮文庫）より

一九三四年大阪生まれ。作家。同志社大学文学部卒。著書に、『虚人たち』（泉鏡花文学賞）、『夢の木坂分岐点』（谷崎潤一郎賞）、「ヨッパ谷への降下」（川端康成文学賞）、『わたしのグランパ』（読売文学賞）など多数。二〇〇二年、紫綬褒章受章。二〇一〇年、菊池寛賞受賞。

山田風太郎（やまだ ふうたろう）

円谷幸吉……『人間臨終図鑑』（徳間文庫）より

一九二二年兵庫生まれ。作家。本名、誠也《せいや》。東京医科大学卒。著書に『眼中の悪魔』（探偵作家クラブ賞短編賞）『虚像淫楽』（同上）、『甲賀忍法帖』に始まる忍法帖シリーズなど多数。一九九七年、一連の文芸作品に対し菊池寛賞。二〇〇〇年、日本ミステリー文学賞を受賞。二〇〇一年没。

C・Wニコル（しー だぶりゅー にこる）

男の最良の友、モーガスに乾杯！

……『MOGUS――わが友モーガス』竹内和世訳（小学館）より

一九四〇年ウェールズ生まれ。作家・環境保護活動家。一九九五年、日本国籍を取得。著書に、『風を見た少年』『C.W.ニコルの森の時間』『裸のダルシン』『鯨捕りよ、語れ！』など多数。二〇〇五年、大英勲章受章。

谷崎潤一郎（たにざき じゅんいちろう）

初音の鼓……『吉野葛・盲目物語』（新潮文庫）より

一八八六年東京生まれ。作家。東京大学国文科中退。著書に、『細雪』（毎日新聞文化賞）、『瘋癲老人日記』（毎日芸術賞）、『痴人の愛』『春琴抄』など多数。一九四九年、朝日文化賞、文化勲章受章。一九六五年没。

伊藤計劃（いとう けいかく）

セカイ、蛮族、ぼく。……「randam_butter blog」より

一九七四年東京生まれ。作家。本名、聡《さとし》。武蔵野美術大学映像科卒。著書に、『ハーモニー』（星雲賞、日本SF大賞、フィリップ・K・ディック記念賞特別賞）、『虐殺器官』、円城塔との共著『屍者の帝国』（星雲賞、日本SF大賞・特別賞）など。二〇〇九年没。

夢野久作（ゆめの きゅうさく）

キャラメルと飴玉／お菓子の大舞踏会

……『夢野久作全集7』（三一書房）より

一八八九年福岡生まれ。作家・禅僧。出家名、杉山泰《すぎやまやす》道《みち》。慶應義塾大学予科文科中退。著書に、『瓶詰の地獄』『ルルとミミ』『狂人は笑う』『犬神博士』『押絵の奇蹟』『少女地獄』『ドグラ・マグラ』『悪魔祈祷書』など多数。一九三六年没。

芦原すなお（あしはら すなお）

ずずばな……『ミミズクとオリーブ』（創元推理文庫）より

一九四九年香川生まれ。作家。本名、蔦原直昭《つたはらなおあき》。早稲田大学文学部卒。著書に、『青春デンデケデケデケ』（文藝賞、直木賞）、『東京シック・ブルース』『カワセミの森で』『ユングフラウ』『野に咲け、あざみ』など多数。

青木正児（あおき まさる）

鶏掌・熊掌……『酒の肴・抱樽酒話』（岩波文庫）より

一八八七年山口生まれ。中国文学者。京都大学支那文学科卒。著書に、『支那文芸論藪』『支那文学思想史』『華国風味』『中華文人画談』『琴棊書画』など多数。一九六四年没。

上村一夫（かみむら かずお）

雛人形夢反故裏……『狂人関係』原画より

一九四〇年神奈川生まれ。漫画家。武蔵野美術大学デザイン科卒。広告代理店で阿久悠と知り合ったことから劇画の世界に入る。作品に、『男と女の部屋』『修羅雪姫』『サチコの幸』『関東平野』『菊坂ホテル』など多数。一九八六年没。

村山槐多（むらやま かいた）

悪魔の舌……『日本怪奇小説傑作集1』（創元推理文庫）より

一八九六年神奈川生まれ。洋画家。京都府立第一中学卒業。日本美術院研究生。「雪の次の日」「松の群」「大島風景」他で美術院賞乙賞受賞。代表作に、「庭園の少女」「尿する裸僧」「バラと少女」などがある。一九一九年没。没後、詩文集『槐多の歌へる』が編纂された。

南條竹則（なんじょう たけのり）

チョウザメ
……『中華料理秘話 泥鰌地獄と龍虎鳳』（ちくま文庫）より

一九五八年東京生まれ。作家・翻訳家・英文学者。東京大学大学院英語英文学修士課程修了。著書に、『酒仙』（日本ファンタジーノベル大賞優秀賞）、『満漢全席』『ドリトル先生の世界』、訳書に『幽霊船』『人間和声』など多数。

北大路魯山人（きたおおじ ろさんじん）

趣味の茶漬け
……『魯山人の食卓』「贅沢茶漬けの話」（グルメ文庫）より

一八八三年京都生まれ。陶芸家・書家・篆刻家・画家・料理研究家。本名、房次郎《ふさじろう》。一九二一年に「美食倶楽部」、一九二五年に「星岡茶寮」を営み、器と食を探求する。著作は、『春夏秋冬料理王国』『北大路魯山人作品集』などにまとめられている。一九五九年没。

太田忠司（おおた ただし）

冬薔薇の館 ……『奇談蒐集家』（創元推理文庫）より

一九五九年愛知生まれ。作家。名古屋工業大学電気工学科卒。一九八一年、「帰郷」が「星新一ショートショート・コンテスト」優秀作を受賞。著書に、「新宿少年探偵団」「霞田兄妹」「狩野俊介」シリーズのほか、『虹とノストラダムス』『セクメト』『刑事失格』など多数。

三島由紀夫（みしま ゆきお）

栄養料理「ハウレンサウ」……『決定版 三島由紀夫全集 第31巻』
「社会料理三島亭」（新潮社）より

一九二五年東京生まれ。作家。本名、平岡公威《ひらおかきみたけ》。東京大学法学部卒。著書に、『潮騒』（新潮社文学賞）、『金

閣寺』（読売文学賞）、『サド侯爵夫人』（芸術祭賞）、『仮面の告白』『豊饒の海』など多数。一九七〇年没。

清水義範（しみず よしのり）

全国まずいものマップ……『全国まずいものマップ』（ちくま文庫）より

一九四七年愛知生まれ。作家。愛知教育大学国語科卒。著書に、『国語入試問題必勝法』（吉川英治文学新人賞）、『金鯱の夢』『虚構市立不条理中学校』『柏木誠治の生活』『いい奴じゃん』『信長の女』など多数。二〇〇九年、中日文化賞受賞。

中井英夫（なかい ひでお）

鏡に棲む男……『人外境通信』（講談社文庫）より

一九二二年東京生まれ。作家・詩人。東京大学言語学科中退。著書に、『悪夢の骨牌』（泉鏡花文学賞）、『虚無への供物』『とらんぷ譚』『名なしの森』『他人の夢』『磨かれた時間』など多数。一九九三年没。

澁川祐子（しぶかわ ゆうこ）

コロッケ……『ニッポン定番メニュー事始め』（彩流社）より

一九七四年神奈川生まれ。ライター・編集。東京都立大学人文学部卒。ライター業の傍ら、日本民藝協会発行『民藝』編集に携わる。手がけた書籍に『最高に美しいうつわ』『もっとうつわを楽しむ』（ともにSML《エスエムエル》監修）など。

小林秀雄（こばやし ひでお）

蟹まんじゅう……『常識について』（角川文庫）より

一九〇二年東京生まれ。評論家・作家。東京大学仏文科卒。著書に、『小林秀雄全集』（芸術院賞）、『ゴッホの手紙』（読売文学賞）、『近代絵画』（野間文芸賞）、『本居宣長』（日本文学大賞）など。一九六七年文化勲章を受章。一九八三年没。

色川武大（いろかわ ぶだい）

右頰に豆を含んで……『喰いたい放題』（集英社文庫）より

一九二九年東京生まれ。旧制第三東京市立中学中退。本名、武大《たけひろ》。筆名、阿佐田哲也《あさだてつや》、井上志摩夫《いのうえしまお》、雀風子。著書に、『黒い布』（中央公論新人賞）、『怪しい来客簿』（泉鏡花文学賞）、『離婚』（直木賞）、『百』（川端康成文学賞）、『狂人日記』（読売文学賞）など。一九八九年没。

中島らも（なかじま らも）

啓蒙かまぼこ新聞 ……『啓蒙かまぼこ新聞』（ビレッジプレス）より

一九五二年兵庫生まれ。作家・コピーライター。本名、裕之《ゆうし》。大阪芸術大学放送学科卒。著書に、『今夜、すべてのバーで』（吉川英治文学新人賞、日本冒険小説協会大賞）、『ガダラの豚』（日本推理作家協会賞）など。二〇〇四年没。

内田百閒（うちだ ひゃっけん）

芥子飯 ……『爆撃調査団』（ちくま文庫）より

一八八九年岡山生まれ。作家。本名、榮造《えいぞう》。別号は百鬼園《ひゃっきえん》。東京大学独文科卒。著書に『冥途』『旅順入城式』『百鬼園随筆』『東京焼盡』『阿房列車』『ノラや』など多数。一九七一年没。

石井好子（いしい よしこ）

巴里の空の下オムレツのにおいは流れる ……『巴里の空の下オムレツのにおいは流れる』（河出文庫）より

一九二二年東京生まれ。歌手・エッセイスト。東京藝術大学声楽専科卒。日本シャンソン協会初代会長。著書に、『私は私』『さよならは云わない』など。一九八七年、紫綬褒章。一九九〇年、日本レコード大賞特別賞受賞。一九九二年、フランス芸術文化勲章を受章。二〇一〇年没。

種村季弘（たねむら すえひろ）

天どん物語 ……『食物漫遊記』（ちくま文庫）より

一九三三年東京生まれ。独文学者・評論家。東京大学

独文学科卒。著書に、『ビンゲンのヒルデガルトの世界』（芸術選奨文部大臣賞、斎藤緑雨賞）、『種村季弘のネオ・ラビリントス』（泉鏡花文学賞）など。翻訳に、『遍歴　約束の土地を求めて』（日本翻訳出版文化賞）など。二〇〇四年没。

長沢節（ながさわ せつ）

お酒を飲むなら、おしるこのように　……『大人の女が美しい』（草思社）より

一九一七年福島生まれ。イラストレーター・デザイナー・評論家。セツ・モードセミナー創設者。本名、昇《のぼる》。文化学院美術科卒。著書に、『スタイル画教室』『美少年映画セミナー』など。一九九六年ミモザ賞、一九九八年毎日ファッション大賞受賞。一九九九年没。

津原泰水（つはら やすみ）

玉響　……『猫ノ眼時計』（筑摩書房）より

一九六四年広島生まれ。作家。青山学院大学国際政治経済学部卒。著書に、『綺譚集』『ブラバン』『バレエ・メカニック』のほか、「幽明志怪」「ルピナス探偵団」シリーズなど多数。短編集『11』（Twitter文学賞）所収の「五色の舟」は近藤ようこによって漫画化され、文化庁メディア芸術祭マンガ部門大賞を受賞。

森鷗外（もり おうがい）

牛鍋　……『普請中／青年　森鷗外全集2』（ちくま文庫）より

一八六二年石見国（現・島根）生まれ。作家・翻訳家・軍医。本名、林太郎《りんたろう》。東京大学医学部卒。著書に、『舞姫』『ヰタ・セクスアリス』『青年』『雁』『阿部一族』『山椒大夫』『高瀬舟』など多数。一九二二年没。

森茉莉（もり まり）

鷗外の味覚　……『記憶の絵』（ちくま文庫）より

一九〇三年東京生まれ。作家。仏英和高等女学校卒。著書に、『父の帽子』（日本エッセイスト・クラブ賞）、『恋人たちの森』（田村俊子賞）、『甘い蜜の部屋』（泉鏡花

文学賞）、『贅沢貧乏』などがある。一九八七年没。

夏目漱石（なつめ そうせき）

正岡子規……『夏目漱石全集』（筑摩書房）より

一八六七年江戸（現・東京）生まれ。作家・英文学者。本名、金之助《きんのすけ》。東京大学英文科卒。著書に、『吾輩は猫である』『坊っちゃん』『草枕』『三四郎』『それから』『門』『行人』『こゝろ』などがある。一九一六年没。

正岡子規（まさおか しき）

仰臥漫録 二……『仰臥漫録 二』原本（虚子記念文学館蔵）より

一八六七年伊予国（現・愛媛）生まれ。俳人・歌人。本名、常規《つねのり》、のち升《のぼる》。著書に、『墨汁一滴』『俳諧大要』など。俳句に、「柿くへば鐘が鳴るなり法隆寺」、短歌に、「くれなゐの二尺伸びたる薔薇の芽の針やはらかに春雨のふる」など多数。一九〇二年没。

たんときれいに召《め》し上《あ》がれ　美食文学精選《びしよくぶんがくせいせん》

2015年 1月 25日　初版第1刷発行

著　者	青木《あおき》正児《まさる》	芦原《あしはら》すなお	石井《いしい》好子《よしこ》	伊《い》藤計劃《とうけいかく》	
	色川武《いろかわぶ》大《だい》	内田百閒《うちだひやつけん》	太田《おおた》忠司《ただし》	尾《お》崎翠《さきみどり》	
	開高健《かいこうたけし》	金子《かねこ》國義《くによし》	上村一夫《かみむらかずお》	北大路《きたおおじ》魯《ろ》山人《さんじん》	
	倉橋由《くらはしゆ》美《み》子《こ》	小林秀雄《こばやしひでお》	C・W《しーだぶりゅー》ニコル	澁川祐子《しぶかわゆうこ》	
	澁澤龍彦《しぶさわたつひこ》	清《し》水義範《みずよしのり》	谷崎潤一郎《たにざきじゆんいちろう》	種村季弘《たねむらすえひろ》	
	筒井《つつい》康隆《やすたか》	津《つ》原泰水《はらやすみ》	中井《なかい》英夫《ひでお》	長沢節《ながさわせつ》	
	中島《なかじま》らも	夏目《なつめ》漱石《そうせき》	南條竹則《なんじようたけのり》	古川緑波《ふるかわろつぱ》	
	正岡子《まさおかし》規《き》	三《み》島由《しまゆ》紀《き》夫《お》	村山槐多《むらやまかいた》	森鷗外《もりおうがい》	
	森茉《もりま》莉《り》	山田《やまだ》風太《ふうた》郎《ろう》	夢野久作《ゆめのきゆうさく》	隆慶一郎《りゆうけいいちろう》	(50音順)

編　者　津原泰水

装　丁　松木美紀

編集協力　栂井理恵（アップルシード・エージェンシー）

発行人　相澤正夫

発行所　芸術新聞社

〒101-0051 東京都千代田区神田神保町 2-2-34 千代田三信ビル

電話　03-3263-1710（編集）03-3263-1637（販売）

http://www.gei-shin.co.jp/

印　刷　精興社

製　本　ブックアート

ISBN978-4-87586-415-8　Printed in Japan